エーシャン・オーバー
～海を渡る風～〈上〉

群青 洋介

目次

序章

第一章

第二章

序章

手紙

見知らぬ人からの手紙だった。

送り主に記憶がない。二、三度、ひっくり返してみた。

表にはアルファベットで私の名前が書かれている。間違いなく、私に送られてきたものである。

もう一度、送り主の名前を確認してみる。リ・ファーラ…この読み方で正しいのか自信はないが、語感からすると女性らしい。

表にはAirmailの赤い文字に見慣れぬ切手。オリンピックの図柄があしらわれ、USAと印刷されている。アメリカの切手らしい。私は、しばし切手を眺めた後、引き出しからペーパーナイフを取り出し、丁寧に開封していった。

中には便箋《びんせん》と白い紙に包まれた数枚の写真が入っていた。

手紙と写真。なぜ、こんなものを私に。私の心は、不思議さに溢《あふ》れていた。

写真を取り出してみる。

最初の一枚に写っているのは中年の女性。顔つきから見るとアジア人らしい。年の頃なら四十四、五、愛嬌のある顔立ちである。

写真の女性をじっと見てみる。が、記憶にない。

次の写真は、この女性とアメリカ人らしい年上の男性が、ソファに座ってリラックスしている。さらに捲《めく》ると、白い毛の大型犬が、かの女性に背中を撫《な》でてもらっている。

いずれにしても、どの被写体にも覚えがない。誰がどうしてこのような写真を送ってくれたのか、疑問は膨らむばかりである。

送り主は誰なのか?

答えを求めて、便箋に目を移した。

見知らぬ文字が並んでいるかと思ったが、案外なことに日本語である。上手とは言いがたいが、それでも充分読める。

私は、駆け足で目を這《は》わせ、そして驚愕した。便箋には信じられない言葉が淡々と綴《つづ》られている。

そうなのか…この人が…。

頭の中を何かが駆け巡っていく。

揺らぐ思考の狭間を繋《つな》ぎ止めるように、ずっと以前の感慨が蘇《よみがえ》ってくる。

あれは…もう、何十年も前のこと。頭の中の時間が遡《さかのぼ》っていった。

遡行

パラパラと暦が逆行していく。

一年、二年、十年…あるところまで遡ると、息を潜《ひそ》めるように止まった。一、九、六…最後の数字は七だった。

一九六七年。

この年は!?

〝お前の現在までを強く支配してきたんだろう〟

どこからか、囁《ささや》きかける声が聞こえる。

声の方角を求めて、視線を徘徊させてみた。

やがて、視線の先に一面の青が拡がってきた。ところどころに白いものが散らばっている。

どこなんだ、ここは？

そうか、海だ。日本海なのか？

波がしなっている。白泡が群青に切れ目を入れ、青に飲み込まれていく。

私は、目を瞑《つむ》った。

鼻孔を懐かしさを含んだ香りが擽《くすぐ》る。これは…ふと、風の中に潮風の匂《にお》いを嗅《か》いだ気がした。

バサバサと乾いた音がした。

振り向くと、便箋が風の悪戯で寒そうに揺れている。

私は、机に座り直すと、再び文面に目を這わせた。

やはり…こうした事実があったことは知っていたが、今更こういう形で蘇ってくるとは。

ずっと心のどこかに置き続け、そのまま眠らせてきた過去である。にもかかわらず、意外な人物から揺り起こされるとは。

手紙に書かれていた内容は次の通りである。

少し長いが、概略を知っていただくために全文を記すこととしよう。

リ・ファーラの願い

突然ですが、あなた様にお手紙をお届けします。

私の名前は、リ・ファーラと言います。

現在、アメリカのカリフォルニア州モントレーという町に住んでいます。サンフランシスコから車で二時間半。海辺の美しい港町です。

ここに住み始めて二十年近くが経《た》ちました。それまでは韓国に住んでいました。手紙と同封した写真が私であり、私の家族です。主人はリチャード、それに愛犬のシェリーです。子どもには恵まれず、シェリーが私たちの子ども代わりです。

実は、私は一年前から重い病気に罹《かか》り、以来ある思いをどうしても実現したい気持ちが強くなっていきました。それは、血の繋がった私の兄、まだ見たこともない兄に一度だけでもお目にかかりたいというものです。

その人は言うまでもありません。今日、このお手紙をお届けしたあなた、つまりあなたが私のお兄さんです。

私が韓国に住んでいたずっと以前から、私には兄がいることを知っていました。いえ、もっと幼い頃から兄の存在を薄々感じてもおりました。しかし、それがどんな人で、どこに住み、どんな暮らしをしているかなどまったく知りませんでした。

というより、兄のことを話すのは、ある意味、韓国のわが家ではタブーでもありました。いくら血が繋がっていようと、今の生活と関係ない人のことを話題にするには、躊躇《ためら》われる空気が韓国のわが家にはあったのです。

特に、母がそうでした。母の気持ちを考えると、できるだけ触れてはいけない事実として、忘れる努力をしたことさえあったのです。

しかし、今の私は韓国を離れています。縁あって、アメリカ人と結婚し、ここモントレーに住み、ごく普通の暮らしをしています。

アメリカに住んでいる間に、何度か韓国にも帰郷しましたが、ついぞ、日本に行く機会はありませんでした。ただ、日本の上空を掠《かす》めるたび、ちらちらと頭の中をちらついていたのです。私には兄がいて、その人は日本に住んでいる。しかし、生まれてこの方、一度もお目にかかったことがない。どんな人かさえ分からない。同じ父を持ち、体には同じ血が流れている。なのに互いの顔さえ知らずに生きている。随分と奇妙なことです。

お手紙の最初の部分で、私の病気のことに触れました。重い病気だということは、私自身が理解しております。暫く前からは自覚症状も酷《ひど》くなり、先が短いこともはっきりと分かるようになってきました。

私は、病気を境に自分の生きてきた意味を、つい考えるようになりました。そして、この考えと平行して、私の兄に一度会ってみたいという思いが信じられないほど強くなっていったのです。

私の思いに主人は協力的でした。なんとか願いを叶えてやろうと、八方手を尽くして現在のお兄さんの住まいを探し出してくれました。

でも実際は、そんなに難しい作業ではありませんでした。アメリカで言うファミリーネーム、つまり日本で言うお兄さんの苗字《みょうじ》が珍しかったこと、それに加えて広島に在住していることを知っていましたので、比較的簡単に所在を知ることができたのです。

しかし、それからが悩みでした。いずれにしろ突然です。いきなり会いに行くのも身勝手過ぎると思い、私自身のこと、現在の暮らし、そして、どうして手紙を送ったかなどをまずお知らせし、それから機会を見つけてお会いできればと段取りを考えたのです。

けれど、私にはそんなに時間が残されているわけではありません。幸い、症状は現在のところ落ち着いていて、無理さえしなければ日本を訪れることも可能でしょう。

いかがでしょうか。私の願いを聞き届けていただけないでしょうか。

どのような形でも構いません。お目にかかりたいと思っております。もし、アメリカに来て頂けるなら、もちろん、旅費等のご負担を掛ける気持ちはありません。

必ず、よいご返事をいただけるものと信じております。

リ・ファーラ

文面の内容は以上の通りである。手紙の最後には、彼女の現在の住所と電話番号が明記してあった。

要件だけを拾うと、内容は簡単である。一つが突然の手紙を認《したた》める気持ちになった理由。そして理由とは、兄（私）の存在を知りながら、一度も会ったことがないという事実。しかし、病気の進行とともに出会いを希望する気持ちが強くなり、ぜひとも願いを聞き届けて欲しいというものである。

だが、私にとって衝撃的な手紙であるのは間違いなかった。

かねて、私には見たこともない妹、それも一人だけでなく七人も妹がいるということを聞かされていた。その中の一人、リ・ファーラという女性からの手紙である。今日、手紙を寄越《よこ》したファーラという女性は七人の妹たちの長女なのか、末っ子なのか分からない。

写真の様子では、四十代の半ば。私との年齢差を考えれば三女あたりの気がするが、リチャードと書かれてあった彼女の主人の容貌《ようぼう》からすると、もう少し上かも知れない。にしても、彼女の病気は何だろう。余命の先細りを告白しているので癌《がん》ということが考えられる。症状は重いとあり、どれだけの期間、これから生きられるというのか。

彼女の思いをなんとか叶《かな》えてやりたい気持ちはある。しかし、横たわった長い過去を振り返ったとき、今更という気持ちも私の中にはあった。

会って何になる、会って何を話し合い、何を確かめるのだという思いである。

私は、しばし目を宙に向けたまま、やがて思いを一つに結実させていった。それは、これまでと同じようにする考えであり、現在の平穏な暮らしに波風を立てないことである。そして、それが最良の選択に思われた。

いいのだ、これで――。私だって、もう歳《とし》だ。過去の煩《わずら》わしいことに関わって、どうするというのだ。私は、誰に言うともなく小さく口にした。口にすることで、選択は確信に変わった。

机の上に置かれた写真と手紙を封筒の中に戻すと、引き出しを開け、ゆっくりと一番奥に仕舞《しま》い込んだ。

仕舞《しま》い込まれた手紙の上には、何事もなかったように別の書類を被《かぶ》せた。書類は表土を覆い尽くす塵芥《じんかい》のようである。過去数十年の時間の堆積を、この塵芥が静かに封印してくれるに違いない。

私は、気持ちを整理すると静かに引き出しを閉めた。引き出しは、密封を確認するようにカチャと音を立てた。無機質な音が、突然の手紙の存在を完全に否定してくれたように思えた。

この手紙は見なかったことにすればいい。この手紙は来なかったことにすればいい。そうすれば、今までと変わりない明日がやって来る。そうして生きてきたように、今更変化を求めてどうなるものでもない。私は、手紙の存在を頭の中から消し去る努力を続けた。

だが、この手紙は変化の前兆であった。手紙の一件が過ぎて一カ月を経た頃、私の人生を大きく変える突然な出来事が待ち受けていた。

第一章

一九六七年

昭和の時代だった。

私がまだ高校生のときだった。

もう数十年前のことである。

私は、夏休みを利用して韓国の首都ソウルに出掛けることになった。

当時は、まだ海外旅行が今のように自由でない時代だった。

ある日、母が私を呼び付けた。私を座らせて何かを喋《しゃべ》ろうとするのに、すぐに口を開かなかった。なぜか言葉を選んでいる。私への視線を逸《そ》らせたり、手を頬《ほお》や喉《のど》のところにやったりして、やっとという感じでポツリと話し始めた。

「お前ねえ、実は、ある人からお前に韓国に来ないかって誘いが掛かっているのだけど」

「韓国に！」

「ああ、そうだよ、お前、韓国って国は知っているよね」

「ああ、もちろん知ってはいるよ」

そう答えながら、私は母が語ろうとする話の中身が朧《おぼろ》げながら想像できる気がしていた。

「その韓国なんだが、どうするかねえ」

「行ってみたい」

母の言葉が終わらぬうちに、私は韓国行きの意思を表した。

「そうかい、行ってみるかい、お前がねえ。じゃあ、そう返事をしてみるかね」

私が迷わず返事をしたのも伏線があった。近くて遠い国、韓国には特別の感慨を抱いていたし、いつかそんな日が来るのをどこかで期待していた部分もあったからだ。

幼い時分の私に母は黙っていた。私には父がいることを。ずっと死んだと聞かされていた父が、実は生きていて、どこかに住んでいることを。だが、私が高校生になるまで、一度も母は口にしたことがなかった。

「お前、どうして韓国に行くのか、その理由を知りたくないかい」

母は、続く言葉の切り出しにも時間をかけた。

「長いこと黙っていたけど、実は、お前の父さんは生きていてね。今は韓国に住んでいるんだよ」

私は、返事をしなかった。かといって暗い表情や驚いた顔つきをしたわけでもない。そんなこと、なんとなく分かっていたよと母を許すような気持ちで黙っていた。

母はずっと以前、私が幼稚園に上がる前に父は亡くなったものと語っていた。だが、なぜ死んだのか、埋葬した墓がどこにあるかなど具体的な話をついぞしたことがなかった。

幼い時分はそれで済んだが、高校生ぐらいになると、なんとなくそれが嘘《うそ》だというのを見抜いていた。しかし、母が語りたくないものをこちらが訊《き》くわけにはいかない。暗黙のうちに父は死んでおり、仔細《しさい》については一切を語り合わないルールが出来上がっていた。

「その父さんがね、正しくいえば、父さんの妹にあたる人なんだけど、韓国に遊びに来ないかって連絡を寄越してきてね」

私は、小さく頷《うなず》いた。

「その父さんの妹さん、レンジンさんっていってね、お前にとってはおばさんにあたる人なんだけど。そのレンジンさんが、ぜひともお前の顔を見たいって言ってきている」

「行ってもいいのか？」

私は、行くと即答したものの、母が続いて行った説明に自分の意思を明確にしなかった。素直に答えるなら、行きたいが本音である。だが、父の存在を明らかにした母の気持ちを考えると、手放しの返事をすることができない。最初の反応に対して曖昧《あいまい》な感じを装った。

母と父は生別し、そのままとなっている。生きたまま別れたのなら、当人同士に特別の思惑があるだろうし、簡単に推し量れぬ感情も交錯しているに違いない。

「僕が行くと、誰かに迷惑を掛けるかな」

「迷惑って、そんなことはないのだけど。そうだねえ…」

母の言葉が弱々しかった。自分の気持ちを上手《うま》く表現できないのだろう。私の言葉も母を困らせる表現だったかも知れない。

「僕はどっちだっていいんだ。母さんが嫌なら、行きはしない」

「それはないけど、父さんが生きていることを隠していてごめんね。色々あってね、お前が幼かったから、難しいことを言ってもと思ってね」

母は、申し訳なさそうな表情のままだった。

「お前、父さんが生きていること、知っていたんだろう?」

「そんな気がしていただけだ。どこかで生きているんじゃないかなって。別にはっきり分かっていたわけじゃない」

「それでも知らぬ顔をしていたんだね。なら一度、行ってみるかね、韓国に」

母は再び手を頬に持っていき、考える仕草《しぐさ》をした。

「お前も高校生だし、大丈夫だよね、きっと」

最終的に私は、「母さんに任せるよ」と言葉を濁し、表情だけは大人びた顔で母の目を見詰めた。


こうして、私の韓国行きが決まった。訪問地は、韓国の首都ソウルである。日本に最も近い国、韓国。広島からはせいぜい五百キロ程度しかない。広島を基点に考えれば、東京よりも近い所に位置する。

しかし、外国に行くのは大変な時代だった。

日本人の海外旅行が自由化されたのは一九六四（昭和三十九）年。形だけ外国に自由に行ける時代になってはいたが、国際空港は羽田空港ほか一部に限られていたし、海外旅行なんて言葉が一般化するのも、ずっと後になってのことだ。それだけに、海外に行くのは限られた人であり、余程《よほど》のことがない限り、この島国を離れることは難しい時代であった。

まず、パスポートが必要である。加えてビザの発券も求められる。おまけにこの申請が厄介だった。近在の官公庁管轄の旅券センターで簡単に発行というわけにはいかない。わざわざ領事館に出向いて発行を受けるという面倒なものだった。

当時、広島から最も近い領事館は神戸であった。一旦、神戸領事館に赴き、渡航事由の申し立てをし、その後は指示に従った所定の申請と日数を経て「渡航許可」という手順を踏むのである。

また、出発当日までに行うことも幾つかあった。一つが土産である。これが意外なほど時間がかかる。

広島土産なら産物の牡蠣《かき》がいいだの、食べ物は問題があるだの、男の領域では考えられないほどつまらない問題が色々と発生した。

大体が、土産物など考えたことのない高校生である。母親だって世間の知恵に疎《うと》い。その二人が少々考えたって埒《らち》はあかない。結局、訪問する夏場に腐らないもの、しかも見栄えのいいものと品定めまでに随分と時間がかかってしまった。

もう一つ、服装についても時間がかかった。普段、見場のする外出着に縁がなかった私だけに、これも新たに購買の必要があった。とにかく高校生らしい最低限の清潔さを心得る必要があったからだ。

なんやかやで、身の回りが慌《あわただ》しくなり、まして、旅行気分にほど遠い心境のまま、当日を迎えることになった。

「じゃあ、気を付けてね」

「分かっているよ」

出発の日になった。

朝早く列車で大阪に行き、そこから伊丹空港に向かった。地方空港が整備されてない時代なので、広島から韓国に行くにはわざわざ大阪に出向く必要があった。三時間以上も前に空港ロビーに入り、待合所のベンチに腰掛けて搭乗案内が告げられるのを待ち続けた。

初のフライト

乗り込んだ飛行機も小さなものだった。百人に満たない座席の八割方が埋まり、肉声の機内アナウンスが何度も流れて離陸した。生まれて初めてのフライトである。

窓の外を雲海が流れていく。どのくらいの高度だろう。昨日まで見上げるしかなかった雲がすぐそこにある。真新しい綿が一面に敷き詰められ、座れるようにフカフカしている。

雲が色々に変化していく。窓の外が実に楽しい。ひとときも同じ姿を見せない。どこまでも見渡す限りに浮かんでおり、ところどころで盛り上がっている。人や動物の姿に似たものもある。

三十分が経過した。

雲が薄らぎ、眼下に青いものが拡《ひろ》がっていく。日本海だ。白い航跡が二筋見える。外洋船が青のキャンバスに白線を描いている。青と白の世界を突っ切って私を乗せた飛行機が進んでいく。

さらに三十分が経過した。海岸線が見え始めた。日本海を越えて朝鮮半島が見えてきた。機内の窓から陸地と海の境界がはっきりと見える。浜辺に打ち寄せる波が、白い縁取りを描いて朝鮮半島の輪郭を教えてくれる。

内陸に飛行機が入っていく。

韓国の山々が見える。黒っぽい色をしている。

山の高さは分からない。上空から見て、頂《いただき》に続く稜線が皺《しわ》に見えるほど高い山に違いない。まるで、茶色い布をギュッと左右から縮めた感じで陸地に威張っている。

私は、窓から外を見続けた。道だって見える。車の一台、一台が、ゆっくりと走っている。こっちは飛行機なのに、なかなか追い越さない。機体は思ったより、ゆっくりと動いている感じだ。

少し先に川が見えた。蛇行している。水が青い。ゆっくり近づいて、またゆっくりと通り過ぎていく。私は、初めて見る空と下界に心が奪われていた。

機内アナウンスが流れた。あと、十五分でソウルの金浦《キンポ》空港に着くという。約二時間の空の旅が終わりを迎えようとしていた。

当時、韓国に整備されていた国際空港は金浦空港一つ。現在の仁川《インチョン》国際空港は存在していない。韓国においては、国内、国際の両便が金浦空港を基点としていた。

アナウンスがあって、機内がざわつき始めた。もうすぐ着く安堵感と開放感が人々の中に広がった。

やがて滑走路が見えてきた。長い一筋の直線がそれだ。だだっ広い広場に引かれた一本の線である。

地上が迫ってきた。機体は左右に微動を繰り返しながら水平を保とうとする。

着陸が近づくにつれ、空港周辺の土の色に目を奪われた。赤土なのだ。こんなに纏まった赤土を見たことがない。コンクリートで固められた滑走路を除けば、どこもがえんじを濃くした赤い色に染まっていた。

これが韓国の土なのか。私が最初に見た韓国は、赤い土のだだっ広い光景だった。

車輪が接地し、速度が急激に緩《ゆる》められる。

着陸までの数分間、エンジン音以外まったくの静寂にあった機内が弛緩《しかん》した。機内にふーっという、乗客の吐く息が広がった。無事に到着した安堵が吐く息となって表現されていた。

迎えの運転手

空港のゲートを抜けると、背の高い男性が手を振って近づいてきた。

彼の顔は、笑っていた。側《そば》まで来ると、片言で「あなた、洋介」と言い、私が頷くと再び笑った。

「車、あれ」

彼は、駐車場の方を指さした。車で迎えに来ているので乗りなさいとの合図である。

こちらに来る前、事前のやりとりで空港に迎えが来ることは承知していたが、背の高い彼がそうであった。四十歳の半ばぐらい、中年の男性である。

「私、名前、パクチョリ」

歩きながら、男は名乗った。顔が嬉《うれ》しそうである。弾《はじ》ける笑顔を浮かべている。

「パクチョリさん?」

「いえぃー、私、パクチョリ」

発音に難があるが、なんとか聞き取れる。

「これ、あなた、乗る車」

迎えの車はジープであった。よく、戦争映画に出てくるジープ、それが迎えの車だった。

まさかジープでの出迎えなんて。でも、ちょっと嬉しい。乗る前から気持ちが弾んだ。

普通車に比べて一段高い扉を開けて座席に座った。力強いエンジン音が発せられ、空港から街中に向けて走り出した。

車中で彼は何かを話し掛けてきた。だが、分からない。もしかしたら、先ほどの日本語がすべての力なのか。

実際、そうであった。彼は日本語が苦手であった。何かを喋るが聞き取れない。ハングルが九割、残り一割が日本語といった具合。言葉よりも身振り手振りで何かを伝えようとしてくる。しかし、彼の笑顔は単なる運転手のそれを超えていた。私に会えたのが嬉しくて堪《たま》らないといった表情なのだ。

顔いっぱいに笑顔を広げ、運転席に座り込んでからも絶やさない。笑顔、笑顔、片時も笑顔を崩さぬ不思議な運転手だったが、後に彼がどういう人物か聞かされて納得がいった。それは、パクチョリと私との関わり、正式には母との尋常ならざる関係があり、敢《あ》えて私の出迎えに彼が選ばれたということを知ったからだった。

市内への検問

車は適度な速度で道を進んでいった。

韓国の街が拡がってきた。街は全体に灰色の感じであった。

住まいはほとんどが二層の石造りである。

石造りの建物の上に汚れたハングル文字の看板が載っている。木造家屋と違い堅牢《けんろう》な仕様だが、暑さを凌《しの》ぐにはどうかと思う。

建物が一段と増えてきた頃、車が速度を落とした。進行方向の正面にゲートが見え、物々しい感じで十名余りの人間が固まっている。

車がゲートの直前まで来た。一団は軍服を纏《まと》った兵士たちであった。先頭の男が手を上げて、車を止めろと合図を寄越してきた。検問である。

「何か、あったのかな?」

停止させられた私たちのジープの横に兵士の数名がバラバラと走り寄ってきた。兵士たちは銃身の長い銃を持っている。ライフルかカービン銃のようである。

ジープの扉が開けられ、すぐさま銃口が私の頭に向けられた。三十センチの距離もない。銃を突き付けた兵士と目が合う。目も銃同様に冷たい鉛色に思える。

頭に照準を合わされた銃口は、いつでも発射できる状態だった。引き金に指が掛けられている。だが、不思議なことに恐怖心はまったくない。

兵士の一人がパクチョリに問い掛けた。それに頷き、彼が私に「パスポート、パスポート」と繰り返し言う。身分証明の提示が求められているのだ。

私はカバンの中からパスポートとビザを取り出した。提示を求めた兵士がひったくるように取り上げ、私の顔とつき合わせながら見ている。

「○△□ウエノム○△…」

何を言ったか分からないが、ウエノムという言葉だけが聞き取れた。

私のパスポートが返却された。兵士の一人が手を大きく振って、ゲートを通過して行けと合図をした。

車が動き出した時点で、私は話し掛けた。

「パクチョリさん、検問って毎日やっているのですか？」

私の言葉を何となく理解したのか、彼は大きく頷いた。

パクチョリの返事から、検問はソウル市内では毎日行われていると思ったが、実はそうではなかった。この日の検問は特別であったのだ。

私が韓国に滞在したのは都合二週間。そのうち十日間をソウル市内で過ごした。だが、この日以外で検問を受けることはまったくなかった。

なんでも、私がソウルに到着したその日に北朝鮮からスパイが入り込んだという情報が流れ、スパイの摘発を目的に各所で検問が行われたらしい。

スパイというと映画の世界みたいだ。一人、二人スパイが入り込んだといって、どうということはなさそうだが、当時の世相がそれを許さなかった。

かつての韓国は、極度の緊張状態にあった。戦闘こそ交えていないが、両国の間に和平は成立していない。分かりやすくいえば、北朝鮮の脅威に絶えず晒《さら》されており、いわば準戦時下。いつ戦端が切られても不思議でない状態にあった。

私が韓国に降り立った当日のスパイ潜入事件がそうであり、とにかく何かあれば、ソウルに入っていく人間は徹底的にチェック、怪しい人間は何人《なんびと》だって市中に入れぬ状態が敷かれていた。

それほど過敏な過去は現在の韓国から想像しづらい。だが、厳しい軍律の下、それが粛々《しゅくしゅく》と実行されていた。

検閲そのものに手間はかからなかった。私が少年だったこともあるかも知れない。パスポート、ビザのチェック、それと簡単な質問と返答。時間にして三分もかからなかった。

走り出した車から振り返ると、兵士たちが次の車の検問をしている。一台ずつ丁寧な検問をしても交通渋滞を引き起こすほど、韓国はまだ車社会にはなっていなかった。

李家の人々

ジープが大きな家の前に着いた。ここがお世話になるレンジンさんの家である。パクチョリに促されて玄関に進んだ。石段を上ると、木々の間に玄関がある。入り口は既に開けてあり、見知らぬ大人と子どもたちが何名か立っている。ジープの音を聞きつけ家人が出て来てくれたのだ。背の高いメガネを掛けた男性、やや小太りの女性。女性の側には三人の子どもが立っている。

「いらっしゃい、あなたが洋介さんね」

石段を上ると、真っ先に体躯《たいく》のいい女性が声を掛けてくれた。

「私、レンジンよ。よく来てくれたわね」

大きな目を細めたレンジンさんの声はやや高いトーンであった。

「疲れたでしょう、あなた。さあさあ、中に入って」

　私は、「はい」と言って軽く頭を下げた。

「ここにいる間は遠慮をしないでね。あなたの家だと思って、何でも言ってね」

「はい」

　私は同じ言葉だけをもう一度言い、靴を脱いで部屋に上がった。

　広い応接間だった。三十畳は優にある。そこからは庭が見渡せる。ふんだんな樹木の中央に池があり、まるで日本庭園のような造りとなっている。

「好きな所に座って」

　私は、また「はい」を繰り返した。そして、数歩進んで一つの席に腰を下ろした。

　座りながら気になったのが、一人のおじいさんであった。応接間に白い服を着て座っている。かなりの高齢、七十歳は超えているだろう。玄関の出迎えでは、見なかった顔である。

　誰かな？と思いつつ、着ている服装に目がいく。浴衣のように薄い生地の白い服は韓国の伝統衣装のようである。

　彼は、何かを私に向かって喋り掛けてくる。だが、まったく分からない。

「無理よ、洋介さんはハングルが分からないもの」

　私の代わりに、レンジンさんが答えてくれる。それでも男性は喋り掛けてくる。顔を見ると歯をむき出して笑いながら喋り掛けてくる。だが、聞き取れぬ。私は黙ったまま、少し笑った。

「どう、疲れたでしょう」

「いいえ、平気です」

「それは良かった。何でも言ってね」

　レンジンさんの家の応接間で各人の紹介がなされた。家人は玄関に迎えに来てくれた数名と、応接間で待っていた老人であることが知れる。それに滞在中の私の世話をしてくれる女性が二人いたのだが、そのときに姿を見せてはいなかった。

　まず、レンジンさんである。前述した通り、レンジンさんは韓国の父の妹である。私にとって韓国のおばさんということになる。

　レンジンさんにはご主人がいる。迎えに出てくれたメガネの背の高い男性、李さんである。従ってレンジンさんは、李レンジンというのが正式な名前である。

「洋介さん、私ね、あなたに会いたかったのよ。とても嬉しい。このままずっといてもいいのよ」

　レンジンさんは次々と話し掛けてくる。とにかく何かを喋っていないと落ち着かないという感じだった。

「洋介さんは、今は高校生よね。学校は楽しい？」

「まあまあです」

「そう良かった。それで今は何年生？」

「二年生です」

「二年生なの、そう良かった。二年生ということは」

「十七歳です」

「そう、十七歳ね。それは良かったわ」

レンジンさんは「良かった」を連発する。私は適当な返事が見つからず、愛想笑いを繰り返していた。

彼女は肉付きがよく、愛嬌もよい。まさに近所のオバサンといった感じなのだが顔立ちは綺《き》麗《れい》であった。眉が濃く、大きな目が輝いている。鼻と口は丸い顔のバランスを保つように整っている。そして肌は白く、張りがある。韓国美人というのだろうか。

続いては、レンジンさんのご主人、李さんである。

李さんは商事会社を経営する社長さんである。会社名を『和彰通商』といい、商社だけに扱い品種が多岐に亘《わた》る。とても忙しく、国内外を飛び歩いているらしい。そういう説明を受けるが、私は頷くだけ。実際にどんな仕事か見当がつかない。

メガネを掛けた李さんは、やや神経質そうに見える。仕事をする男性の顔立ちはこんなものかも知れない。

私は話を交えながら、ご主人のことを李社長と呼ぶことに決めた。そう呼ぶのが最も相応《ふさわ》しいと思えたし、李社長も私がそう呼ぶことに対して異論を挟まなかった。

レンジンさんは私を洋介さんと呼ぶのに対して、李社長は洋介と呼び捨てにした。同じ男同士、フランクに呼びたかったのだろうか。

応接間で暫《しばら》く話を交わした。話し相手はレンジンさん、それと李社長である。李社長は実に日本語が上手だった。レンジンさんを上回る。日本語の難しい言葉もたくさん知っていた。発音が一部異なることを除けば、まったく日本人と遜色《そんしょく》なかった。

「レンジンさんも李社長も日本語がとてもお上手ですね。ソウルに来ている気がまったくしません」

私は、決して大袈裟《おおげさ》に言ったわけではない。本当にそう思ったのだ。

聞けば、韓国人の多くは日本語を喋れるという。かつて日本が統治の名で侵略していたため、日本語教育が徹底して施され、年配の人間にとって日本語は母国語とほぼ同位置を占めるまでになったという。ただ、これも地域性がある。日本語が不便なく通用するのも比較的大都市に限られており、田舎までには浸透しなかったらしい。

実際、李社長の日本語は素晴らしいものがあった。語彙《ごい》力は相当であり、教育の高い日本人と同じ程度か上回るほどであった。神経質そうな顔立ちが示す通り、難解な意志の疎通は李社長を介せば申し分なかった。そして、私よりずっと背が高い人であった。

部屋に上がったとき分かったことだが、李社長、身長百七十五センチの私より五センチは上回る。百八十センチちょっとはあろう。これも後に実感するのだが、韓国人の多くは日本人より背が高い。李社長だけが抜きん出た身長なのではなかった。

李社長、レンジンさんの間には三人の子どもがいた。出迎えのときに理解できなかったが長男、次男、そして長女という構成である。つまり、李家は五人家族。それに応接間で待っていた、おじいさんである。

三人の子どもとおじいさんは日本語が喋れない。日本語で話す私を興味深く見詰めていたが、やがて子どもたちは退屈そうにし始めた。だが、おじいさんだけは分からぬ日本語にいちいち頷き、楽しそうにしている。私が何か言うたびに大きく頷き、顔をくしゃくしゃにして笑っていた。

おじいさんは、レンジンさんの父親であった。言い換えれば、私との関係は祖父と孫ということになる。だが、まったくの初対面だし、言葉も交わせぬ間柄だけに不思議な気持ちで接するのが精いっぱいだった。

そのおじいさんだが、李家で一緒に暮らしているわけではなかった。私が韓国にやって来たので、ソウルから離れた田舎（地名を聞いたが記憶できなかった）、そこから顔を見にわざわざ出て来たというものだった。

ファースンと紅茶

次に紹介されたのが二人の女性であった。李家に住み込みのお手伝いさん、若い女性と中年の女性である。レンジンさんに呼ばれた二人は、応接間に入らず、姿勢を正して私の前に現れた。

「左がホーギャン、右がファースンね」

ファースンと呼ばれた若い女性が私の面倒を見てくれるという。年齢は私と同じぐらいに思えた。ファースンは、まったく日本語が喋れなかった。紹介を受けたとき、恥ずかしそうに頭を少し下げ、また、直立の姿勢に戻った。

ひと通り李家の人々が分かった段階で、私は母から預かった土産物を取り出した。誰にどう手渡していいか分からない。私は母から言われましたのでと言うだけで、終わってしまった。

「洋介さん、疲れたでしょう。洋介さんをお部屋に案内してあげて。お部屋は二階よ。狭い所だけどゆっくりしてね」

レンジンさんがファースンに言い付けた。私がファースンを見ると、小さく頭を下げ、立っていた場所から一歩前に進んだ。参りましょうと体で示している。

李家の皆に見られる中、席を立った私は、ファースンの案内で滞在中にあてがわれた自分の部屋に向かった。

前を行くファースンが振り返る。こちらですと、体で示している。応接間と仕切りのある廊下を数歩進み、二階に続く階段の上り口に立ち、再び軽く頭を下げる。私も頭を縦に一度振って、分かったとの合図に換えた。

自分の部屋に向かうのに案内が付いている。しかも、それが同じ歳ぐらいの女性である。こんな経験はかつてない。大きな家だが、教えてもらえば一人で行ける。心の中に言い知れぬものが少し忍び込んだ。

私の部屋は階段を上がってすぐの一室であった。机とベッド、壁掛けだけの殺風景な部屋だった。だが、充分な広さがある。この部屋が、韓国に滞在中の拠点となる。

窓に近づき、外の景色を見る。なだらかな坂のずっと向こうまで家屋が連なっている。どの家も立派な住まいに思え、この辺りの生活環境が窺《うかが》い知れる。

私は、カバンの中から身の回りのものを取り出した。部屋に案内してくれたファースンの姿は消えている。暫く一人にしてくれたのだろう。だが、一人になって何もすることがない。持参した荷物だって、着替え程度。そこらに配置すれば終了。さしあたっては座っているだけである。

にしても、この部屋の調度品は極端に少ない。色のあるもの、音の出るものが一切ない。クリーム色の壁がやけに目立ち、それがすべてといった按配《あんばい》である。

多分この部屋は、李社長の子ども三人のうち、誰かが普段使っているのだろう。私の滞在で急遽《きゅうきょ》開放するとともに、それまでの生活史を想起させる私物を片付けたに違いない。

不都合はない。だが、多少の違和感は拭《ぬぐ》えない、最たるものが床である。冬場の暖をとるオンドルのため、応接、廊下、各部屋いずれもがそうである。畳の生活をしてきた私にとって、タイルの床は馴染《なじ》めない。

それに部屋と廊下の間に仕切りがないのも違和感を増長させていた。どの部屋にも扉がなく、誰でも好きなときにふっと入れる。入り口辺りを誰かが通ると、その姿が認められる造りだけにプライバシーなんてどこ吹く風。

家族だけが住む造りだけに、これで別段構いもしないが、肌が馴染むにはもう少し時間がかかりそうだった。

私はベッドに腰掛けたり、窓から外を覗《のぞ》いたりを繰り返した。

暫くすると、入り口に人の気配がした。ファースンだった。お茶を携えている。私のために運んでくれたお茶だった。

私はファースンに頭を下げた。ファースンも頭を下げて、床にお茶を置いた。彼女は、黙って部屋を出て行こうとした。

「あのー、きみ」

私は、ファースンを呼び止めた。何かを彼女と話してみたかった。彼女は「イェー」と言って立ち止まった。

「きみ、いやファースン、ここでは長く働いているのかい?」

だが、彼女は答えられなかった。日本語が喋れないのは分かっていたが、あれでもと思った。

「歳を訊《き》いてもいいかい?」

ファースンは、困った顔をしている。私は、自分の胸に手を当て、次に指を順番に開いていった。片手を開いて五つ。もう一方の片手を開いて二つ。そして今度は両手を開いて十の合図をし、再び自分の胸に当てた。

「分かるかいファースン、僕は十七歳、十と七歳なんだ。あなたは?」

ファースンは首を傾げた。

「十七歳、分かるかな、これが僕の歳だよ」

「ジュー…」

「十七歳」

答えるとともに、もう一度さっきの指を開く動作をして見せた。

彼女はまっすぐに私の指を見ていた。そして頷いた。

「そうか、分かってくれたんだ。僕は十七歳、よろしくね」

彼女は、イェーと言って恥ずかしそうな表情を浮かばせて、頭を下げて出て行った。

ファースンは幾つになるのだろう。私と同じぐらいの年齢に間違いない。でも私とは世界が違う。私は、夏休みを利用してソウルに来ている身分だし、ファースンは私の専属お手伝いとして、この家で働いている。この違いは若い女性にとって、恥じらいを見せるしか表現できないのではなかろうか。私の心は、彼女と話せた喜びがすぐに消滅していくのを感じていた。

一時間ほど部屋にいた。ファースンがまた姿を見せた。私に向かって手招きをする。下に来なさいという。私は、彼女の後に従った。

階段を下りながら、前を行くファースンの姿を見下ろす感じになった。後ろから見た彼女の髪は長く、頭の後ろで束ねている。解《ほど》けば肩にかかるぐらいの長さであろうか。そんなたわいないことが記憶に残った。

下では食事の用意ができていた。例の応接間のテーブルに食材が山と盛られている。メインは焼肉らしい。焼肉は私の大好物だ。

「洋介さん、韓国料理は焼肉が多いのよ。焼肉はどうかしら?」

「ええ、大好きです」

「そう、良かった。たくさん食べなさいね」

レンジンさんの言い方が温かい。気の置けない気分にさせてくれる。こうして夕食が始まった。

テーブルに李家の人々が着き、普段にない注目を浴びつつ、私は焼肉に箸を動かした。箸は金《かね》の箸である。日本の木箸と違って、重く動かしにくい。

口に伝わるやさしさがなく、味が半減する。それでも懸命に箸を動かし、せっせと胃に運んだ。たくさん食べることが、高校生の私にできる感謝の表現にほかならなかった。

緊張はあったが、美味《おい》しい焼肉だった。量もふんだんにあり、日本で食べたことがないほど大量の焼肉を口に運び続けた。

「ご馳走《ちそう》さま」

私は殊勝にも手をしっかりと合わせた。滅多《めった》にしたことのない動作である。これも遠慮からくる所作の一つであった。

ふーぅ、気付かれないよう小さく息を吐き出した。食べ過ぎであった。

部屋に戻ると、ファースンがまたお茶を持って来てくれた。

「ありがとう、ファースンナー」

私は、このときからファースンの呼び方を少し変えていた。ファースンにナーを付けて「ファースンナー」と呼ぶようになった。食事のときに、李社長やレンジンさんがファースンナーと呼んでいたのに倣《なら》ったもので、ナーは日本語の「さん」に該当するものだろう。

ファースンが引き上げ、ベッドに転がったが、頭の中に浮かんできたのが一つの疑問であった。

私が韓国にやって来た最大の理由は、父に会うためである。だが、そんな気配は微塵《みじん》もない。おばさんに当たるレンジンさんの家に来て、歓待されただけである。父が、どこかから現れそうな様子もない。きっと今日は会えぬ用事でもあるのだろう。会えるのは明日か、明後日か。さほど気に掛けぬことにして眠りに落ちていった。

ポケットの小遣い

翌朝を迎えた。日差しが眩《まぶ》しい。広島との気候に大きな違いはない。ただ、湿気が少ない分、カラッとしている。

朝食は、重湯のようなご飯に野菜がどっさりと出された。昨日の夕食もそうだったが、韓国の食事にはやたらと野菜が出る。

野菜嫌いの私にとって、大量の野菜が食卓に並ぶのは閉口である。まず、食欲が減退する。皿に盛られた野菜を最後まで食べ切る自信がない。いきおい、中途半端に残してしまう結果が見えている。

折角《せっかく》の食材を残すのは、見た目に感じが良くない。すると、箸をつけずにそのままにしておくのが無難に思える。色々と算段して出された料理だろうが、私の関心は薄かった。

それに、昨晩食べ過ぎたせいもある。半ば義務感で箸を動かすが、体が要求していない。やはり、ここに来るまでの気疲れが堆積しているのかも知れない。

私は、よそってもらった一膳をいただくと、ご馳走さまをした。李社長やレンジンさんは、もっと食べろと勧めてくれるが、お腹はいっぱいの状態だった。

朝食の席には、例の白い服のおじいさんもいた。彼の席にはお茶だけだった。私が起きる前に朝ごはんを済ませたのだろう。

私が食べている間、おじいさんはちらちらと見てくる。終始、笑顔を絶やさない。ときどき視線が合うと、笑顔を一層広げて「ハラボジ、ハラボジ」と言う。ハングルでおじいさんを指す言葉だと李社長が説明をしてくれ、私が照れながらハラボジと言うと、笑った口を、さらに大きく開けた。

李家にいる間、おじいさんとの会話はハラボジ一つであった。ほかに何かを喋った記憶はない。それでも充分だったに違いない。

「今日はソウルの街を観光しなさい」

食事を終えた私に、李社長が話し掛けてきた。そうよ、そうよとレンジンさんが微笑みながら話に乗ってくる。レンジンさんが、ソウル市内の見所を色々と教えてくれる。李社長は仕事で案内ができないが、ぜひ出掛けてみなさいという。私は大きく頷くが、昨日の検問が頭に浮かび、大丈夫かなと少し不安になった。

朝食時に子どもたちの姿はなかった。食べ終えて外に出掛けたという。夏休みなので、図書館かクラブ活動にでも行ったのか。彼らは、私より五つ、六つ若い。小学生から中学生であった。

食事が終わり、話にも一区切りがついたので、私は、もう一度手を合わせ、食卓から立ち上がった。すると、李社長が私を呼び止めた。

「洋介、ちょっといいかな」

こちらに来なさいという。私はちょっと体を固くして、背の高い李社長の前に進んだ。

私が近づくと、「これを」と言って、唐突な感じでむき出しのままのお金を握らせた。

「これって…」

「洋介の小遣いだ。好きなように使いなさい」

「いいのですか?」

李社長が鷹揚《おうよう》に首を縦に振り、私は恐縮して受け取った。

かなりの枚数だった。片手いっぱいの札束で重さも相当ある。それがどれだけの金額になるのか咄嗟《とっさ》には分からなかった。

頭を下げた私は、部屋に戻って枚数を数えた。紙幣はすべて薄い緑色で一万ウォンと印刷されてある。十枚、二十枚、数えていくと八十枚もあった。八十万ウォンである。私は何度も数えて枚数の多さに驚いた。

お札は、どれも綺麗ではなかった。皺くちゃがほとんどで、一部が破れていたりもする。損傷の激しい紙幣はセロテープで補強してあり、なんとか流通に耐えうる状態にしてあった。

一体、いくらになるのだろう。私は、頭で日本円に換算した。

金浦空港に着いたとき、日本円一万円分を韓国ウォンに換金して、差し出された枚数を思い起こしてみる。確か…あれは、一枚の紙幣が十七枚の紙幣になって戻ってきた…すると、一万ウォンが日本円で六百円強。李社長から渡された八十万ウォンは、日本円の五万円弱に値する。高校生の私には、びっくりする大金だった。

当時、日本の大卒初任給が二万円そこそこ。まさに大金、小遣いどころの騒ぎではない。おまけに、のちのち分かってくるのだが、韓国の物価は極めて安い。日常生活のちょっとした買い物や交通費なら、ほとんどがコインで足りる。日本円の十円や一円に相当する百ウォンや十ウォンが充分に幅を利かせていた。

私は、紙幣の半分以上を持参のバッグに納め、三分の一程度を半分に折り曲げてポケットに詰め込んだ。

俄にポケットが膨らんだ。どうもポケットが気になって仕方がない。ポケットの紙幣を取り出して、もう一度半分をバッグに詰め込んだが、それでも丸めたハンカチぐらいの厚さがある。こんなにポケットにお金が入ったことはなく、何だか偉くなった気分となった。

李社長が出社する時間となった。私も、レンジンさんたちと一緒に玄関まで見送りに出た。玄関には迎えの車が来ている。帽子を脱いだ運転手さんが李社長にお辞儀をし、後部ドアを開けた。李社長は慣れた様子で車に体を押し入れた。

「洋介、お昼を一緒に食べましょう」

出発間際に李社長が言って、車は出発した。

「お昼を一緒にかあ」

私は人知れず呟《つぶや》いた。食べ終えたばかりの私に、もうお昼の約束である。何だか食事の回数が多いように感じられた。

午前中は応接間から庭を眺めたり、自分の部屋に戻ったりして時間を潰した。大したことはしていないのに、もうそこに昼がやって来ている。食事はともかく外出は嬉しい。私は、膨らんだポケットを意識しながら、出掛ける時間を見計らっていた。

外出には迎えが来ていた。たかが高校生の外出にもかかわらずである。

迎えはジープであった。運転手は空港まで迎えに来てくれた昨日の人、パクチョリである。相変わらずの笑顔いっぱいの出迎えであった。

ソウルに滞在中、彼が外出時の運転手を務めるという。私よりずっと年上。四十代半ばぐらいの年齢の人に申し訳ない気持ちとなる。

パクチョリに対しては、単なる運転手でない予感をあり余るほど抱きつつあった。彼の法外な笑顔がそうだし、李家専用の運転手とも思えぬのに、私の付き人になっている。だが、それがどこから来るものか、まだ見当もつかなかった。

疑問と私を乗せたまま、ジープは発進した。

通常の座席より一段高いジープは決して乗り心地はよくない。道路事情をあまねくタイヤが拾って体に伝えてくる。けれど外の景色の物珍しさに目が奪われて不快感は生じてこない。あの図形のようなハングル文字は奇妙であり、可笑《おか》しい。記号としか思えないハングルが、あんなに堂々と、しかも誇示せんばかりに氾濫《はんらん》している。

だが、可笑しさの中に厳しい生活がちらちらしている。人々は生き生きと動いているが、すべて生活のため一色に見て取れる。動きに遊びがなく、顔つきに穏やかさが少ない。

それは大人だけではない。子どもの世界も似たようなものである。小学生に上がらぬかどうかの子どもたちの働く姿が街中のあちこちに見られ、みな頬がこけ着衣は汚れている。

そういえば、李家に行くまでの道すがらも随分と子どもたちが働いていた。道路脇、店先、路地での物売り、労働力として知れてはいるが、間違いなく働いている姿だった。

それはかつての日本の姿であった。私がもっと幼い頃、ひょっとしたら生まれる前か終戦直後の日本の姿に似ている。

よく、韓国は日本と十年の差があると言われるが、この時間的距離を実感できる国情である。物は乏しく、豊かさを求めるなんてとんでもない。毎日を精いっぱい動いて、ただ、明日に生を繋《つな》ぐためだけに働き続ける。

大層生意気な言い方だが、そんな光景が韓国いっぱいに拡がっている。ジープに揺られながら、目の前に展じられる現実がそうだった。

景色といえば、一つ分からないものがあった。民家の壁に二十センチ四方の穴が幾つも空いていることだ。この穴は李家の近くだけではない。どこの家でも見受けられ、四角い穴の間隔は概ねどれも等しいものであった。

注意して見ると、穴は家の壁だけではなかった。壁や塀に相当する遮蔽物《しゃへい》があれば、所構わず穴が開けられていた。だが、一体、何を目的にしているものか見当がつかなかった。

私は疑問をパクチョリに尋ねたかったが、差し控えた。彼にどう質問していいか分からないし、彼だって返答に困るだろう。

ジープは明洞《ミョンドン》という街に入った。ソウル最大の繁華街、日本でいう銀座である。この一角に李社長の会社がある。

とある場所にジープが停車した。パクチョリが人差し指で、二度ほど地面に向けてツンツンとする。着いたという合図である。私は「分かった」と答えた。

李社長との昼食

李社長がビルの一角から現れた。私は、すかさず車から飛び降りた。やあ洋介、と手を振って近づいてきたが、何だかフランクな気持ちになれない。

李社長は、どこか別世界のお偉いさんというイメージが強く、自然と体が硬くなってしまう。この人が李家の絶対的な人であり、すべての決定権を握っている。おまけに、今朝はたんまり小遣いまで貰《もら》っている。負い目を感じる必然は揃い過ぎている。

「食事に行くのは、この近くだ」

「はい」

私は、少し大きめの返事をした。

同行したのは、ビルの二階にある韓国料理店だった。ここで韓国料理の定番、ビビンバにスープをいただくという。パクチョリは、近くで待機するみたいだった。

半分も埋まっていない静かな店内に入ると、お世話をする女性が現れる。李社長はこの店の馴染みらしい。女将《おかみ》と軽口を叩いたのを挨拶とし、私たちは店の奥に入っていった。

私、そして向かいに李社長が座った。もうすぐ料理が運ばれて来るのだろう。だが、待ち遠しくはない。それより不安である。どれほどの量の料理が来るのだろう。

店の女性が料理を持って現れたが、やはりであった。見る見る間に、韓国野菜が食卓にどっさり並べられていく。たった二人の食事に、どうしてというぐらいテーブルの上が賑《にぎ》やかになり、見ただけで満腹感が込み上げてくる。

元来、私はさほど食べる方ではない。同級生たちと比べてそうだし、歳の近い男性を見て、よくあんなに食べられるものだと思ってしまう。

だから、毎回テーブルにずらっと並べられる韓国の食事には強い抵抗感を覚えてしまう。いくら野菜が体によいと言っても限度がある。一人の人間が食べられる量だけ並べればいいのであって、これでは拷問に近い。十を超える皿に盛られた野菜を見ただけでゲンナリしてしまった。

「洋介はあまり食べないのだね」

李社長が箸の遅さを心配する。気遣ってくれたひと言が余計に気持ちを重くしてしまう。

できるだけ食べよう。我慢してでも食べるのだ。普段なら箸をつけないような物にまで努力を傾けた。

大体、韓国の料理は全体的に辛い。そして、色が赤い。この味と色が食欲に結びつかない。多分、伝統食のキムチをベースにしたものが中心で、食べ物の多くに赤味が幅を利かせている。キムチがなければ料理とは言えないらしいが、私にとってはキムチとは、せいぜい年に一度、機会がなければ十年に一度出合えれば充分という関係である。

それが毎回、毎回これでもかというぐらい出てくる。茶碗一杯分も毎回出されるキムチにどう対処すればいいのか。箸をつければ残してしまう。箸をつけなければ、尻の座りがよくない。なんやかや悩ましいのがキムチであった。

小一時間の昼食にどれほど食べたか、自信がない。とにかく無理をして詰め込んだという状態だった。

お茶が出された頃、私は明洞に来るまでに見た光景の疑問を口にした。

「李社長、家の壁に四角い穴が開いているのをたくさん見かけたのですが、あれって何なのですか？」

「壁の穴？」

李社長は私の疑問が一瞬分かりかねたようだった。

「壁の穴ねぇ…」

「ええ、そうです。一軒だけじゃありません。どこの家の壁にも開《あ》いていました。このくらいの穴です」

そう言って、私は両手で穴の大きさを表した。

「ああ、あれね、あれは銃口だよ」

　予想外の返答だった。

「銃口と言いますと？」

「北朝鮮が攻めてきたときに、壁の穴から鉄砲を出して撃つのさ。射撃用の穴なのだよ」

「鉄砲を壁の穴から出して撃つのですか」

「そうさ、戦争が始まったら敵をやっつけねばならないだろう」

　私の疑問は解けたが、俄に信じがたかった。そういうものが民家のあちこちにあり、それを淡々と話す実情が日本とかけ離れた感じを抱かせていく。

「それで、実際に使われたことがあるのですか？」

「今のところはないね。でも分からない。北朝鮮は心を許してはいけない隣国で、過去、韓国の人間は随分と苦しめられたからね。洋介は朝鮮戦争を知っているだろう。共産主義を標榜《ひょうぼう》する北朝鮮が韓国に攻め入って、このソウルだって蹂躙《じゅうりん》されたことがある。ああいった事態がいつ起こるか分からない。何かあってからじゃ間に合わないので、普段から備えをしているのだ」

　話を聞きながら、昨日の検問がまた頭に浮かんだ。たかが、隣国のスパイの潜入にしては物々しい警戒ぶりだった。韓国は北朝鮮に決して気を許しているわけではない。何かの拍子に戦端が開かれ、いつまた戦争状態に戻ってしまうかも知れないのだ。

「洋介のお母さんは、そういう意味では苦労をしたね。君のお父さんだってそうだ。お二人とも朝鮮戦争を体験しておられる。多分、詳しい話は聞かされてないと思うが、そのうちおいおい分かる。日本と韓国はずっと微妙な関係にあったし、韓国と北朝鮮は複雑な関係を維持し続けている。ただ、国と国の瑣末《さまつ》は国民に大きな悲しみと憂いを与えてしまうものだからね」

李社長の言葉は難しかった。高校生には真意を測りかねるニュアンスがかなり含まれていた。

「李社長、もう一つお聞きしていいですか?」

「なんだろう?」

「昨日、ソウル市内に入ってくるとき検問がありました。それで私を停めた兵士の言葉の中にウエノムという言葉があったのです。何という意味なのでしょうか」

「ウエノム!」

「そうです。それだけが分かりました」

「そうか、でもそれは知らなくていい言葉だな。忘れることだ」

李社長は言明を避けた。何という意味だろう。それだけに、このウエノムという言葉が余計に記憶に残った。

私は、もっと話を聞きたかったが、仕事の都合もあってそうはいかない。ほぼ一時間が経過した頃、その場はお開きとなった。

昼食を終えて李社長と別れた私はほっとした。少しソウルの街を見物しなさいという言葉にも救われた。頭を下げ、角で待っていてくれたパクチョリの所に戻ると、一日が終わったようにさえ感じた。

執拗な売り子

パクチョリと私は、車を停車させたまま暫《しばら》く歩くことにした。道行きに大きな建物が見える。

「パクチョリ、あれは?」

パクチョリは答えない。だが、なんとなくデパートに思えた。

やはりそうだった。入り口まで来て、それと知れた。五階建てのデパートだったが、華やかさに欠ける。田舎の大型スーパーといった雰囲気だが、店内の女性は一応誇らしげにしていた。デパートで働ける女性は恵まれた環境を甘受していることになるのだろうか。

デパートの中は閑散としていた。ちらほらとしか人を見かけない。いきおい私とパクチョリの動きは、視線を集めてしまう。

一階から二階、そして三階と腹ごなしをかねてのブラブラである。だが、購買意欲を掻《か》き立てられるものはない。洋服はファッション性に劣り、家電製品のセンスも陳腐に思える。眺めている間に、「韓国は日本とは十年遅れている」という、あの言葉が蘇ってくる。

確かにそうだと思う。頼りない高校生の目で見ても日本とは歴然たる差を感じてならない。今や中進国の仲間入りを果たした韓国だったが、先進国に並ぶのは随分先のことに思えた。

総体的に退屈なデパートであった。だが、私は多少の優越感に浸っていた。この気持ちになった大きな理由はポケットを膨らませている紙幣、それと私の服装にあった。

街を歩いて分かったことだが、私のような服装をしている若者は皆無であった。みんな作業着の延長のような服装である。

私の服装は日本では特別のものではない。ちょっと気の利いた若者なら当たり前の服装なのだが、韓国の衣料とは異質の光彩を放っている。着ているものだけで、韓国の人間ではないと知れる服装であったのだ。

これだって韓国に来るためにわざわざ購入したものである。日本にいる間は、こうではない。たまたま普段縁のない洋服を着ているに過ぎないが、それが道行く人の目を引いてしまう。人から見られる感触って、こういうことかと初めて知ったのも韓国の街であった。


デパートの中には一時間ほどいた。時折、ポケットに手を当ててみる。韓国ウォンの紙幣で充分に膨らんでいる。普段なら考えられない買物だってできる。遠慮がいらないお金でもある。

だが、私には欲しいものがなかった。もともと、買物に関心が薄いこともあった。並んでいる商品に魅力がなかったことも要因している。それでも土産物コーナーに来ると、ちらちらと目が動いた。母に何かを買って帰ろうという思いが起ってきたからだ。

最初に目に付いたのが、朝鮮人参であった。二股に分かれ、グロテスクな朝鮮人参は、ご大層にホルマリン漬けのように透明なビンに収まっている。見た目は悪いが、滋養に最高の威力を発揮するという。これを買えば、薬漬けの母の体をどれだけ助けられるか。そんなことを思いながら見ていると、デパートの売り子が盛んに勧めてくる。この客、脈ありと見られたのだろう。

売り子は、私の側にピタッと張り付いた。側に来るなり、急激に喋り始めた。あまりの早口で叱られているような喋り方だ。

何を言っているか分からない。視界に入る彼女の顔としきりに動く口許《くちもと》が気に掛かる。厚く塗られた化粧は怖い感じだし、どぎつい赤の唇に美しさは感じない。私は、彼女から視線を逸らせた。それでも一方的に喋ってくる。

説明らしきものは止《や》む気配がない。人気《ひとけ》の少ないデパートの中で私一人が集中攻撃を受けている。別の売場の女性たちの視線も幾つか重なって、私に刺さってくる。買うのか、買わないのか、そんな視線だろう。私はとても恥ずかしい気分になっていた。

三分程度は黙って聞いていた。購入意欲は完全に飛翔《ひしょう》していたが、なかなかその場を逃げ出せずにいた。

救いの手はパクチョリによってだった。彼が何かを言い、やっとセールス攻撃は遠のいた。困惑気味の私を見かねて、売り子の女性に言い聞かせてくれたのだろう。

昨日の検問もそうだったが、パクチョリには困ったときに救われている。どう対応していいか分からない場面に彼がいる。不思議な存在に思えてならない。どちらにしろ、その場から離れられたのはありがたかった。私は彼の好意に甘えて、もう暫くデパートを徘徊した。

一階の奥に進んだ。貴金属売り場だった。ここも普段まったく縁がない。だが、私は立ち止まった。宝石、ネックレス、ブローチ…、それらを見ているうちに私の頭に一つの考えが纏《まと》まっていった。母への土産物は「金」にしようというものである。

不用意につまらないものを買うより、換金性に優れている金ならば何かのときに役に立つ。李社長から頂いたお金でどれほどの金が買えるか別にして、これは有効な使い道に思えた。

だが、金を購入するのはソウルを離れる最後の日にしよう。滞在中にウォンが必要な場面があるかも知れない。私は、ポケットに突っ込んだ手を空のまま取り出した。

デパートを出た後は、再び明洞の街をブラブラしてみた。賑やかである。華やかである。この街が休戦状態にあるとは思えない。しかし、ことあれば戦場と化す危険性を孕《はら》んでいる。明るい街に降り注ぐ日差しの中に、どこかしら隠れている影の気配が感じられた。

子どもたちのアニメ

李家に戻った私は、夕刻まで子どもたちと過ごした。彼らが遊ぶゲームに付き合った。ゲームは積み木のようなものである。絵が書かれた木片をルールに従って集めていく。幾つかの木片が集まり、一つの図柄が完成すれば終わり。図柄によって得点の過多が決められている。

勝利は圧倒的に長男のスンヒが収めた。彼は中学生、このゲームに精通している。彼は、少し日本語が理解できる。スンヒはゲームに勝つと、「やった！」と日本語で歓喜の声を上げた。

ほとんど勝てなかった長女は負けず嫌いらしく、何度も何度も再挑戦してくる。やっと小学校に上がったぐらいの長女にとって、このゲームはことのほか熱中できるもののようだ。

私は五戦ほど参加し、一つも勝てずに根を上げた。それを彼らたちは嬉しそうに笑う。笑っている顔に国境はなかった。

私は「ちょっと休憩」と言って、その場を離れた。私が外れた後も子どもたちだけのゲームは続けられていた。

二階の部屋に上がる前、私は少し気になってファースンの部屋の前を通り過ぎてみた。ファースンは一階奥の北の部屋があてがわれている。

廊下を通って、扉のない部屋まで来るとファースンが横になっているのが見えた。どうやら昼寝をしているらしい。体にタオルを巻いて、背中を丸めた姿勢で体を投げ出している。

ファースンを見たのは、その一瞬だったが、彼女の部屋も実に殺風景だった。私の部屋以上に何もない。空き部屋に転がっているという感じだった。私はこういうものかと思いながらも、多少割り切れぬ感情を抱きながら二階に上がっていった。

部屋に戻って、ファースンの横になっている場面が浮かんできた。あのままの姿勢で寝て、体が痛くないだろうか。床に体を投げ出した姿勢で休息になるのだろうか。

床がタイルということは、大層硬い。石の上に寝ているようなものである。だが、ファースンはタイルの上にそのまま寝ていた。

住み込みで働いている彼女は、李家の家族、それにたまたま加わった私の世話で疲れは倍加している。横になったとて何の問題はない。

彼女にとって、寸暇を惜しんで体を横にするのは贅沢《ぜいたく》の一部かも知れない。しかし、あれで疲労は回復するのだろうか。私は、同じ年頃の女性と自分の境遇を見比べて、説明できぬ何かを感じてもいた。

一時間余りが経過した。ファースンが私を呼びに来た。夕食だという。お腹なんかちっとも減っていない。それでも食事時間がやって来る。一食か二食抜いても構わない。まったく食欲を感じぬまま一階に下りていった。既に階段途中で気付いたのだが、また、韓国料理の匂いがする。昨日も食べたのに焼肉にニンニク、さらにキムチの匂いが漂っている。

「洋介さん、さあご飯よ。お待たせしたわね」

レンジンさんが嬉しそうに手招きする。焼肉が大好きな私だが、鼻にざわめきを覚えながら食卓の椅子《いす》を引いた。李社長は、いつの間にか戻って食卓に座っている。

「李社長お帰りなさい、それと今日はありがとうございました」

「あれからどうしたのかな?」

「明洞の街をパクチョリと一緒にぶらついていました」

「そうか。その話はまた聞くとして、とりあえず食事にするか」

「さあ、皆も座って」

レンジンさんが声を上げた。

子どもたちがバタバタと椅子を引く。レンジンさんの合図で一斉に箸が動き出し、食卓に賑やかな音が飛び交う。

「この子たちは、もう大人と同じぐらい食べるのよ。でも洋介さんは、あまり食べないのね」

「そんなことありません。美味しくいただいています」

「それなら良かった」

レンジンさんの例の口調が飛び出し、続いて問い掛けられた。

「明洞の街はどうだった。賑やかだったでしょう。あそこは何でもそろっているわよ。何かお買い物した？」

「いいえ、見て歩くだけでした。何を買っていいか分からなかったのです」

「男の人はそれでいいのよ。洋介さんもやっぱり男ね。良かった」

レンジンさんがあれこれ気を配ってくれる。しかし、私は箸を動かしながら、子どもたちが見ているテレビの画面が気になって仕方なかった。彼らが見ていたのはアニメである。

細かいストーリーは分からぬが、赤い星をつけた鉄兜《てつかぶと》の兵士が農民を襲い、傷つけたり、さらったりしている。そのうちに兵士の姿が狼《おおかみ》に変身してしまうという画像である。幼い子どもが見る映像にしては、かなり刺激的だし、見せてはならないものに思える。

映像はすぐに終わった。別の番組が始まったのだが、暫くするとさっき見た映像とまた同じものが流れ始める。

どうして同じものが？ 私の頭に疑問が浮かんだ。食事をしながら画面に注意を向けていると、三回目となる同じ映像が流れた。

「李社長、このアニメですが、さっきから同じものが流れていますね」

私の質問に李社長はテレビに顔を向けた。

「ああ、これかい、これはコマーシャルだよ」

「でも、商品の宣伝はどこにもないようですが？」

「コマーシャルといっても国営の宣伝でね、北朝鮮と韓国の関係を教えているのだ。共産主義に犯されると大変なことになるぞということをね」

「そうですか…」

と言って、私は顔を移した。画面では再びあの兵士のアニメが流れている。

鉄兜に赤い星をつけた兵士はいかにも悪人面で、意味なく農民を傷つけると、口を大きく開き笑い転げている。

画面が次の場面に移った。農民の娘を兵士が連れ去っていく。

恐怖に怯《おび》える娘の土下座姿を赤い星の兵士が見下ろし、やがて唇の端から血を滴《したた》らせると兵士顔が狼の顔に変わっていく。狼は「敵」である北朝鮮を暗示しており、そういう悪を幼い頃から認識させる画像が繰り返し流され続けている。

李社長の三人の子どもたちにとって、北の脅威は実感としてないだろう。高校二年生になった私にとってもそうだ。これまでに迫害を受けたことも危害を受けたこともない。

だが、私たちの親は別である。特に大陸（中国）に渡って生活をしてきた人々が、共産主義の猛威に晒され、人の死に直面し、生死を分かつ場面を潜《くぐ》り抜けたのであろう。自分たちを脅かすものは共産主義であり、それは人道に反するものであったに違いない。

大陸から日本に引き揚げた人たちがよく、あれほど過酷な状況はなかったと話すのが思い出される。日本人の素直な気持ちであろう。

だが、北朝鮮の人たちにとっては逆である。資本主義を標榜する日本や韓国は許されざる人間である。拝金思想に染まり、人間の優劣を金の尺度で測る。人間の価値はそんなものではない。これらの国は許せない。彼らに正義の鉄槌《てっつい》を浴びせ、人民を正しい方向に導こうとして隣国（韓国）に攻め入ったとしてなんの咎《とが》めがあろう。充分な思想と正義が存在し、命を懸けて進むに等しい論理が構築されてきたのが北朝鮮なのであり、そして国境が引かれたのだ。

だが、と思う。それが本当に正しいことなのか、と思う。

例えば、李家の実態がそうである。国の未来を背負う子どもたちが、生まれ落ちた偶然で一つの色に侵蝕されてしまう。

テレビを見ている子どもたちには、複雑な国情を判断する思考は充分に養われていない。与えられるものがすべてであり、正当な判断を有する前に体の隅々に吸収されてしまう。人格の形成は生れ落ちた地の実情を養分として、正鵠《せいこく》無比《むひ》のものとして成長を果たしてしまう。それが北朝鮮の共産主義であろうと韓国の資本主義であろうと厭《いと》わない。

まさに李家の子どもたちがそれであろう。そして、この時間、テレビを見ている韓国の多くの子どもたちがそうであろう。

逆に言えば、同じ様な場面が北朝鮮でも繰り広げられているに違いない。いや、もっと過激に、より刺激的なプロパガンダが容易に想像できる。北朝鮮で見せられているものは狼どころではないかも知れない。

子どもたちは、何の疑問も抱かずテレビ画面に食い入っている。一日の間に、どれだけあの映像が流されているのか。ディズニーの絵のように鮮やかな洗脳アニメは、適当な時間を経ては何度も何度も繰り返し放映されていく。

赤い星をつけた兵士が狼になっていく図は、まさに刻々と子どもの心に植えつけられていく。視覚で焼き付けられた狼は、私利私欲のために動く狡知《こうち》の象徴であり、許すべからずの悪である。悪はいずれ正義の前に屈服しなければならない。どんなに威勢を誇っても最後には正義の前に跪《ひざまず》く。アニメに準《なぞら》えて、幼い子どもの洗脳が進められている。

画面を見入っている子どもたちの心に、こう刻まれるだろう。自分たちは大人になって北と戦わねばならない。戦うことは正義であり、貫き通さねばならない。生きる使命の一つがそうであり、疑いを挟む余地はない。画面を見詰める小さな三つの後ろ姿は、そう私に語り掛けていた。

夜半、うっすらと目が開いた。喉に渇きを覚えていた。香辛料が入った韓国食を摂取すると、体が水分を求めてくる。

私は、ファースンが用意してくれた紅茶をカップに注いで飲み干した。生ぬるくなっているが美味しい。ソウルに滞在して二日しか経過していないが、最も口に合うのがこの紅茶であった。二杯目の半分ほどを飲んで、窓から外の景色を見た。

静かである。ぽつぽつと家屋から漏れる明かりが点在するだけで、街はひっそりと息を静めている。波の立たない暗い海がどこまでも続いているように思える。にしてもあまりに寂しい静けさである。夏にもかかわらず肌寒い風が忍び寄ってくる。ところどころに見える明かりがなければ、人が住む街とも思えぬ。

不思議に思えた。ずーっと向こうまで、人の気配がない。一千万の人口を抱えるアジア有数の大都市だが、不気味なほど静かである。一旦、気になると頭の隅にこびりついた。どれだけ窓辺に佇《たたず》んでいたか。その間、私の目には誰一人として人間の姿が映ることはなかった。

窓の外が明るくなった。ソウルの朝がやって来た。夜中にときどき目が覚めたが、横たえた体を起こすことはなかった。

目を擦《こす》っているうちに、昨夜の静かな街の景色が蘇ってくる。見渡す限りの人家が息を潜め、どこまでもまったくの無音の世界。海の底のような光景であった。

服を着替え、朝ご飯をいただくため階下に向かう間も昨夜の沈黙の街が気に掛かっていた。

「おう、洋介、よく眠れたかい」

ダイニングに入ると、李社長が声を掛けてきた。

「夜は結構涼しいだろう」

「はい、昼間とは随分違います。昨晩も涼しい風が吹いていて気持ちが良かったです」

「そうか、それは良かった。日本と比べてどうだい」

「湿気をほとんど感じません。広島には凪《なぎ》といって、夏の夕刻に風がまったく吹かない時間帯があります。凪になると、蒸し風呂に入っているような状態になってしまいます」

「そりゃ大変だ。さぞかし暑いだろうな」

「はい、とても暑いです」

私の返答に李社長の目は笑っていた。

「李社長、ちょっと聞いていいですか?」

「なんだい」

「昨夜、目が冴《さ》えて外の景色を見ていたのですが、街が随分と静かに思えたのです」

「それが何か…」

「夜が静かなのは当たり前なのですが、静か過ぎる気がしたのです。何だか街から人が消えてしまっているような」

「そうか、洋介は街が静か過ぎて疑問に思ったのだな。それは戒厳令のせいだ」

「戒厳令! それって何です」

「非常事態に備えて、夜間の外出が禁じられているのだ。時間は夜中の十二時。十二時を過ぎて外出をすることは許されない。洋介が外を見ていたのは十二時を超えた時間じゃないかな」

「それって…」

「北朝鮮に対する防御の姿勢さ。夜中に歩くのは昔から怪しい人間ということだ。韓国の人間はそうして北の脅威に備えているんだ」

「そうなんですか」

私は、またしても見えざる北を意識させられた。黙った私に構わず、李社長は続けた。

「日が暮れて夜になると、みんな時間を気にし始める。外に出掛ける用事がない限り自宅にこもるようにしている。昼と夜とでは韓国の人間の意識はかなり違う。夜が怖いのではなく、夜は昼と隔絶した感覚で捉《とら》えているのだ」

李社長から隔絶という言葉が出た。高校二年生の私にとって、正確な意味は把握しかねたが、おおよその理解はできた。

こういう実情は日本にいては理解できない。一国が分断された極めて特殊な国で生活する人間でなければ、感覚として捉えられるものではない。私の場合、たかが韓国に来て二日に過ぎない。だが、空気に触れることは何百回の説明に勝る。一日の時間の中で、肌で感ずる緊張の時間が必ず存在しているという事実だ。

だが、李社長が私に教えてくれた戒厳令の話は実情にそぐってはいなかった。その後知ることだが、私が韓国を訪れたとき、実は既に戒厳令は解除されていた。しかも、戒厳令の本来の目的と意味は北に対する脅威ではない。国内の不穏に対処するものであった。

これには日韓の微妙な関係が入り混じっている。

一九一〇（明治四十三）年から一九四五（昭和二十）年までの三十五年間、併合の名の下に日本の実質的な占領下に置かれた韓国は、日本の敗戦後、戦争責任を償うための話が進んでいく。俗に言う「賠償責任の請求権」の話である。

韓国は日本の戦争責任に対して七億ドルの金額を提示する。これに対して日本が考えた金額は、僅か七千万円。天地ほどの開きをいかに擦り合わせていくかで、調整役のアメリカが介在していくことになる。で、アメリカが両国に示した妥協案の金額は六億ドルであった。

七億ドルに対して六億ドル、これなら韓国も納得できる金額であった。だが、日本は難色を示した。しかし、アメリカの手前、無碍《むげ》にことを荒立てることはできない。日本は六億ドルの半分、三億ドルでどうかと韓国の顔色をうかがった。これではまだまだ大きな開きがある。何度かの折衝と腹の探り合いが続けられ、アメリカが再提示したのが三億八五〇〇ドル、七億ドルと七千万を足して単純に二つで割ったものであった。

六億ドルに少しでも近づけたい韓国であったが、アメリカが干渉に入った以上、強行に突っぱねることはできない。結局、有償金額二億ドル、無償金額三億ドルの計五億ドルで泣く泣く妥結をしてしまう。妥協案の本心は、アメリカに遠慮してのものであった。

これに反発したのが、韓国の学生であった。朴正熙《パク・チョンヒ》大統領以下、当時の政府執行部の弱腰外交を非難し、連日街頭でデモが繰り広げられた。朴大統領の退陣要求を強く掲げ、大統領府に若者たちが押し寄せる。ソウルの街中が不穏な空気で包まれてしまった。

こうした情勢下に設けられたのが戒厳令である。

大学生を中心とする反政府デモを鎮圧するため一九六四（昭和三十九）年六月三日、戒厳令が施行される。発令された戒厳令は、日韓交渉が妥結していく前後の計五十六日間施行されることになるが、解除された後も当分は後遺症があった。深夜に街中を歩くことを市民が敬遠するようになったのである。

これらの経緯を高校生の私に聞かせたとて、どれだけ理解できるであろうか。また、誤解を生まぬよう分かりやすく説明することは難しい。歴史的認識ができていない私は幼い日本人であり、韓国に来て世話になっている単なる高校生である。いきおい北の脅威に対する戒厳令と片付けた節が強い。

ましく、昨夜の夕食時、子どもたちが見ていたテレビのアニメのことを持ち出している。韓国の反共政策を十七歳の少年に説明するには、膨大な疲労が伴う可能性があったであろう。

私は、李社長に説明された戒厳令をそのまま受け止めた。北の脅威と思えば、分かりやすい話であった。

朝が来て、昼となり、やがて夜が来る。夜が来ると日が昇るまで、息をこらして家に閉じこもっている。いつなんどき北が攻め入ってくるかも知れない不安を抱えたまま、朝を迎えねばならない。韓国と北朝鮮は終戦を迎えたのではなく、今なお休戦状態にあるという現実に入った私は、学校なんかで学ぶ薄っぺらな平和学習とは別次元のところで、民族というものをいや応なしに考えさせられていた。

私の口数が少なくなったためか、李社長が話題を変えてきた。

「洋介、今日はパクチョリにコーリャンハウスを案内してもらうといい」

突然の提案だった。救われた気持ちにもなった。

「それから東と南の市場も回ってみるといい。食事は漢江《ハンガン》の下流にうなぎを食べさせる専門店があるので、そこにも連れて行ってもらうといい」

「うなぎですか!」

「洋介は苦手か」

「そんなことありません。大好きです」

私の顔が輝いたのだろう。李社長の顔が再び笑っていた。

コーリャンハウス

李社長が会社に出掛け、一時間ほどするとパクチョリが私を迎えに来た。相変わらずの笑顔である。私との同行がいかにも楽しいという様子である。

ジープに揺られて十分余り、最初の目的地「コーリャンハウス」に到着した。ここは、韓国の伝統舞踊を見せる、日本でいう宝塚のような場所である。

施設そのものは小ぶりであった。児童公園を二つ程度合わせた広さが塀に囲まれ、その中の左右に平屋の建物が見えるだけである。目を東の方角にやると南山《ナムサン》が見える。南山は、ソウルのシンボルの小高い山。普段見る位置からはずっと近づいている。

南山近くにコーリャンハウスがあるのが分かっても自分の正確な位置は把握できない。南山は見慣れたつもりであったが、山の形から自分のいる場所が見当をつけられるほどではなかった。

パクチョリが、少し待ってなさいという合図を手で表した。入場のチケットを買ってくるのだと分かる。戻って来たパクチョリから渡されたチケットは一枚であった。

「パクチョリのチケットは?」

彼に向かって、チケットが一枚しかないことを〝どうして?〟という表情で示した。

多分、そうではないかと思っていたが、パクチョリは手を左右に振って、私一人で見てきなさいと表現する。そして、その間はジープで待っていると手と体で表した。

私は、パクチョリの視線を背中に感じながらコーリャンハウスのゲートに足を進めた。入場者は私だけではない。二十名余りの団体も開門を待っている。団体の人たちは、私の母親ぐらいの年齢で、あれこれ賑やかに喋っている。全員ハングル語、日本人はいない。どこに行っても日本人に出会うことはまずない。

ものの一分、案内係がゲートに立った。私も団体の後尾から付いて行った。

色彩鮮やかな入り口を抜けると、広々とした中庭が目に飛び込んできた。綺麗に刈られた芝が青々と拡がっている。テニスコートぐらいの広さで湖面のように芝が水平を保ち、夏場の強い日差しに生き生きと輝いていた。

目を転じてみる。回廊を通じて舞踊場らしい施設が右手と左手にある。案内係に誘導された団体は右手の建物に進んでいく。そちらが舞踊が演じられるコーリャンハウスらしい。

中は比較的高い天井だった。色合いは全体に淡泊でおとなしい。地味な色合いに抑えているのも踊り子たちの衣装を目立たせるためなのか。韓国の伝統衣装チマチョゴリは、日本の十二単《じゅうにひとえ》に一脈通じている。鮮やかな色使いと重ね着が特徴である。

やがて、アナウンスとともに曲が流れ、舞台の袖から十二人の女性が飛び出してきた。伝統衣装を纏った彼女たちは、一様に濃い化粧をしており年齢が見えない。すぐさま踊りが始まった。腰に抱えた小太鼓を打ち鳴らし、クルクルと舞っていく。時々腰につけた小さな鉦《かね》でカーンと金属音も発せられる。

一つの演目が終わって次が始まる。彼女たちは優美に踊っているのだが、高校生の男子の興味は引かない。十分もすると、どれも同じ踊りに見え出すが、姿勢だけは崩さず見詰め続けた。

約一時間の出し物が終わった。次の演目まで暫くの休みが挟んである。休憩になった途端、団体客はがやがやと話を始め、私は一人浮いた格好となった。

にしても暑い部屋である。午前中とはいえ、盛夏の日差しが窓を突き抜けてくる。ガラスを抜けた光線は、床を白く発光させ揺らぐ陽だまりをつくっている。

汗が誘発されていく。クーラーはどこにも見当たらない。室内に二カ所、外の廊下に扇風機が回っているが物足りない。生ぬるい風に撫ぜられて、かえって汗は滴り続ける。

私は、中庭に出てみた。どうせ暑いなら外の方がいい。中庭には芝が植わっており、きっと風も通り抜けているはずだ。

だが、中庭も暑かった。期待したほどの風もなく、真上に差し掛かった太陽がじりじりと降り注いでくる。

仰いだ私の視線に、金属片らしい何かがキラッと反射した。光の方角を見ると水道の蛇口だった。蛇口の金具の一部が太陽に反射して私の目を刺激したのだ。

喉の渇きを覚えていた私は、水飲み場に近寄った。だが、私より先に水飲み場に走っていく者がいた。甲高い声を上げながら走っていく女性の集団、さっきまで踊っていた彼女たちである。

彼女たちは、足早に水飲み場まで来ると、蛇口を捻《ひね》って水を飲み出した。両手を皿の形にして水を口にする者、そのまま口を近づけてごくごくと飲んでいく者、一刻も早く水を口にしたい様子で溢れている。

私は歩を止めたまま、彼女たちを見ていた。この暑さである。冷たい水が嬉しいのだろう。キャッキャッと笑い声を上げ、水飲み場に溜《た》まっている。手足を水に浸けている者もいる。一旦飲み終えたものの足りないとみえてまた飲んでいる者もいる。口の端から零《こぼ》れていく水が太陽の光を浴びてキラッと光った。芝生に零れた水もキラキラと輝いていた。

私は不思議だった。踊っていた彼女たちは大人びて見えたのに、水飲み場でおどけている姿は随分と若い。私と同じ歳ぐらい、いや中にはもっと幼い女性もいる。民族衣装を纏って、凛《りん》とした顔つきで踊っていたが、実年齢はそうではなかった。みんな十代後半から二十歳そこそこの女性であったのだ。

若いということが分かって、私の気持ちは複雑になった。あの中に私と同じ年齢の女性がいるとしたら、学校はどうしているのだろう。彼女たちは、ここで働いている。それに対して私は、客の一人として来ている。私のような高校生とは違い、生活という十字架を背負ってコーリャンハウスで働いているのだろうか。

彼女たちは、再び歓声を上げてハウスの中に戻っていった。水飲み場に近づいた私の目に、キラキラと輝いている水滴があちこちに散らばっていた。私は、いつしか割り切れない自分を感じていた。

コーリャンハウスを出ると、パクチョリが立っていた。終演時間を見計らって迎えに来てくれたのだ。

顔が何かを言いたそうだった。多分、面白かったかどうかを聞きたいのだろう。私は、二度、三度首を縦に振って、目を少し大きく開き、おどけた表情を浮かべてみた。これで通じるかどうかだが、いい時間を過ごせたと思ってくれたに違いない。

再びジープが動き出し、南大門《ナンデムン》市場に向かった。

次は、李社長お勧めのうなぎ料理に向かう予定である。連日の焼肉で、ついぞ空腹を覚えていなかったが、メニューが変わるのはありがたい。食事場所が変われば気分の転換にもなろう。私は、ジープに揺られるまま淡い期待を抱いて目的地に向かった。

南大門から三十分以上走った。うなぎの専門店は、漢江をかなり下った所にあった。河口近くの川原の一角にロッジ風の家があり、そこがうなぎを食べさせる専門店だった。

ここでは、パクチョリも一緒に食事をすることになった。店に入ると、ちょっと油っぽいうなぎ独特の匂いが鼻を刺激する。

外観同様、店内もすべて木造仕立てであった。店の人に促され、大きなテーブルの一つに着く。ここでは好みに応じてオーダーしたうなぎを目の前で焼きながら食べるという豪快なものだった。

うなぎの種類も色々あるらしい。説明を受けたが私の頭では理解できぬ。おまけに、うなぎは焼くだけでなく、蒸したものもある。

パクチョリが何か問い掛けた。私は分からぬまま頷いた。だが、運ばれてきたうなぎを見て驚いた。その量にである。恐らく店で出される全種類のうなぎがテーブルに並んだものと思われる。お盆大の皿が三皿、それに山盛りでうなぎが乗っている。

私は、圧倒されてしまった。一体何人前あるのだろう。食べる前に目で威圧されていく。

それでもせっせと箸を動かした。なんとか一皿が空いた。だが、二皿に取り掛かってすぐに胃がもたれてきた。胃壁にむっこさが絡んでくる。口の中、胃の中はどろどろになっている。味を変えるため、野菜を口にするが、これらも口には馴染めない。むっこさだけが増長されていく。

私は箸を止めた。傍らのパクチョリは、大胆にうなぎを食べ続けていく。なんとも逞《たくま》しい。彼は私を気に掛け、何度も皿を薦めてくるが手は出なかった。

苦行にも似た食事であった。店の外の空気だけが救いに思えた。約一時間の昼食を済まし、再びジープで市内に戻ることになったのだが、動き出して早々に私の胸は猛烈な吐き気に襲われ始めた。

「パクチョリ、止めてくれ!」

私の顔は青ざめていた。その様子で分かったのか、意を酌《く》んだパクチョリが川原の側にジープを止めた。

ジープを降りてすぐに、嘔吐した。つい先ほど食べた食事が喉を逆流し、川原の雑草にぶち撒《ま》かれていく。口内から形を崩したうなぎと不快感が飛び散っていく。胸が猛烈に締め付けられ喉は熱い。

パクチョリが懸命に背中をさすってくれる。大変なことになったと彼の顔も青ざめている。

少し落ち着いた段階でジープに乗り込んだが、再び吐き気が込み上げてくる。その都度、パクチョリにサインを送り、車外に転がるように飛び出した。

何度か嘔吐《おうと》を繰り返した。だが、私の症状は回復しなかった。たまたま、昼のうなぎが引き金になったが、連日の過食が伏線になっていたようだ。慣れない食生活、適度に持続する異国での緊張感、ともすれば見えないところで神経を使っていたのだろう。胃の中はすっかり吐き出したが不快感はそっくり残っている。体がふらふらして、歩くのも辛《つら》い状態に陥っていった。

私を乗せた車は当然のように李家に向かった。到着するや、抱えられるように自室に運ばれ、倒れ込むようにベッドに横たわった。

レンジンさんが気遣ってくれる。ファースンが水を湿したタオルを持ってきて私の額に載せる。目を閉じたままじっとしているが、症状は平行線を辿っている。俗にいう食あたりだろうが、食べ物でこんなにやられた経験はない。胃から来る変調が、こんなにも体全体に負担を掛けることを知らなかった。

暫く横になっていたが、状態は良くなかった。それどころか別の変調が起こり始めた。それは下痢であった。下痢は何度もあった。トイレに駆け込む度、体から力が抜けていくのを実感していた。

私の症状が好転しないため、医師の所に赴くことになった。レンジンさんから指示が出され、パクチョリの運転で向かった。別にパクチョリのせいではないが、すまなそうな顔をしている。気にしなくていいと言いたかったが、私には表現できない。ぐったりしたままの私の体は医者の所に運ばれていった。

日本人医師

連れて行かれた所は、李社長の家から近い個人の小さな医院であった。

医師は日本人だった。酒井という名前であった。わざわざこの医院を選んだわけもここにあったのだ。

「どこが悪いのですか？」

診察室に入った私は、酒井医師から症状に関する質問をされた。うなぎを食べた後に猛烈な嘔吐を繰り返し、体がふらふらするほど体調を損なったこと。続いては下痢、とにかく医師に訊かれるまま答えた。

「ここに上がりなさい」

白い布で覆われたベッドが指差された。

「注射をお尻に打ちますから」と言われて、ベッドの上に四つんばいになるよう命じられた。私はズボンをずり下ろした。随分と不格好である。でも、恥ずかしさより早く楽になりたいとの気持ちが勝っていた。

突然だった。看護婦が後ろに廻った瞬間、むき出しの尻がピシャという音を立てて叩かれた。イタッ！ 思わず声が漏れ、その直後に注射針がブスッと突き立てられた。まさか尻を叩かれると思ってなかったし、叩き方も遠慮のないものだった。

だが、すぐに納得した。腕と違い、慣れぬ場所（尻）に注射を立てると、体がびっくりして動いてしまうかも知れない。そうすると注射針を上手く刺すことができない。尻を強く叩くことで一瞬体が硬直する。その瞬間に注射針を刺す。反動を未然に防いでの処置だった。なるほどと思いながら、注射針から注がれていく液体の冷たさを臀部《でんぶ》で感じていた。

「さあ、これでよしと。暫く様子を見てみましょう」

処置はそれだけで終わった。投薬は一切なかった。

ベッドを降り、ズボンをはき直す。その間に薬が早々に効いてきた。

「どうかね？」

「何だか楽になっています」

「皮下注射は即効性があるからな。だが、二、三日は無理をしないことだ」

酒井医院を出て、李社長の家に着く頃には、さらに体が楽になってきた。太い注射針から注がれた薬の効果は絶大だった。あれほど苦しんだ下痢は治まり、ふらつきも消えている。ただ、胸のむかつきは持続していた。

自分の部屋に戻った私は、ベッドに横たわった。症状は治まったものの体力の衰えを覚えていたからだ。

例によって、ファースンが紅茶を運んできた。温かい紅茶であった。レンジンさんにでも言われたのだろう。私は喉で感触を確かめながら、ゆっくりと胃に流し込むと、体内から消失した水分が補われていくのを感じた。


夕ご飯も取らずに翌朝まで寝ていた。胃の不快感、胸のむかむかは消えていた。しかし、用心をして午前中の食事も遠慮した。

午後をだいぶ回ってレンジンさんが部屋にやって来た。

「洋介さん、体はどんなかしら?」

「はい、大丈夫だと思います」

私はお腹を擦《さす》りながら答えた。

「慣れない環境だから、お腹も驚いたのよね、きっと」

「そうだと思います。それに私が卑しかったんです。普段食べたことのないご馳走に喜び勇んで食べたのが悪かったのだと思います」

「きつい食べ物は暫く避けたほうがいいわね。ただね、何も食べないのは体に良くないと主人が言っていたわ」

「李社長がですか？」

「そうよ、お腹の調子が悪いからといって、何も食べないのもどうかなってね。それでね、洋介さん。夕方に会社に来るように言っていたわ。パクチョリに連れて行ってもらうといいわ」

「はい」

私は、あまり気乗りはしなかったが返事をした。

今日一日はじっとしていたかった。外出も億劫《おっくう》だし、李社長と何か食べるのは、少し辛い気持ちもあった。

そうこうしているうちに、夕暮れが近づいてきた。例によってパクチョリの運転するジープに乗って、待ち合わせの場所に出掛けた。

明洞に来るのはこれが二度目になる。しかし、大きな街だけに方角が今一つ掴めていない。パクチョリに運ばれるまま街の一角に私の体が入っていった。

ものの五分、李社長が現れた。私のやって来るのを待っていた様子だった。李社長はスーツ姿だった。そういえば、初めて李社長の家を訪れたとき、玄関に迎えに立った姿もスーツ姿だった。そんなことを思っているうちに、近づく李社長の姿が大きくなった。

「洋介、お腹の具合はどんなだい？」

「随分と良くなりました」

「暫くは負担をかけないようにしないとな」

「はい。今日は紅茶だけをいただきました」

「口にしたのはそれだけか」

「はい」

「それはいかんな。少しは食べないと駄目だ。じゃあ、無理をしないように軽いものにしよう」

私は、李社長の背中を目当てに歩を共にした。

南山のサンドイッチ

連れて行かれたのは、ソウル中心部の小山、南山の頂の洋食の店であった。ガラス窓が大きく、眺望を大切にした店造りとなっている。

「いい景色の所ですね」

「ここはソウルの名所のひとつだよ。私も来るのは久しぶりだがね」

山頂に聳《そび》えているソウルタワーは街の象徴である。市内を移動するたび、南山の姿は目に入っていたが、訪れるのは無論初めてである。

「さて、何にするかな」

メニューに目を落とした李社長が口にした。

「これがいいかな」

李社長がメニューを開いて私に差し出した。ハングルと並んで英文字が書かれてあり、サンドイッチという文字が判読できた。

「飲み物は何にする？」

紅茶が一瞬頭を過《よぎ》ったが、もっと、さらっとした炭酸飲料を喉が欲していた。私は少し考えて、メニューの中からコーラの文字を見つけ出して、それをお願いした。

「私は、これにするかな」

李社長は韓国風のお茶をオーダーした。

美味しいサンドイッチだった。野菜が中心で胃への負担はほとんどない。コーラも口当たりがよかった。シュワッと清涼感が広がっていく。一皿に六枚乗ったサンドイッチは、たちまち平らげられた。

「ご馳走さまでした」

私は礼を述べた。目を転じると、外の明かりが一段と増えている。南山から見下ろすソウルの街並みは、宝石箱を開けたように輝いている。

「綺麗な景色ですね」

李社長の前に出ると、いつも緊張を覚える私は、外の景色しか口にできなかった。李社長は「そうだね」と言ったものの、さほど景色に関心を示さなかった。顔は外を見ているのだが、心は別なことを考えている雰囲気だった。

「洋介、少し話があるんだけどいいかな？」

「話？」

李社長の視線が私に向けられ、顔つきが締まった。

「洋介も知っていると思うけど、君のお父さんのことなんだが」

「父のこと？」

李社長が口にしたのは、私の最大の関心事だった。

「洋介は、お母さんからどこまで話を聞いているのかな？」

「どこまでと言いますと？」

「だから、洋介のお父さんのことだ」

「父はずっと以前に死んでしまった、それぐらいです」

「それを信じていたんだな」

「いいえ、私と母の二人だけの家族だと言われていましたが、嘘だと思っていました。父はどこかで必ず生きていると感じていたんです」

「それはどうしてかな？」

「私の幼いときの記憶によるものです」

「幼いときの記憶？」

「はい、私が四、五歳の頃、父らしい人に出会った記憶があるのです。私はそれが父だと思っていました」

李社長の目が少し開かれた。

「それって…洋介にとって何か特別に印象に残るものがあったのかな」

「ええ、そうです」

「もう少し詳しく話してくれないか」

「はい」

　私が質問に答える形になった。

「はっきりと言える訳ではないのですが、心の中に残っている場面があります。それは近所の公園で遊んでいて、もう、夕暮れになったときのことです。子どもたちが段々家に帰っていく中、私は一人で地面に何かを描いて遊んでいました」

　李社長の顔が少し近づいた。

「いつしか、ふっと人の気配を感じたのです。私は顔を上げました。すると黒っぽい影の男性が、一定の距離を保ったまま私を見詰めていました。しかし、顔は見えませんでした。影の主の背中に夕日が沈みかけていて、顔は真っ黒だったのです。黒い顔の影の男性が私を見詰めている……私の記憶はただそれだけです」

「それは広島でだね」

「そうです」

「それで？」

「その人物のことがずっと気持ちに蟠《わだかま》りを残しました。あの公園でじっと私を見詰めていた男性は誰だろう、あの眼差しは、怖いものでなかった。それどころか、どこか温かさを含んでいました」

「その話をお母さんには…」

「したことはありません。話したところで母を困惑させるだけだと思いました」

「そうだろうね」

「時間が経つにつれ、あれは父が私のことを見詰めていたのだと考えるようになりました。多分、小学校に上がった頃に意識し始めたのだと思います。そうすると、私には父がいて、しかも生きている。しかし、母は父のことを一切喋りたがらない、だから、父のことは聞いてはいけないのだろうと思っていました」

「そうか」

李社長は、言葉と一緒に小さく息を吐き出した。

「洋介のお母さんは、お父さんは死んでしまったのだと言ったのだね」

「ええ。でも正確には聞いたことはありません。そういうニュアンスで話を濁していたのです。死んだことにすれば問題はない、私が余計な詮索《せんさく》をすることもない。しかし、私にとってあの影の記憶は消えませんでした」

「洋介は、勘の鋭い少年なんだな」

「やはり、あの影は父だったのですね」

「どうだろうか、近いうちに自分で確認すればいい」

李社長の言い方が曖昧だった。

李社長はそう言いながらも、次の言葉まで少し時間をかけた。話題の深間に入っていかなかった。

「お母さんのことは、どう思っている？」

李社長が切り替えた。

「感謝しています。それがすべてです」

「そうか、いい返事だ」

私が力強く頷いたので、李社長の顔が綻《ほころ》んだ。

李社長が、お茶を口にした。私も一息つくように飲みかけのコーラに手を出した。コーラのグラスの向こうにソウルの夜景が拡がっている。

「本当に綺麗ですね、ここからの眺めは」

街には明かりが拡がっていた。ハングル文字のネオン、車のライト、さまざまな光源がソウルを彩っている。

「洋介、ソウルにはどれだけの人が住んでいるか知っているか？」

李社長が、さらに話題を変えた。

「人口ですね、一千万近くだと思います」

「そうだ、東京に次ぐアジア第二の巨大都市だ。だが、ここまでになるには多くの人の血が流れた。よく先人の流した汗と血を忘れてならないと言うだろう。この素晴らしい景色はその代償なのだ」

李社長が切り替えた話は重いものだった。

「洋介にはこんな話は退屈かな」

「いいえ、大丈夫です。もっと聞かせて下さい」

「そうか。ただね、この明かりは頼りないものなのだ。いつ、暗い時代がやって来るかも知れない。ソウルは、いや、韓国はその宿命を背負っている。だから、今が輝いて見えるんだ」

「そうですね。人は未来を信じていますが、保証された未来なんてありません。だから、今を精いっぱい生きるという言葉があるのだと思います」

私は生意気を言った。しかし、李社長は認めてくれた言葉を吐いた。

「その通りだ」

李社長の目がすっと鋭くなり、敢えて再び優しさを取り戻そうとしているように見えた。

「李社長、私は、戦後生まれです。日本で育ち、戦争というものをまったく知りません。しかし、私や私の母、さらには私の父たちは、何かの形で戦争の強い影響を受けて今の状態になったのですね」

李社長の顔が少し曇った。眉根《まゆね》が狭くなり、言葉を探っているように思える。私は、そのことに気付きながら、堰《せき》を切ったような喋りを止めることはなかった。

「李社長、韓国で戦争というと朝鮮動乱のことです。この言い方は正しくないかも知れませんが、日本ではこう呼んでいました。その朝鮮動乱が何らかの形で私たち家族に影響を及ぼしたのだと思っています。でも、実際のことは何も分かっていません。一体どのような事実があったのか、なぜ、私と母が日本に住み、父だけが韓国で暮らしているのか、それが見えません」

「洋介は、戦争がどんなものか理解できるか？」

「頭でしか分かっていません。人間のエゴと欲望で起こってしまう戦争も結局のところ多大な犠牲のみを強いて、何も残さないことだけは理解できます。あれだけ途方もない無益なことを、国と国がすべてを投げ打って邁進《まいしん》してしまうのが不思議に思えてなりません」

「その通りだ。しかし、それでも現実に戦争はあるし、今もって地上から無くなってもいない」

「人間が歴史から学んでいないからです。もう少し人間が賢かったら、人が人を思いやる気持ちがもう少しあったら、どんな戦争も防げるはずです。戦争から生み出されるものは何もありません。破壊と絶望と悲しみと憎しみだけです」

「じゃあ、今の韓国の実情をどういう風に思うかい？」

「北朝鮮との関係ですね」

「そうだ」

「私にとって、資本主義も共産主義も区別がつきません。そういう勉強をしたこともありません。もともと一つの国だったのでしょう。それがどうして分断されてしまったのか、どうして一つになれないのか不思議に思っても、どちらが正しいとか悪いとかの判断はつきません」

「でも、現実に二つの国に分かれている」

「誰が得をして、誰が笑っているのですか？」

　私は答えを質問に切り替えていた。

「そうだな、洋介が言うように誰も得はしていないと思う。これは事実だ。だが、多くの韓国人が北朝鮮に対してよくない感情を抱いていることも事実だ」

「それは戦争をしたからでしょう。戦争をしてたくさんの人が傷ついたり死んだりして、恨みに思っているからですね。李社長もそのお一人なんですか？」

再び、私は疑問を投げ掛けた。

「まあ、そうなるかな。頭の醒《さ》めた部分ではどの国の人間とも仲良くしなければならないと思っている。だが、北朝鮮だけは別だという意識が絶えずある。いつ、襲われるか分からない恐怖に似た気持ちに近いけどね」

「李社長のお宅で、お子さんたちが見るテレビに北朝鮮の悪いイメージを誇張したアニメが繰り返して流れていました。あれってどうなのでしょうか？」

「アニメ？」

「赤い星をつけた兵士が農民を傷つけ、やがて狼に変身していくアニメです」

「ああ、あれね、それが…」

「テレビは繰り返して流していました。あんな幼い時分から北朝鮮は恐ろしい国だ、いつか攻め入って自分たちに害をなすかも知れないと目と耳に吹き込まれたら、それが絶対的なことと思うのじゃないでしょうか」

「洋介は、あのアニメに反感を持ったんだ」

「恐ろしいことだと感じました。子どもたちが生きている今と、李社長が体験された過去とは違う状況だと思うのです。でも、あの映像を見ている子どもたちは必ず北朝鮮を悪として敵対視するようになるでしょう。幼い頃の洗脳は、それ以外の考え方は受け付けなくなるのではないでしょうか」

「洋介…」

　李社長の目が少し厳しくなった気がした。

「そうか、そんなことを考えていたんだ。しかしね、洋介がそう思っていても、例えば私だが、北朝鮮は許せない国だと思っているし、韓国の多くの人間が私と同じ考えにあるのは間違いない。仮に君に非難されてもだ」

　韓国に来て、李社長に出会って以来、初めて「君」という表現をされた。話の内容だけに、私に対する意識を表したものだろう。李社長はさらに言葉を継いだ。

「私たちの年代は、北朝鮮が過去どのようなことをしてきたか身を持って知っている。三十八度線を越えて共産主義の兵隊が雪崩を打って韓国に侵略してきた。家が焼かれ、家族が殺され、逃げ惑うばかりだった。あんな思いは二度としたくない」

　李社長の言い分は最もだと思った。戦争が悪いなんて誰でも知っている。それでも戦争は繰り返され、大地は血で染められてきた。部屋の中に座って、平和は必要だと言い続けることが何の価値も持たないことは分かっている。でも、何ができるというのだ。最前線で戦っている兵士に戦争は悪だ、銃を捨てなさいと言ったって通じる道理はない。説得は愚行であり、兵士にとって狂人としか思われない。

　永久の平和が訪れることはないのか。平和を百万回叫んだとしても、爪の垢《あか》ほどの変化ももたらさない。戦争の危機を回避できるのは、国政を預かる者が体を張って外交し、初めて可能性が開かれるものである。

だが、実際の政治の場面ではそんなことは期待できない。口先だけの平和が幾度も唱えられ、現実は変わって行かない。政治家の多くは、できもしない平和論を堂々と口に出し、それが立派で正義だと思っている。そんな政治家が、あまりにも多過ぎる。

「洋介、ちょっと聞いていいか」

「えっ、はい」

私が黙ったので、李社長が問い掛けてきた。

「平和と平和の間に戦争があると思うか、それとも戦争と戦争の間に平和があると思うか、どっちだと思う」

難しい質問だった。私は口を開くのが重たく思われた。

「それは、多分、両方とも間違っていると思います。どちらの状態も人間にとって好ましくありません」

「じゃ、今の韓国の状態は好ましくない状態ということになるな。韓国と北朝鮮は休戦状態にある。この平和は、戦争と戦争の間、永続性を持たない平和ということだ」

私は再び黙った。そうだ、日本の安穏とした暮らしから想像することなんか何の役にも立たない。ここ韓国の状態は戦争と戦争の間の束《つか》の間の休息に過ぎない。韓国に住む人は、この休息がどれほどありがたいものかを知っており、平和の名を借りた休息を維持するために軍備はどうしても必要なものなのだ。

私は、自分の浅はかな発言が李社長の心をいたく傷つけた気がした。これ以上、言葉を発するのが申し訳ない気分にも陥っていった。だが、口にしたことは自分の素直な思いだし、口に出さずにおれない気持ちでもあった。

こんなこと、日本にいるときに考えたことも議論したこともない。まったく不必要なものだし、日本人は人類の未来を語るには、あまりにも去勢され続けてきた。

日本人は世界を知らない。近い隣国を本気で考えたこともない。あらゆる意味で必死さに欠ける日本の実態を考えていくと寂しい気分になっていく。

「少し長話をしたようだな。もう一杯お茶をいただこうか」

李社長の提案に私は頷いた。

お茶が運ばれてくる間、二人は静かだった。李社長は時折、何か考えている瞳を見せたりしたが、それが何を意味するか分からなかった。

思えば、ここでの会話は李社長の家では話しづらいものばかりだった。私の先の発言をレンジンさんが聞いたとしたら、どう思っただろう。頷いてくれただろうか。悲しみの顔をしただろうか。分からない、分からないことだらけだ。

李社長がここに私を連れ出したのは、体調を気遣ったばかりとは思えない。韓国と北朝鮮の実情を少しでも認識させたかったのかも知れない。私がそんなことを思いながら黙っていると、果たして李社長のほうから切り出してきた。

「洋介は、お父さんのことをどう思っている?」

私は、飲みかけたカップを置いた。

「特別な感情は持っていません。父親が不在であることを当たり前として育ってきましたし、父親が恋しくて心を痛めたこともありません」

「それは強がりじゃないよな」

「ええ、強がりなんかじゃありません。自分には父親はいない。だからといって負い目を感じたことも卑屈になることもありませんでした。これは不思議な感情なのですが、父親がいないことで、わが家は特別な家なんだという、ある種の優越感を覚えたことだってあったのです」

「それはまた奇妙な話だな」

「不思議に思われるのは最もだと思います。私には、なぜかそういう性格が備わっていたのだと思います」

「そういう性格か、なるほどな。それはまあいい。そうすると、洋介はお父さんがいなくても寂しくなかったんだ」

「はい、それは間違いありません」

そう言いながら、母親の顔がチラリと浮かんだ。ソウルに来て、李社長とこんな話をしていることを母は夢にも思わないだろう。けれど今、李社長に話したことは、まさに自分の気持ちであった。こんな心境を育んできた自分のことが不思議であったが、問われて初めて分かった深い心の襞《ひだ》でもあった。

「洋介は、お父さんがどんな人物か知っているか？」

「いいえ、何も知りません。今回、ソウルに来るにあたって母の口から初めて存在を聞いた程度です。ただ、私自身は先ほど申しましたように父が生きていることを感じていましたし、母が嘘をついていることも感じていました。しかし、それだけです。父は何をして生きてきたのか。ソウルでどのような仕事に就いていたのか、そんなことまったく分かりません」

「実は…君のお父さんは韓国では著名人だ。それもかなりの人なのだ」

「えっ、そうなんですか！」

　私には、瞬時理解し難いことだった。また、李社長が何をもって著名な人物だと言おうとしているのか見当がつかなかった。

「ま、それはおいおい分かることだが…」

　李社長の口振りが再び鈍くなった気がした。それでも私は、腰を少し前に移して座り直す姿勢をした。

「それでな、君のお父さんのことだが、明日、会うことにしている」

「えっ、明日にですか」

　思考のチャネルが上手く切り替わらない気がした。

「どうしたんだ、そんな驚いた顔をして。洋介はお父さんに会いに来たんだろう」

「そうですが、何だか突然な感じがして」

「そんなことはない。待たせ過ぎたぐらいだ。ただ、お父さんにも都合があってな、それで引き延ばす格好になった」

「どんな都合でしょうか？」

「それは会えば分かる。明日の昼前、パクチョリに連れて行ってもらうといい」

李社長の最後の言葉は、それ以上に質問を受け付けない感じでもあった。

その晩は寝付けなかった。色々な思いが頭を渦巻いていた。ソウルに来てからの数日に出会った人々。そして、李社長の言葉。中でも、父のことが思考の大部分を占めていく。

明日、父と会うのだ。事実上、初の出会いとなるのだが、私の心は興奮とは遠いものであった。

父と母が生別した理由は概ね想像できる。それは李社長に話したように私の生年と関係がある。

私は一九五〇（昭和二十五）年の十月十日に生を受けている。戸籍は日本国山口県岩国市。そこに本籍を置き、隣県の広島市に幼いときに編入して現在に至っている。

一九五〇年という年だが、この年は日本にとって特筆すべき年である。この年を境に以後の数年間、日本は未曾有《みぞう》の好景気に沸いたからだ。理由は一つ、隣国韓国で勃発した朝鮮動乱による特需景気によるものであり、敗戦間もない日本を立ち直らせた最大の要因となった。

戦争になると多大な物資が必要となる。あらゆる製品が飛ぶように売れていく。しかも法外な値段でだ。中でもアメリカ軍の求めに応じて連日生産した各種の武器は、莫大な利益をもたらせた。日本国内の工場で造られた爆弾や兵器は朝鮮半島に続々と運ばれ、戦線で消費されていった。

一九五〇年六月二十五日。私が誕生する四カ月ほど前に突如として起こった朝鮮動乱は、まさに今日の日本の礎を形づくった神風であり、悲しき僥倖《ぎょうこう》であった。朝鮮動乱なくして日本が急速に世界の先進国の仲間入りを果たせなかったことは歴史が証明している。

兵を上げた北朝鮮の共産軍は三十八度線を越え、韓国に攻め入った。武力に勝る北朝鮮軍は韓国軍を次々と退け、ソウルの街に殺戮《さつりく》と略奪の嵐を巻き起こした。蹂躙された市内各所で銃声と悲鳴が鳴り続けた。

僅《わず》か三日で制圧された首都ソウルからさらに戦域は拡大していく。戦線は南下し市民は逃げ惑うばかりであった。といってどこに行けばいいのか。着の身着のままの住民の背後には、殺意に満ちた北朝鮮軍の手が迫ってくる。

今や難民と化した住民は南へと急いだ。少しでも戦場から離れたい一心で南へ足を進めた。行き先は日本に最も近い釜山の街だった。未だ戦火に侵されていない釜山を行き場のない唯一の避難場所として誰しもがめざしたのである。

一九五〇年に起こった朝鮮動乱の詳細は分からないまま、私はベッドの上で頭に思い描いていた。だが、詳しいことは何一つ分かっていない。私には知らないことが多過ぎる。歴史、民族、戦争…そんなことを考えている間に、いつしか私は寝入っていた。

高台の父の家

翌朝になった。体調はすこぶるよい。睡眠不足をものともしていない。お腹の回復がすべての機能を順調に目覚めさせてくれたようだ。

軽い朝食だけを済ますと、パクチョリが迎えに来る時間となった。

ジープの音が聞こえた。私は玄関に向かった。

「おはよう、洋介さん」

パクチョリは私の顔を見るなり、日本語で挨拶《あいさつ》をしてきた。

「あれどうして、どこで覚えたの？」

「一つ、一つだけ。おはよう、洋介さん」

そう言うと、破顔させた。いつもの嬉しくて堪《たま》らないといった表情だ。だが、日本語はこれだけだった。彼としては精いっぱいだったのだ。

「パクチョリ、今日はいい天気だね」

ハンドルを握る彼は大きく頷く。言葉を上回る気持ちの疎通が対話を成立させている。

「今日はどこに行くんだい？」

パクチョリが進行方向を指さす。私の言う日本語を体が分かっている。それほど私とパクチョリの関係は親密さを増している。

ジープが、漢江を渡った。ソウル市内を流れる最も大きな川だ。川辺で子どもたちが遊んでいる。海水パンツで水に浸《つ》かっている子どももいる。日差しは今日もきつい。

「見て、楽しそうに泳いでいるよ」

視線をちらっと川辺に投げる。何度もパクチョリは頷く。遠目の子どもたちの歓声が今にも届いてきそうだ。

「楽しいだろうな」

漢江は陽光を受けて煌《きら》めき、白く輝く大小の十字を幾つも水面に反射させている。

私は、ジープから子どもたちが泳ぐ姿を見続けていた。いや、子どもたちというより川の流れであった。

たおやかに流れていくこの漢江、場所によっては幅数百メートルもある大きな川は今日もゆっくりと下流をめざし、平然としている。漢江はソウル市民の血流のように欠かせぬものとなっており、それでいて殊更に存在を意識させない。

だが、これほど大きな川も冬場には凍ってしまう。マイナス五度、十度、日によって氷点下二十度にも達する厳冬期になると、ピリピリと音を立てて氷結してしまう。厚さ十センチにもなる氷の層は格好のスケートリンクに変身、再び子どもたちを喜ばせる場所となる。

「こんな大きな川が凍るなんて信じられないよね」

私の言葉に、パクチョリが大きく頷いた。

ジープは住宅地に入り高台をめざしていた。父の住まいは、この先にあるのか。起伏に富むソウルの地形は、小高い場所にもびっしり住まいが張り付いている。まさにそんな所をジープは進んでいた。

幾つか路地を回り、小ぶりだが瀟洒《しょうしゃ》な一軒の家の前でジープが止まった。

運転席のパクチョリが振り向いたので、ここが予定の場所であることが知れる。私がやや緊張の面持ちに変わったのだろうか、パクチョリが私の目を見詰めた。

ジープを降りた私に向かって、パクチョリが軽く顎を振る。中に入りなさいという。門は鉄柵で、左右に連続して植えられた低樹木が塀の役目を果たしている。それら樹木の生い茂った葉の間から中が見えるようになっている。

家の中は緑で占められていた。庭の芝が、日差しの中で青々としている。その先にはL字型の平屋が見える。そうなのだ、ここに父がいるのだ。

パクチョリが目で促した。私は、鉄柵を開けて中に入った。庭の芝を進むと、すぐに人の気配を感じた。

父だ！

私の体は電流に打たれた。

入り口から死角になっていた住まいの角に一人の男性が立っている。上背はさほどなく、ずんぐりした体形の男性だった。その男性の体は横を向いていた。私に視線を移すでもなく、この高台の家から見える漢江の流れを見ているようだった。

父に違いない！

漢江を見詰める男性は、幼い頃に見た影の主と直感した。影が今、明るい日差しの中に立ち、自らの影を芝生に落としている。そして、その影がゆっくりと振り向いた。影には、顔も足もあった。

私たちの距離は二十メートル近くあった。

初めて正面から見る父だった。私は黙って顔のある影をまじまじと見た。幼い頃に公園で見た影と同じ影が足を動かした。そして数歩、私の方に近づいてきた。

強い日差しの中、芝にくっきり人影を落としている。影は人間だった。母と生別した人間だった。そして、さらに数歩私に近づいてきた。それでも十メートルの距離があった。

「洋介だな」

「そうです」

声がはっきりと聞き取れた。私は芝の影から目を上げた。

「よく来た」

そう言った後、父は一度軽く頭を下げ、やや上目遣いで私を見た。引き起こした顔は笑ってなかった。照れてもなかった。

私は立ち止まったままだった。父がもう一度ゆっくりと私の方に近づいてきた。距離は三メートルとなった。

もう、顔の造作がはっきり見える。父はもう一度軽く頭を下げた。私は何をしていいのか分からず、つられて頭を下げるだけだった。

「洋介と話すのは初めてだな。母さんは元気か」

「はい」

「私は見ての通りだ。こんな暮らしをしている。お前の目にはどう映っているかな」

父は問い掛けたが、返答ができなかった。

「お前と母さんには申し訳ないと思っている。だが、現状はどうしようもない。そのうちお前にも多少理解してもらえると思うが」

父は、今の暮らしを否定するでも肯定するでもなかった。私といえば、やはり言葉が見つからず、黙っているしかなかった。

見る限り、現在の父の暮らしは豊かそうである。日本で暮らす私たちよりずっといい暮らしに思える。小ぶりだが、気持ちのいい家。日差しを浴びた庭の芝は豊かな緑をたたえているし、眼下に見下ろす漢江は住宅地としての良質さを偲《しの》ばせている。

「韓国には二週間の滞在予定だったな」

黙ったままの私に父が話し掛けてきた。

「こっちに来て今日が確か三日目だから、少しは慣れたか」

「はい」

「李社長から聞いたんだが、食べ物が合わなかったんだって」

意外な問いに、私は少し目を見開いた。

「もう大丈夫なのか?」

「はい、私が卑しくて食べ過ぎたのです」

「そうか、食べ過ぎか。なら、そんなに心配することはないな」

「私が馬鹿だったんです」

　私はあくまで自分のことを「私」と表現していた。父に対する殻は脱げないままでいた。にしても父は、私がソウルに来た日ばかりか、食あたりのことも耳に入れていた。いつ、李社長と父は接点を持っていたのだろう。そんなことを考えているうちに、室内のカーテンが揺れ動くのに気付いた。誰かが、カーテン越しに私の方を見ている。私は、父から視線を滑らせて、揺れを続けるカーテンの向こうにあるものを想像した。

「何か気になることがあるのか」

「いいえ」

　と答えたものの、私の心もカーテンのように揺れていた。

「ああ、洋介は部屋の中が気になるんだな」

「そうではないんですが…」

「家の中には子どもたちがいる。日本からやって来たお前のことが珍しくて覗いているのだろう」

「子どもたちって言いますと」

「お前の妹だ」

「私に妹がいるのですか?」

「そうだ、聞かされてなかったのか」

「はい、初めて知りました。そうだったんですか。父さんには子どもがいたのですね」

私は、自分も父の子どもであることを忘れて奇妙な表現を使ってしまった。

「別段、隠す必要もないが、私からはちょっとな」

父の顔が少し照れたように思えた。そしてそのまま私から視線を逸らせ、漢江の上空に拡がる空に向けていった。

私は、しばしの間、黙った。父と今日こうして会うことは驚きに値しないが、自分に妹がいるとは思いもしなかった。だが、考えれば実に単純なことである。母と生別した父は、ソウルの地において生きてきた。私が幾つのときに生別したか分からないが、物心付く前のはずだから、少なし十数年は経過している。

その間に、父が再婚し家庭を持てば当然のこと、妻以外の家族が誕生するのに不思議はない。にもかかわらず、まったく念頭に浮かばなかったのは、父の存在自体が漠然としたものであり、その先の視界が見えなかったからである。

幼い頃に影のように現れた父、明確な輪郭を伴わず茫漠《ぼうばく》の中にうっすらとしていた。どれほど凝視しようと影は形を現さず、霧の中に漂っていた。そんな影から現実を引き出すのには無理があった。父の存在が確固たるものではなかった以上、その向こうにある家庭や家族を意識するなど到底できる業ではなかった。

カーテンの隙間から覗いている家族は誰であろうか。父の妻だろうか。先ほど言われた妹だろうか。そうだとしたら、どんな妹だろうか。

私の家庭において異性といえば母だけである。女とは母を介して知るものであり、身近な存在とは言い難い。どこか遠くで見るものであり、異星人のようにある種、近寄り難い存在でもあった。

そんな境遇にあった私に妹がいた。見たことも名前も知らない妹だが、ここソウルで生きていた。一体、幾つになる妹なのだろうか。私は揺れる気持ちを吐き出したかったが、言葉にする知恵がなかった。

「洋介、今日は実はゆっくりできないのだ」

父が唐突な感じで口を開いた。

「お前とゆっくり話したいのだが、これから出掛けねばならない所があってな。そうだ、明日の夜は一緒に明洞で食事をしよう。昼はパクチョリに連れて行ってもらう所があるはずだから、それが終わってからだな」

「どこに行くんです?」

「なかなか面白い所だ。楽しんできなさい」

父の言葉は意味深だった。一体、どこを指してのことだろう。

私は黙ったまま、頭を下げた。

父との再会はそれだけであった。別に劇的な場面も涙もなかった。淡々と事務的で乾いたような時間でもあった。私はともかく、短い時間で言い尽くせぬ何かが父にはあったのかも知れない。だが、父にとっては言い出せぬ時間でもあったのだろう。

日本から私という、「過去の子ども」がやって来る。だが、父には「現実の家庭」が存在しており、その家の庭に立っての再会である。まことに不都合極まりない再会の場所である。ならば、どうして別の場所を設定しなかったのか。そうすれば現在の家族に遠慮なく話ができたのではないか。折角、父の住まいを訪問しながらも私は家に上げてもらうことさえなかった。今の暮らしを見せながら、一方で秘匿しようとする雰囲気さえあった。実に割り切れない時間でもあった。

私は、パクチョリの運転するジープに乗り込んで戻っていく間、心のもどかしさから答えを見出《みいだ》せずにいた。

振り返っても、もう父の家は見えない。高台を下りながらジープは進んでいく。瀟洒な家が建ち並ぶこの辺りは、環境に恵まれながらも溶け込みにくい空気が流れている。どの家も門を閉ざし、心をも閉ざしているように思える。ソウルの街には珍しく、煤《すす》けた感じがどこにもなく、一種の別天地の様相である。

私の心を気遣ってか、パクチョリも黙って運転をしている。私と父が再会したものの、どう表現していいのか分からず、顔を硬くしているのだろう。

父には家庭があった。家族があった。だが、家族の誰ひとり紹介を受けることがなかった。聞いた言葉は妹がいるということだけだった。その妹だって、どんな顔をしてどんな名前なのかも分からない。分からないままの時間であった。

父の心情を思いやれば、男としての苦悩は理解できる。別れた妻（私の母）との間に子どもがいて、その子が会いに来ている。現在のソウルの家庭とのバランスを考えると、嬉しさより複雑さが勝るに違いない。

例えわが子でも、おおっぴらに喜びを表すことはできない。喜びを表現すればするほどソウルの家人を悲しますことに繫《つな》がってしまう。そんな微妙な立場にありながら、父は自分の家を再会の場所に選んだ。これは私に何かを理解しろと言っているのではあるまいか。父としては、引き返せぬ微妙な現在がある。だが、私とは親子であり、それは厳然たる事実でもある。最早、解消できぬ二つの事実を見せることで、今後の判断を委ねたに違いない。

この現実に触れたことで、今後どう転んでも、父と母が一緒に暮らすことはない。つまり、これまでそうであったように、未来永劫に父と私が暮らすことはなく、それは私と母と父の家庭はありえないことを意味している。

私は父が恋しくて苦しんだことはない。父がいなくて、格別のいやな思いをしたこともない。母一人が立派に擁護してくれ、それで充分であった。だから、父に対する思いは今も水のようであり淡々と流れていく時間のようでもある。


やっとジープの揺れに気付いたのは、高台の家を去って十分余りも経った頃だった。

父との出会いは僅かな時間だったが、なぜか疲労を覚えていた。パクチョリは相変わらず黙っている。彼流に気遣ってのことだろう。

私は無性にパクチョリと話をしたくなっていた。

「ねえ。パクチョリ、今の僕って変かな」

声が上擦《うわず》っているのに気付いた。パクチョリがバックミラー越しに私を見た。喋った内容はもちろん分からないはずだ。でも私をちらちらと見てくる。

「父親と会えたけど感動とはまったく違う場面だったね」

私は敢えて少年らしい明るい声を出した。

「何だか変な出会いだったよね」

もう一度、似通った表現を繰り返した。パクチョリは運転を続けながら盛んに首を縦に振った。何を言っても頷いてくれる。私の複雑な動揺を何となく察していた。私は続けてパクチョリに話し掛けた。彼に話し掛けることが今できる唯一のことだった。

「親子といっても不思議だね。一緒に暮らしたことがないと他人のような感じだったんだ。愛《いと》おしさも懐かしさもない。パクチョリだったら、きっと僕の今の気持ち分かってくれるよね」

パクチョリの視線がちらちらと寄せられてくる。ひと言も発しないパクチョリであったが、私の心は幾分軽くなっていた。

迎賓館の案内

翌日となった。ソウルに来て四度目となる夏の日差しだった。今日はどこに連れて行かれるのだろう。

昨日、父が言った言葉が謎だった。夕刻は食事を共にしようということだったが、その前にパクチョリに案内してもらえと言った。しかもそれは面白い所だと言った。だが、見当がつかなかった。

午後になって、例の如く、パクチョリの運転で私は見知らぬ場所に向かった。街中だが、少し外れて、人気が少ない場所に入っていく。背の高い樹木が随分と植わって、あちこちに陰ができている。まるで整備された公園のような所が向かう方角であった。見る限り、どうも楽しい所とは思えない。こんな所に私の行く場所があるとは思えない。

思いをなぞるように公園の中を進んでいたジープは、ひと際《きわ》大きな建物の前まで来ると止まり、降りるように合図をされた。

「ここがそうなのかい」

パクチョリが頷く。

立派な建物の前だった。

肌色に近い大理石で造られた堅牢《けんろう》な建物で、まるで美術館か博物館のようである。普段、まったく縁のない建物である。

入り口辺りには警護の人間もいる。厳《いかめ》しい感じで人を寄せ付けない空気が支配している。

「この中に入るのかい」

パクチョリが頷いた。私はパクチョリの視線に従いながら足を進めた。このまま一人で行きなさいという様子であった。

玄関の守衛に見られながら建物の入り口に足を進めた。入り口には四人ほどの守衛とスーツ姿の男性が立っている。見咎《みとが》められるかと思ったが、彼らは何も言わない。黙ってこちらを見詰めているだけだった。

中は思った以上に広い空間を有しており、これまでにない緊張を覚える建物であった。

私は、目をあちこちに移した。建物は全体にベージュを基調とした造りであった。天井を眺める。空間を贅沢にとってある。どこに進めばいいのかと私はきょろきょろした。

すると守衛の側にいたスーツ姿の男性が、大理石の床を靴音を鳴らしながら近づいてきた。

私は身構えた。靴音はさらに大きくなった。

「洋介様でしたね」

彼は、私の下の名前を呼んだ。

「ようこそいらっしゃいました。お待ちしておりました」

男性は私を歓待の言葉で迎え入れた。私はきょとんとした。一体どういうことだ。この建物が何か分からないし、男性がなぜ私を待ち受けていたのかも理解できなかった。

「私は鄭憲永《テイ・ケンエイ》と申します。今日は建物の中を少し案内されるように仰せつかっています。全部をお見せすることはできないのですが、それでも楽しい時間になるでしょう」

「鄭さんと仰られましたね、でも、なぜあなたが？」

「あなたのお父さんから案内を命じられています。きっと、いい経験になるからとのお話でした」

男性の日本語は流暢《りゅうちょう》だった。韓国の人間だということは知れるのだが、実に滑らかな会話だった。

「ご案内できる時間は三十分程度です。では、参りましょうか」

彼はエスコートするように私を促した。私は、男性の横を並んで歩く格好となった。

最初に連れて行かれたのは、入り口から一つ先の待機室のような場所だった。ガランとした室内の壁に幾つもの名前が掲示してある。いずれも漢字で書かれており、苗字はすべて「李」となっている。

「これは何か分かりますね」

男性が問い掛けてきた。しかし、私には見当がつかない。

「李王朝の歴代の皇帝の名前です。現代は途絶えていますが、韓国にとって五百年以上も続いた最後の王朝ですから、こうして歴史を振り返るために掲げてあるのです」

「そうですか…」

と言ったものの私には関心が薄かった。人名の羅列を見たって面白いわけじゃない。見たことも聞いたこともない名前ばかりである。それでも案内の男性の手前、多少とも関心を示さないと申し訳ない。掲示された名前を指さし、この人が第何代の誰々でどんな人だったとか、丁寧に説明をする鄭と名乗る男性の声に耳を傾けていた。

壁に掲げられた氏名は随分とある。ざっと見渡して二十枚以上の名前が掲げられてある。鄭が言うように、約五百年にわたって繁栄した李王朝の歴史が名前からうかがえるのだが、一体どんな場面が、どの皇帝のときにあったのか個人名からは想起できない。要は、名簿にしか過ぎず、十七歳の少年の気持ちを揺さぶるものはどこにもない。

しかし、なぜ私にこんなものを見せているのだろう。まして、父からの指示でこの場所に連れてこられたわけだが、まったく要領を得ない。

私の心は男性に伝わったのであろうか。彼の目が少し細められた。

「ここは退屈ですか？」

「いえ、大丈夫です」

と言いながら、変な表現に気付いた。大丈夫ということは、我慢をしていると受け取れる。言わずもがなの心情を吐露した格好になった。

「そろそろ次の部屋に参りましょう」

くどくどとした説明は打ち切られ、次の場所への案内となった。

長い渡り廊下を歩いていく。コツコツと靴音が響く。実に静かな重層な建物である。私たち二人の足音以外、音のない世界だった。

次の場所はどこだろう。でもまあいい。行けば分かる。私は、敢えて何も考えずに目だけをうろうろさせていた。

あれでもと思った私の微《かす》かな期待を見事に裏切ってくれたのが、次の場所だった。やはり重々しい扉を開けて中に入ったのだが、全体がガランとして面白いものはどこにもなかった。ただ、室内の色調は多少工夫が施されていた。さっきの部屋がベージュ一辺倒だったのに比べ、淡いピンクやブルーがところどころに配色され、室内を引き締める役割を担っている。そして、部屋の中央部に設置された大きな机と十脚の椅子が目に入ってくる。また、壁際にも幾つかの椅子が置いてあり、足りないときの補助椅子のように思える。

「ここは、お客様と応対をする部屋です。普段使うことはほとんどありません。そうですねえ、あれでも年に二、三度といったところでしょうか」

「たった、それだけのためにこれだけの部屋があるんですか?」

「ええ、まあ。これと似た部屋はまだ幾つもあります。それらを見ても同じですから、パーティーを行う部屋と食事をする部屋にご案内します」

説明をしながら、鄭は次に行こうとする。私は、歩き出した彼を呼び止めた。

「すみません、そのパーティーをする部屋とかっていうのは何なのですか?」

「それは…どういうご質問で?」

「ですから、なぜパーティーをするのかと思って」

「なるほど、なぜパーティーをするかですか? それは、あなたのような大切なお客様がお見えになられたときのためにです」

「大切なお客、私が? 私のどこが大切な客なんです」

私の声が幾分大きくなった。

「鄭さんの言われる意味が分かりません。だいたい、父とどんな関わりがあって、私はここに来たのですか?」

鄭は不思議そうに見詰め返した。その表情は演技とも思えない。心底、私の発言が理解できないといった感じであった。私は言葉を続けた。

「この建物は韓国の王朝に関係するものだということは分かりました。ですが、私が見学するには、あまりにも関係のない施設のような気がしてなりません」

「あなたは何もお聞きになっていないのです?」

「聞くも聞かないも、私はまったく何も知らずに今日ここに来たのです。大体ここがどんな場所かも分かりません」

鄭は、私をまじまじと正面から見詰めた。そして目と口を開いたまま、首を左右に振った。次に彼が口を開くまで若干の時間が空いた。

「ここはですね…」

やっととという感じであった。

「ここはですね…迎賓館です。それを知らずに来られたのですか」

「迎賓館…?」

今度は、私が言葉を失った。会話と思考が一体化しない。発せられた言葉を聞くたび、それを頭で理解するのに時間がかかる。いや、正確には意味は分かっても思考がついていかないといった感じである。

「あのー、迎賓館と言いますと…」

「だから迎賓館です」

「迎賓館って何をする所です?」

「先ほど申しましたように、わが国にとって大切なお客様、特に外国からのお客様をもてなす場所です」

「そんな所に、何で私がいるんです？」

「ですから、あなたのお父様からご連絡をいただいたからです」

私の頭は余計にこんがらがっていた。おまけに話はちっとも前に進んでいない。何らかの話が父からなされて、ここに私が来たのだが、内容がちっとも見えてこない。さっきから、同じことばかり聞いている気がする。

「鄭さん、もう一度お尋ねしますね。私が何でここに、いえ、迎賓館に来たかです。さっき外国の大切なお客様をもてなすと仰いましたね。私は外国から来ましたが、単なる高校生、しかも大切なお客様なんかじゃない。だから、鄭さんの言われることが理解できないでいるのです」

鄭は、私の顔をじっと見詰めた。そして、暫く考える風をしていたが、何かを悟ったように口を開いた。

「そうですか、やはりね。なんとなく変だと思っていましたが、おおよそのことが飲み込めましたよ」

「どういうことでしょう？」

「あなたの疑問です」

「私の頭の中は疑問だらけです」

「そうでしょうね、私がこれから教えてあげますから、驚かないでくださいね」

今度は、私が鄭の顔を見詰めた。

「あなたのお父様からご連絡をいただいたのは昨日のことです。日本にいる息子がこちらに来ているのでこの施設を、つまり、この迎賓館ですが、見せてやって欲しいという連絡でした。連絡を受けた私は、あなたがてっきり事情を知っているものとしてお話を承ったのですが、お父様はあなたに何も詳しいことをお話にならなかった、だから、ちぐはぐになってしまったのです」

発言は、ここに来るまでのことを辿《たど》っていた。

「お父様は、李王朝に関係のある方です。その方をお父様に持つあなたも当然王朝に関係のある人間ということになります。だから迎賓館に入ることができたのです」

「父が、李王朝に関係がある？」

「そうです。李王朝そのものは現在ありませんが、その子孫の方は分かっています。王朝に関係する一族の方はちゃんと把握してあるのです」

「父は、それでどのような…」

「第十七代の皇帝の血を受けておられます。そしてあなたはそのご子息という立場です」

「えっ！」

私の頭の中で、カランと乾いた音がした。

二人目の日本人

「こちらにお越しください」

鄭が私を招じた。応接の部屋から出て、別の場所に連れて行かれるようだ。

私は、彼の背中を見ながら、混乱を来たしていた。この場所が迎賓館だということは分かった。父の差し金ということも分かった。だが、とんでもない話が飛び出した。父は王朝に関係している人物で、私もその流れにあるというのだ。しかし、そんな話を突然にされ、どうやって信じればいいというのか。

だが、現に迎賓館に来ている。やはり鄭の話は本当なのか。

視線の先には紛れもなく鄭の姿がある。歩く後ろ姿、コツコツと響く靴音。これらすべてが幻惑や幻聴ではない。

「ここです。この中に一緒に入りましょう」

立ち止まった鄭は、振り向くと私を待ち受けた。もう顔つきが最初に会ったときのようにきりりとしていた。

「この部屋です。さあ、お入り下さい。ここには、これまで迎賓館を利用されたお客様の名簿が置いてあります」

私は、鄭に近寄っていった。室内は資料室の雰囲気であった。

「ここにお客様の一覧があります」

ご大層な感じでガラスケースの中に来客者の氏名が保管されていた。

「国ごとに分類すればいいのでしょうが、一つの国から、そう大勢のお客様がお見えになることはありません。それで仕分けをせずに一覧としてあります。ほら、ご存知の方のお名前もあるでしょう」

言われるまま、来客者名簿を覗き込んだ。圧倒的に横文字が多い中、たった一つ、縦書きでしかも漢字で書かれた名前があった。それはまさに私の知る人物の名前であった。そこには、佐藤栄作と書かれてあった。

「これは…」

「あなたもよくご存知の日本の総理大臣です。佐藤栄作首相は国賓として、この迎賓館に来られました。そして日本人としてここに入ったのは、あなたが佐藤首相に次いで二人目ということになります」

「私が二人目?」

「そうです。日本人として二人目になります」

私は、ガラスケースから目を離せないまま、耳だけは鄭の言葉に傾けていた。

鄭はなおも続けた。

「二人目のあなたは、迎賓館を訪れた日本人として当然この名簿に記されることになるのですが、でも、そうならないかも知れませんね」

「それは…どうしてですか」

私は顔を上げた。

「既に、あなたの名前はこの迎賓館に記録されているからです。同一人物が二つの名前で記録されると、後々混乱を起こすことにもなりかねませんから…」

鄭の発言が不明瞭だった。趣旨が理解できない。話が展開する都度、頭の中に膜が張られていく。二つの名前とはどういうことだろう。

「これも聞かれていないのですね」

鄭は私の顔から、順序立てた説明が必要と感じてくれたようだ。

「あなたにはお名前が二つあります。一つが日本人としての名前、もう一つが韓国の人間としての名前です。韓国名は、李光鐘《イ・コージョン》といいます。これは李王朝の血を引く子孫としての名前です。李は、イと発音します。李光鐘の名が迎賓館の名簿の中に残されてあるのです」

「でも、私は日本国籍です。ずっと日本人として生きてきました」

「そこが厄介なところです。あなたは日本人であると同時に韓国の人間でもあるのです」

「つまり、ハーフということでしょうか」

「それとはちょっと違います。ハーフの人も国籍は一つです。両国に跨《またが》ってはいません。血液だけを論じるならハーフという表現もできますが、それとも違います。国籍が二つあるということです」

「私の国籍が二つある…」

「そうです。少しややこしい話になります。あなたの場合、お父様は李王朝の血筋の人ですから、それを起点とすれば韓国籍。しかし、あなたのお母さんが日本人なので日本国籍。つまり二重の国籍を持つということです」

鄭はそこで言葉を切った。彼にとっても平易な説明が難しいようである。

私は、考えを整理し始めていた。韓国のソウルで父は生きていて生活をしている。かつて、父はどこかで生きているのではと考えたことがあったが、それは漠然としたもので明瞭な形として頭には浮かばなかった。ただ、父が生きているとしても多分、広島ではなく、もっと遠い場所のような気がしていたし、ソウルと聞いても驚きはしなかった。だが、あくまで日本人として生きているものだと思っていた。しかし、生きていた父は韓国籍の人間であり、日本国籍を持つ母と結婚をして、私が生まれたことに繋がっていた。

簡単に言えば国際結婚であり、こういうケースは数多《あまた》あるであろう。だが、私は日本国籍を持つ日本人でありながら、韓国にもちゃんと籍があるというのだ。

私は、そうかと思う。まったく見えなかった自分の過去が少しずつ見えてくる。だが、ぽつぽつと点が浮上してきただけである。点と点が結びついて線になっていくには、まだ分からない部分が多い。実際、母はこれまで何も教えてくれなかった。昨日、出会った父とだってほとんど話をしていない。今日、面白い所に連れて行ってもらえと言ったぐらいだ。細かい説明をするよりも、体感させて私の生い立ちを理解させようとしたのか。

確かに、言葉で聞いたとして、私が納得したとは思えない。実感として受けとめるには相当な無理があったであろう。

だが、この迎賓館には、それらの疑問を払拭《ふっしょく》する力がある。歴史が放つ力かも知れない。私の思考がどこかに漂着しようとしていた。

「これです。ほら、あなたの名前が見えるでしょう」

鄭の言葉が聞こえた。二人だけの室内は、木魂《こだま》のように声が響いてくる。

「どうぞ、こちらに」

彼は、少し離れた別のケースに保管されてある資料の一冊を取り出し、広げて私に見せた。

「これは李王朝の系図です。そして、あなたの名前がこれです」

分厚いアルバムのような一冊だった。その中の一ページに鄭から聞いた私の名前が書かれてある。李光鐘――と。だが、つい先ほど聞いた名前がどうしても自分のものとは思えない。まるで、見知らぬ誰かの名前を見るようである。

「いかがです。ご自身の名前をご覧になられて」

私は、返事をしなかった。耳を閉ざしていたわけではない。口に出せる相応しい表現がなかった。

「こちらの名前は分かりますね」

声に応じて視線を横にずらした。李永純という名前が見える。

「これがお父様の名前、李永純《イ・ヨンスン》です」

実に不思議なことである。私は、この一瞬まで自分の父親の名前を知らずにいた。それが、まったく思いがけぬ場所で、しかも初対面の男性から教えられている。父の名前も私の名前同様に無機質な記号のように思えた。

それでも暫くは二つの文字を眺めていた。父親のそして私の名前だと思うと、どこかから白い煙が立ち上ってくる。心のずっと深いところで発火した小さな炎が胃壁を駆け上がってくる。

「この鐘という文字は素晴らしい文字の一つです。韓国は仏国で鐘に対して強い尊敬の念があります。また、鐘にまつわる話がたくさん残されています。それだけ鐘には特別の意味と味わいがあるのです。あなたの鐘ですが、これに光が当たっています。つまり国の未来を照らすという意味になります。あなたにはそれだけ期待が掛けられたということです」

私は黙って説明を聞いていた。

「ところで日本でのご苗字をまだ聞いていませんでしたね。洋介様とだけ伺ってはおりますが」

鄭が問い掛けてきた。

「私は群青洋介といいます」

「そのお名前も大切にされるといいでしょう。だが、あなたの本当のお名前、李光鐘を忘れてはいけませんよ。あの戦争さえなかったら、あなたは李王朝の子孫としてこの韓国で暮らしていたのですから」

「あの戦争！」

「そう、北朝鮮が攻め入ってきた戦争です。あの戦争のお陰で韓国民はもちろん、李家の人々も随分と苦しい目に遭ったのです」

「そうですか、やはり」

私の頭に一つ結びついていく点がある。

「父も戦争の犠牲者だったのですか？」

私は絞るような声を出した。

「もちろんそうです。このソウルも激戦地となって人々は逃げ惑いました。あれから十七年が経っていますが、ついこの間のように思われます。韓国の人間にとって思い出したくもない戦争です。でも、忘れてはならない戦争でもあるのです」

私の体のどこを探っても記憶一つ出てこない北朝鮮との戦争。それが自身の生い立ちに関わっている。鄭は十七年が経ったといった。それは、まさしく私が生きた十七年でもある。

「このお話は難しくなるのでやめておきましょう。それより、館内をもう少しご案内しましょう」

鄭が話題を変えた。だが、私の関心は最早、建物にはなかった。立派過ぎる建物だが、どこを見学しようと大体の想像がつく。荘厳であり格式があるが、いわばそれだけに過ぎない。

「鄭さん、もう充分です。これからご案内していただく部屋も立派だと思います。でも、今の私には疲れるだけだと思います」

「疲れるだけ？」

「ごめんなさい。表現が下手でした。もう充分に見学させてもらったという意味です」

私の言葉に、鄭は意外だという顔つきをした。だが、それ以上でもそれ以下でもなかった。

「確かにそうでした。お若い、あなたのような青年には退屈な所ですしね」

「申し訳ありません」

「分かりました。案内はここまでとしましょう。お父様からも適当でいいからとご指示をいただいております。では、表までお見送りをさせていただくことにします」

「勝手を言います」

私たちは、入って来た方向に足を向けた。

「では、ここで。また、お目にかかれるといいですね」

鄭は深々と頭を下げた。

迎賓館というまったく別次元の建物を出た。やっと呼吸ができる気がする。

私は背伸びをし、大きく胸に息を吸い込んだ。私の姿を認めて、走り寄ってくるパクチョリの顔がとても懐かしく感じられて、彼同様の大きな笑みで私も彼に向かって走った。

父との夕食

午後の見学が終わった。

夏の太陽は眩しい。いつまでも沈まぬ様子で筋雲を白いまま浮かび上がらせている。

私は一旦、部屋に戻って時間を潰した。次は父との会食である。

目に痛むほどの眩しさが若干和らぎ、風の気配を感じる頃になってパクチョリが迎えに来た。

私にとって、もう親友のような彼である。

「今度はどこに行くのかな」

相変わらずの一方的な会話である。ジープは例の如く、快調なエンジン音を振りまいて出発する。

「ところでさ、パクチョリ。父さんとの食事だが、やっぱり韓国料理かな。まさか和食ってことはないよな」

私は砕けた調子でパクチョリに話し掛けた。彼は、様子を察して「明洞《ミョンドン》、明洞」を連発する。すると、行き先は明洞ということか。

明洞に出掛けるのは何度目になるだろう。街の様子にも、馴染みが深まっている。

やがて高いビルが林立する明洞の一角にジープが入っていく。行き交う車の数が夥《おびただ》しく増え、道行く人がせわしい。

パクチョリが振り返った。目的地が近いのを感じる。パクチョリが外を向き、首を二、三度振る。ビルが目に入る。あれが父との約束の場所なのか。続いてパクチョリが指を開いて二本ほど突き出す。ビルの二階がそうだという。私は分かったと頷き、パクチョリを残したままジープを降りると、いつものように一人でビルの中に入っていった。

待ち合わせの店の名前は分からなかった。だが、二階には一軒の店しかない。しかも店の名前は「桃山」と漢字で書かれてある。どうやら和食の店のようである。私は迷うことなく、桃山の玄関を潜った。

入るや「いらっしゃいませ」と明るい日本語で迎えられた。年齢は四十歳ぐらい。和服を着こなしているが、あきらかに韓国の女性と思える顔立ちだった。

「ここで待ち合わせをしているのですが…」

私は日本語で告げた。彼女はすぐに反応し、何かをハングルで喋ると手招きで私を奥に招き入れた。

彼女の日本語は「いらっしゃいませ」と言った最初のひと言だけだった。店を訪れる客のために、このひと言を覚えたものらしい。彼女の後に従いながら、どこかパクチョリとの出会いが思い出された。空港で私を待っていた彼との最初の会話はこんな感じではなかったか。思わず苦笑してしまいそうになる。だが、案内の女性に振り返られ、笑いが途中で止まった。

案内の途中に気付いたのだが、この店、実に日本風の造りとなっている。店内のすべての調度が木製で造られ、奥に行くまでの中庭には山水風の仕掛けもある。細い竹笹が数本植わり、石で囲われた小池のほとりには飛び石までが見える。店名通り、日本の桃山時代を意識したものかも知れない。

それともう一つ気付いたのが匂いである。街を歩くと韓国料理独特の匂いが漂ってくるが、それがまったくない。料理店には珍しい無臭のままで、その意味でも実に日本風である。

これは嬉しかった。匂いのない店に入ることが、これほどありがたく思えるとは不思議な感じでもあった。

店の奥も日本風であった。靴を脱いで板張りの小階段を上がり、襖《ふすま》で仕切られた先が私の入る部屋であった。

私を先導した女性の手で仕切りが開けられた。彼女の肩越しに中にいる人がちらりと見える。父が先に来て座っていた。昨日、あの高台の家の庭で見た父の姿であった。

私は、首を竦《すく》めて軽く頭を下げた。しかし、視線はそのままで、父の方を見て席に進んだ。

「こちらに座りなさい」

父は、空けてあった上座を私に勧めてきた。

「ここは時々来るのだが、なかなかいい店だろう」

「そう思います」

「料理もまずまずでな、こちらで日本料理というと紛《まが》いものがほとんどだが、ここは日本の味に近い」

「そうなんですか」

「日本で働いていた料理人がいてな、それでしっかりした味を出すんだ」

「こういう店はたくさんあるのですか？」

「そうはないな。和食を食べさせる店は日式といって、刺身やてんぷらを出すのだが、似て非なるものが多い。その点、ここはいい。まあ、安心して食べられる」

父の説明を聞いて、安堵する自分を見出していた。ソウルに入ってたった数日だが、食べ物にはいささか閉口していた。どれも匂いがきつく、食べる前に食欲がなくなっていたからだ。

「お薦めは魚料理だが、好みはあるか？」

父が、私の好みを聞いてくる。

「何でも結構です」

「煮魚と焼き魚はどちらがいい？」

「焼き魚をお願いします」

「ところで今日は出掛けてみたのか？」

　父が質問をしてきた。迎賓館を指してのことだろう。

「ええ、パクチョリに連れて行ってもらいました」

「そうか、行ってきたか。なかなか面白い所だったろう。迎賓館なんて滅多に入れる所じゃない」

「驚きました」

「だから、いいんだ」

　父の目元が少し細くなった。

「で、どうだった？」

「知らないことが、いっぱいありました」

「そうだろうな。で、案内は鄭さんがしてくれたんだな」

「はい、そうです。とても親切にしてくれました。あの人はあそこに勤めている人なのですか？」

「日本で言うと、課長職に当たる人だ。何年ぐらい勤めているのかな。長いことは長いが、よくは分からん。それより少し感想を聞かせてくれ」

「感想といっても、ただ驚くことばかりで」

「鄭さんとはどんなことを喋ったんだ」

「最初は、李王朝の歴史です。それから日本人としては佐藤首相に次いで二番目の訪館だと知らされました」

「なるほど」

「それから、私の名前が記録されてある資料室みたいな部屋にも入りました。私には二つの名前があったのですね」

「まあ、そうなるな。で、お前はそのことが嫌だと思ったのか」

「驚いたのです。ただ、それだけです」

「まだ、何か言いたそうだな」

「いえ、そんな。ただ、私の気持ちが整理できるのはもっと先になると思います」

「そうか、そういうものかも知れないな」

父と私が次の言葉を探しているうちに、仕切りの向こうで人の気配がした。ガラリと開けられると、膳を抱えた女性が二人ほど姿を見せ、小鉢に入った数点の料理が運ばれてきた。

父が女性の一人にハングルで何かを話し掛けた。多分、先ほど私に問い掛けた魚料理のことだろう。おそらく焼き魚が私のために作られてくるはずである。料理が待ち遠しく思えた。ソウルに来て、やっと食事を待つ意識が持てたことが嬉しかった。

暫くは、箸を動かし続けた。口を動かしている間、会話もたわいない断片的なものだった。父も発する言葉は概ね料理に関するものばかりだった。

約一時間かけて次々と運ばれてくる料理を食した。品数、量ともにそこそこであった。私の胃はすっかり回復したとみえて、いずれもが美味しくいただけた。

私の食欲に対して父の箸は進まなかった。新しく運ばれた料理はおろか、事前に運ばれた料理も持て余している状態だった。

「あまり食べないのですね」

「今日はちょっとな」

私はなぜだろうと思った。私が目の前にいることが父の胸をいっぱいにしているのだろうか。それとも、食事が運ばれる前に話題にした内容が起因しているのだろうか。

多分、そんなことはないだろう。私との出会いに自宅を選んだほどの父だ。そこまで繊細なら、別の場所を指定したに違いない。食が進まないのは別の理由、もっと単純なことだと思われた。私の思惑を察したように、父の口から答えが漏れた。

「こう静かだと、食べる気持ちになれないものだな」

「静かなのが、駄目なのですか?」

「料理に集中することができない。酒でもあれば別だがな」

「お酒ですか。私に遠慮しなくてもいいんです。どうぞ頼んでください」

「そうか。じゃ、そうするかな」

父は、相好を崩してお酒を注文した。二度目の出会いでやっと父の笑う顔を見た。

父の前に洋酒のボトルとグラスが置かれた。お酒というから日本酒だとばかり思っていたが、琥珀色に輝く色合いがボトルから放たれている。

「それはいつも飲むお酒なのですか？」

「外ではな。こいつがあれば、他はいらない。お前は高校生だから、酒が飲めるようになるのはまだ先のことだが、いい飲み方ができるようになるといいな」

「いい飲み方って？」

「酒は楽しんで溺《おぼ》れないことだ。酒には色々な効用がある。飲み方によって健康にもなるし、幸せにもなれる。ということは、飲み方によっては体を害することもあるし、不幸せにもなるということだ。これは日本人だろうと韓国人だろうと変わらない」

「それは量によるものですか？」

「少しはあるな。だが、酒の量なんて人によって違う。飲み方は単に量のことだけを言っているのじゃない、どういう精神状態で飲むかだ。まあ、いずれ分かる」

「私も飲むようになるのでしょうか？」

「さあ、どうかな。こればかりは体質もあるしな」

　母のことがチラリと浮かんだ。母は仕事で酒と接する機会が多い。家に戻るや、流しで苦しそうに戻す場面を何度も見たことがある。私の体質はどうであろうか。

「先ほど、食事はいつも賑やかだと言われましたね」

　私は、話題を転換した。

「ああ、そんなことを言ったな」

「賑やかっていうのは、家族のことを指してですか?」

　私は聞きにくいことを、ゆっくりと問い掛けた。

「それもある」

「では、楽しい食事なのですね」

「まあな」

　父の顔が少し柔らかくなったのを見て、私はここだと思った。昨日からずっと抱えていた疑問である。

「私には妹がいると言われましたが、少し教えて下さい。名前とか歳です」

「お前の妹のことか」

「そうです。ソウルに来るまで、私に妹がいるなんて思いもしませんでした」

「そうか、やっぱりな…」

　父の言葉の歯切れが悪くなった。

　私は父の目を覗くようにした。父は、顔を横に向けたが、視線は私を見ていた。

「今更、隠すことはないと思ったのだが、言う機会がなかった。男にとって恥ずかしいことでもあるしな」

「恥ずかしい?　どういうことです」

「実はお前の妹は一人じゃないんだ」

「というと…」

と言いながら、私は生唾を飲んだ。そうか、妹は一人だけじゃない可能性だってある。妹はなぜか一人だと思っていたが、二人、いや三人いても可笑しくない。父と母が生別した期間は十七年もあるのだから。

父は少し下を向いて、顔を上げるとこう言った。

「お前の妹は七人だ」

「七人！」

私は、数字を繰り返した。

「そうだ、七人だ。驚いただろう」

言葉が出なかった。まさか七人とは。母と私、この世の中にたった二人で生きていた私に、七人もの妹がいた。しかも隣の国、韓国に。

「昨日、私の家に来てもらったが、部屋の中に上がってもらわなかった理由の一つがそれだ」

「ということは、他にも理由があるのですか?」

私の声は上擦っていた。

「現在の妻がお前のことを快く思っていない」

「それって、つまり…」

「私に息子がいたという事実をだ」

「それは…じゃあ、私のことが嫌いなんですね」

「そんな単純なものじゃない。お前がソウルに現れたことで、現在の平穏な生活が壊れることを心配している。女ってそういうもんだ。波風が立つことを極端に恐れる生き物だからな」

私はどう返事をしていいか分からなかった。父もそれ以上に喋ることを中断していた。所在なさを持て余すように、グラスの琥珀を口に運んでいる。

「この話はこのくらいにしておこう」

私は、黙ったまま頷いた。

「この酒は、なかなか効くな」

父は、手酌で空きかけたグラスに注ぎ足した。あっという間にボトルの半分がなくなっている。これが強いのかどうか分からない。だが、ピッチが早いと思われた。

「昔ほどは飲めなくなってな。当然のことだが」

いつしか、話は酒のことになっていた。それも父が喋るばかりである。それから日本や韓国のこと、さらには母のことにも及んでいったが、いきおい重い話になりそうだった。

私の前の料理はすっかりなくなっていた。父の前にはまだ手がつけられていない料理がたくさん残っている。お酒に手は伸びても箸が動くことはさほどない。もう食事時間は終わった雰囲気となったが、酒だけを飲む父の相手を、このまま暫くしてもいいと思っていた。

「高校二年生ということは、そろそろ次の進路を決める頃だな」

父が、私のことに切り替えた。

「先はどうするのだ。もう決めているのか？」

「いえ、まだです」

「母さんはどう言っているんだ」

「進学して欲しいと思っているようですが、家庭の事情がそれを許さないかも知れません」

「そうか…」

と言った父の顔が少し苦渋に変わった。

父に指摘されるまでもなく、来年に高校三年生となる私は、もう進路を決めておかねばならない時期に来ている。優秀な進学校といえないが、生徒の大半が大学に進む高校であった。必然的に高校の多くの仲間は進学を希望し、私も彼ら同様に大学に進むふりをしていたが、実のところはまったく先が見えない状態でもあった。

大学に進学するとなると、高校とは雲泥の差で学費が必要となる。そんなお金、わが家のどこを探しても捻出する力はない。家計自体がか細い母の手で辛うじて支えられている。毎日を糊塗するだけで、将来に備えた蓄えはどこにもない。特にここ数年は母の体力も落ち、誤魔化《ごまか》しながら続ける仕事も不安が勝っている。

そんなわが家の実態を考えたとき、何の考えもなく大学に進みたいとは言えない。茫漠とした未来への期待を持つ一方で、閉ざされた明日が横たわる不安も併走している。

それだけに、父に先のことを聞かれても明確に答えられない自分がいた。上の学校に上がりたい自分と、進学を諦《あきら》めて働く姿の自分が交互に浮かんでいた。

「できたら大学に進むといいな」

グラスを手で弄《もてあそ》ぶ仕草をしながら父が言った。

「大学がすべてじゃないが、行くと行かないとでは随分と違う。大学とはそんな所だ。学問も必要だが、人間の幅を広げるために大学はある。今のお前には想像しづらいだろうが、先ではきっと分かる」

「そうだと思います…」

私の返事は弱々しかった。必ず行きます、と断言できない自分が悲しかった。

話が私のことに及んだが、どれも楽しい話ではなかった。互いの置かれた状況は色々と分かってきたが、穏やかに話し合えるものは何もない。口数がめっきり少なくなった私を気遣ってか、「出るか」といった父の言葉に、私は救われた顔を浮かべてしまった。

明洞の街は賑やかだった。人の姿が消えるまでに時間がある。街は何も知らず動いている。

「まだ、戻らなくても大丈夫だろう」

時計に目をやった父が、呟くように言った。

「もう一軒行こう。お前の社会勉強だ」

外の空気を吸った私の足取りは軽くなった。このまま李社長の家に戻るより、ソウルの街に溶け込んでしまいたい気持ちもあった。

次に連れて行かれたのは、バーであった。といってもその店がバーと呼べるものか高校生の私には実は見当がつかなかった。五十坪はある広い店内に案内され、やはり仕切りのある個室に案内された。

腰を浮かせば隣が見える仕切りは、個室と呼ぶには遠い。だが間仕切りがある分、自分たちだけの空間という感じは保てる。

「なかなか面白い所だろう」

父に言われるまでもなく、私の目は宙を泳いでいる。初めての体験、確かに社会勉強である。暗い店内、あちこちで談笑が聞こえるが顔は見えない。女性の声も混じっており、ときおり甲高い笑い声が響いてくる。

「本当は高校生をこんな所に連れてくるのは拙《まず》いが、まあ大丈夫だろう。お前は好きなものを頼め、ただし酒は駄目だがな」

私は頷いた。だが、何を注文すればいいのか。紅茶かコーラか。さてと思っているうちに、女性が二人、ハングルで挨拶をしながら私たちの席に入ってきた。

私はたじろいだ。父と二人の部屋だと思っていたところに見知らぬ女性が割って入ってきたからだ。

彼女たちは、大人の女であった。二人とも三十前後に見てとれた。一人が父の側に座り、一人が私の隣に座った。体が触れんばかりの近さである。しかも二人とも片方の足を立てた。立膝《たてひざ》であった。日本では考えられぬ奇異な座り姿で、二人の女性は私と父の側についた。

女性たちは、来店客にサービスをするのが仕事であるのか、まず、運ばれたお絞りを広げると、父の手を引き寄せて拭《ふ》き始めた。呆気《あっけ》にとられて眺めていると、私の隣の女性が何かを言い、私の手を引き寄せた。私の手も拭こうとしたのだ。

私は、びっくりして手を引っ込めた。その動作が大きかったのか、声を上げて女たちは笑った。

「洋介、ここではな、女性に手を拭いてもらうのがマナーだ」

「自分で拭けます」

私は口を横一文字にして言った。

「いいから、してもらえ。それが彼女たちの仕事なんだ」

「仕事？」

「世の中はな、色々な仕事をする人で成り立っている。手を拭くのが彼女たちの仕事で、お前は拭いてもらうためにここに来たんだ」

「分かりました」

私は怒ったような顔で手を差し出した。隣の女性は、顔に笑いを浮かべたままゆっくりと擦《さす》るように私の手を拭き始めた。

「どうだ、気持ちのいいものだろう」

「擽《くすぐ》ったいだけです」

「そういうものかも知れんな」

「この店には、よく来るのですか？」

「いや、久しぶりだ。以前に来たのは…もう半年も前だ。ところで何を飲むんだ？」

「コーラにします」

「そうか、分かった」

父が横の女性に話し掛けた。女性が立ち上がって、私の顔を見てにっこりすると奥に消えていった。暫くすると、席を立った女性によってコーラと洋酒が運ばれてきた。父はまだ飲むつもりである。

洋酒とコーラが女性たちの手でグラスに注がれていく。父のグラスは横の女性が、私のグラスには隣の女性が、それぞれが担当というわけである。

父が、グラスを目の高さに上げた。乾杯という合図である。何に乾杯をするというのか。私は顔を強張《こわば》らせてグラスを持ち、一気に飲み干した。

酒のせいか、父はさっきに比べ饒舌《じょうぜつ》になっていた。横の女性に何かを話し掛け、一緒に笑っている。話の内容を適当に日本語で説明してくれるのだが、ちっとも面白い内容ではない。何が可笑しくて笑えるのか不思議な時間でもあった。

実は、父の話より、私にはもっと気に掛かっていることがあった。それは隣の女性である。彼女は必要以上に寄り添って、上半身の半分程度が触れている。それが気になって仕方がない。私は腰を捻《ひね》って彼女から距離を空けるのだが、そうするとまた近づいてくる。狭い場所でそう動く所もないから、自然とまた触れてしまう。私は体を硬くしてじっとしているより手がなかった。

この動作が可笑しいのか、目の前の父と横の女性がハングルで何かを言っては笑っている。笑っては、また何かを言い、再び笑うということを繰り返していた。それにつられてか、私の隣の女性も笑っていた。

私は二本目のコーラも空けて、所在をなくしていた。だが、体は緊張しており、目だけで父や女性たちが笑うのを交互に見詰め、頭の中は別なことを考えていた。それは、韓国に来て出会った女性たちのことである。

最初がレンジンさん、そしてファースン、それにコーリャンハウスで見た踊り子たち。レンジンさんを除く彼女たちと私は似通った歳であった。だが、ここにいる女性は五つ六つ、いや十近くも年上の女性である。そしてファースンたちと随分と違う女性たちであった。どう違うかというと、笑いである。こんなに笑う韓国の女性を見たのは初めてであった。なぜか韓国の女性はあまり笑わないものだと思っており、それが私を惑わす気持ちに導いている。

その店にも一時間程度いた。その間、父は陽気にしていた。笑いと酒の間に自分を置いている。喋り笑っている父を見ていると、実のところ、父も寂しいのではないかと思われていた。楽しそうにはしゃぐほど、内心を隠そうとしているように見える。この十七年間、最も寂しかったのは私でも母でもなく父だったかも知れない…笑い声の中に別の声が混じっている気がした。

夜の外気は気持ちよかった。湿気が多い日本と違い、ソウルの夜は夏を意識させない。女性に出口まで見送られ、明洞の街に出た私に帰宅だけが残された仕事となった。

「ソウルにいる間にもう一度は会おう。李社長に連絡をしておく。それでいいな」

父は、やや大きめの声で言った。

「ところで、今日は誰かに連れて来てもらったのかな?」

「パクチョリにです」

「では、パクチョリが待っている所まで一緒に行って、そこで別れよう」

私は、頷いた。

そうだ、パクチョリをずっと待たしたままだ。彼はちゃんと食事をしたのだろうか。私は申し訳ない気持ちになり、そして彼自身の不思議な存在を思い出した。

「パクチョリのことなんですが…」

歩きながら、父に問い掛けた。

「パクチョリがなんだ?」

「こちらに来て以来、ずっと不思議に思っていることがあるのです」

「どういうことかな」

「最初に会ったときから、ずっと笑顔なんです。それも嬉しくて堪らない、まさに弾けるような笑顔で私を見るのです」

「いいことじゃないか」

「そうですが、パクチョリは、李社長の会社の運転手ではありません。私のために雇われた専属の運転手だと思うのですが、彼の笑顔は好意を遥かに超えたものがあります。それが不思議でならないのです」

「なるほどな」

「それだけじゃありません。私が困ったときパクチョリに助けてもらいました。デパートの中で一度、それとうなぎを食べてお腹を壊したときです。あのときは家族以上に親身になって心配をしてくれました。パクチョリには運転手以上の何かを感じてならないのです」

「それはそうだろう。お前とパクチョリはそういう関係だからだ」

「どういう意味なのでしょうか？」

「お前と日本にいる母さんは、パクチョリによって助けられたから今があるんだ。お前が元気に育って、立派な少年になったことがパクチョリには嬉しいのさ。だから、笑っているんだ」

「私と母さんがですか？」

「そうだ」

「それだけじゃ分かりません。詳しく教えてください」

「話せば長くなる。今度会うときにその話をしよう。ほら、もう迎えが来ているぞ」

振り向くと、パクチョリの笑顔が広がっていた。星が煌めく夜空がソウルの街を彩るように、彼の優しい笑顔が私を包み込み始めていた。

李社長の家に戻った私は、ベッドに横になると今日の出来事を振り返った。体は疲れていたが、頭は冴《さ》えている。横たえた体に睡魔が襲ってくる気配はない。

一日の間に色々なことがあった。思いもかけぬこと、見知らぬ場所、信じ難い話、それらがごちゃ混ぜに乱舞していく。だが、最も記憶に残ったのが、父が別れ際に言ったパクチョリとのことであった。

確か、父はこう言った。私と母がパクチョリによって助けられたと。これはどういうことだろう。すぐさま浮かんでくるのが私の出生のことである。私は一九五〇年、つまり朝鮮動乱が勃発《ぼっぱつ》した年に誕生している。私と母が助けられたといったら、この戦争に関係していることではあるまいか。

想像を結んでいくと一つの思いが凝固して、次の瞬間には途方もなく膨らんでいく。

父と母は、この韓国で朝鮮動乱時の直前に遭遇している。そして私が生まれ、何らかの事情で離れ離れになった。母は、母国である日本をめざしたが、韓国に深い事情を有していた父はそのまま留まった。深い事情とは、言うまでもなく朝鮮動乱と李王朝が関係しているのではあるまいか。

父は李王朝の子孫であり、私は二つの名前を持つ人間であった。日本国籍でありながら、韓国にも李王朝の流れを汲む名前が残されていた。事実、日本人として佐藤栄作に次ぐ二人目の迎賓館への入館が示すように、当時の父が特殊な立場にいたことを物語ってはいないか。父は一体、あの戦争をどのような立場で迎えたのか。また、どう関わっていったのであろうか。そして、私は一体どこで生まれたというのか。

それだけじゃない。私は父のことを知らな過ぎる。父が生別してソウルで暮らしているのは分かった。新しい家庭を築き、七人もの子ども、しかも女の子ばかりがいることも分かった。だが、父は何を仕事として暮らしている人間なのだろう。

今日話した中にそんな話題は出なかった。私が尋ねなかったのもそうだが、父から話し出す様子もなかった。かといって、自分の仕事を隠すとか話したくない様子とも違っていた。それだけに、父の現在がまったく見当がつかない。

李社長のようにビジネスの世界にいれば、それなりの匂いが漂ってくる。だが、父にはまったくそれがない。現実の社会と隔絶した世界で生きているような印象を受けた。これはどこから来るものだろう。

不明な父のことだが、不明な点をあげれば私だってそうじゃないか。

私に韓国の名前があるということは、日本ではなく、この韓国で出生したことも考えられる。これまでずっと日本人であり、本籍である山口県で出生したものと考えていたが、そんなもの当てにはならない。私と母がパクチョリによって助けられた過去があるというのなら、その舞台は韓国に違いない。そして、それは朝鮮動乱の最中だ。加えて朝鮮動乱に関連してパクチョリの存在があるはずだ。

私は頭の中をもう一度なぞった。概《おおむ》ね、私の推測は的を得ているはずだが、それにしては確定的なものがない。推測材料はあまりに多いのだが、多過ぎて、しかも突飛《とっぴ》過ぎて混乱を来している。

待てよ。私の誕生は一九五〇年の十月十日となっている。同年に朝鮮動乱は始まっているが、いつ休戦状態となったのだ。それに、父と母は韓国のどこで知り合ったというのだ。

私が母と父の間で誕生した限り、母と父はこの地で巡り会っていなければならない。山口に籍を置き、一介の市民であった母がなぜ李王朝の子孫である父と出会ったのか。そして、私という人間を生み出したのか。疑問は次々と重なっていく。ベッドの上で思考を続けた十代の頭は疲弊しきり、いつしか眠りに落ちていった。

板門店に

「おはよう、よく眠れた?」

階下に下りていくと、レンジンさんの明るい声が私を迎えてくれた。まだ朝の八時前なのに、もうしっかりと化粧をしている。艶《つや》やかな顔立ちなので、化粧なんかしなくても充分見栄えがするのだが、私が思うようなところに女心はないのであろう。

「洋介さん、今日の予定はね、ちょっと面白い所よ」

「それなら、毎日面白い所に連れて行ってもらっています」

「でも今までと雰囲気の違う所、きっとあなたの社会勉強になるわ」

「社会勉強!」

「どうしたの、そんな声を出して」

「いいえ、別に。すみません」

昨日、父が話した科白《せりふ》とまったく同じ言葉がレンジンさんから聞かれて驚いた。

「出掛ける所はね、水原《スウォン》って所。韓国の遺蹟がたくさんあるわよ」

「スウォン?」

「ここから一時間近くかかるけど、ソウルに来たんだから一度は見ておくといいわ」

「分かりました」

そう言いながら、私は別な場所が頭に浮かんでいた。ソウルに来るまで意識したことのなかった場所だが、ここ数日の間にぜひ訪れてみたいと思うようになった所だ。

「レンジンさん、お願いがあるのですが」

「何かしら?」

「その水原とは別に行ってみたい所があるのです」

「あら、どこかしら?」

「北朝鮮との国境です」

「まあ、どうして。そんなとこ、見ても面白い所じゃないわよ」

「それでもいいのです。一度行ってみたいと思っているんです。やはり、一般の人は行けない所なのですか?」

「時期によってはそうね。今は情勢が比較的安定しているので問題ないと思うけど…国境というと板門店《パンムンジョム》ね」

「板門店って言うのですか」

「日本語では軍事境界線っていうのが正しい言い方だと思うけど」

「軍事境界線って聞いたことがあります。でも、もっと簡単な言い方もあったと思いますが、えーと、あれは確か、そうだ、三十八度線です」

「境界を敷かれた経度が三十八度にあたるから、そういう言い方をする人もいるわね」

その表現を聞いていると、私の気持ちはますます高まった。水原は次の機会にして、今日の外出はどうしても三十八度線に向かってみたかった。

「どうしても三十八度線なのね」

「はい」

私はペコリと頭を下げた。レンジンさんは、いつになく真剣な私の顔を見詰めた。

「分かったわ。パクチョリに言っておくわね。でも気を付けていくのよ」

「ありがとうございます」

私は努めて大きな声を出した。私の声に反応するように、レンジンさんが何かを思い付いたようだった。

「では、十時にパクチョリが迎えに来るから、ちょっと用意をしますね。洋介さんはそれまでに朝ごはんを食べて」

急《せ》かすように食卓の椅子を引くと、私の肩を軽くポンと叩いて、レンジンさんは台所に向かった。

（パクチョリが十時に迎えに来るのか）

私は時計に目をやりながら、待てよと思った。昨晩の思考が蘇ってくる。色々と疑問が噴出しているが、一番気に掛かったのがパクチョリと私の関係であった。加えて母との関係でもある。パクチョリと私たち親子は深い関係があるらしいが、それはまだ分かっていない。パクチョリ本人に聞くのが手っ取り早いが、彼と意志の疎通は叶《かな》わない。

だが、パクチョリに相当する人物がいる。毎朝、顔を合わすレンジンさんである。彼女は父の妹であり、李社長の夫人でもある。色々な事情に精通しているのではなかろうか。

その反面、こういう込み入った事情はまったく関係のない世界で生きてきた人のようにも思える。李家に世話になって数日だが、レンジンさんのあっけらかんとした性格は理解したつもりだ。彼女の大陸的な考えが、家庭をどれほど明るくし、風通しをよくしているか分からない。ある意味、私の母とまったく対照的な性格がレンジンさんであった。

どうしようか。会話はいつも明るく、こまごましたことを気に掛けない彼女に聞くのは、的を得ていない気がする。まあ、いい。慌てることはない。レンジンさんとの接触はいくらでもあるのだから。私は、十時までの時間、自分の部屋で過ごすため、階段を上っていった。

板門店か、部屋に入った私の口から自然と軍事境界線の名称が出た。

ソウルに来るまで、名前さえ知らなかった軍事境界が、わがことのように思える。どんな所なのか。頭に描いてみるが、見当がつかない。

韓国と北朝鮮が分断され、双方の仕切りとなった三十八度線はどのようになっているのだろう。これまで案内されたソウルの街中とは別の期待と興奮が立ち上っていた。

ファースンがやって来た。何かを口にする。言葉の中にパクチョリの名前が出たので、彼が迎えに来たことが分かる。時間は九時四十五分。予定より十五分も早いがありがたい。既に外出の用意をしていた私は、走るように下りていった。

「はい、これ、お昼に食べてね」

玄関まで見送りに出たレンジンさんから、一つの袋包みを渡された。

「上手くできたかどうか分からないけど、洋介さんとパクチョリの分が入っているわよ」

どうやら、お昼ご飯らしい。行き先の変更を願い出たとき、レンジンさんが何か思い立った顔をしたが、それはこの弁当のことであったのだ。

私は頭を下げ、大切に小脇に抱えてジープに乗った。だが、ジープがすぐに発進しない。運転席のパクチョリにレンジンさんが何かを喋っている。帰宅時間とか注意することなどを告げているに違いない。何だか、韓国のお母さんのようだった。


ジープが動き始めた。ソウルの街中から郊外へ。車の洪水が途切れ、行き交う車両がめっきり少なくなっていく。おまけにソウル市内と違って、周囲を走るのは一段と古めかしい車となっていった。

ソウルの街も傷みの激しい車が堂々と走っていたが、一旦郊外に出ると、もう本当に走れるのかなという車が大半である。型式が古く、外装が傷み、事故車のような車がまかり通っている。

その点、私の乗るジープは快適である。当初、乗り心地に違和感を覚えたが、今やそれもない。毎日乗り続けた車だけに、愛着がわいている。対向車両とは稀《まれ》に出合うだけで、ジープは北に向かって走り続けた。

　三十八度線に向かうには相当な距離があることが分かった。時計を見るとそろそろ十一時。既に一時間以上を走ったことになる。道の左右に農家が点在し、耕作地と山ばかりの光景となる。もう車の姿を見ることもなく、自転車、馬車、それに牛車などが通行の中心となっている。

　ここに来るまでの景色は日本のそれとあまり変わらない。見掛けるハングル文字を除けば、韓国にいることを忘れてしまいそうだ。畑地で作業をしている農家の人たち、民家の軒先で遊んでいる子どもたち、尻尾を振って子どもの後を付いてまわる茶色の犬。目に入るありきたりの光景は、どれも日本と同じである。

　ずっと前方の空が少し曇ってきた。午前なので強い日差しではなかったが、それでも遮《さえぎ》られた光が弱く車道を照らしている。不思議なことに、辺りの日差しが弱くなったことが、私に目的地が近いことを予感させていた。

　長い一本道を走って来たジープのハンドルが右に切られた。これまで走ってきた道と違い、道幅はやや狭い。

「道が狭くなったね」

　私が言うと、パクチョリが頷く。

　これまでの一本道と違い、走行に変化が富む。直進するかと思えば、右に向かい、暫くすると左折。さらに進路を転換したりの繰り返しで、ハンドルが次々と切られていく。それは着実に目的地が近づいていることを教えてくれる。

パクチョリが何か声を上げて、私に顔を向けた。私の視線の先にちらっと河が見えた。ここに来るまでになかった光景の出現である。

「あれは？」

思わず私は声を出した。日本語が分からないにもかかわらず、パクチョリの返答がきちんと返ってくる。

「イムジンガン、イムジンガン」

パクチョリが同じ言葉を繰り返している。前方の河の名前だろう。

「あれは、イムジンガンって言うのかい？」

「イムジンガン、イムジンガン」

「分かった。イムジンガンだね」

私は聞いたばかりの言葉を忘れないように繰り返した。

イムジンガンは、大きな河だった。河幅は数百メートルもあり、ゆっくりと流れている。水面に白い波はなく、水の色は思ったほど青くない。それより濁った泥水のように見える。曇った空の色を映しているのだろうか。

実際、イムジンガンの河床は石ひとつない砂地らしく、ところどころ河砂が水面から顔を出し、覗かせた底地は黒っぽい泥のようであった。

河が見え、さらに車が近づくとイムジンガンの大きさが一段と増してきた。こんなにも大きな河が韓国と北朝鮮の間に流れているとは思ってもみなかった。

だが、やはり普通の河ではなかった。ジープが進むにつれ、河辺の光景は異常さを増してきた。河べりには高さ三メートル程度の鉄条網が、ずっと張られていて、一定以上の距離で近づけないようにしてある。さらに、一定間隔で監視所が設けられ、軍服を纏った兵士がイムジンガンの彼方《かなた》を凝視し、防備に当たっている。雑草地、鉄条網、兵士の姿、近づくことのできない鉛色をした河、それがすべてになっている。

それでも私の目はイムジンガンに吸い寄せられたままだった。

これまで見た河とは、まったく違う様相を呈している。色が違う。河辺が違う。それに加えて何かが決定的に違う。地上に存在するには不思議なほど違和感を与えるのがこの河でもあった。

どうしてだろうかと思って、すぐに気付かされたのが、あるべきものがないことだった。イムジンガンの周辺には、監視を続ける兵士を除けば、まったく生き物の匂いがしないことである。普通、河辺には息吹がある。民家であったり、生活する人であったり、小動物であったりである。だが、それらが一切ない。河と人間が完全に切り離されて存在している。人間の暮らしに何の恩恵をもたらさない奇妙な事実が広がっている。

河は河口に向かうにつれて河幅を広くし、大海が近いことを示している。ずっと先に視線を流してみる。どこまでも、河が流れているだけである。揺曳《ようえい》される船は一艘《そう》たりとも見えず、泥を含んで粘るように流れる河が続いていく。

「これがイムジンガンか」

ていた。

「イムジンガン、イムジンガン」

パクチョリが、今度は私の言葉をなぞった。初めて見る河は、黒く暗くゆっくりと砂地を這っていた。

ジープは、イムジンガンに沿うように河岸の道を進んでいった。暗い河と色を同じくする黒い鉄条網がどこまでも続いていく。適当な間隔で設けられた監視所も途切れることがない。監視所では終日、北朝鮮からの異変に備え、装備された望遠鏡でイムジンガンの向こうを凝視している。朝も昼も夜も、平日も休日の区別もなく。どれほどの兵隊がイムジンガンに配置されているのだろうか。

暫く行くと河の姿が見えなくなった。道路の加減で必ずしも河辺を走れるわけではない。そのうちまたイムジンガンが現れるだろうと思っていたのだが、走れども河は姿をみせない。板門店に着くにはまだらしいが、このままイムジンガンが見られないのだろうか。

あれほど人に乖離した、どこかおぞましいほどの河であったが、いざ姿が見えないと私の気持ちに変化が起こってくる。もう一度見たい、あの暗い流れをこの視界の中に収めてみたい、そんな気持ちであった。

私の思いを笑うように河は見えなかった。地上から姿をかき消したかのように気配もない。走行方向のずっと先、間違いなくイムジンガンは流れているはずだが、まるで水と樹木のない草原を進んでいるような状態となっていった。

イムジンガンは見えなかったが、当てつけるように黒い鉄条網と監視所はたびたび登場した。やがて鉄条網の中に見えるのはイムジンガンではなく、人の手がまったく入っていない草地となった。伸びきった雑草や低木が鉄条網の向こうに延々と続き、人を拒み続けている。家も道もない。ただ殺伐とした雑草が風に揺れて、放置された時間の長さを訴えている。

私は、ただ窓の外を見ていた。これが三十八度線なのだ。これが軍事境界線なのだ。頭で覚えたこと、本で習ったことなど寄せ付けない現実がこの世にはある。

だがと思う。自然はどうなのだろう。悲しみも苦しさも自然は寄せ付けない。人の気持ちに関係ないところで滔々《とうとう》としている。人がつくり出した軍事境界線は最早、自然に還《かえ》り、人間社会と関係ないところであくびをかみ殺している。

走行を続ける車中で、私は長く黙ったままだった。重い空気に支配され、拒絶できるものではなかった。三十八度線に出合うとはこういうことで、これ以外に触れる方法はないように思われていた。

運転をしているパクチョリが斜め前方を指さした。私に見ろという合図だった。視線を移すと、遥か向こうに河がちらちらと見える。蛇行する青い水を湛《たた》えた河だった。

「あれは?」

私は目を吸い寄せた。

「イムジンガン、イムジンガン」

「あれもイムジンガンなの?」

パクチョリの首が縦に大きく振られた。

イムジンガンが再び姿を現した。遠方だが、ちらっと見えた今度のイムジンガンは、別な河に思えた。流れが速く、青い水を湛えているように見えた。確かにそう見えた。あの暗く重たい流れが、この辺りでは人に擦り寄るような清い流れに姿を変えている。

「あれもイムジンガンだよね」

私は、確認するように声を出す。

「イムジンガン、イムジンガン」

パクチョリは、さっきよりも大きく声を出す。

「イムジンガンって、色々な顔を持っているんだ」

そういった自分の声に刺激されたのか、迎賓館で聞いた鄭の言葉が蘇ってきた。朝鮮動乱で多くの人が亡くなったという言葉である。

この河を挟んでどれほど多くの血が流されたことだろう。この河を見詰めてどれほど多くの人々が涙したことだろう。

この河には多くの人のさまざまな思いが詰まっている。人を寄せ付けぬ河だが、届かぬ思いが流れほどに身を寄せ合っている。泥のような水流は、慟哭《どうこく》をあげて下流をめざし、一滴、一滴の水滴は血と涙に染まり、悲しい涙色となって下流に流れていく。多くの人がこの河に思いを流してきたのだ。私の目に、逃げ惑う人たちの光景が一瞬浮かび、消え去っていった。

さらに車は三十分近く走った。

車は、五軒ほど農家が固まった場所近くを走っていた。日に焼けた農夫が汚れた手ぬぐいを首に巻き、作業をしている。額に汗を滲《にじ》ませており、側では畦《あぜ》で草を食べている牛がふと目にとまった。

もう、昼に近い時間だ。レンジンさんから手渡されたお昼のことが頭に浮かんだ。

「パクチョリ、その辺りに止めて」

手振りを交えた私の言葉にパクチョリが反応した。ジープは二時間振りに停車した。

「そこらの草むらで、僕らもお昼にしようよ」

話し掛けながら、渡された包みを手でかざすとパクチョリの顔が柔らかくなった。

「この辺りでいいよね」

私たちはジープを降りた。私が腰を下ろすと、隣にパクチョリも座った。

「まるでピクニックだ」

包みを開くと、サンドイッチが出てきた。数も二人が食べるだけ充分にある。先日、パクチョリと昼にうなぎを食べてあたったことで、外食を避けるようレンジンさんが配慮したのだろう。軟らかそうな食パンにトマトと野菜、そして、心遣いさえも挟まれている。

「さあ、これがパクチョリの分だ」

二等分されていた一つを渡し、包みを開けると二人して頬張った。

「うん、美味しい。パクチョリもそう思うだろう」

彼は私が食べる速度を見ながら、同じようにぱくついていく。

「ここに来てよかったよ、パクチョリありがとうね」

何だか、感謝の言葉を口に出さないといられない気分になった。

パクチョリが私の言葉に笑う。笑った口の端からサンドイッチが覗いている。

「おいおい、パクチョリ、笑いながら食べたら、サンドイッチが零《こぼ》れるよ」

だが、そんなことお構いなしにパクチョリがまた笑う。私もつられて笑った。何だか食べるより、笑ってばかりの二人だった。


ものの十五分、短いランチタイムを終えた私たちは、移動を開始した。

再びジープが動き出す。窓からの景色は先ほどと似たり寄ったり。辺りは似たような光景が散らばっている。

こうして思いを変えて見ると、軍事境界線近くはのどかな場所ともいえる。農地が申し訳なさそうに点在し、それを数十倍上回る雑草地が拡がっている。

「静かな場所だなあ…」

鉄条網や監視所さえ目に入らなければ退屈な場所でもある。ずっと緊張が周辺を包んでいるものと思っていたが、実はそうでもない。場所にもよるが、ある意味、ソウル市内の方がピリピリしていた。

ジープは快調に進んでいった。パクチョリの運転は確かである。

板門店までは、すぐであった。昼食を取った場所からすると、五キロもない距離だった。

「ああ、あれだね」

パクチョリが指さすまでもなく、私の目にそれと分かる施設が遠くに見え始めた。だが、至近距離に近づくことはできない。これまで見てきた監視所を、ひと回りもふた回りも大きくした監視所とその周囲に長い銃を抱えた兵士が何人もいる。

「板門店はきっとここだね」

私は車の窓から確認する。物々しい警備である。進入ゲートの前でサングラスを掛けた武装兵士が立っている。

「これ以上進むのは無理みたいだね」

軍服に身を包んだ彼らを刺激せずに眺めるしかない。施設までかなりの距離がある。五百メートルぐらいか。遠くからでないと、見守ることができない。

暫く注意深く見守るが、警備兵が行ったり来たりするだけで、ほかに格別のものはない。だが、この板門店で韓国と北朝鮮の休戦が確認され、相互の軍事境界が敷かれていったことを思うと、言い知れぬ感慨を感じてしまう。

だが、これが板門店でないことは後年分かることであった。実際の板門店には一般人は近づくことができず、私が見たのは板門店に至る監視所の一つで、幾つもの監視所や検問を受けないと板門店に辿り着けないのであった。

それでも、そのときの私は、これが板門店だと思い込んでいた。初めて見る場所であり、案内役のパクチョリだって、ここらの一帯に不案内である。さらに意思の疎通を欠く言語状態であったから、無理からぬといえば、それまでであった。

「少し、別な所に移動しようよ」

武装兵士たちの目の届かぬ場所にジープを進めていく。私たちの姿を認めた兵士たちが今にも近寄って来そうでもあったからである。

ジープは、左右を雑草に囲まれた中を進んでいく。ところどころ道路まで這い出した雑草は不気味な生き物のようである。

そのうち、やや高台の場所に来た。先ほどの所から、かなり走ったようである。当てもなく、あっちこっちを走ったために、現在の位置が分からない。私とパクチョリは、ジープを降りると、道から外れたちょっと高い所に上ってみた。

道路から数メートルの高さはある。その分、周辺の視界が開けた。見渡す限り、緑色の世界である。好き放題に伸びた雑草が遠くの山まで続いている。そして、視界の向こうに数軒の粗末な家が見える。数えてみると、四軒。ただし、一軒は家屋と言うより納屋のようである。

「パクチョリ、見て。あんな所に家がある。あそこで暮らしている人がいるんだ」

私の側に来たパクチョリは、分からぬまま頷く。

「こんな場所で生活していたら、のんびりできないだろうね。板門店も近いしさ」

パクチョリは、うんうんと頷く。私の言うことには、いつも返事をしてくれる。

景色は、雑草と農地に囲まれるように農家が数軒。ただそれだけで他に目ぼしいものはない。

「そろそろ戻ろうか」

再び、私たち二人はジープに足を向けた。

実は、たまたま、このときに私たちが見た景色が板門店であった。数軒の農家とその周辺がそれである。

もともと、板門店及び板門店周辺は何もない場所である。農地の中に藁葺《わらぶ》きの民家が三軒、それに納屋がくっついているだけの平地であった。

かつて板門店に立てば、三百六十度ぐるりが見えた。だだっ広く耕作地が四方に拡がっており、山の麓まで農地が続いていた。耕作地と農家を除けば、農地の真ん中を横切る形で一本だけ道が延びていた。それも舗装されていない農道で、車一台がやっと通れるぐらいの幅しかなかった。

一九五三（昭和二十八）年に休戦協定が結ばれて以来、この板門店を基点に、幅四キロ、東と西に計二百四十八キロメートルに及ぶ軍事境界線（非武装地帯）が設けられ、以後、人が足を踏み入れることができなくなる。

ちなみに、非武装地帯を正確に記すと、西方は漢江入り口の橋洞《ギョドン》島に始まり、そこから開城《ケソン》、板門店に至り、鉄原《チョロン》、金和を通って、東の最終地点・江原道高城《カンウォンドコソン》郡辺りまでとなっている。

一九六七年当時、十七歳の私が板門店近くを徘徊したときも似た状態であったが、大きく変わったのは耕作地である。韓国側に二キロ、北朝鮮側に二キロの幅四キロの非武装地帯は、まったく人が足を踏み入れなくなってしまったため、遠望が利いていた農作地がすべて雑草地に変化し、様相を一変した。かつての、のんびりとした田園風景の面影をなくし、雑草の遮蔽で覆いつくされた緊張の舞台となってしまったのだ。

だが、私もパクチョリもそんなことを思いもしなかった。ここに来るまでの事前知識もなく、板門店の実情は皆目見当もつかずにいた。たまたま目にした景色が板門店だとは思わず、単に田舎の農家が数軒、目に入ったものだとしか思わなかった。


私たちは、ジープを置いた場所まで戻ってきた。平地に戻ると、もう眺望は利かない。

「随分、緑の多い所だね。この草地に入り込んだら迷ってしまうな」

パクチョリに話し掛けるでもなく、私は呟く。板門店の近くは、人の手がまったく入っていない。周辺に民家は少なく、ただ、低木の緑ばかりが拡がっている。草地は荒れ放題、背丈以上の雑草が好き勝手に地面を覆いつくしている。

それに対して、道路だけが頼りである。どこまでも続く緑の世界に、灰色のアスファルトが地表に区切りを入れている。この舗装が見えなくなると、迷路に導かれてしまう。

それほど雑草はわがもの顔である。まるで密林かマングローブのようでもある。見ているうちに、樹海に入り込んだ錯覚さえ覚えてくる。

「ここって人が住める場所じゃない」

パクチョリを見ると、やや神妙な顔つきになっている。後続車や対向車がないため、雑草を撫ぜる風の音がさわさわと流れている。

「パクチョリ、あれはなんだろう？」

道路の両脇に五メートル程度の高さの大きな石が積まれていた。形は、白い羊羹《ようかん》を大きくしたようなもので極めて奇異。作られた意図が飲みこめない。

「変なものが道路に作られているね」

運転をしながら、片手を外したパクチョリが手を動かして、上から下に物が落ちてくるジェスチャーを何度も繰り返す。それを見ているうちに、なんとなく意味が分かってくる。

「あれは積まれた石を落とすってことかい？」

パクチョリは「うん、うん」と頷く。彼の反応で不明な石の用途が見えてくる。

（そうか、落とすのか）

板門店周辺の道路にはさまざまな仕掛けが施されている。道の両側に積まれた大きな石、つまりコンクリートの塊が、道路から一段と高い所に幾つも置かれているのもそうで、この巨石を非常時に落下させれば道路封鎖の役目を果たす。

「これが落ちたら、もう通行はできないね」

今、私が見ている大きな石がそれであった。落下目的の巨石は、敵の侵攻を遅らせるためで、最も効果を発するのは戦車に対してであろう。

ここ板門店から北朝鮮の首都平穣までは五十キロしかない。ということは、たった一時間そこらで両国の分断はいとも簡単に破られる危険を抱えていることになる。

韓国側で備えをしているのなら、板門店の向こうの北でも充分の備えをしているはずである。

だが、どれだけの兵備があるのか窺うことはできない。

私が周辺を興味深くずっと見ている間、パクチョリは黙って付き合ってくれている。彼の目に私はどのように映っているのだろうか。

三十分はいたと思う。私は胸を熱くしていた。イムジンガンを見て、板門店を見た。北に対する備えも一部であろうが、見た。

ここに来て良かったと思った。頭で想像していたものが少し溶けていくのを感じる。本当の韓国を見た気分になっていた。

「そろそろ、帰ろうか」

私は、奇妙な満足感を覚えていた。自分の目を通した充実感である。

パクチョリが頷き、ジープが転回した。ここに来るまでに約二時間半、戻る時間を思えば随分と長いジープの移動である。

「パクチョリ、とても勉強になった。知らない世界を見せてくれてありがとう。これが韓国の実際の姿なのだね」

パクチョリの横顔が引き締まっている。視線は前方を見詰め、ハンドルを握る手に少し力が込められている。口許は閉じられたまま、二度ばかり首が縦に振られた。

「僕は何も知らなかったんだ。三十八度線とか分断だとか簡単に口にしていたが、実際は生易しいものではない。それを知れただけでも嬉しい。変な言い方かな」

私の言葉にパクチョリは返事をしなかった。

帰りは、違う道が選択された。パクチョリの判断によるものである。私は彼の運転に任せるだけであった。

十五分走ると小さな集落を横切った。三十戸程度の農家が連なるように道路の脇に並んでいる。その中の一軒は雑貨や飲食ができる店であった。通り過ぎる瞬間にそれと分かった。

「ちょっと休憩しないかい」

私は、パクチョリの肩を軽く叩き、少し後方となった店を指さして意図することを表した。パクチョリはすぐに理解したとみえて、ジープを数十メートルバックさせると、道路の脇にゆっくりと停車させた。

車を降りて私は背伸びをした。パクチョリも降りてくる。彼は腰に手を当てて左右に尻を振り、体を解《ほぐ》している。

「ここの店はジュースも売っている」

店頭に置かれた飲料に目をやった。牛乳とミカンジュースが並んでいる。店には老婆が一人座っている。

「パクチョリは何にする?」

彼はすかさず牛乳を指さす。

「じゃ、僕はジュースだ」

店番の老婆に牛乳とジュースを交互に指さし、人指し指を一本立てた。千ウォンを渡して釣り銭を受け取ると、老婆が椅子を差し出した。座って飲めと言っている。

「ありがとう」

勧められるまま腰を掛けると、ジュースを喉に流しこんだ。

「美味しい」

冷たくはなかったが、濃厚な柑橘《かんきつ》が喉を流れていく。側のパクチョリもごくごくと牛乳を流し込んでいる。半分ほど一気に飲んだ私は、ひと心地をつけ店の中を見渡した。箒《ほうき》、タオル、石鹸《せっけん》、毛布、テーブル…必需品ばかりなのだが、買う意欲は起こらない。どれも中途半端な感じがする。例え、私がこの集落に住んでいても求めたかどうか訝《いぶか》しい。

だが老婆は、私がこれらの商品に関心を持ったものと錯覚して、幾つかを取り出しては説明をしてくる。最初は付き合う格好で聞いていたのだが、段々面倒になって「いらないよ」と手を振ると、今度は脈絡もなく音楽をかけだした。

棚に置かれてあった古いプレイヤーにＬＰ盤が乗り、雑音まじりで曲が始まった。牛乳とジュースを買ったサービスなのだろうか。

老婆の親切心で始まった曲は暗い曲だった。どこか中国風で、旋律が把握しにくい。日本では聞いたことがないメロディーだった。

「なんていう曲だろう、これ？」

私は目を丸くして、参ったような表情をしてパクチョリの顔を見た。音楽なのに気持ちが明るくならない。滅入ってくる曲想である。ＬＰ盤の回転はまだ半分も進んでいない。だが、パクチョリの反応は別のものだった。

「イムジンガン、イムジンガン」

と繰り返して声に出してくる。

「これは、イムジンガンの曲なのかい?」

私が問い掛けた。パクチョリが大きく頷く。ついでに首も縦に大きく振る。

「ふーん、そうなのか。これはイムジンガンの曲なんだ」

曲がどういうものか少し分かったが、やはり変なメロディーにしか聞こえない。気持ちを暗くし、心がちっとも弾まない。だが、覆い被《かぶ》さってくるような暗いメロディーは私の心に深く記憶された。

酒井医師の患者

李社長の家に戻った私は、今日の出来事を振り返った。行程のほとんどをジープに揺られていたが、あのイムジンガンの流れは強烈だった。休憩を取ったあの店で聞かされた曲も同様に胸を圧迫されるような調べであった。イムジンガンの近く、そして板門店の近くは暗く重い世界だった。

どこまでも続く鉄条網、二十四時間監視を続ける兵士、遠くを見詰める兵士の瞳の中にイムジンガンが映っている。あのやるせない河を生み出したのは、韓国と北朝鮮の分断である。それは、とりもなおさず朝鮮動乱に起因している。

私と母、私と父、そして漢江を渡った高台の家に住む父の家族たち。あの人たちも朝鮮動乱がなかったら、どのような人生を歩んでいるのか。私の思いの帰結は、どうしても朝鮮動乱でしかなかった。

だが、私は朝鮮動乱そのものを知らない。同じ民族が敵と味方に別れて争ったぐらいの知識はあるが、果たして何が原因で、どのように戦争が展開されていったのか、根本のところは何も分からないままでいる。分からない分、喘《あえ》ぐようなもどかしさがある。私は、あてがわれた李家の二階の部屋で悶々《もんもん》としていた。

知りたい、知りたい…どんなことでもいい。自分が生まれた一九五〇年、この年に何があったのか。自分が生まれた世界はどうであったのか。知りたい…、そこに気持ちが行き着く。どうしたらいいのだ。沸々と滾《たぎ》る思いは止めようもなかった。さして勉強もできず、本なんか開いたこともなかった私だったが、生まれて初めての知識欲が迸《ほとばし》っていた。

自分が生きてきた十七年間、この年月に大きな波風はなかった。韓国に来て芽生えた荒々しい感情の起伏は、私の過去に見当たらない。それが今、怒涛《どとう》となって沖合いから岸辺に近づいてくる。いや、もっと激しい火の塊のようでもある。言いようのない感情は裂け目から噴出し、溶岩となって地表を嘗め尽くしていく。それを宥《なだ》めるにはたった一つしかない。事実を知ることだけが、瘧《おこり》のような感情を押さえつける唯一の処方に思われた。

暫くの間、部屋の中を熊のように行ったり来たりした。ときにベッドに腰掛けるが、また、立ち上がってしまう。体を動かしていないと気持ちがばらばらになってしまう。やっと心を繋ぎとめることができるのが、部屋の中を徘徊することだった。

狭い部屋を右に左にと私の足は動き続けた。

思いは一つ、知ることだ。ではどうする。李社長に聞くのか。レンジンさんに問うのか。多分、答えてくれるだろう。だが、それは一部分にしか過ぎない。李社長もレンジンさんも韓国の人間として、敵対する北朝鮮のことは色に染まった思考で話を進めるに違いない。そんなもの本当のことを知ったことにならない。一九五〇年、十七年前の真実の姿が私は知りたいのだ。

私の足は動き続けた。オンドルの床に私の歩く音が跳ね返る。

そうだ、自分で調べるのだ。当時の記録を片っ端から探してみればいいじゃないか。だが、そんな都合のいいものどこにある。図書館なのか。図書館にあったとして、ハングルがお前に読めるのか。進んだかに見えた私の思考は、再び逆戻りする。

誰か、誰かいないのか。私に知恵を授けてくれる人、私に朝鮮半島の真実を教えてくれる人だ。日の暮れた森に迷い込んだ気分だった。日の届かない深海に繋がれている気分だった。

私は気分を落ち着かせるため、窓からの景色に目を転じた。ソウルの住宅地が拡がっている。見ているうちに、景色の先にふっと浮かんだ一軒があった。

そうか、そうじゃないか。気持ちに響くものがあった。

私はちゃんと、それらしい人物に会っている。多分、あの人なら。私は一人の人物を思い描くと、それ以外に突破する方法がないように気持ちを煮詰めてしまった。

会ってみよう。少なし、ここにいるより、ずっとましだ。私はポケットの中に十枚程度の一万ウォン札を突っ込むと階下に下りていった。

「レンジンさん、ちょっと出掛けていいですか?」

「出掛けるってどこに?」

「先生の所です」

「先生って誰かしら?」

「私がお腹を壊したときに診てもらった酒井先生です」

「また、調子が悪いの?」

「いえ、そうじゃなくて念のためにです。数日してもう一度来なさいと言われていたのを思い出したのです」

私の口調は早口だった。

「本当に悪くはないのよね」

「もちろんです。心配はありません」

「それならいいけど、どうやって行くの?」

「歩いていきます。わざわざパクチョリを呼ばなくても大丈夫です。一時間で戻ってきます」

「一人で行けるのかしら?」

「私は高校生です。それにソウルの街もだいぶ慣れましたから」

「なら、いいのだけど…」

それでも心配そうな顔をするレンジンさんに構わず、玄関の靴を大急ぎで履くと私は外出した。一人で出掛けるのは、初めてである。

大丈夫だ、道は分かっている。歩いたって遠くない。とにかくあの先生に会ってみよう。ソウルで知り得た日本人はあの先生以外にいない。どんな答えが出るかは会ってからだ。私は早足で記憶に沿って酒井医院をめざした。

えーと…この坂道を下って、方角はこっちだったな。急ぎ足は駆け足程度となっていく。路地に出くわす。ここは左に行ってそれから暫くはまっすぐだ。目をキョロキョロさせる。左右の民家に記憶はない。だが、路面がそれらしい。確か、この道をパクチョリに運んでもらったんだ。朧げな記憶を辿っている。

次の路地に出くわす。ここは…確か、こっちだ。私はやや不安に駆られながら足を止めなかった。

だが、めざす医院が見つからなかった。方向は多分間違いないが、距離感が不確かだった。ある距離を進んで路地に出くわすと、右か左か分からない。かといって直進も違うように思われる。大体パクチョリの運転する車で行ったときは、額から汗を流して碌《ろく》に外を見ていない。ただ、連れられるに任せていた。それなのに今は、逆さまになぞろうとしている。何の保証もない、思い込みだけの自信だった。

しまった、やはりパクチョリに連れて来てもらうべきだった。むだに時間を費やした私は後悔の念に捉われ始めた。医院に行くのは明日でもいいじゃないか。今日は戻って出直すんだ。

私の心は帰途を選択していた。

だが、これも簡単ではなかった。いや、帰る道筋がまったく見当がつかなくなっていた。歩けど歩けど、李社長の家が分からない。自分の進む道のどれもが同じように思えてくる。そればかりか、同じ所をぐるぐる回っているようにさえ思える。ハングル文字さえ読めれば、回避できた徒労が次第にのしかかってくる。

馬鹿なことをした。道に迷った自分が情けなかった。おまけに李社長の家の電話番号も分からない。

時間だけが経過していく。こんなことになるなんて。私の目頭が熱くなっていた。

ふと、涙で掠《かす》れた視野の中にジープがやって来るのが見えた。あれは、まさか…。ジープの形がだんだん鮮明になって来る。そうだ、パクチョリのジープに違いない。私は急いで目元を拭った。

やはりそうだった。ジープは私の前までやって来ると停車し、運転席からパクチョリが笑い掛けてきた。

「パクチョリ、どうしてここに?」

「レンジンさん、レンジンさん」

「そうか、レンジンさんに言われて迎えに来てくれたんだな」

私は、助手席に乗り込むと足を擦りながら、大きなため息をついた。

ジープが動き出した。てっきり、李社長の家に戻るものだと思っていたが、そうではない。

私が道に迷った辺りを通り抜け、さらに進んでいく。そうか、あの日本人医師の所に連れて行ってくれるのか。これもレンジンさんから言付かって来たに違いない。

私は、心の中でパクチョリとレンジンさんに「ありがとう」を言っていた。


やがて、私を乗せたジープが酒井医院の前に着いた。

「どうぞこちらにお入り下さい」

医院は空いていた。たまたまだろうが、診察待ちの患者は誰もいなかった。そのため臆することなく診察室に入っていけた。

「やあ、君か」

酒井医師は私のことを覚えていた。顔を見るなり、先生から声を掛けてきた。日本人の患者なんて来ることはまずない。私のことが強く記憶に残っていたに違いない。

「今日はどこが悪いんだ?」

「実は、お伺いしたいことがあって、いえ、教えていただきたいことがあって来たのです」

「私に教えてもらいたいことがある、それは珍しいお客だな。で、どんなことなのかな」

「十七年前に起こった朝鮮動乱のことが知りたいのです。当時の事情が書かれた本か、話をしてくれる人はいないでしょうか」

「朝鮮動乱のこと! それはまたどうして?」

酒井医師に聞かれて、私は一瞬返答に窮した。だが、医師の疑問は最もであった。患者として来た私が再び医院を訪れたと思ったら、まったく場違いな質問をし始めたのだから。

　酒井医師にしてみれば唐突だったのだろう。私は少し反省をして言葉を探り始めた。不思議な顔をしている医師にどうしたら私の気持ちを伝えることができるだろう。

「先生が変に思われるのも最もだと思います。実は私、日本の高校生で十七歳になります。韓国に来たのは初めてですし、外国はここしか知りません」

　医師はゆっくりと頷く。

「こちらに来て色々なことに気付きました。民家の壁に穴が空いていて銃口を出せるようにした北朝鮮に対する備えとか、夜十二時を過ぎて外出は許されない戒厳令などです。その原因はすべて十七年前に勃発した朝鮮動乱に行きつきます」

「それで？」

「先ほど申しましたように、私は十七歳です。この十七年間に何があったのか、特に私が生まれた年に起こった戦争に対して猛烈な関心がわいてきたのです。でも私はハングルが分かりません。図書館や本屋に行っても読める本を探すこともできません。その点、先生なら同じ日本人ですし、私と違ってソウルの事情にずっと明るいので何かいい知恵を授けてくださるのではと思ったのです」

「なるほどね、そういうことか」

　酒井医師は私の長い説明に、やっと頷いた。

「そうなのか…君は十七歳なのか」

「はい、一九五〇年の十月に生まれています」

「しかし、それだけのことで朝鮮動乱に興味を持つとは…ある意味、感心なことではあるな」

　酒井医師は、私の顔をまじまじと見詰めた。

「歴史に関心を持つことはいいことだが、何かに刺激を受けたのかな？」

「三十八度線の近くに行ったことが大きかったのだと思います」

「何で三十八度線なんかに…決して面白い所じゃなかっただろう」

「ええ、でも行きたかったのです。私が見た河は何だか悲しそうだったし、日本では見たことのない色をしていました」

「イムジン河《がわ》のことだね」

「イムジン河？　イムジンガンって言うのじゃないのです」

「それはハングルで言う場合だ。日本語だったらイムジン河じゃないかな」

「そうですか、勉強になりました」

　私の頭にあの泥っぽい暗い流れがまざまざと浮かんできた。

「だが、あれだよな。私もソウルで仕事をしているが、日本にはない光景だと想像している。軍事境界線は誰も立ち入ることができないので、草は伸び放題、鳥たちの巣もたくさんあって自然界そのものらしいという話だな」

「鳥が、いっぱい住んでいるのですか？」

「だって誰も入れないんだよ。鳥たちの楽園じゃないか」

「そうかあ」

私は意外な気がして、間の抜けた声を発した。まったく生き物のいない空白のゾーンと思っていたが、実はそうでもない。人が近寄らないということは、自然界の生き物にとって好都合である。

「あそこは確か、軍事境界線の両側は二キロの幅で誰も近づけないようにしてあるはずだ。それが二百四十キロも続いて、人っ子一人いないなんて不思議なことではあるがね」

「先生は色んなことをよくご存知ですね」

「いや、知っているのは今喋ったぐらいだな。君のように深く関心を抱いたことはないからね」

そう言いながら、ちょっと自慢げな表情が揺らめいた。

「そうそう、朝鮮動乱に詳しい人を知らないかという話だったね」

「そうです」

「私の知っている人では…」

あごに手をやって考える仕草をした。誰か思い出してくれる期待が掛かる。

「適任かどうか分からないが、こういう話となると大学の先生じゃないかな」

「どなたかご存知なのですか?」

「ソウル大学か高麗大学か…まあ、その辺りの先生なら詳しい話が聞けるかも知れないな」

「どなたかご存知でしたら、ご紹介ください」

「おいおい、僕の知っている先生はほとんど医学関係の先生ばっかりで、歴史に詳しい人はいないよ」

「そうなのですか」

「待てよ、一人いたな。高麗大学の田村くんだ。あいつなら話ができるんじゃないかな」

「高麗大学の田村先生！」

「こちらに来て知り合った人で、まだ三十代の若い先生だ。確か、社会学の講師をしているといったので、多少は頭に入っていると思う。どうする、会ってみるかい？」

「ぜひ、お願いします」

「じゃ、僕から名前を聞いたといって連絡を取ってみなさい。連絡は…ちょっと調べてくるから待っていなさい」

「ありがとうございます」

私は、診察室の奥に姿を消していく先生の後ろ姿に深々とお辞儀をした。

来てよかった。途中、道に迷ったが、それだけのことはあった。どれだけの話が聞けるか分からないが、会う価値は充分にある。おまけに大学の先生をしているのなら、期待しても良さそうだ。

「あったよ、これだ。田村和夫先生だ」

酒井医師は、私の方に歩いてきながら、手に持った名刺に目をやっていた。

「高麗大学の非常勤講師だな。住所と電話番号はこれだ」

「非常勤講師って何です？」

「大学の先生には常勤講師と非常勤講師ってのがあって、絶えず大学で講義をしているわけではなく、必要に応じて講義をしている先生のことを非常勤講師というのだ」

「じゃ、大学に行っても会えないのですか?」

「その可能性はありだな。でも、電話をすればいいじゃないか」

「分かりました。これ、メモをとってもいいですか」

「もちろんだ。そのために持ってきたのだからな」

差し出された名刺を見ながら、私は丁寧に写しとった。

「大学の先生かあ」

私は手を動かしながら呟いた。先生というと雲の上の人である。しかも大学の先生である。

「私なんかに大学の先生が会っていただけるのでしょうか?」

私は酒井医師に聞いてみた。

「なーに、気にすることはない。気さくないいヤツだから」

「そうなんです?」

「ああ、普段は酒ばっかりくらっている陽気な男さ。何であんなヤツを高麗大学は先生に迎えたのだろうな」

「そんなにお酒が好きな先生なんです?」

「大学で教えるより、酒場の主人をしたほうが似合う男だよ」

そのひと言で私の肩が随分と軽くなった。

田村和夫という先生はどんな人だろう。ざっとした人となりを聞いたが、会ってみなければ分からない。私は高校生である。酒井医師と同じように気さくな触れ合いをしてもらえるだろうか。

そんなことを思いながら、酒井医院を出た私は公衆電話を見つけるとメモに書かれたダイヤルを回した。

私が電話をかける傍らでパクチョリが立って待っている。

「パクチョリ、上手《うま》く通じるように祈ってくれな」

パクチョリが笑顔を向けてくる。何だか上手く行きそうな予感がした。

間違えないように数字を口に出しながらダイヤルしていく。三回ほどコール音がして、カチャという受話器を取る音がして先方が出た。私はあっと思った。聞こえてきた声がハングルだったからである。

「えーと、あのー」

言葉にならない日本語を呟きながら、私は必死で英語を思い出していた。

「プリーズコールミー、タムラカズオ、ティーチャー。プリーズ。アイアム、ジャパニーズスチューデント」

これだけ言うのがやっとだった。

だが、相手は理解したとみえる。電話の向こうがそんな気配となった。暫く受話器に耳を当てていると、突然に日本語が返ってきた。

「私、田村ですが、どちらさん？」

めざす相手が大学に在席していた。

「ああ、田村先生ですね」

「そうですが」

「よかった。嬉しいです。本当によかった」

「何がよかったのかな？」

「私は群青洋介といって日本から来た学生です。ぜひ教えていただきたいことがあってお電話しました。田村先生のお名前は、お医者さんの酒井先生に教えてもらったのです」

「酒井先生、ああ、酒井先生ね。で、君はどうして酒井先生と？」

「私、患者だったのです。それで酒井先生と知り合ったのです」

「何だか奇妙なことを言うね」

「酒井先生が仰《おっしゃ》るには田村先生は大学で社会学を教えておられるので、お目に掛かりなさいと」

「ふーん、酒井先生がね。それで君はどこの大学の学生なんだ」

「私は大学生ではありません。高校生です」

「高校生！　それもまた奇妙な話だ。高校生の君が私に会って、一体何の話を聞きたいというのかね」

「朝鮮動乱のことです。当時のことを、ぜひとも知りたいのです」

話の途中から私の声は懸命さを帯びていた。

「朝鮮動乱のことをね…それはまた、実に感心なことだが、電話で簡単に喋れることではないよ」

「ですからお伺いさせてください。お目に掛かってお話をお聞きしたいのです。どこでも先生がご指定の場所に私が伺います」

「ますます熱心なことだな。ま、事情はよく分からんが、酒井先生の紹介となると無碍《むげ》に断るわけにもいかんしな」

「本当ですか?」

「嘘をついても仕方ないだろう」

「ありがとうございます。本当にありがとうございます」

「ところで、いつ会いたいんだ?」

「できれば早く」

「せっかちな高校生だな。よし、分かった。ところで君は今からでも動けるのか」

「はい、大丈夫です」

「今日は講義がないので、じゃ大学に来てくれるか」

「お伺いします」

「場所は分かるかな」

「酒井先生に住所を教えていただいています」

「じゃ、今から一時間後、高麗大学の十四号館三階に僕の控え室がある。部屋番号は三〇二だ。それでいいかな」

「分かりました。きっちり一時間後にお伺いします」

と返答をしながら、教わったばかりの大学の控え室を復唱した。

「パクチョリ、やったよ、田村先生が会ってくれるって。凄いね、嬉しいね、これから高麗大学に行くんだ」

意味を理解できぬパクチョリだが、私が喜んでいるのが嬉しいらしい。口を開いて一緒に笑ってくれている。

「だが困ったな、レンジンさんには一時間で戻るって言っているし。パクチョリ、レンジンさんに電話してくれるか」

パクチョリが、首を傾げる。

「そうか、分からないか。じゃ、僕をよく見ていてくれよな」

私はまず、レンジンさんと言い、次に電話を指さし、受話器を持つ仕草をし、自分を指さして「帰る時間、帰る時間」を二度繰り返し、時計の針を指で示した。今が二時なので、三時間はかかるとして五時を示し、もう一度「帰る時間」と言った。

同じ動作を二度繰り返した時点で、パクチョリは理解したものと思われた。

「では、頼むね」

パクチョリは、電話を手にするとダイヤルを回し始めた。パクチョリのかける電話で、私は李社長の家の電話番号が初めて分かる。万が一を考え、忘れてはならない番号だ。

パクチョリが丁寧に喋っている。私の帰宅が遅くなることを上手く言ってくれているものと思える。

一分ほどで電話は終わった。パクチョリの表情で上手く言ったことが知れる。

「ありがとうね」

電話を終えたパクチョリに感謝の言葉を述べた。だが、その瞬間に気付いたことがあった。待てよ、レンジンさんは日本語が話せるんだった。電話さえかけてもらえば、わざわざジェスチャーをしなくても僕が喋ればよかったのだ。

私は笑ってしまった。慣れぬ大学に電話なんかをしたものだから、慌てていたに違いない。まったくとんちんかんだ。何だか可笑しくて声を上げて笑ってしまい、パクチョリもつられて笑い出した。

高麗大学講師

高麗大学はソウル市中から北東の方角にあった。街中を外れて進んでいく感じであった。周囲の建物が疎《まば》らになり、そろそろかなと思っていると、進行方向の左手に塀と緑の続く場面となり、パクチョリの様子から、ここがそうだと知れた。

到着するや、私は、まず、目を奪われた。道路左手から高台に続いていく大学は宏大《こうだい》であり、整然としており、最高学府のすべてが凝縮されている様相が漂っていた。

第一章

「ここか…」

多分、伝統のある大学なのだろう。威厳を放つ正門の形が素晴らしい。石で造られたアーケード型の門は、バロック風のデザインのようで、この大学に入りたいという強い印象を初っ端《しょぱな》から与えてくる。しかも、正門は構内を遮蔽するのではなく、三十メートル程度の入り口の三分の一以上が通り抜けとなっており、自由な気風が校内に注ぎ込まれている造りであった。

私は、やや緊張を纏い、目を徘徊させながら足を進めた。

大学の門を潜《くぐ》るのは初めてである。眼前の校舎、中庭を挟む形の左右の校舎、どれもが眩しい。

私から見ればお兄さんやお姉さんの大学生がキャンパスを歩いている。講義を終えたばかりか、手に参考書を抱えた学生が多い。二人連れ、三人連れ、話しながら次の教室に向かっていく。学生たちは銘々の講義室に向かって中庭を横切ったりして、次に進んでいる。

「さあ、行くぞ」

私は、勇気を絞るように声を出した。構内は正門を潜った所から百メートル四方はある中庭となっており、その中央を私は進んでいく。

高校では授業ごとに教室を移動することはない。物珍しい光景に目を奪われながら、私は案内板に明記してある十四号館をめざした。

場所はすぐに分かった。これから会う田村和夫の指示が適切だったこともある。

「ここの三階だな」

私は時計に目をやり、やや緊張の面持ちで階段を上って、めざすルームナンバーのドアをノックした。

「どうぞ」

中から返事がすぐに返ってきた。ノブを回し、体を中に入れると椅子に座った青年がクルッと回転させて振り向いた。私服姿の利発そうな目が印象的だった。

「あなたかな、さっき電話をくれたのは」

「そうです。日本から来ました群青洋介といいます」

「グンジョウ?」

「群れに青いと書きます。それで群青です」

「珍しい名前だな」

「そうなのですか?」

「僕の友達にはいない。まあ、そんなことはいい。朝鮮動乱のことが聞きたいといっていたが、その理由をまず聞かせてくれるかな」

私は当然のことだと思った。電話でかいつまんで訪問理由を述べたが、説明としては足りない。日本から来て、しかも高校生がわざわざ大学まで訪れて歴史を学ぼうというのだ。田村ならずとも聞きたいことは当然のことだ。私は話の道筋を頭の中で整理すると、ここに至った思いを熱心に語った。

だが、訪問理由を正確に述べたわけではなかった。酒井医師に説明したように、自分の年齢を引き合いに出し、生い立ちに関することは省いてのことだった。

「なるほどな、それは感心なことだ。朝鮮動乱の関係に興味を持つとはな。でも普通の人にはできない、勇気もいるしな」

「勇気？」

「だってそうだろう。ある事柄に興味を持ったとしても、わざわざ大学まで訪ねてくるなんて、そうそうできることじゃない。まして君は高校生だ。大学に入るには抵抗があったはずだ。それも日本の大学じゃない。あれやこれやで勇気があると言ったのさ」

「ご迷惑だったでしょうか」

「その逆さ、君に興味を抱いたね。君はここで勉強している大学生より、よっぽど向学心があるかも知れない」

「それって…」

「褒めているのさ。久しぶりに僕を刺激してくれる学生に出会ったと思ってさ」

田村の言い方は、フランクだった。私が高校生ということもあるが、こういう喋りを普段からしている印象だった。

「田村先生、最初に一つ聞いていいですか？」

「なんだい？」

「先生はどこで酒井医師とお知り合いになられたのですか？」

「ああ、それね。実は僕も酒井先生の患者なのさ」

「先生が患者？ どこがお悪いのです？」

「痛風さ、酒飲みがよく罹《かか》る病気なんだ。日本人の医師だったら遠慮がいらないからね。ソウルで日本人医師は酒井先生の所だけだ。ある会合で知り合ったのだけど、優しくていい先生だから、私の主治医になってもらった。そういう観点からすると、君と僕は同じ先生に助けられた同病相哀れむ人間ということになる。そして、患者としては僕が先輩、君が後輩になる。どっちにしても縁ある同士ということだな」

そういいながら、田村の顔が笑った。

「さて、君の望みを叶えてあげようか。といってもどれほど応えられるか疑問だけどね、朝鮮動乱のことだったね。全体像を話すには時間がかかるから、君のほうから質問をしていくというのはどうだ。その方が君も理解しやすいだろう。おっと立ったままだったな、失礼、失礼。まあ、そこに座りなさい」

「はい」

私は田村の横の椅子に腰掛け、姿勢を正して向き合う形をとった。

田村の顔がまじまじと見える。櫛目《くしめ》の通っていない長髪、天然なのか毛髪の先がカールして跳ねている。顔は細身だが丹精であり、優しい目元が全体に甘い様子をつくっている。

「さてと…朝鮮動乱のことだが、これは難しいぞ。まず、文献がほとんどない。当時の実態を調べようとしても書かれた書物はないといってもいい」

「じゃあ…」

「そう、心配そうな顔をしなさんな。君が聞きたいのは大学で講義するような専門的なことじゃないだろう」

「はい」

「なら、僕の知識で足りるのじゃないかな。僕も高麗大学でお世話になるようになって、朝鮮動乱のことは最低限の知識として頭に入れてある。それにこちらで生活しているから、いやでも理解は深まっていく。ただ、こちらに住んでいるからといって僕のような日本人に丁寧に話をする人はどこにもいない。だから、少し技を使ったけどね」

「技?」

「韓国の人間は共産主義に極端なアレルギーを持っている。それを利用したのさ。話を聞き出すにあたって、僕も共産主義だけはごめんだとのふりをしたのさ」

「じゃあ先生は…」

「そんなこと気にしなくていい。僕はこれでも大学で講義をしている人間だ。敢えて思想を開陳するとしたら、リベラリストと認識してもらいたい」

「リベラ…」

「自由な思想ってことさ」

「そうか、よかった」

「さあさあ本題だ。そういうことで君に資料を見せたりはできないが、質問を受けることはできる。さあ、聞きたいことを言ってごらん。断片的な質問でもいいよ。その方が分かりやすいだろう」

「はい」

私はさっきと同じ返事をした。返事をしながら、さすが大学の先生だと思った。小難しいことを延々と喋られても私には理解できなかっただろう。それを高校生の私の頭で理解できるレベルに下げて話してくれるという。この応対一つでも、田村の聡明さが伝わってきた。

私の気持ちは楽になっていた。この部屋に入るまでの緊張感も飛んでいた。よかった、ここに来て。そして田村に会えたことが。

そうそう忘れてはならない、ここに来れたのも酒井医師の配慮によるものだ。酒井医師に対しても感謝の念を抱いていた。

気分を変えると、私は気を引き締めて質問を頭に描いた。

「まず、どうして朝鮮動乱が起こったのか、から聞かせて下さい」

「おっ、初っ端から難問だな。そこから来たか」

田村の目がきらりと光った。

「さっき言ったように主義の違いだが、そのひと言で済まされる簡単な流れではない。君は、朝鮮半島がかつて日本の支配下にあったのを知っているね」

「第二次世界大戦以前に日本軍が大陸を侵略したことですね」

「ま、そういうことだ。だが、日本は戦争に敗れ、中国や朝鮮半島から逃げ帰ってきた。しかし、日本が朝鮮半島を侵略統治していた頃から日帝、つまり日本帝国主義に反発する独立運動は水面下で渦巻いていた。だが、これは伏線に過ぎない。一番の原因はアメリカにあったと思う」

「アメリカにですか？」

「そうだ。大陸に進出した日本が敗戦すると、当然引き上げる。しかし、戦争で疲弊した朝鮮半島は、どこの国が管理していくのが一番いいかと考えた人間がいたんだな」

「それがアメリカなんですね」

「そうだ。当時のアメリカの大統領ルーズベルトだ。朝鮮半島は小さいけれどユーラシア大陸の一部だ。地理的にはソ連（現・ロシア）や中国とも近い。軍事上、重要な位置を占めている。ここを管理していくことが大切だと考えたって不思議はない。この思いに至ったのは、戦争終焉《しゅうえん》近くに開かれたカイロ会談が引き金だったと僕は思っている」

「カイロ会談って何ですか？」

「一九四三（昭和十八）年の十月にエジプトのカイロで三カ国三人の首脳が行った会談だ。アメリカのルーズベルト、中華民国の蒋介石《しょうかいせき》、イギリスのチャーチル、彼らは日本がまだ太平洋戦争を行っている最中に、日本が負けることを見越して話し合っていた。その内容は、日本が負ければ大陸から引き上げていく。で、日本の統治下にある朝鮮半島を次はどうするかということだった」

「戦争をしている最中に、もう日本は負けると見ていたのですね」

「それほど日本はつまらない戦争をしたんだ。でね、彼ら三人の首脳は、ゆくゆくは朝鮮半島は独自の力で再生していくべきだが、当座はどこか力のある国が手を貸してやる必要があると思った。これは歴史を見れば分かることだ。植民地だった国が自立するには相当の時間がかかる。フィリピンはアメリカの占領下にあったが、独立するまで約五十年かかっている。一つの国がきちんと自立するには大抵数十年はかかるものなのだ」

「そうだと思います」

　田村の説明は、私には理解しやすいものだった。

「多分、ルーズベルトは、アメリカが支配していたフィリピンの例を頭に浮かべたと思う。きちっと独立できるまでには数十年かかる。その間、どこかの国が面倒をみなければならない。なら、アメリカがみるべきだ。朝鮮半島はアジア諸国を睨《にら》んだとき大変に重要な位置にある。ここはどうしてもアメリカにとって必要だ、そんなことを考えたんだな、きっと」

「で、アメリカが支配を…」

「ところがそう簡単にいかない。アメリカだけが勝手をすることは許されない。ソ連もいれば、中国もいる。それで日本が負けた後は、これらの国と一緒に共同管理をする案に落ち着いたんだ。先の三カ国にイギリスを加えた四カ国でね。イギリスはアメリカと同盟を結んだ連合国だったからだ」

「はい」

「しかし、問題があった。どういうことかというと、このカイロ宣言、細かい議論もせず、また、四カ国は正式な合意もしなかった。つまり文書にしておくとかだな。ただ、話し合いを持っただけで、具体的な方策は何一つ検討されなかったんだ」

「何だか、酷《ひど》い話ですね。よその国のことを適当に考えていたんだ」

「その通り、案外にトップの話し合いってそんなものなんだ。今だってそうだろう。国と国のトップが握手をしたり、笑ったりして会談をしているが、現実の問題が速やかに片付いたことはまずない。なああの関係をつくるのがトップ会談でもある」

「理解できます」

「よろしい、ここまでは分かったね。でね、その後、ヤルタ会談を経て、ポツダム宣言が行われるが、まあ、これも似たり寄ったりだ。私に言わせれば、各国のトップが集まりながら、お寒い会議内容だったというわけさ。カイロがそう、ヤルタがそう、ポツダムもそうだ。特にヤルタ会談にいたってはソ連に朝鮮半島に進出させる機会を与えてしまった。これが拙かったな」

「で、どうなったのです？」

「アメリカやソ連などの大国は自国の権益を拡大しようと躍起になっていく。日本が敗戦間近となっており、最大のチャンスがぶら下がっている、まず、ソ連はこう考えた。連合国のアメリカ、それに付随しているイギリスだけにいい思いをさせてはならない。一方、アメリカとイギリスだが、両国にも微妙な感情が働いていた。戦争が長引いていたから、ソ連もこの戦争に参加させれば勝敗は一気につく。権益によだれを流すソ連の本質を知りながら、アメリカとイギリスは戦力を強化する目的でソ連の参戦を承諾した。このときのソ連の首相がスターリンだ。彼の名前は知っているな」

「はい」

「だが、ソ連が参戦してきたのは遅かった。日本の敗戦が濃厚になった終戦一週間前の八月八日に戦端を開いてきた。勝敗の行方がはっきりするまで傍観していたのだから、ソ連は汚いもんさ。日本が負けるのを見越して、当時日本の統治下にあった満州に兵隊を送り込んできたんだ」

「ソ連は、満州だけに乗り込んできたのですか?」

「陸上部隊としてはそうだが、空軍が朝鮮半島にも爆撃を行っている。ソ連に近い朝鮮半島最北東の雄基《ウニキ》、慶興《キョンフン》という町などにね」

「ソ連って、ずるい国ですね」

「綺麗に見えるのは、国を形づくっている自然だけ。国を支配している人間はどろどろさ。もう一度言うが、先の幾つかの会談で、しっかりとした話し合いをして、朝鮮半島を独立させる具体的シナリオを描いていれば、その後の分断はなかったと思う。それが国益ばかりを考える各国のトップによって、朝鮮半島で暮らす人々の気持ちが置き去りにされてしまった」

「そうか…でも、最も悪いのは、朝鮮半島の支配に乗り出した日本ということが考えられますね。こういう原因をつくったのですから」

「そうだ。だが、朝鮮半島に留まらず、そういった歴史は延々と繰り返されてきた。ヨーロッパ、アフリカ、アジア…強い国が弱い国を蹂躙し、甘い蜜を吸う。日本だって、豊臣秀吉の時代に朝鮮半島に乗り込んでいる。歴史を遡《さかのぼ》り過ぎると混乱するので、日本の過ちはまず置いて半島だけの問題に絞ってみよう」

　私は、田村の言う通りだと思って、頷いた。

「少し復習してみよう。まず半島を制圧していた日本だ。日本はアメリカ、イギリスの連合国にやられ、ソ連も参戦して敗戦は決定的になった。広島に原爆が落とされ、長崎にも落とされた。もう戦う手段は残っていなかった。で、ギブアップだ」

「戦争に負けたって、どう相手に伝えるのですか？　相手の所にのこのこ伝えに行って、殺されたら何も言えないですよね」

「当時、日本が取った方法は中立国スイスを通じて連合国、つまりアメリカとイギリスに降伏の意思を伝えたんだ。しかも、どのようにしても文句は言いません、無条件降伏という形でね」

「八月十五日、終戦の日ですね」

「日本にとって八月十五日は忘れがたい日だが、別の意味で朝鮮半島で暮らす人にとっても忘れがたい日でもある。日本が半島から引き上げた日、長い抑圧から解放された嬉しい記念日でもあるのだ」

「逆の立場になれば、そうですね」

「この区切りの日を境に、朝鮮半島が独立の道を歩めればよかったのだが、結果は現在の状態が示す半島分断の方向に進んでいく。これにより、また、新たな悲劇が幕開けしていくのだ」

「悲劇とは…」

「君が最も知りたい朝鮮動乱へ向かっていくことだ」

「朝鮮動乱が起こったので、三十八度線ができてしまうのじゃないのですか?」

「いや逆だ。三十八度線ができてから朝鮮動乱が起こるのだ」

「えっ、そうなのです? 朝鮮動乱があったから三十八度線ができたものだと思っていました」

「ほとんどの日本人がそう思っているだろうな。だが、現実は違う。大国の思惑、この場合はアメリカだが、つまりアメリカの思惑によって三十八度線が引かれたのだ」

私の顔が少し曇ったのを見て、田村が話を続けた。

「この辺りのニュアンスはかなり難しい。国益を考えるトップはできる限りの土地を占有したい。日本が占領していた土地は朝鮮半島から満州にかけてで、広範囲に渡っている。アメリカとしては、これら広大な土地を可能な限り手に入れたかったが、事情がそうさせなかった。事情とは軍力だ。ソ連の軍隊はかなり南下していたし、それに見合う軍隊はアメリカにはなかった。主力軍隊を配置していたのが沖縄、それとフィリピンだからだ。朝鮮半島に軍を移動させるには沖縄から九百六十キロ、フィリピンからは三千二百キロ、簡単に軍隊を移動できない距離にあったのだ。そのため、適当なところで妥協を目論《もくろ》んで軍事境界線を設けた。それが三十八度線ということになる」

「そうだったんですか」

「これらの指示はトルーマン大統領からマッカーサー将軍に伝えられ、さらにその下の軍幹部に伝達されて処理されていった」

「マッカーサーの名前は知っています。日本が負けたとき、コーンパイプを咥《くわ》えて飛行機から降りる映像を何度か見ました」

「厚木の航空基地だな。あの場面は有名だからな」

「それと天皇陛下と一緒に並んで写った写真も見たことがあります。マッカーサーと天皇陛下の背がこんなにも違うんだと思ったのです」

「そうか、よく覚えていたな」

「しかし、三十八度線が…アメリカとソ連の思惑が絡んで…できてしまったとは…」

「アメリカとしては、三十八度線よりもっと北の地域までを支配下に置きたかったが、それでもある程度の満足はしたと思う。それは韓国の首都ソウル、最大の港町釜山《プサン》、次に大きな港町仁川《インチョン》を収めることができるからだ。これらの実質作業にあたったのが、アメリカ軍のボンスチール大佐とラスク大佐の二人だ。その後、ボンスチールは駐韓米軍総司令官に、ラスクは国務長官になっている」

　私は、膝を乗り出した。

「色々な思惑の上で三十八度線が引かれたことは分かったと思う。この線を境に北の日本軍はソ連に対して降伏、南にいる日本軍はアメリカに対して降伏という図式ができた。詳しく言うと、今の北朝鮮辺りがチスチャコフ大将率いるソ連軍の第二十五軍、今の韓国辺りがジョン・ホッジ中将率いるアメリカ軍の占領下に入ったのだ」

「アメリカとソ連が半分ずつですね」

「そういうこと」

「それって…」

「ほほう、何かを思いついた顔だね」

「よく、ソ連に抑留された日本人の話を聞きますが…」

「そうだ。ソ連に連れて行かれた日本軍は満州にいた兵隊ばかりじゃない。三十八度線より北にいた兵隊はみんな同じ運命を辿っていくんだ。厳寒のソ連で亡くなった人もたくさんいた。敗戦は、戦争を率いたトップではなく、国民に塗炭《とたん》の苦しみをいつも味わわせる結果になる」

私は、ほぼ満足していた。田村と会ったことで、知りたいと思っていたことが次々と分かっていく。次の関心事は戦争の経緯である。

「先生、それで朝鮮動乱のことですが…」

「分かっている。君の訪問理由がそれだからね。だがね、簡単でも前段の流れを理解してもらえないと難しいと思ったからだ」

「はい」

私は、生徒のような返事をした。

北朝鮮の創始者

「では次に移ろう。ここまでは国際型分断だ。次は内争型分断だ」

言葉が少し難しくなった。だが、大意は理解できる。

「ソ連の思惑をもう少し説明しよう。三十八度線まで進攻し、北朝鮮を傘下に掌握したソ連だが、直接統治するのではなく、間接的に支配していく方策をソ連は得意としていた。これはヨーロッパなどにおいてもそうだ」

「間接的な統治？」

「自分では手を下さないで、どこか別な国を前面に押し立てて、後ろで糸を引くやり方だ」

「表に出ないのですね」

「それが、ソ連のやり方なのだ。いいとこ取りはすぐするがね。それで、日本軍がいた頃から、北に抗日運動家や新たに国をつくっていこうと考えていた準備委員の人たちを、ソ連は正式なものといち早く認め、前面に押し出してきた。ソ連の都合にいいと思われたからだ。かといって、それらの人たちの考えが統一されていたわけではない。反日派ではあったが、微妙に違っていた。横暴なソ連の占領政策に非を鳴らす一派もいたし、逆に心酔していた一派もいた。まあ、全般的には、親ソ連派だったと言っていいだろう。で、これらの各派や委員会のトップに誰をするのがいいかと考えたのだ」

「ソ連に都合のいい人物を選んだのでしょう？」

「当然だ。だが、若干の問題があったんだな。ソ連が選んだのは、ソ連に批判的だった人物なんだ。だが、国民に人気に高かったので、しぶしぶ認めざるを得なかった。まあ、苦渋の選択をソ連はしたのだ」

「なんという人物なのです？」

「曹晩植《チョ・マンシク》という人物だ。彼は臨時人民委員会、行政局局長として北朝鮮を指導、牽引していく人物になるのだが、この時点では、まだ大したことはない。北朝鮮政府が形づくられる前段階ぐらいの姿だったと思う。ソ連が後ろで糸を引かないと壊れそうな未熟な組織だった」

　私は深く頷いた。

「当時の朝鮮半島は不鮮明な状況下だったが、証拠はかなりある。また今日では亡命者の証言も得られている。まあ、それは省こう。ただね、こういう情勢下で金日成《キム・イルソン》が登場してくるんだ」

　再び、私は頷いた。金日成の名前は聞いたことがあったからだ。確か北朝鮮の創始者であったはずだ。

　今でこそ金日成の名前は、その息子・金正日《キム・ジョンイル》の父親であり、北朝鮮独立の最大の父として何度も顔写真がマスコミに登場するが、当時はまだまだ闇に包まれた人物でもあった。

「金日成は、当時三十三歳の若さだった」

「若かったんですね」

「そういうこと。若くないと、ああいう行動はできないだろうな。彼が公に知られてくるのは、一九四五年、日本が敗戦した年の十月に行われた平壌市民大会のこと。民族の太陽として熱烈な歓迎の下、表舞台に出てくる」

「民族の太陽って何です?」

「詳しい説明は僕にもできないが、北朝鮮の共産主義を確立するためにソ連が画策したものらしい。まあ、彼のニックネームだと理解すればいい」

「民族の太陽か…希望の星のようなイメージがありますね」

「そういうことだ。ヒーローを作り上げていくことは、戦略的に好ましい。市民を煽動《せんどう》していく上で好都合だ。これに、金日成が使われていくんだ。彼が登場した背景だが、金日成は根っからの共産主義者であり、ずっと共産主義一本でやって来た。一般にそう宣伝されていくが、これもソ連が作り上げてきた節が強い」

「ふーむ」

「そう、唸《うな》るなって。いつだって国家はヒーローを作って大衆を都合のいい方向に引っ張っていく。国家に忠誠を尽くすヒーローを作れば、国民の心を捉えやすい」

「それは分かるのですが…」

「日本だって似たことを、いっぱいしている。まあ、それは飛ばして話そう。それで、アメリカの傘下に入った南朝鮮、つまり韓国だが、この土地をいずれ解放すべきだと、ソ連の支配下に入った連中がぶち上げてきたんだ」

「解放っていいますと…」

「アメリカの支配下にあると、毒されて碌なことにならない。資本主義は悪という考え方だ。早い時期に共産主義に転換するのが皆の幸せになる、そういう理由づけだ」

「こじつけじゃないですか?」

「まあ、そんなとこだ。だが、解放という言葉は馴染めないな。ソ連が思う解放を具体的に言うと、三十八度線の南は資本主義のアメリカが押さえているが、共産主義に変更して、人民は解放されるべきだとの考え方だ。だから、北朝鮮は民主基地という名称で韓国解放のための前線基地との位置づけをしていくんだ」

「だいぶ、飲み込めてきました。北朝鮮と韓国が分断されてしまった理由、それに朝鮮動乱に至っていく経緯がです」

「まだまだ、細かい事情や思惑は色々と渦巻いている。だが、ざっとした流れはこういうことだ」

「北朝鮮がそういう状態になっていたとき、韓国のほうではどうだったのですか?」

「韓国は、アメリカが実質的な統治を行っていた。米軍下の政庁を唯一の合法政府として定め、そのトップにアーノルドという陸軍の少将が任命されている。しかし、これがある意味、汚点でもあった。アメリカ軍の支配下にあるということは民族の独立意識を希薄にさせる。北では、ソ連の思惑があるにせよ、いずれ南(韓国)を解放(共産主義化)しようと意気込み始めている。同じ民族でありながら、意識のずれ、思想のずれが日を追って広がっていったんだな」

「私にも分かります」

「これらの間に三十八度線の分断はますます固定化されていった。北と南は連絡手段を次々と失っていく。互いの国がどんな状況にあるか、何を考え、どこへ向かおうとしているか、見えなくなっていった」

「具体的には、どんなことなのです?」

「通信、交通の遮断がそうだ。すべてソ連軍の手で進められていった。鉄道、電信、電話、郵便…連絡を取り合おうにもどうしようもない、断絶状態を強いられてしまった。それで朝鮮戦争に突入していくんだ」

「酷いことを…」

「軍隊は、普通では考えられないことを平気でやるところだからね。まあ、全体の話としてはこんなところでどうだろうか」

「はい、ありがとうございます」

頭の中の靄《もや》が晴れていくようだった。その一方で言い知れぬ複雑な思いが膨れ上がっていた。

「あのー」

「なんだい」

「私、またここに来ていいでしょうか」

「それはいいが、僕の知識としては、こんなもんだよ。これ以上深いことを聞かれてもな」

「先生からは、充分に教えていただきました。ただ…」

「なんだよ、歯切れが悪いぞ。高校生なら、もっとはっきり口を開きなさい」

「はい。自分でも分からないのですが、こちらにいる間に何だか別の問題に出くわすような気がしているんです」

「どういうことだろう?」

「それは分かりません。でも、私にはそんなとこがあって、予感がするんです」

「予感ねぇ…それって、ごめん、ごめん、笑っちゃいないよ。ただ、不思議なことを言う少年だとは思うけどね」

「すみません」

「謝る必要はない。で、君が出くわす問題と僕の関係だが」

「多分、それは誰にも相談しにくい問題だと思うんです。でも、田村先生なら、そうなったときにいい指示をしていただける気がしているんです」

「随分、高い評価をしてくれたんだな」

「先生は凄い能力の方です。私でも分かるように当時の難しい情勢を噛《か》み砕いていただきました」

「これでも大学の先生だからね。普通の人よりは知っている。しかし、それぐらいで君が出くわす問題とやらの解決に繋がる保証は何もありゃしない」

「そんなことといいんです。私にも信頼できて、相談できる相手がいるだけで心強いのですから」

「今一つピンとこないが、君がそう思うのなら、それでいい。同じ日本人だしな」

「本当ですか、うわー嬉しい」

「おいおい、そんなに喜ぶことじゃないよ。おまけに問題とやらが降ってわいたわけでもないしな」

「そうでした、すみません」

「ところで君は、こちらにはいつまでいるのだ」

「二週間です。今日が五日目ですから、あと九日滞在しています」

「高校生の旅行にしては長丁場だな。それだけの日数があれば色々な所に行けるな」

「そうなのですが…それは分かりません。ソウルにやって来て自分の意思で行動したのは今日が初めてですから」

「それもよく分からんが、深く聞いてもあれだしな。よし、ここに僕の自宅の場所と電話番号を書いておこう。毎日、大学に出ているとは限らんしな。何かあったら連絡したまえ」

田村は机の上のメモ用紙に素早くすらすらと書くと、私に手渡してくれた。

「ありがとうございます」

礼を述べると同時に、私は自分の連絡先を告げた。酒井医師の所に向かう際、道に迷ったことから、パクチョリから教えられた李社長の家の電話番号だった。

「今日は、本当にありがとうございました」

明るい声を出すと、深く腰を折って田村の部屋を出た。だが、私の気持ちは別なところにあった。

高麗大学を出た私の頭は、田村講師から聞いた話が何度も反復されていた。日本の敗戦、アメリカとソ連の思惑。それらに踊らされ、実際の行動に移した人々。それを受け入れた市民。そして三十八度線。中でも昨日見たばかりのイムジン河を中心に設けられた軍事境界線の様子がまざまざと浮かんでくる。

あの闇の底とも思える暗い河。暗い河はただ、河口に向けてけだるく流れていた。砂地を見せる浅瀬辺りでは、行き先を見失ない、のたうってもいた。

イムジン河周囲の非武装地帯では、分断の鉄条網だけが延々と続いていた。あれほど人の息吹をまったく感じさせない、どこまでも空白で、どこまでも空虚な自然は恐ろしい。それが今も堂々と地球上に存在している。

多くの人が三十八度線に疑問を感じながら、遮断のベルトは何人《なんぴと》も寄せ付けない。境界線を挟んで双方の思惑だけが境界の上を行き来している。

三十八度線か…私の心は複雑さが交差していき、やがて降りしきる雪のように澱《おり》が積み重なっていった。


「お帰りなさい」

李社長の家に戻ると、ファースンが玄関に出迎えてくれた。

「あれ、君はどうして日本語を?」

彼女は指を一つ立てると、恥ずかしそうに奥に走っていった。さてはレンジンさんだな。ファースンが片言の日本語を喋ったことが理解できた。

「洋介さん、とても遅かったわね」

レンジンさんが、少し顔を曇らせて口を開いた。

「すみません。つい長くなりました」

「私、あなたがいないと心配よ。あなたは私の子どもと同じなんだから」

「はい」

と返事をしながら、本当にそうだと思った。彼女は心から私のことを気遣ってくれている。だが、それはあくまで女性の観点からだ。何か難しいこと、例えば私が今、心の中に抱えている悩みを分かち合うことはできない。彼女とは、日常のこまごまとしたこと、それもたわいないことを相談するだけだろう。

「お腹はすいていない?」

思った端からこれであった。私は少し可笑しくなって、「甘いものが食べたい」と、ねだる感じでリクエストを投じた。

レンジンさんの指示で、ファースンがテーブルに運んできたものはアイスクリームだった。人工の甘味が抑えられた、懐かしい冷たさだった。

「レンジンさん、さっきファースンが日本語を使ったけど、彼女は他にも喋れるのですか?」

「今はあれだけ。次は〝行ってらっしゃい〟と〝こんにちは〟を教える予定よ」

「たくさん言葉を覚えると楽しいですね」

「そうね。でも洋介さんがソウルにいる間には無理よ。日本語はとても難しいから」

「でも、レンジンさんも李社長も上手に使っておられる」

「人間が古いからね。半分以上は日本人として育ててもらったようなものよ」

「そうですか…」

と返事をしながら、別なことが頭をちらつき始めた。そうだ、私がソウルにいる時間は限られているんだ。

大した目的も考えもなく韓国にやって来た。あるとすれば、せいぜい父の顔を見るぐらいであった。だが、今の心境は違う。自分には知りたいことが山のように横たわってきた。

ファースンは私がいる間に二つ、三つ片言の日本語を覚えるだろう。だが、それは入り口に過ぎない。入り口を入ったところに何があるかを知るには、さらなる知識がいる。

私の場合、高麗大学の講師である田村に会って朝鮮動乱に関する触りを教えてもらった。だが、まだまだ窺《うかが》い知れない奥深さがある。これでよしとすれば、話は終わりだが、今の気持ちはもっと深い知識を欲求している。これほどの知識欲が忽然《こつぜん》とわいたのも自己に関することのせいなのか。

頭の中を整理してみる。三十八度線が設けられた背景は教えてもらった。加えて日本の敗戦、これに伴うアメリカとソ連の思惑、そして民族の自立意識と依存意識も少し分かった。その一方、自分自身のことは不透明なことばかりだ。

まず、出生のこと。一九五〇年に生まれた私は、何らかの形で朝鮮動乱の影響を受けたと思われるが、それがどう関わったのか分かっていない。そして、続いては父のことだ。

李社長によると、父はソウルでそこそこの著名人との話があった。父は、何をもって著名人なのか。私と接した感じでは、企業人から程遠いイメージだった。父は何を仕事としている人間なのか。また、父と母はどうして生別したのか。

ソウルに来て色々と驚いたが、最大のものは迎賓館に自分の名前が残されていたことではないか。私は父の意図するまま訪館したのだが、入館した日本人は二人目で、最初の一人が佐藤栄作首相であった。韓国の歴史に興味を抱いていなかった私が、あれを契機に触発されたに違いない。細かいところではパクチョリのことだってそうだ。私を空港に迎えに来たときから、その笑顔には特別のものがあった。彼の私に寄せる態度は、単なる運転手を超えている。パクチョリに母と私は助けられたと聞いた。だが、具体的にそれが何であったのか。

分からないことが多過ぎる。一つ分かれば、次なる疑問が登場してくる。しかも、それが重たい。誰が私の疑問のすべてを満たしてくれるというのか。

これらの疑問の出発点となったのは、幼いときに現れた影である。一人公園で遊んでいるときに、優しい影が忍び寄ってきた。私はあの影が忘れられなかった。歳を重ね、影の存在が父ではないかと思うようになったが、確認はできぬまま少年へと育っていった。高台の父の家を訪れた際、幼いときに見た影は父であったと思ったが、本当にそうであったのか。私の思い違いではないのか。折角、父と出会い、話し合う時間もあったのに聞きそびれてしまっている。

どうも数々の疑問が線で繋がらない。もどかしさが心の中を支配していく。一旦、部屋に入った私は、これから何をなすべきか考えてみた。

考えを進めるが定まっていかなかった。何もしなくたっていい。その考えもある。動かなくたって、そのうち帰国のときがやって来る。李社長の家に滞在し、適当に観光と食事をし、だらだらと過ごしていれば、予定日数を消化してしまう。それで構わないと思う一方、十七年前のすべてを知りたい欲求が上回っていく。

幸いにして、高麗大学の田村と出会えたことで、当時のあらましは見えた。だが、その中に放り出されていた父や母のことは見えていない。父と母は、積極的に話をする気配が薄い。私が幼くて、理解するのに不充分と踏んでいるのか。胸を開かせるには、私がもっと大人になるのを待つしかないのか。

そんなこと嫌だ。ここソウルに来たのは、チャンスを生かせということではないか。与えられた機会を生かすのは自分の考え次第ではないか。そんなことを考えているうちに私の気持ちは段々と固まっていった。

部屋の入り口に人の気配がした。もとより、扉のない部屋である。すぐに気配の主が知れた。ファースンであった。

「洋介さん、下、下」

「下？ ファースン、どうして日本語を？」

私の問い掛けに構わず、「洋介さん、下、下」を繰り返した。そして、手で階下を示した。私に一階に下りて来いと言っている。これもレンジンさんに習ったのだろう。私は「分かった」、そして「ありがとう」を付け加えて一階に下りていった。

階下では、レンジンさんが応接間の角に置かれてある電話を持って立っていた。

「洋介さん、あなたに電話よ」

「私に？」

「そう、田村さんという日本人。あなたと話したいって」

「田村先生がですか！」

私は、思いもかけぬ電話にすぐさま近寄った。

田村宅への訪問

「もしもし、群青ですが」

「ああ、その声は君だね」

「田村先生ですね、今日は本当にありがとうございました」

「礼はいい。それより君が帰った後にあれでもと思って資料を探っていたら、朝鮮動乱当時の戦略図が出てきたのだ」

「えっ、そうなのですか！」

「これは僕の友人、彼も大学の先生なんだが、彼は軍事研究家でもあってね、その友人が暇を見つけては聞き取り調査をして作成したものなんだ。簡単にいうと、北の兵隊がどのように侵攻してきて、それに南の軍勢がどのように対応したかというものだ。三十八度線を何度も上下して戦いは行われたから、とても興味深い。君が朝鮮動乱に強い関心を持っていたから、参考になるのではないかと連絡してあげたんだ」

「ぜひ拝見させてください」

「ハハハ、やっぱりそうか。随分と熱心なことだな。さて、それでどうするかな。僕はもう自宅に帰るつもりだが、それでもいいかな」

「よかったら、これからでもお伺いさせて下さい」

「今から？」

「そうです。これからです」

そう言いながら、私自身が自分の積極さに驚いていた。

「そうか、今から来るか。なら、自宅だな。君に渡した住所メモで来れるかな」

「大丈夫だと思います。お世話になっている方にジープで連れて行ってもらいます」

「そんな人がいるんだ。で、日本人？」

「いいえ、パクチョリといってこちらの人です。私が外出するとき車で送ってくれるのです」

「ふーん、君は何だか恵まれた身分なんだな。まあ、そんなことどっちでもいい。とにかく僕は一時間後には間違いなく自宅に戻っている。狭くて汚い所だが、それは許してくれ」

用件を聞き終えて受話器を戻した。あの田村からの電話であった。朝鮮動乱の資料ということだが、どんな資料だろう。私の気持ちは逸《はや》った。

「洋介さん、あなた…」

電話の様子で、私の外出を感じ取っていたのだろう。レンジンさんがすぐに話し掛けてきた。

「どこかに出掛けるつもりなの？」

「大学の先生の所です」

「大学？」

「はい、高麗大学の田村さんという先生です。今、お電話をいただいた方です」

「それで今から？」

「ええ、私が頼んでおいた資料が見つかったとかで、それを今から見せてもらいに伺います」

私は小さな嘘を混ぜた。私の方から頼んでおいたといえば、それだけ外出の理由がしっかりしたものになる。

「今からって？　夕ご飯がそろそろなのよ」

「お昼にいっぱい食べたのでお腹は大丈夫です。先生には一時間後に訪問すると約束しました」

「でも…」

レンジンさんは何かを言いたかったようだが、私の顔つきが真剣なのか、それ以上は言わなかった。

「じゃあ、パクチョリに送ってもらうといいわ。高麗大学だったわね」

「大学に行くのではありません。先生の自宅にお伺いするのです」

「どこにあるの？」

私は、ポケットに大切にしまっておいたメモ用紙を取り出した。レンジンさんが目を落とした。

「ちょっと遠いわね。車で三十分はかかるわ」

「パクチョリがいるので大丈夫です」

私は、パクチョリを引き合いに出した。彼が田村と会うわけではないが、ソウルで最も信頼できる一人である。レンジンさんは少し考える風を見せたが、「気を付けて行ってらっしゃい」とファースンともども玄関まで見送ってくれた。

夏の日差しが白く道路を光らせていた。それでも、遥か西方に日差しが傾いていく。また、今日もソウルに夕暮れが近づいていた。

パクチョリの運転は丁寧だった。彼が運転席に座っていると安心感がある。この頃になると、私のパクチョリに対する遠慮が薄れ、気を遣うこともまずなかった。

まして、今の私には目的がある。どれほどの資料か分からないが、期待は膨らんでいる。あの明晰な田村からの連絡である。納得できるものではなかろうか。ジープの窓から私の視線は外に投げられていたが、街の景色は流れていくだけであった。

案外に遠い田村の自宅であった。ジープに揺られて四十分が経過していた。街中からだいぶん離れた住宅地であった。高層ビルはまったくない。だが、高麗大学に通学するには便利な場所なのか、田村はこの一角に住んでいるのだ。

頼りのメモで、パクチョリが該当する住所を探し当てた。二階建ての連棟式の建物である。ソウルでは珍しい造りに思える。

一階に書かれた表示に唯一日本名が見える。田村の所在がここであった。私は階段で二階に上がると、一旦呼吸を整えてドアをノックした。

「開いているよ」

中から、すぐに声がした。聞き覚えのある声質だった。田村は帰っていた。あれでもと思った私の心配は杞憂に終わった。

「お邪魔していいですか」

ドア越しに顔を覗かせ、田村の姿を認めて問い掛けた。

「お邪魔も何も、その気で来たんだろう」

「そうですが…」

と言いながら、私の顔が緩んだ。一日に二度も同じ人間を訪問する。それも場所を変えてだ。一つは大学の部屋、もう一つは当人の自宅。このことが笑いを誘ったのだった。

田村も似た感情を抱いたと思える。大学で出会ったときより、ずっとフランクな様子で私を見詰める。まるで、聞き分けのない弟を迎えるようでもあった。

「丁度よかった。僕も帰ったばかりのとこだ。まあ、上がりなさい」

「すみません、お疲れのところ」

畳半分ほどの玄関は靴が乱雑に散らばっていた。私はかき分けるように脱いだ靴を隙間に押し込んだ。

「言った通り、こんな所だ。お茶一つ出すのも大変だから、まあ、それは辛抱してくれ」

部屋の中は雑然としていた。最低限の家財道具はそろっているが、ただそれだけ。部屋のほとんどを占めているのが書物。山と積まれた本の中に田村が座っている。大学の先生だから本の多さは当然としても多過ぎる。

「そこらに座ってくれるか」

田村が指さした先に、申し訳なさそうな空間がある。ここを除けば、座る所がない部屋でもあった。

「先生は一人でお住まいなのですね」

「安い給料で、学問のほかに何の取り柄《とえ》もない。僕のところに来る物好きはいないな」

「そうなんですか」

「君が女性だったら、どうする？」

「そうですねぇ…」

「ほら、本音が出た。こんな男に女は来ないと思ったのだろう」

「すみません、上手く言えなくて」

「ハッハッハ、正直に言われると楽しい。君はなかなか見所がある」

私は頭を掻いて、照れを表現した。しかし、私から見る田村は充分に魅力ある男性である。顔立ちは整っており、体躯だって悪くない。まして、教養溢《あふ》れる大学の講師で、平均点以上の男性である。だが、日本ではなく、わざわざソウルまでやって来て講義を受け持っている。どうしてソウルの高麗大学を選んだのであろうか。

「田村先生、先生はこちらでの生活は長いのですか？」

腰を落ち着けようとする田村に私は問い掛けた。

「それは住んでからか、大学に勤めるようになってか？」

「両方です」

「三年目だ。住めば都というが、三年住むと半分は故郷だ」

「どうしてこちらに来られたのですか？」

大学では聞けなかったプライベートな質問を続けた。

「こっちに来た理由か、ま、色々あるが魅力を感じたのが一番だと言っておこう」

「それは高麗大学ですね」

「そういうことだ。僕は早稲田の大学院から研究室に進んだのだが、同じ研究室で韓国から来ていたヤツと知り合って、その後、彼が韓国に戻って高麗大学に入り、こちらに来ないかと誘ってくれたんだ。優秀なヤツで、彼とは友情を感じていたし、面白さも感じたしな」

「そうだったんですか」

「早稲田はアジア各国から留学生を最も受け入れている大学だ。数千人に上っている。小さな大学一つ分ぐらいの留学生が学んでいる。それと早稲田と高麗大学は姉妹校でな。ま、色々あって現在の僕があるわけだが、精神的なものも手伝って日本を脱出する気持ちにさせたのかも知れない」

「精神的なものって…」

「それは秘密にしておこう。それより本題に移ろうじゃないか」

田村は、黒いバッグを開け、中をごそごそとしだした。私に見せる資料を取り出すつもりである。

その様子を見ながら、私は田村の精神的なものに思いを馳《は》せた。真っ先に浮かんだのが女性のことであった。田村には、日本に好きな女性がいたに違いない。だが、何らかの事情で上手くいかなくなり、気持ちの痛手を負ったのではなかろうか。

それを裏付けるかのように「脱出」という言葉を使った。もう、日本にいたくない。その女性のことが思い出される場所から遠くに離れたかったのではないかと思った。

「あった、あった、さあこれだ」

田村の声がした。カバンの中にもぎっしり本が詰まっていた。その中から一冊を取り出し、パラパラと捲《めく》ると数枚の用紙が零れ落ちた。

一進一退の攻防戦

「見てごらん、なかなか面白い地図だろう。これはコピー用紙で、君の分も複写しておいたから…さあ、これだ」

手渡されたのは地図であった。朝鮮半島全体の地図であり、北朝鮮の主要都市、平壌《ピョンヤン》、開城《ケソン》などのほか韓国の首都ソウル、それから南の主要都市の大田《テジョン》、光州《クァンジュ》、釜山などの地名が記されている。都市と都市は矢印が頭に施された点線で結ばれている。

一例が平穣から開城に矢印付の点線があり、開城からは三十八度線を越えたソウルに矢印付の点線が繋がっていく。

「先生、これって」

「そうだ。朝鮮動乱における兵隊の動きだ。矢印が付いた点線部分は北の共産軍を表す。一九五〇（昭和二十五）年の六月二十五日に起こった朝鮮動乱から数日間の間に兵力がどのように動き、どの都市を制圧していったかが分かる」

　私の目は、渡された最初の地図に釘《くぎ》付けとなった。と同時に、田村が言った一九五〇年という数字が頭の中で固定された。

　注視すると、ソウルに侵攻してきた共産軍は大きく二カ所から攻め入っている。侵攻はこれだけではない。三十八度線に比較的近いほかの都市、包川、春川《チュンチョン》、江陵《カンヌン》など韓国の東、西、中央部とほぼ全線を乗り越えて侵攻してきたことが分かる。

「この地図は、開戦早々のものだ。六月二十五日から二十八日までの三日間、北の共産軍が雪崩を打って南を蹂躙し始めたときのものだ」

「一九五〇年の六月ですね」

「そういうこと。朝鮮動乱が始まったのは六月の二十五日だ」

　田村の言葉を耳に入れながら、月日のことも私の頭は動いていた。私が生まれたのは、一九五〇年の十月である。私が生まれた年の六月二十五日に朝鮮動乱は勃発しているが、私はまだこの世に生は受けていない。私が誕生するのは、この数カ月後、正確には三カ月と十五日が経過してのことである。

「今度はこれだ。これも面白いだろう」

　田村の手から二枚目の地図が渡された。

「これは開戦二カ月後の八月の状態を示したものだ。見てごらん、共産軍が勢いを増して次々と南に迫っている。韓国のほぼ真ん中に位置する大田を過ぎて、釜山辺りまで接近している。

西は光州《クァンジュ》を越えて日本海辺りの順天《スンチョン》、宝城《ポソン》、木浦《モッポ》という町まで来ている」

矢印の付いた点線が一枚目と比べて入り乱れていた。そして一枚目にはなかった別の線が加わっている。

「先生、この線は？」

「共産軍に対抗する国連軍と韓国軍の動きだ。それと丸く囲って斜線がかかっているのは、アメリカ軍や韓国軍の陣地だ」

「国連軍というと…」

「実質、アメリカ軍だと思った方がいい。朝鮮動乱にはアメリカ以外の国も参戦している。正確には連合国軍はアメリカを含めた十六カ国に上っている。アメリカの息がかかった国々でフィリピンやオーストラリアなどがそれだ。だが、話しがややこしくなるのでアメリカ軍と理解したまえ。それと共産軍も北朝鮮軍とするのが分かりやすいな。地図の攻防は北朝鮮軍対アメリカ・韓国軍と考えたまえ」

「はい」

返事をしたものの、私の目は地図に向けられたままだった。一枚目と比べて点線や矢印の動きが複雑になっている。また、北朝鮮軍を迎撃するアメリカ・韓国軍の動きも乱れている。アメリカ軍陣地は二カ所、韓国軍陣地は数カ所に点在している。

三十八度線を越えて乗り込んできた北朝鮮軍は、韓国全土をほぼ制圧するほどに南下をし、首一枚のところでアメリカ・韓国軍が反撃した様子が浮かんでくる。これが八月の地図であった。

私は時期を確認するとともに、私の出生時期とも重ね合わせていた。八月なら、まだ私は生まれていない。だが、誕生を二カ月後に控えた時期でもある。

「地図は後二枚だ」

三枚目の地図のコピーが私に渡された。一枚目、二枚目同様に両軍の動きが点線や矢印で記されている。

「これは九月から十一月の戦線状況だ」

三枚目の地図は、アメリカ・韓国軍が進撃し、北朝鮮軍を北に追い返している。三十八度線を遥かに越え、北朝鮮の奥深くまで押し返しており、海と陸の両面から進撃している。進撃の所属部隊の名前も書かれ、アメリカ第七師団、アメリカ海兵師団、韓国軍第一軍団、アメリカ第十軍団などと進撃場所によって軍団の名前が分かれている。

ソウルを越え、釜山近くまで攻め入った北朝鮮軍は、八月時点でほぼ全域を制圧する勢いにあったが、翌九月から十一月の三カ月の間に情勢を逆転され、逃げ帰るようになったことが一枚の地図からありありと浮かんでくる。

そして、この九月から十一月の丁度中間、十月に私が誕生していることになる。

「さて、これが最後の一枚だ」

田村から、もう一枚が手渡された。それには三十八度線を上下して何本もの線が描かれていた。

「これらの線は何ですか？　三十八度線以外にも似たような線が何本も書かれてありますが」

「三十八度線が決定するまでの戦線だ。事態はより難しくなっていたからな」

「どういうことです？」

「アメリカ軍が北朝鮮軍を追っ払う形で進撃を続けたものだから、中国軍が介入してきたんだ。このままでいったら北朝鮮のみならず、中国まで侵されると危機感を抱いたんだろうな。共産思想の中国としては、他国の戦争だが、いずれ自国に火の手が及ぶ可能性がある。猛攻を続けるアメリカ軍に戦いを挑んできたのが北朝鮮の後ろ盾でもあった中国軍なんだ。朝鮮動乱が起こった翌年、一九五一（昭和二十六）年の四月から五月がそれに当たる。ほら、戦線がイムジン河を挟んで上に行ったり、下に行ったりしているだろう。どれほど激戦だったかが見てとれる」

田村に一旦顔を上げた私は再び地図に顔を戻した。地図には、四月二十二日の戦線、同三十日の戦線、五月では十六日の戦線、二十二日の戦線と三十八度線近くに似たような線が何本も敷かれていた。

「中国軍が介入してきたから、この時期は北朝鮮軍というより、共産軍に戻して話をしなければならない。実にややこしいのが三十八度線だ。日本の敗戦を境にアメリカ軍、ソ連軍、北朝鮮軍、中国軍が入り乱れ、それらの国を後押しする国からも派兵されたりした。国と国のぶつかり以前に思想と民族が絡んでいる。日本人で朝鮮動乱を明快に発言できる人がいないのもこういった事情からだ」

私は黙って聞いていたが、ひと言も逃さず集中力を切らさないでいた。田村も私の熱い胸に応えるかのように話を続けていく。

「これだけの戦闘を繰り返していたから、休戦に入るまでが大変だった。朝鮮動乱は足掛け四年にわたっている。だが、このことだって日本人の多くは知らない。一九五〇年に勃発し、日本の景気を立ち直らせたことは知っていても、その年だけのことと思っているのが大半だ」

「私もそうでした。翌年には中国軍までが介入して戦争をしているなんて思ってもみませんでした」

「高校生の君なら当然だ。これだけ複雑に事情が絡み合った地域だから、三十八度線を境とする休戦協定に至るまでも各国の思惑と介入が凄かったのだ」

「休戦協定ですね」

「この辺りの詳しい話も必要かな。君だったら、ぜひ聞かせてくれと言うだろうね。だけど、僕の今の知識では無理だ。そのうち機会を見つけて勉強はしておくけどね」

　私は、こっくりと頷いた。

「そうそう、君は韓国と北朝鮮の最大の違いはなんだと思うかい？」

　田村が突然な感じで私に問い掛けてきた。

「北朝鮮との違いですか？」

「そうだ」

「それは色々あると思いますけど、一番の違いと言うと…」

「僕の考えを押し付けるわけではないが、自由だと思っている。北には自由がなく、南には自由がある」

「そうか自由か」

「でも、自由っていうのは案外に厄介なものだぞ」

「どうしてです。自由って自分で好きなことができるから、楽なんじゃないのですか？」

「それは、はき違えだ。自由と対比するのは何か、まず考えてごらん」

「対比？」

「ちょっと難しいかな。じゃあ僕の方から言おう。管理されることがそうだ。行動、言動、時間などあらゆるものが管理されることだ。これが自由の対比だ。今の北朝鮮がそれに当たる。対して、日本や韓国は何を発言してもいいし、社会的な迷惑を掛けなければどのような行動をとってもいい。まあ、自由というわけだ。管理されることは窮屈で、自由は管理される枠がないということだ。これは分かるね」

「はい」

「それでだ。管理されることは大変息苦しいことだが、ある意味では楽なことでもあるのだ。あれっ、どうしたんだ、そんな変な顔をして？」

「先生は今、日本や韓国の方が国として優れていると言いました。それなのに管理されている北朝鮮の方が楽と言われたからです」

「管理と楽の関係だね。そうだな…自分のことを考えてごらん。例えば、明日の朝早く起きなければならないとしよう。でも、自分ひとりで起きられるか自信がない。そこで君はお母さんに起こしてもらうことにする。これで、ひと安心だ。それは何も考えなくてもいいからだ。管理する人間が、これはしてはいけない、こんな発言はしてはならないと決めていくのだから、管理される側は考える必要がない。言われるままに従っていればいいのだ」

「そうか、自分で決める必要がないのか」

「正確には自分で決められないわけだけどね。でね、その管理と自由だが、自由の裏返しには責任が付いてまわる。自分で好きなことができる代わりに、行動や発言に責任を負う必要がある。お母さんに起こしてもらわないなら、自分で起きるしかない。時間に起きられなくても誰かに文句を言うことができない。自分で決めたからだ。自由と管理の出発点はこんなものだ。自由を論議するとき、意外とこの自由の裏にある責任を意識せずに行っている場合が多い。責任を持たない自由は単に獣の行動であったり、叫びであったりするに過ぎない。人間が持ちえる自由とは違う。僕はそう思っている」

「そうか。でも、だったら、先生は、北朝鮮の人々が幸せだと言っているのですか?」

「ある一定部分までは言えるだろうね。ただ、問題が多過ぎる」

「よく分かりません」

「北朝鮮ではたくさんの大人、充分に自我の発達した人々を管理下においていることだ。物事がよく分かっていない子どもを管理下に置くことは、生活や安全を保障していることでもあり、確かにある程度の管理下が望ましい。学校に通う子どもは、授業中は管理され、放課後は自由時間になる。その自由時間に人間としての豊かな部分が養われていく。だが、大人は別だ。自活できる大人を統制していくことは、人間として大切なものが剥奪《はくだつ》されていく部分が増えていく。それが北朝鮮じゃないかな」

田村の言葉のすべて分かったわけじゃない。それでも心に染み渡っていった。何も知らない子どもならともかく、大人になってまで自由を奪われている北朝鮮で満足な呼吸は覚束《おぼつか》ないだろう。ただ、生きているだけであり、人間の生きる様から遠い。

約一時間ほど田村の家に滞在した。いい時間であった。全部といかないまでも知りたい欲求を満たす濃厚な時間でもあった。

田村と出会ったことで、朝鮮動乱に至る経緯、当時の侵攻状態がおおよそ理解できた。これほど道筋を立てた話が聞けたのも、本はといえば酒井医師のおかげである。そしてその前には、お腹を下したうなぎのせいでもあった。私がソウルに来て、お腹を下すほどうなぎを食べ、そして日本人医師と会い、田村に導かれていったのも誰かに敷かれた一本の道を走っているような気がしていた。

外は暗くなっていた。市街地と違い、この辺りの光源は乏しい。私は、道を確認するように下を向き、パクチョリの待つジープに足を進めた。

「ごめんね、遅くなって」

薄がりの中、彼は、もういいのかと目を細めた。暗い中では分からなかったが、ジープに乗り込んで室内灯を点けると、彼のシャツが汗で水ばんでいた。

韓国の湿気は低いとはいえ、盛夏である。この陽気に一時間も外に待たせていたのである。

今のように韓国の車にはクーラーなんてない時期であった。私は背後から、ゆっくりと頭を下げた。

ジープが発進した。進行に従ってパクチョリの肩や上腕部が揺れている。パクチョリの後ろ姿は、私のために生きている、そんな感じであった。

（パクチョリ、長く待たせたね）

私は彼の背中に向かって心の中で呟いた、彼には温かい血しか流れていない。そんな人物だった。

それから三日が流れた、退屈な日々だった。ソウル市内の観光に相応しい場所ばかりに連れて行かれた。珍しくはあったが、どれも私の気持ちを満足させるに程遠いものばかりだった。

そしてこの三日間、父からの音信もない。忙しいのだろうか。だが、私からリクエストはできない。焦がれるほどの知識欲の中、私はただ待つだけの人となった。

実際、高校生の私は何もできないでいた。数日前、あれほど自らの行動を心に決めたものの、社会が何たるかを知らず、ハングルが喋れないとあってはどうしようもない。動く場合に最も頼りになるのがパクチョリだが、強いていえば機動力であって、微妙な意思疎通は不可能である。次に浮かぶのが田村である。見識に優れた彼は、私の知り得ぬ知識を与えてくれる参謀のような立場であるが、近しい人間ではない。彼は大学の先生であり、私の側で共に考える状態にあるわけではない。

それらを合わせ考えると、この家に留《とど》まり、半ば無為に時間を過ごすしかなく、ある意味、囚《とら》われの身の錯覚にさえ陥っていくのだった。

何か行動を起こしたい。色々なことが知りたい。だが、成すべき手段と知恵に欠けている。部屋にいる間の私は、田村から教わった話、与えられた朝鮮動乱時の各軍隊の動きを記したコピー地図を見ながら悶々を続けるだけをよしとしていた。

提案された釜山行

暫くは軟禁ともいえる環境だった。日にちだけが、徒《いたずら》に過ぎていった。帰国の日も近づいてくる。

ソウル市街の観光と李社長の家を往復する私に、気晴らしの遠出の誘いが持ち込まれたのは、李社長の提案によってであった。当面の急ぎの仕事が片付き、休みが取れたので、その時間をすべて私のために使ってくれるという話であった。

私は喜んだ。そして、一方で窮屈な気持ちにもなった。出掛けられるのは嬉しいが、李社長と二人だけの行動は気が引ける。とかく李社長には、打ち解けにくい雰囲気がある。それでも嬉々とした表情を浮かべて、プランのすべてを受け入れた。

李社長の提案は、ソウルを離れて旅行をしようというものだった。ソウルに来ていること自体、私にとって旅行であるが、李社長にとっては庭の中を散歩しているに等しい。纏《まと》まった休みが確保でき、私と遠方に出掛けるのも悪くないと思われたようだ。

で、どこかなと思っていると、幾つかの地名が挙げられ、その最後に釜山の名前が含まれていた。

私は即座に頷いた。ソウルから相当離れているが、これまでのことから出掛けてみたいと熱望していた街だったからである。

詳しく聞いているうちに、釜山までかなり時間がかかることが分かってくる。移動は列車である。途中、色々な所を立ち寄りながら釜山に向かう予定で、これも嬉しかった。

だが、私の気持ちをがっくりさせたものがあった。それは数日かかる旅行を終えてソウルに戻るのは日程的に無理があるので、釜山から私が日本に帰るプランが組み込まれたことである。

旅行に出るのは嬉しい。釜山を見られるのも嬉しい。だが、そのまま日本に帰ってしまえば、分からないことがそのままになってしまう。実際のところ、父に会いながらも深い話を交わしてはいない。こちらにいる間に何度か会えると思っていたから、出会いの機会をことさら大切にもしなかった。だが、時間が限られてくるとなると話は別である。父とは「また会おう」と言われているが、それだって分からない。

日本に戻って、母から話を訊く手も残されている。だが、口下手で、高校生になるまで隠し通していた母の口がスムーズに割れるのだろうか。まして、私を高校生だからと低く見ている節もある。小難しい話、大人の感情のもつれ、そんなどろっとした話はしたくない、と考えている様子でもある。

私が突っ込んだ質問をすれば、きっとはぐらかされるに違いない。そのうちにな、もう少し大人になってからな、そんな答えが用意されている気がする。

私を真《ま》っ当《とう》に扱ってくれたのは、高麗大学の田村和夫であった。彼は正面から向き合い、要求した以上の答えを導き出してくれた。だが、私は高麗大学の学生でないし、田村の講義を受けている生徒でもない。酒井医師の紹介がなければ会うことも話すこともなかった、単なる日本の少年の一人に過ぎない。あれやこれ考えるが、やはり徒に時間を過ごすしかなかった。

それでも気持ちを入れ替える努力をしてみた。ソウルを離れるのは寂しいが、新たに旅行を始める楽しさに心を振り向けた。

ソウルから釜山までとなると、かなり長い旅程になる。途中に立ち寄る町はそれなりの面白さ、そして発見があるだろう。それらはきっと私の目を楽しませてくれるに違いない。今の気持ちと天秤《てんびん》にかけた場合、到底物足りないが、それはそれである。それにもまして他に方法がない。最後は自分を納得させるように言い聞かせた。

翌日になった。旅行に出掛ける前なので、比較的おとなしくして過ごすことが要求された。三十分程度の外出を除いて、専ら李社長の家の中で過ごした。子どもたちとゲームをし、あの劣悪な宣伝が流れるテレビを見もしたが、大半は部屋の中に閉じこもったままだった。

釜山からそのまま帰国するプランが描かれたため、荷物の整理も言い渡されたが、もとより限られた荷物である。たった一つのバッグに詰め込んでしまえば終了、ものの五分とかからない。その分、手持ち無沙汰《ぶさた》というのが実際であった。

それでも忘れ物はないかと、世話になった室内を見渡す。殺風景で何日も過ごしたのに愛着が持てる部屋ではなかった。私がこの部屋を引き払うと、子どもたちの部屋として再び元の持ち主が戻ってくるのだろう。

この部屋からは、ただ一つだけ心に刻まれたものがあった。窓からの風景である。深夜、窓を開けては何度も見詰めた景色である。

あの海の底のように静かな夜、街は息を潜《ひそ》めてじっとしていた。どこまでも物音一つしない夜が延々と続き、朝が来るのをひたすら待ち続けていた。四角い窓の向こうにその景色が絵画のように拡がっている。だが、部屋を出れば、この景色を眺めることもない。心残りといえば、そんなものだった。

そうだ！　突如、浮かんできたことがあった。私にはやるべきことがあった。母への土産である。

李社長から貰った過分な小遣いで「金」を買う予定であったが、それを実行していない。行くとしたら、もう今日しかない。私はポケットにありったけのウォンを突っ込むと、駆けるように階下に行き、レンジンさんに外出の許可をねだった。

レンジンさんは明るい顔で承諾し、いつものようにファースンと二人で見送りをしてくれた。久しぶりの繁華街だった。人出もまあまあである。私は記憶に残るデパートに足を進めた。今日の外出には、パクチョリは伴っていない。まだ、真昼なのと、すぐに戻ってくる条件が私一人の外出を可能にさせた。

エスカレーター乗り場を横に見やって、一階奥の貴金属売場に向かった。相変わらず閑散としている。見覚えのある売り子の姿が見える。

私はショーウインドウを覗《のぞ》いて品定めをした。彼女はチラと視線を投げたが話し掛けてこない。これもありがたい。

幾つかの商品を見るが、やっぱり「金」だと思った。他の貴金属の価値が分からない。日本に持って帰っても換金に苦労しそうな気がした。

金は相場である。その日によって金額が違う。一グラム単位で価格表示がしてあり、本日は一グラムが七千ウォンとなっている。

素早く日本円に換算して、できるだけ金を買うようにした。持ち金の大半を叩きだし、計百五十グラムの金を買うことができた。

私がポケットから分厚いウォンを取り出し、「これをください」といったとき、売り場の女性の目が丸くなったのが忘れられない。ハングルも喋れないボヤッとした少年が、鷲摑《わしづか》みで大金を取り出すとは夢にも思わなかったに違いない。

少し厚手の化粧箱に包まれた「金」が私の手に渡された。箱の大きさに比べて、ずっしりとした重量感が買物の大きさを表している。それでもまだ、私のポケットには十枚程度の一万ウォンが残されていた。

これでよし、一つ仕事を終えた心境になった。これで明日ソウルを離れても最低限のことはできた。日本の母親が、思いがけぬ土産に示す反応が楽しみでもあった。

その夜はなかなか寝付かれなかった。横になってはみるが、睡魔がやってこない。頭の芯が冴えて、何度も窓から外の景色を眺めては大きく息を吸い込んだ。

相変わらずの静かな夜である。見渡す限りの家屋が物音一つ立てず、明け方を待っている。夜空の星が笑うように瞬いている。

この面白みのない光景も馴染めば寂しい。もう、この部屋から見ることもないと思うと愛着が募ってくる。

ソウルに来て数日、私の目に焼きついた最大の景色は、窓からの光景のような気がする。ずっと向こうまで途切れなく並んだ家は、波のように寄せては引き、引いては寄せてソウルを見詰め続けている。

静まった街、星の明かりだけを頼りとする街、夜の暗い海のような街。街が、悲しみに耐えて語り掛けてくる。これが韓国だよ、これが今のソウルだよと。

この景色と本当に別れてしまうのか。次に見られるのはいつのことだろう。

本来の目的である父との再会も僅か二回に及んだだけである。大した話もしていない。聞きたいことは不充分なままであった。届かぬ思いは、そんなもんだと窓からの街並みが諭している。

明日からは、李社長との旅行が控えている。多分、窮屈な旅行になるだろう。李社長としては、私に気遣う疲れる旅行になるだろう。お互いが気のそぐわぬ旅行になるのかも知れない。

弾まぬ心を慰めるようにベッドに転がった私は、軽く瞼《まぶた》を閉じ、夜空に拡がる星たちを思い描いていた。

朝になった。出発の時間が迫ってきた。もう整理するものはない。にもかかわらず、気持ちを慌ただしくしていた。朝食もかき込む感じである。

朝食は珍しくパンと卵の洋食である。私が食べている間、ファースンが側に待機し、まるで貴族のようだ。

トーストを一枚お腹に入れた。もっと食べろとレンジンさんが勧めてくる。私はお腹に手をやり、いっぱいだよと合図を送る。ただ、紅茶は別であった。いつものように一杯目を飲み干し、お代わりを要求した。さして紅茶が飲みたかったわけではない。だが、これは私のファースンに対する感謝の気持ちであった。

ファースンともお別れである。もう、カムサハムニダ（ありがとう）ぐらいは言えるようになっていたが、口にすると薄っぺらな気がする。ファースンが作ってくれた紅茶を美味しそうにいただき、私は丁寧に手を合わせた。

玄関の前ではパクチョリがジープから降りて待機していた。私の姿を見詰めると顔を歪《ゆが》めて下を向いたが、気を取り直したように運転席に乗り込んだ。

「さあ、洋介さんも乗って」

「はい」

私は、見送りに出てくれたレンジンさんを始めとする李家の人たちに、大きく頭を下げた。このジープに乗るのも今日が最後となる。運転席にパクチョリ、後部座席に私、李社長が乗り込んだ。

「では出発しましょう」

李社長の言葉で、ジープのエンジンがかけられた。レンジンさん、ファースンが近寄ってくる。

「洋介さん、また来てね」

「はい。レンジンさん、本当にありがとう」

「あなたは、ここの子どもよ。分かっているわね」

「ええ、分かっています」

「日本に帰っても無茶な食べ方をしては駄目よ。お腹はとても大事よ」

「はい」

言葉通り、レンジンさんは私を子どものように見ている。それは家族の一員として深く受け入れてくれていたからだろう。もう涙ぐんでいるレンジンさんの顔をまともに見るのが辛《つら》い。私はレンジンさんから、斜め後ろで私を見詰めているファースンに顔を移した。

「洋介さん、さようなら」

目があった彼女が小さな声で呟いた。幾つか覚えた日本語の一つであった。私は返事の代わりに小さく頷いた。

ジープが少し動いた。レンジンさんが駆け寄った。

「また、必ず来るのよ」

「はい」

力強く返事をしても、実行がいつになるのか分からない。

ジープが速度を増した。お世話になった家が遠ざかっていく。私にできることは、大きく手を振るだけであった。

見慣れた町をジープが進んでいく。二階の部屋から見詰めた景色の中を、私を乗せたジープが進んでいく。ここに再び来るのはいつのことになるか。来年か、再来年か。十年先のことか。いや、もう叶わぬことになるかも知れない。車内は会話もなく、静かなまま駅をめざしていた。

李社長の家に別れを告げて三十分が経過した。ジープはソウル駅に横付けされた。ここからは列車である。パクチョリともここで別れる。

駅は行きかう人で賑わっている。いつぞやのように変わらぬ様相で私たちを迎えてくれる。停車するや、飛び降りるようにしたパクチョリが後部座席の扉を開けてくれ、私と李社長の荷物を下ろしてくれる。

「ありがとう、パクチョリ。会えてよかった。迷惑ばかりかけたけれど、ありがとう」

私はパクチョリの顔を正面から見詰め、しっかりと口を開いた。

パクチョリは大きく頷き、何かを言おうとしたが、すぐに顔を背けた。少年の私に感情を乱した顔を見られるのが躊躇《ためら》われていた。

「じゃあ、行ってきますね」

パクチョリの背中に声を掛けた。そして私と李社長は駅のホームに向けて足を進めた。彼は見詰めていたのだろう。パクチョリの強い視線を背中に意識しながら、振り向くことをせずに、李社長と一緒に駅舎の中に入っていった。

さようならソウル

「洋介、あれが私たちの乗る列車だ」

　李社長の言葉に私は従った。

　乗車した私たちは発車のベルを待っていた。日本のローカル線でもお目にかかれないほど古めかしい列車には、半分程度の乗客が乗り込んでおり、みな物憂げな顔つきをしていた。旅行に出掛ける雰囲気を唯一放っているのが私と李社長で、全体としては難民列車といってしも通用しそうな空気だった。

　乗客たちは一様に薄汚れた格好をしている。農作業服の中年女性。労働者風の男性。大きな行李《こうり》を肩から下ろした行商途中の高齢者。白い粉を葺《ふ》いた年代もののカバンをひざに抱えた老人。誰もそれぞれの行き先に明日を見詰める顔ではなかった。私はちらちらと視線を流しながら、乗客たちの一つ場所に固定しないよう泳がし続けた。

　怒ったような口調のアナウンスがホームを駆けていった。駅員が車両に近づく。彼は乗降口まで来ると、家畜車両の扉でも閉めるようにガチャンと不快な音を立てて、車内の乗客を舐《な》めまわした。

　ガクンと列車が揺れた。発車である。乱暴な運転だった。ギーと動輪がレールに軋《きし》む音に腕の毛穴が開く。心まで覆いたくなる金属の擦れ合う音が何度かするうち、列車の速度が上がっていく。ソウル駅をはみ出していく列車は、ホームの景色を水平に過去に押し流していく。私は黙って滑り出したホームを見詰めていた。

発車して数分、私と李社長が乗っている車両に数人の男の子たちがやって来た。小学校の四、五年生ぐらいの年齢の子どもたちだった。

彼らは一様に貧しい身なりをしていた。カニのように細い手と足をして、半ズボンから出た膝は垢が溜まって汚れている。顔はといえば、目ばかりをギョロギョロさせ、額には垂れた汗の筋が黒く残っていた。

彼らの手には、銘々違った物が抱えられていた。彼らは誰も靴を履いていない。底がちびたゴム草履から、黒い爪を覗かせ、私のスニーカーにきつい視線を投げた。

一人の子どもが私の前にやって来た。左手に新聞を抱えている。無造作に突き出すと、三百ウォンといい、買えと勧めてきた。

私は、首を振った。彼は悔しそうな顔をして、隣の李社長に同じ動作をし、再び悔しそうな顔をした。

次の子どもが近づいたとき、私は何を欲しているのか分からなかった。彼は、三十センチ大の巣箱のような木箱を抱えており、私の足元で木箱を開けると中に詰まっているものを取り出し始めた。

中身は汚れたタオルが数枚、ブラシが三本に丸い缶が幾つかであった。タオルとブラシを片手ずつに持ち、目の前で左右に振って、次に擦《こす》る動作を繰り返した。続いて、丸い缶をパカッと開けた。見るとドロッとしたクリームであった。

これで彼の仕事が分かった。車内を仕事場にしている靴磨きの少年であった。私の靴を磨くので、お金をくれといっているのだ。そして木箱は靴を磨く際の足置き台だということも分かった。日本でも戦後は多くの孤児が靴磨きで生き延びてきた。シューシャンボーイと侮蔑《ぶべつ》の混じった呼び方をものともせず生き抜いた彼らは、屈辱の過去をバネとして成長を果たしていった。戦後生まれの私は、シューシャンボーイを実際に見たことはない。米兵にガムやチョコレートをねだる場面も知らない。そういう時代を話に聞くだけであったが、ソウルに来て、しかも列車の中で目の当たりにしたのだった。

読めぬ新聞はともかく、靴を磨いてくれるのは実用的である。しかし、公衆の面前で、しかも、見ようによっては私の弟とも言える彼らに靴を磨いてもらう勇気は持ち合わせていない。

私は困った。そして悲しみと苦しみを覚えた。李社長に助けを求めようと一瞬考えたが、咄嗟《とっさ》にとった私の行動はまったく違うものだった。

私は、ポケットに右手を突っ込むと十枚近くの紙幣の中から一枚を取り出し、「これ」と言って目の前の子どもに差し出した。一万ウォンは、子どもが言った金額の数十倍に相当する。靴磨きの子どもは一瞬ハッとした顔をしたが、次の瞬間、奪うように私の手からもぎ取った。

靴磨きの子どもが何かを言った。彼は、私の靴を磨こうとするが、私は手で遮って、その意思のないことを示した。子どもは不思議な顔を覗かせたが、それでも飛んでいくように別の車両に走り去った。

子どもの姿が消えて、私は猛烈な恥ずかしさに耳たぶと顔を熱くしていた。わけもなく反応した自分の行動が説明できなかったし、カッと胃が燃えるように恥じる部分を感じていた。

それは隣の李社長に対してである。ポケットから取り出した一万ウォンは李社長から頂戴《ちょうだい》したお金である。使い方の指示は受けていないが、通常の数十倍ものお金を渡してしまった、にもかかわらず靴を磨いてもらわなかった後ろめたさが漂っている。

李社長は私の取った行動をどう思っただろう。何も言わないが、心を忖度《そんたく》されているようで辛かった。私は暫く身を硬くしたままでいた。

列車が停止した。ソウル駅を出発して次の駅に到着した。窓の外をパラパラとさっきの子どもたちが走っていく。ホームの待ち客に私に示したことと同じ働きかけをしている。私は子どもたちを見ながら、胸の苦しさが今も続いているのを感じていた。

列車内の物売りは、それがすべてではなかった。適当な時間の間隔を挟んで、実に色々な物が売られてくる。また、それらには大人も混じっていた。食べ物、安っぽい玩具…乗客が突如として売り子に変身し、購入を迫ってきたりもした。

私は新手の売り子が近づくたび顔を下にした。目が合ってはならない。商品を見てはならない。眠ったふりこそしなかったが、考えられるすべてがそれであった。

子どもたちには、生きていく必死さがあったが、思えば狡猾《こうかつ》な部分も見え隠れしていた。だが、初めて接した彼らの真意に気付く余裕はなかった。その後、雲霞《うんか》の如く現れる物売りを見ると、彼らは一様にとてつもない逞しさを持っており、どんなに断られようと平然としていた。私一人の恥じ入る思惑など取るに足りなかったのだ。

彼らは、呼吸を繰り返すように淡々と目当てを漁《あさ》っている。獲物となりそうな見込み客は延々とおり、たまたま網に引っかかった一人が私であった。私一人が汲々《きゅうきゅう》と心を痛め、濁流のような虚しさに身を沈めている。

街はさまざまなものを内含しながら生き続けている。私自身がそうだし、走り去った彼らもそうだ。すべてを飲み込んでいるくせに、消化しきれず嗚咽《おえつ》のように吐き出しているのが街でもある。パクチョリとジープに乗って行動していたときには見えなかったソウルが姿を現していた。これが真の姿であった。

公州《コンジュ》の少年

列車はどこまでも走っていくようであった。李社長とは、時折会話を交わすが、弾んではこない。三時間も四時間もそうであった。

「さあ、もうすぐだぞ」

李社長が久方ぶりに声を出した。列車が見知らぬ街のホームに滑り込んでいく。

「ここは大田という街の駅なのだ」

李社長が続いて声を口にした。大きな街の感じがする。ソウルほどではないが、韓国の大都市の一つであることが知れる。

「降りたら、バスに乗り換えて公州という所まで行くからな」

案外に李社長の声はいつもと変わらない。私は少し安堵した。ソウルを離れた新しい光景にやっと気持ちが傾いていった。

バスに乗り換えた。人も車も少ない。なだらかな山、農地ばかりが拡がる道程《みちのり》で日本のそれと変わらない。

二十分は走っただろうか。やがてバスは終点と思える場所に着いた。

「忘れ物をしないようにな」

李社長の言葉に私は腰を浮かせ、荷物を肩にかけた。

車外は暑かった。それでも気持ちが解放されていく。ここに来るまで約四時間、長旅で窮屈を強いられた体を伸ばすことができる。李社長も両手を挙げ、ふーっと長い息を吐き出している。

「ちょっと疲れたな。洋介はどうだ」

「平気です」

「そうか、ならいい」

李社長がバスターミナルの中に入り、周辺の案内図を見ている。私も背中越しに付いていく。

案内図は畳一枚ほどの大きさがある。現在のいる場所、それと東西南北の大まかな見当を頭に入れていく。

「洋介、見てごらん。ここが公州だ。洋介は公州のことを少しは知っているか?」

「いいえ、まったく知りません」

「韓国人にとって大切な街の一つがこの公州なのだ。ここには百済《くだら》の遺蹟《いせき》がたくさんあってね」

視線は地図に向けたまま、李社長の言葉を耳に入れていた。

「朝鮮半島が三つの国に分かれていた時代を知っているか?」

「学校で習いました。百済、高句麗《こうくり》、新羅《しらぎ》の三つの国ですね」

「その通り。この三つの国は互いに争っていた時期があったのだ。高句麗に都を追われた百済が遷都した地が公州で、三代六十年にわたっている。その間にたくさんの建物が造られ、遺蹟として今日まで残されている。見所は公州に都が移された際の城塞《じょうさい》が残っている公山城だな。ほら、ここだ。そんなに遠くない」

李社長の指先を追って行く。旧跡らしい場所が何カ所かあり、案内図の中で最も大きな場所がそれと知れる。

「さあ、行ってみるか」

李社長が歩き出す。李社長、顔を左右にしながら進んでいく。公州の街が詳しいわけでもなさそうだ。

「こっちだな」

自らが確認するように、西南の方角に顔を向けた。道なりに百メートル余り進んだ。川に出合う。清流の川だった。案内図では確か錦江《クムガン》という名前だった。橋を渡り切らない前から、緑豊かな一角が見えてくる。

「あれだな」

前方を李社長が指さす。豊かな緑が目に入ってくる。夏の日差しを受けた樹木の枝葉が力を漲《みなぎ》らせている。近づくと、坂道が待っていた。息を弾ませて上っていく。

「この高台を上がれば都を移したときの城郭が残されているはずだ。ん、どうやらあれらしい」

言葉が終わらないうちに、石で積まれた壁が見えてくる。百済時代の大変に貴重なものだが、私にはそう思えない。石と土の塊があるだけで、延べ四百メートルにわたる土塀がそうであった。

「なるほどなあ」

李社長はしげしげと見入っている。重要な遺蹟であろうが、さほど関心を引くものではない。私の気持ちと裏腹に、うんうんと頷いたりしてもいる。李社長、これまでの感じで、公州に入るのは初めてのようだ。いつか公州に行きたいという思いを私との旅行で実現したのかも知れない。

李社長が、土塁脇に表示されている説明版を読んで話し掛けてきた。

「百済時代の遺蹟としては、隻樹亭、楼閣があるのだが、土塁は李王朝時代に造られたものらしいな」

「土塁が李王朝時代…百済の時代じゃないのですか?」

「百済は漢山城《ハンサンソン》といって、ソウルの近くにもともと都を置いていたが、高句麗に追われて公州にやって来ている。随分昔のことで、その後も色々あって、今見ているのは李王朝時代のものが残っているのだ」

「一つの時代だけじゃないのですね」

と相槌《あいづち》を打ちながら、日本の遺蹟でも時代を跨って、混在して残されているものがたくさんあることを頭に横切らせた。

一つの旧跡を後世の人が利用するケースは多い。利用されているうちに改善、修復が繰り返され、幾時代を跨った状態で今日に伝わっていく。公山城の遺蹟もそうであった。

この公山城には、三十分余り滞在し、再び大田の街にバスで戻っていった。ソウルを離れた一日目は、移動ばかりに時間を費やした。見学した所といえば、土塁一つであった。

その夜は、大田の街中のホテルに宿泊であった。ホテルの良し悪しは分からぬが、中級程度だと思われる。

汗ばんだシャツを着替えて、ロビーに下りてみた。李社長とは別々な部屋なので、ちょっと気が楽である。

ロビーには韓国独特の匂いが漂っていた。空気が揺らぐとキムチやニンニク臭が鼻をつく。人が集散するたびに、滞留する匂いが流れ出す。

私は、この匂いが苦手であった。嗅ぐたびに異国を意識させられる。匂いは文化の一つだが、生理的に受け切れない文化であった。

自ずと逃げるようにロビーから外に出てみた。日没が迫っている。だが、昼間と変わらぬ明るさを保っている。外を流れる風も清風とは言い難い。おまけに、あの独特の匂いは薄らいだまま外気にも漂っている。

ふと、少年が近づいてきた。十二、三歳ぐらいに見える。少年の両手に怪しげな玩具がぶら下がっている。

私は、来たなと思った。列車の中でもそうであったように、物売りの少年であろう。私の目の前まで来た少年は、何かを喋り、手に携えていた玩具を差し出した。買ってくれというポーズである。

私は迷った。玩具が、あまりにも貧相だったからである。稚拙な手作りとすぐに分かるそれは、日本の竹細工のようだった。適当に塗られた色も剥《は》げている。長い間、少年の手にぶら下げられていたのだろう。

商品から目を逸らせた私の目は、少年の顔を見詰める格好となった。自分より少し年下の彼は、無口のまま商品をもう一度突き出した。それは彼ができる精いっぱいの形であった。

こんな地方都市で、しかもホテルの前で商売をしなければならない少年の心は悲しいであろう。稚拙で粗末な商品を売り歩く心境はどんなであろう。

日本で暮らす私の家も決して豊かではない。それでも恥を込めて物売りをすることはない。底が磨《す》り減ったサンダルをつっかけて、見知らぬ人に頭を下げることはない。それを私より若い少年が韓国の至る所でしている。

一方が客で、一方が売り子である理不尽さが世界には堂々とまかり通っている。向かい合った少年の瞳の中に、言い切れぬ自分が映っていた。

私は商品を吟味せぬまま、ポケットから一枚の紙幣を取り出した。薄っぺらの一枚が、少年の手に渡った。少年から一つの玩具が私の手に渡された。

私は黙っていた。少年が釣りを渡そうとする。私は首を振って「ぜんぶ」と言った。少年は首をちょっと傾げて、手にぶらさげていた別の玩具をもう一つ取り出し、それが私の手に渡された。

私の目を見詰めていた少年は、暫くそのままだった。私の姿を上から下まで見詰め、礼も言わずに体を反転させると足を運び始めた。それだけのことだった。

私の前から去っていった彼の両手には、まだたくさんの玩具が携えられている。竹が触れ合うカチャカチャという軽い音が、足音とともに遠ざかっていった。

駆け足の慶州《キョンジュ》

翌日も強行軍だった。大田から南下を続ける列車に乗り、バスに乗り換えて数時間が経過していた。降り立ったのは、慶州という歴史の街だった。

ここは日本の奈良や京都に相当する古い街である。市内を動けば古墳や遺蹟が随所に見られ、屋根のない博物館の異名を取っている。

駅からタクシーで雁鴨池《アナプチ》、半月城《パンウォルソン》、天馬塚《チョンマチョン》など観光名所を巡っていく。移動の際に、お椀をひっくり返した形の古墳が次々と見え隠れもする。

「どうだ洋介、珍しい所だろう」

「はい」

私は快活に返事をした。

「慶州は朝鮮半島を初めて統一した新羅の都だったから、栄えた当時の名残として古墳や石仏が数多くあるのだ」

「全部で幾つあるのですか？」

「さあ、幾つだったかな。四百か、五百か。千ぐらいあるのかも知れん」

「李社長でも分からないことがあるのですね」

「そりゃそうだ。人間は生きている間に覚えることより、知らないことが圧倒的に多い。知らないことがいっぱいのまま死ぬしかない」

「そうですか…」

と言いながら、李社長らしくない答えに、何だか愉快な気持ちになれそうだった。私がそう思ったのが伝わったのか、李社長の顔が若干和らいだ気がした。

私たちは、古墳の中でも最も有名な天馬塚の古墳に掲示されてある資料らしき前に足を進めていった。

「洋介、ここに来てみなさい」

私は、寄り添うように近づいた。

「古墳の数は全部で六百七十六ほど確認されたとある。確認という表現からすると、これからまだ発見される可能性もあるということだ」

「そんなにあるんだ」

「そういうことだな。私も勉強になった。しかし、古墳というヤツはどれも似ているから、面白みに欠けるな。洋介はどうだ？」

「はい、実は私もそうです」

「ハッハッハ、素直でよろしい。さて、次に動くかな。観光のポイントとしては一つが慶州の中心部。今、タクシーで回ってきた辺りがそうだ。次が南山周辺。新羅時代には百以上の寺があった場所で、寺院の跡や石仏や石碑が今も多い。三番目は仏国寺《ブルグクサ》周辺だな。そして次が普門《ポムン》湖辺りだ。すべて回るのは大変だから、行って見たい所を言うといい」

「それなら、二番目の南山です。ソウルの南山と同じ名前ですが、なんとなく、慶州らしい感じがするのです」

「分かった、南山に向かおう」

　李社長が運転手にハングルで話し掛け、車は南に向けて走り出した。俄《にわか》に速度を増したタクシーから眺められる景色は素晴らしかった。私の目は外に注がれたままである。

「慶州って広い平野なのですね」

「どんな所を想像していたのかな」

「日本の京都のイメージをしていました。街中の所々に寺があって、土産物屋もあって、人が大勢行き来をしている。でも実際は、こんな自然の拡がりの中にある。観光客だって思ったほど多くない。想像と全然違っていました」

「それには理由があるな。慶州の町は、古墳より高い建物を建てることができない。景観保護のためだ。街中でも一部を除いて三階建以上の建物は造ることができない、日本でいう建築基準ということだな」

「だから、町が広くて遠くまで見渡せるようになっているんですね。日本の京都や奈良とは違った意味で町造りが考慮されているんだ」

「それはいい意味で期待を裏切られたということだな」

「期待を裏切られた？　はい、そうです」

　答えながら、やっぱり李社長の日本語は凄いと感じていた。


　暫く走った車は、右にハンドルが切られ、山あいに入っていった。そして坂道を少し上り、ここから先は「歩き」ということになった。

　タクシーの運転手さんと話を交わし、事前の知識を仕入れた李社長が歩きながら説明をしてくれる。坂道はときに急になったりするが、歩くのに辛いというほどでもない。

「この南山は信仰の山でね。まあ、霊山というわけだ。標高四百九十四メートルの山の中に百六の寺の跡と七十八体の仏像、六十一の石塔がある。それを象徴するのがこれから見る三体石仏だ。新羅最古の石仏で、千三百年前に作られたものだ」

「千三百年前！」

「韓国で最も古い石仏の一つということだ。私も見るのは初めてだがね」

　私たちは頷きながら進んでいく。

ほどなく、それと思われる石仏に前に出た。風化が激しいのか、顔の表情がはっきりしない。特に鼻が欠損して形を成していない。

「これは石仏座像だ。宝物指定がされている」

石の台座に胡坐《あぐら》をかいた石仏が両手を膝においている。リラックスした感じなのだが、とてつもない年月をここで過ごしている。

「この石仏は厄病に効くと信じられ、多くの人が手で触れているうちに欠けていったものらしい」

「それでこんな風に…」

人の手と風化で傷んだ石仏だが、長い年月を越えてきた荘厳さは少しも失われていない。それどころか、ますますありがたみが加わって、私のような少年にも理解ができる。

次に現れたのが、首のない石仏だった。これは先ほどの石仏と違い、地面の上にそのまま座っている。まるで土壇場で介錯《かいしゃく》されたばかりの悲惨な形で残っている。

「首がない石仏って、ちょっとドキッとしますね」

「そうかな、それは洋介が若いからだな。私にはありがたい石仏にしか見えない」

私は、上手く返答ができなかった。

少し歩くと、今度は岩肌に彫られた磨崖仏《まがいぶつ》が出てきた。この磨崖仏は南山の至る所にあるらしい。右に左にと目を転じながら進んでいく。

「これが七仏庵《チルブルアム》だな」

足を止めた李社長が、感嘆を漏らした。南山で最も有名な石仏がこれらしい。大きな山型の石屏《せきびょう》に姿、形の違う四体の仏が彫られており、確かに趣は深い。七仏とあるが、はっきり目視できるのは四体で、それらは立像、座像で向いている方角もまちまちである。

「さあ、これで南山を見たな。次はどこに行きたい？」

「特にこれといって…」

「駅に戻ってお昼にするかな」

「はい」

私は少し大きめの返事をした。タクシーを降りて三十分、なだらかだが、石道ばかりの行程は空腹を誘っていた。

「どうだった、慶州は？」

「はい、とても面白かったです。町もとっても綺麗で」

「そうだな、私も来れてよかった。これも洋介のお陰だな」

「そう言っていただくと、何だか嬉しいです」

「私たちも今は生きているが、いずれ仏になる。そうだろう、ハッハッハ」

李社長の笑い声が明るかった。発言の意味が良く分からなかった。だが、少しずつだが、李社長との会話も滑らかにいくようになっていた。

日本海の見える公園

その後、韓国最大の工業都市蔚山《ウルサン》、海産市場で賑わう機張《キジョン》の町などを回った私たちは、釜山の街に入っていった。ソウルを出て三日目のことだった。駆け足で韓国の見所を回ったようであった。記憶に残っているのが、韓国の製鉄産業は日本の多大な援助によって今日を迎えているという話であった。だがこれは一例で、日本は金銭、技術の両面で韓国のさまざまな産業支援を行っているという。だが、高校生の私にとって興味深い話ではなかった。

再び列車に乗り込んだ。一時間程度で大きな街が見えてきた。速度を落とした列車は、韓国第二の都市、釜山に滑り込んでいく。乗客が次々と立ち上がり、終着のこの駅から銘々の目的に沿って散っていく。

「さあ、私たちも降りよう」

釜山駅に着いた途端に潮の香りが混じっているのを感じた。海が近い。風が心地よい。海の向こうに日本がある。私はついに釜山の街にやって来た。

「あっちが出口だな」

プラットホームから一旦階段を上り、再び下って出口に向かうことになる。荷物を抱えた大勢の降車客に混じって私たち二人も進んでいく。

駅舎は古めかしいものであった。立派だが、相当の年月を感じる。灰色の壁の至る所に修復の跡が見え、それでもなお静脈のような罅《ひび》割れがあちこちに走っている。この駅舎も日本が統治していた時代に造られたものだろうか。

視線を徘徊させる私と違って、李社長はまっすぐ前を見詰めている。公州や慶州のような歴史の町でなければ、興味が薄いらしい。

釜山も賑やかな街である。駅周辺はソウルを上回る賑やかさに思える。だが、この街は日本への通過点となるだけであった。

「二時間ぐらいはあるかな…」

駅舎を抜けて、李社長が言う。

「洋介、出発の時間まで二時間ぐらい自由に動ける時間がある。どこか行きたい所があるか」

「いえ、特には」

「それなら、ぷらぷらと町を歩いてみるか」

知らない街はそれだけで新鮮である。初めて歩く通り、左右に連なる店や民家。そこで働く人、通り行く人、どれも見ているだけで嬉しい。李社長から一歩下がった形で歩く私の目は、絶えず忙しく動く。

「あそこに上がってみようか」

李社長が前方を指さす。丘のような小さな山が見える。

「釜山で有名な山なのだが、えーと名前が…、ま、名前はいいじゃないか。行ってみるか？」

李社長にしては珍しいことだった、失念するなんて。私はちょっと嬉しかった。

歩き出すと案外に距離があった。道の先に見えるのだが、角を曲がると姿を隠してしまう。

暫く行くと、また姿を現すといった感じだった。

「もうすぐだと思う」

坂道の先が丘のように小高い。様子から山というより公園のようである。勾配《こうばい》が急になった。曲がりくねった狭い道の両脇に、びっしりと家屋が張り付いている。店先に椅子を出して座る地元の人は、商売そっちのけで話に夢中になっている。

「ここは龍頭山《ヨンドゥサン》というのだ。思い出したぞ」

丘と思えた公園の全貌がほぼ見え始めたところで、李社長が看板を見つけて教えてくれる。

「大して高い山じゃないが、ソウルの南山みたいな場所だな」

坂道を上がりきると、最後は石段である。フーフーと息を吐き出しながら、足を前に進める。数十段上がってやっと辿り着いた。

上がりきると、平地の小公園が現れる。数十羽の鳩《はと》が公園の中をちょこまかしている。誰かが餌をやるのか、大半の鳩は肉付きがいい。

龍頭山に入った私は、眼下となった街の景色を見下ろした。

「海がそこに見えますね」

港に近い高台の公園である。私の目は日本海に吸い寄せられた。果てしなくずっと向こうまで続く海。雄大な日本海が私の前に拡がっている。港には数え切れないほどの船舶が停泊し、湾内では大型の貨物船が行き来している。小ぶりの船は忙しく動き、岸壁近くのあちこちで見え隠れする。

雲間から差し込む太陽の輝きが、水面をチカッ、チカッと煌めかせている。その上を大小の船舶が走る。海面を泡立てた白い航跡は、水面を細かく蹴散らし、刻まれた銀紙をばら撒いていく。散り散りとなった銀紙は、水面が落ち着くとまた繋ぎ合って、光の十字を幾つも作っていく。

私が海を見詰めていると、李社長が横にやって来た。私と一緒に海を見る形となった。

「洋介は海が好きなんだな」

「はい、一日中眺めていても飽きません」

「海のどこがそんなに好きなのだ?」

「上手く言えません。とにかく好きなんです」

「そうか、それに勝る答えはないな」

理論派の李社長にしては珍しく自分の意見を曲げた。

「洋介、ちょっと話していいかな」

「何でしょう?」

私は顔をずらした。李社長が海を見詰めたまま口を開いている。

「洋介は自分がどこで生まれたか、知っているか?」

「生まれた所? それは日本の山口だと思います」

私は、李社長の横顔を見詰めて答えた。

「そうか、そう聞かされていたのだな」

「違うのですか?」

「ああ違う。洋介は、この釜山で生まれたんだ。ここで生まれて海を越えて日本に渡った」

「えっ、そうなんですか！」

　私の目から、一瞬にして景色が飛んだ。

「こちらに来て分かったと思うが、洋介には二つの国籍がある。日本と韓国の二つだ。お前のお母さんは釜山で洋介を産んで日本に戻った。これだけは知っていてもいいと思う」

　李社長の横顔を、私は見詰めた。こちらを向く素振りはない。

「洋介が生まれたのはこの龍頭山の近くだ。港と山の間の産婦人科で生まれたと聞いているが、その場所は分からない。もう十七年も前のことだしな」

　私は、聞くばかりであった。口にする言葉がなかった。

「さて、話はこれぐらいでいいかな」

　李社長が動こうとした。私は慌てた。

「李社長、待ってください。どうして私の話をここでしたのですか？」

「そのことか。洋介のお父さんから頼まれたのだ。私たちが、ソウルを離れて釜山に行くことは知っておられる。釜山に着いたら出生だけでも話してやってくれと言われていたのだ」

「父がですか？」

「そうだ」

　考えが纏まらなかった。黙った分、李社長の体が動いた。

「そろそろ時間だな」

私は、時計を見た。だが、上手く体を動かせなかった。いや、それ以上に何か言おうとする口が動かなかった。

「さあ、行くぞ」

李社長は言葉を繰り返し、私の気持ちを確かめるようにちらっと見た。

「洋介、大丈夫だな」

「はい」

小さく返事をし、李社長の後に付いて坂道を下っていった。なぜか道が揺れているように感じた。

私はこの釜山で生まれたのだ。しかも、父が出生に関することを言うように頼んだという。それはどうしてだ。頭の中の思考がどこにも結びついていかない。

「港まではすぐだが、タクシーを拾おう」

李社長は通りを流すタクシーの一台を止めた。

「日本に着くのは明日の朝だな」

「はい」

「下関に着いて、そこからだと広島に着くのは何時ぐらいになるかな」

「在来線で五、六時間だと思います」

私は頭の中で数字を描いた。

「海に沈む太陽は綺麗だぞ。船の上から見えるな」

日本と韓国の日照はほとんど変わらない。七時ぐらいに日没を迎え、八時となると帳《とばり》が世界を覆ってしまう。私は李社長の言葉で、太陽が西に傾いていくのを思い浮かべた。

「はい、楽しみです。いつも山に沈んでいく太陽しか見たことがありませんから」

答えながら、海を真っ赤に染めて西の海に落ちていく太陽が浮かんでくる。

「そろそろ港だ。早めに手続きをしておこう」

必要な手続きを行って出発時間と向き合う。タクシーを降り、李社長に従って施設の中に入って行った。日本に向かう乗船客は疎らである。私のような少年の姿はない。

「また、韓国に遊びに来なさい。お母さんにもよろしくな」

港のどこかから警笛が聞こえた。それに被さって出航アナウンスが聞こえてくる。

「しかし、お父さんとあまり話しをする時間がなかったな」

「忙しかったのでしょうか?」

「それもある」

(それも…)

私は唾《つば》を飲み込んだ。考えられるのは、父の家族のことだった。韓国で家庭を持ち、別な暮らしに自分を置いている父は、案外に自由な生き方が難しくなっているのではないか。実際、父の言葉にそれらしいものがあった。私が韓国に来たことで、父の今の奥さんがこだわっている話だった。

「まあ、洋介のお父さんにも色々あるからな」

「分かっているつもりです」

「そうか、ならいい」

私はすべての人に歓迎されて来たのではない。それを李社長に確認することはできない。私は言われた言葉を飲み込んで、別離に複雑さを交えぬことを考えた。

やはりというか、李社長は次の言葉を発しなかった。そして別れの時間がやって来た。

「気を付けて帰りなさい」

「はい。この度は大変にお世話になりました。李社長、レンジンさんやご家族の皆さんにもよろしくお伝えください」

「ああ、ちゃんと伝えておこう」

李社長の目を正面からしっかと見て、礼を述べた。父への伝言を敢えてしなかったのは、些細な抵抗であったかも知れない。

「それでは失礼します」

乗船口に向かう私が振り返ったとき、李社長の姿はもう消えていた。私は、次第にエンジン音を増していく船内にゆっくりと足を進めていった。

第一章

第二章

東京へ

あれから二年が経《た》った。高校生だった私は大学に進学することになった。大学は東京の早稲田大学であった。

私学に通えるほど裕福な家庭ではなかったが、窮屈な広島から脱出することを考えていた私が、母に黙って受験し、合格して初めて母はその事実を知った。

母は複雑な顔をした。東京の大学となると法外な出費となる。しかも卒業までの四年間、継続的にお金が掛かってしまう。そんなことが実際可能なのか。母は多分、自分の体の状態や出費などを天秤《てんびん》にかけて苦慮したのだと思う。

事実、母の困惑を誘うには本人の健康のことがあった。母の体調は思わしくなかった。高校二年生の夏、私がソウルに出掛けた年の末辺りから、怪しげな薬を毎日のように口にし、顔色も健康な状態から遠く離れていった。

これは母の仕事に起因する。母の仕事は、広島の繁華街で小さな店を持つ水商売であった。ボックスが一つにカウンターが五席程度。十人も入れない飲み屋だったが、それでもわが家のすべてが懸かっていた。

売り上げを増やすには、笑みを絶やさず酔客の相手をせねばならない。客に勧められればグラスを傾けなければならない。狭い空間の天井に紫煙が渦巻く店で、顔を赤らめた客たちの愚にもつかない話に相槌《あいづち》を打たねばならない。夕刻から深夜までの立ち仕事は辛《つら》いものであっただろう。だが、三十代で無理の利く年齢であった母から泣き言を聞いたことはない。

母の帰宅は概《おおむ》ね午前二時頃だった。十二時に店を閉め、洗い物を済ませてから自宅まで二キロの道程《みちのり》を徒歩で戻ってくる。この時間、電車もバスも走っていない。毎日のことゆえ、タクシー代を倹約するためであった。その時刻、既に寝入った私の耳に時折聞こえてくるのは、母が流しで苦しそうに嘔吐する音だった。

店でどれほど飲んだのだろう。それが仕事の一部と理解するには当時の私は幼過ぎた。母は酒が好きなのだ、飲み過ぎも彼女のせいだとばかり、まどろみを覚醒《かくせい》させることのない私だった。

こんな生活が体を蝕《むしば》むのに説明はいらない。昼と夜、日常生活とまったく逆転した母の毎日は、食欲を奪い、体力を奪っていった。深夜に帰宅した母は、起床した私が学校に出掛ける頃は睡眠している。私の授業が終わる午後の四時頃から出勤の用意がなされ、日暮れを合図に出掛けていく。いつ帰宅したのか分からないこともままだった。隣室の母の寝床はいつも饐《す》えた匂いが漂い、私にとって堪《たま》らない空間でもあった。

母がどんな薬を服用していたか詳しくは知らない。だが、それらの一つに心臓の薬があったのは知っていた。薬局に使いに出された私に、店の人が問い掛けてきた。

「この薬は誰が使用するのかね」

「母です」

私は、見咎《みとが》められた少年のように顔を伏せた。

「強い薬だから、注意書きをよく読んで飲むようにね」

「はい」

下を向いたまま、掠《かす》れた声で答えた。

薬は、母にとって必需品であった。食事を抜いても服用は欠かせなかった。薬を飲んでいる限り体は大丈夫と、学のない女を地でいっているようなところがあった。

さあ、何種類の薬を常用していたのだろう。四種類、五種類…その中の一つ、心臓の薬しか思い出せない。

私は定期的に心臓の薬を買い求めた。母に言われるまま買い求め、「はい、これ」と差し出した後も何かが心の中に残った。だが、その頃の私にできるのは黙っていることでしかなかった。

こんな状態だったから、高校を出れば就職するものと私は勝手に解釈していた。高校では普通科に学び、一応進学コースに入っていたが、仲間たちと異なる進路に進むものと思っていた。

私の進路は決まっている。高校を出れば就職するのだ。それが最良の方法なのだ。だが、母の思惑は別のところにあった。私を不憫《ふびん》に思い、どうにかしてやろうと考えていた。

「お前、大学に進みたいのだろう」

「勉強なんてしたくねえよ」

と言いながら、下を向いた私の心は見透かされていた。母は暫《しばら》く黙った後、「いいから受けてごらん」と、半ば悲しそうな顔で私を見詰めた。

折角許された受験で、私は広島を飛び出る決意を固めていた。行き先は別に東京でなくたって構わない。とにかく広島を離れることが先決で、一人で呼吸できる世界ならどこでもよかった。それでも東京に足が向いたのは、憧《あこが》れにほかならない。東京に行けば自分が変わる。東京に出さえすれば人生が豊かになっていく。何の保証も確証もないまま、心は東京に傾斜していた。

さて、どこを受けるか。高校時代、まともに勉強をしなかった私はどこを受けても危うい状態にあったが、それでも志望校は譲れないものを持っていた。それが早稲田であった。なぜ早稲田といわれても難しい。テレビや新聞で名前を聴いていたからか、いや、漠然たる幼い頃からの憧れであったようにも思える。

私は、現在の自分の力を推し量ってみた。早稲田は無論、東京六大学のどこも、遥かに及ばぬ。絶対に手に届かぬところにいるのが今の自分の学力であった。

遅れをとったクラス仲間との学力差は歴然としている。大体、受験勉強に打ち込んでもこなかった。自《おの》ずと成績は知れている。いや最低であった。クラス内の順位では、ビリから二番目の成績で、しかも私より下の一人は落第をした問題児であり、実質の最下位は私であった。

こんな状態で受験をするんだって、笑わすない。戻ってきたのは自嘲の響きだけであった。

しかし、母の容認とともに私の気持ちは大きく切り替わった。では、どうするか。多大な遅れを取り戻すにはただ一つ、すべてを投げ打って受験に集中することであった。

当時、四当五落という言葉が一般的に使われていた。一日の受験勉強に当てる時間を指し示した言葉で、四時間だけ睡眠し、残り二十時間勉強する者は「当」、つまり合格するが、五時間睡眠した者は「落」、不合格になってしまうというものである。

私は、これを忠実に実行した。入試が行われる日から逆算して六カ月間、一日も欠かさず二十時間以上を受験に打ち込んだのだ。

すると、どうだろう。高校の授業で見えてなかったもの、そのままにしておいたものが朧《おぼろ》げに見え始め、途中からはっきりとした輪郭が現れ始めた。それまで、さっぱり分からなかった教科書、参考書の意図するところが徐々に分かり、それにつれて受験の難しさも改めて知るようになっていった。

実際、すべてを投げ打っての受験準備だった。洗面をする際、食事をする際、歩くときも参考書を手放すことはない。一分一秒を惜しみ、持てる集中力を投入していった。

そうか、これはこういう意味だったのか。友人が喋《しゃべ》っていたのはこういう理屈を知っていたからなのか。受験勉強を始めた三カ月辺りから、私の中に若干の変化が生じ始めた。それまで零点だった科目に正解が少しずつ増え、まったく意味不明の問題が少しずつ理解できる範囲に近づきつつあった。

糸口は摑《つか》めた。だが、まだまだ道は遠かった。合否ラインは、遥かに上である。このまま気合を込めて突っ走るしかない。そして入試が近づいていった。

やることはやった。自分の力は出し切った。だが、自分の実力に自信が持てないでいた。全力を尽くしたが、受かるのか受からないのか見えない。不安が期待を凌《しの》ぐ状態のまま夜行列車で東京に向かった。

しかし、受験勉強とは別に、列車に乗るまでに一苦労があった。それはお金のことである。私は、相当やきもきしながら東京に向かったのである。

受験に際して、母から貰《もら》った金額は二万円丁度《ちょうど》であった。この二万円で受験にかかる一切を賄わねばならない。一切とは、大学の受験料、受験場所への交通費、それと受験中の滞在費用である。ありがたいお金であるが、心細いお金でもあった。

だが、私には多少の貯金があった。入試まで毎月貰った小遣いの一部を残しておいたのだ。この金額が三千円であった。合計すると二万三千円。これが私のすべての持ち金ということになる。

私は頭の中で算段した。二万三千円を、いかに有効に使うかである。

当時のことだが、私学の受験料は一学部五千円であった。二万円あれば四学部ほど受けられることになる。だが、それでは汽車賃や食費が捻出《ねんしゅつ》できない。東京の大学を受験するとして、絶対的に必要なものはまず汽車賃、続いて受験料、そして滞在中の宿や食費という順番になる。

私は順序立てて計算していった。まず、東京までの旅費。これは省くことができない。当時、東京までの汽車賃は学生割引で片道が三千六百円。これが往復で七千二百円。ただし、急行列車で所用時間十六時間かかる。二万三千円引く七千二百円は一万五千八百円。あっという間に残金は一万円台になる。残ったお金をどう使うかである。

一応、私学なら三学部一万五千円で間に合うが、そうすると残りは八百円。たった八百円で、しかも二月の寒空の東京で何日間も過ごすには無理があり過ぎる。

じゃあ、三学部受験をやめて二学部とするか。二学部なら第一志望、第二志望として、それで終わりである。

二学部受験を考えると、不安が擡《もた》げてくる。二つとも落ちたらどうする。受験は甘くはないぞ。かといって、四つも五つも受験できる資力はない。だが、せめて三つは受験したい。私は三つの受験を念頭に描いてみた。

当時の傾向だが、受験生は概ね三学部、または三大学を最低でも受験する傾向にあった。この考え方は、第一志望、続いて第二志望、そして滑り止めという考えである。もちろん余裕のある家庭ではもっと受験の幅を広げて五つも六つも受験することも珍しくなかった。

別段、傾向を準《なぞら》える必要はないが、蟠《わだかま》りのように三学部の受験を前提に私も思考を進めていた。答えは簡単であった。三学部受験を可能にするには私学だけでは難しいというものである。

で、私が選択したのは私学を二学部、もう一つは国立を受けるというものであった。

私学と比べて国立大学の受験料は三千円。二千円も安い。私学二学部で一万円、国立一学部で三千円、合わせて一万三千円。これに汽車賃の七千二百円を足すと二万二百円。総額二万三千円から引くと残りは二千八百円という計算が成り立った。

よし、これでいこう。こうして私の受験が開始された。

だが、残り二千八百円は実に心もとない。これで滞在費と宿泊費を捻出しなければならない。まともな所に宿泊なんかできっこない。せいぜい食費がやっとである。

しかし、私には当てがあった。既に一人、上京していた親友がそうである。無償で友人の所に転がり込むしかない。私は親友の顔を思い描いて連絡をした。受験期間中、宿として泊まらせてもらう依頼である。

「おっ、洋介、久しぶりだな」

取り次いでもらった彼の下宿先の電話から、聞き覚えのある声が響いてきた。

「実は頼みがあるんだ。東京の大学を受験しようと思ってな。ところが泊まる所がない。それでお前の所に世話になりたいんだ。すまんが頼む」

「そんなことか、容易《たやす》いことよ」

返答はすぐだった。彼も受験生で、いち早く東京の予備校に通うため、年明けとともに下宿住まいをしていたからである。

最も大きな課題の一つを友人の好意で切り抜けることができた。後は死力を尽くして結果を得るのみである。私は意を強くして東京に向かった。

早稲田大学の下見

東京の友人の下宿は西武新宿線の下井草《しもいぐさ》にあった。駅から歩いて十二分もかかる場所であった。しかもそこは三畳一間、一つの布団に二人が包《くる》まって寝るスペース以外に空白はない。

それでも下宿が輝いて見えた。僅《わず》かだが、いち早く東京で暮らした友人が随分と大人びて見えもした。

「洋介、お前、どこを受験するんだ」

「一応、早稲田を希望している」

「やはりな」

友人の言葉に若干の吐息が混じっている。彼も早稲田を受験することを私は知っていた。まさか、私一人が余分に受けたからといってライバル視はしないだろうが、過敏な受験生として面白いわけがない。

「ま、お互い頑張ろうや」

と言ったものの、話が弾むことはなかった。

翌日は二人で早稲田に向かった。受験会場の下見である。彼は何度か行っているらしく、道案内をかねて先導をしてくれた。

「この先から学バスが出ているんだ」

「学バスってなんだ?」

「大学まで専用で運んでくれるバスだ」

「そんなものがあるのか。東京って凄《すご》いな」

高田馬場駅の改札を抜けてすぐに、早大正門行きのバスが出ていた。学バスという割には、近所のおばちゃんやおじちゃんの方がたくさん乗っていて、学生の姿は少なく思えた。

「これって、誰が乗ってもいいのか?」

「そこよ、そこが早稲田の懐の広いところよ。学バスといってもな、一般の人も乗って来るんだ。どうだ驚いただろう」

「うん、驚いた。さすが早稲田だ」

私が感心した顔をしたのだろう。彼の目が綻《ほころ》び、得意そうな顔をして私を見詰めていた。

「で、どうする。バスに乗ってみるか」

「大学までは遠いのか?」

「歩いても十五分あれば行ける」

「なら、歩こう。バス賃が勿体ない」

彼は、私の提案に不服を言うこともなく、先に足を進め出した。

「ここが明治通りといってな、早稲田はこの交差点をまっすぐ行くんだ」

「分かった」

街が新鮮であった。街が珍しかった。

「洋介、本屋がいっぱいあるだろう」

「そうだな」

「神田の神保町と早稲田は書店が多い街で知られている。それだけ勉強をする学生が多いということだな。ま、俺たちもそのうち厄介になるはずだ」

私は頷いたが、声に出しての返事はできなかった。彼のように受験に自信はなかったし、見知らぬ都会で気後れもしていた。

やがて、少し下り坂の道となった。

「もう少し行って、左に折れると大学だ」

彼の言葉に私は首を傾《かし》げた。街並みばかりで大学らしきものが見えない。大学といえば、緑に囲まれた校舎というイメージを抱いていたのだが、どこにもそんなものがない。道路と商店と往来を行く車ばかりである。

「大学はどこにあるんだ?」

「心配するなって。さあ、この先だ」

通りから左折すると、車が一台程度しか入れない、狭くて蛇行した道となった。

こんなに狭い道の先に…だが、その先に忽然《こつぜん》と見えてきた建物があった。早稲田大学を象徴する大隈講堂である。茶色のレンガ造りの建物から突き出たシンボルの時計台が、道行く手前の空間からぽっかり浮いて出たように見えてくる。

「ああ、あれだね」

私の声は上擦《うわず》っていたかも知れない。

「お祭しの通り、あれが大隈重信のつくった早稲田よ」

彼の声は聞こえていたが、私の視線は前方に釘付《くぎづ》けであった。

「すげえな、すげえや」

「そうだろう。これが早稲田よ」

正門近くまで来た私たちの目にひと際《きわ》、大隈講堂は輝いていた。暫く大隈講堂から目が離せない自分がいた。

ここに入りたい、早稲田に来たい。私の心が東京に来て初めてカッと熱くなっていた。

「こっちが勉強をする校舎だ」

大隈講堂と対比する格好で学び舎が拡がっている。幾つもの建物が整然と並んでいる。建物はすべて褪《あ》せたベージュ色で歴史と風格を放っている。

「入ってみようぜ」

「いいのかな?」

「遠慮なんかいるものか、ここに俺たちは来るのだから」

友人はつかつかと足を進める。私は、おどおどと後を付いていく。緩い段差の大学正門の階段を上り、学内に入っていく。

「いかにも大学といった感じだろう。もう少し行ってみるか」

学内を進むと、受験雑誌で御馴染《おなじ》みの大隈重信の立像が雄雄しく立っている。角帽にガウン姿、いかにも大学の創設者らしく口をへの字に曲げ、大隈講堂を見詰めている。

「すげえな、ここ」

「そうだろう。近いうち、俺たちの母校になるんだ」

私は軽く頷《うなず》いたが、やはり声に出しての返事ができなかった。

「さあ、これで充分だな。大隈講堂も大隈重信も見たしな」

「ああ、そうだね。ありがとう」

大学の所在地と交通手段が分かれば、帰るだけである。来た道をなぞるように高田馬場に戻り、西武新宿線で下井草の下宿に向かった。

部屋に戻ったが、余韻は揺らいでいた。あの大学に入りたい、行くなら早稲田だ。私の志望は確固たるものに変わっていった。


窮屈な部屋ですることといったら、勉強しかなかった。テレビもラジオもない三畳一間の受験生の部屋である。受験を明後日に控えている。私もそうだが、彼も眦《まなじり》を決して参考書を開いている。さあ、何時間勉強をしていただろうか。二月の日暮れは早く、辺りは真っ暗となった。

「腹が減ったな」

彼が休憩を促すように口を開いた。

「何か食べたいな、洋介はどうだ」

「僕もお腹が空いている」

「駅の近くにパン屋が開いている。一緒に買いに行くか?」

「そうだな、行こう」

と言ったものの、頭の中で計算が働いた。パンは幾らするのだろう、ということである。

東京に着いて、この下井草の下宿まで来るのに電車賃を使っている。広い東京だけに、どこに行くにも電車に乗らなければならない。動けば何某《なにがし》かのお金が出て行く。しかし、これから先、何日も東京に滞在しなければならない。食べることは必要だが、それとてできるだけ節約しなければならない。私の頭の中は二千八百円から引き算ばかりが行き来した。

駅のパン屋は小さな店だった。彼が三つ買い、私は味を無視して大きめのパンを二つ買った。

「飲み物はどうする?」

レジの横に並べられた飲料類を見て、彼が問い掛けた。

「なくてもいいよ」

「だが、喉《のど》に詰まるだろう」

「平気さ、なくたって構わない。水で充分だ」

彼は変なヤツとばかり目を丸くしたが、私は素知らぬ振りで顔を横にした。

下宿と駅の間は暗い道だった。外灯も数えるほどしかなく、頼りない光を消え入るように地面に落としている。外灯の近くを通ると、吐き出す息が白いのが分かった。厳しい東京の二月、それでも十代の私には希望とも思える道であった。

割り切れない合格発表

受験の当日がやって来た。高田馬場駅から膨大な数の受験生が試験会場の早稲田をめざして進んでいく。人並みが途切れることがない。これだけの学生がみんな早稲田を受けるために集まっている。私は雨合羽《あまがっぱ》のようなコートに身を包み、友人と下見で歩いた大学への道を黙々と進んでいった。

受験が開始された。寒い教室で試験問題と格闘した。

私の出来は案外に良かった。合格ラインは正解率七十五％程度と事前に知っていたが、どう考えても九十％近く正解率を叩き出している自信があった。

試験中、問題を解答した後の残り時間を使って、自己採点をしてみるが、完全に正解と自信を持って言い切れるのがそれほどであった。

(受かったな)

という思いで試験会場を後にしたが、発表があるまで油断はできない。しかも私には、もう一つ受験が残されている。国立大学の試験である。

当時、国立大学は一期校と二期校という区分があって受験日が分かれていた。一期校の試験が三月初旬、二期校は三月下旬に試験が実施されていた。

これに対して私学の受験は二月に入ると早々に始まっていた。地方の私学が二月の初旬、関西の大学が二月の中旬、関東の大学は二月の中旬から下旬にかけてである。

全私学の中、最終日程で試験が行われるのが早稲田で、私学一本の受験生は早稲田を落ちたら、もうどこも受験する大学がないという日程が組まれていた。これも早稲田と国立を併願する学生が多いためだと思うが、無論、早稲田一本の受験生も大勢いよう。

私の場合、早稲田と併願していたのが国立二期の外国語大学で三月二十三日が試験日に当たっていた。つまり、東京に来て早稲田を受けた後、かなり間があいて、ほぼ一カ月後に外国語大学の試験があるスケジュールであった。

下宿に同居させてもらった友人も早稲田のほかに、 こともあろうに東大に出願していた。彼の場合、国立一期校なので三月三日に一次試験が行われ、続いて二次試験という段取りであった。これらのスケジュールから、私が国立二期校を受けるまでに、私学の早稲田ならびに東大の合否が発表され、進路が決定されることになる。そして、その発表の日がやって来た。発表は日を追って学部ごとに毎日のように発表されていった。

大学に行き、発表掲示板の前に立った。すぐさま私の番号が張り出されてあるのが分かった。当然という気持ちで掲示の前に立ったのだが、受験番号を見つけても嬉《うれ》しさより安堵の気分であった。

実は、当日の私の気分はそれだけではなかった。複雑さが勝り、どうしても素直に喜べない日でもあった。それは明暗がくっきり分かれた日でもあったからだ。

私が合格したのに対して、部屋を提供してくれた友人は二学部とも不合格となった。しかも続いて発表があった東大も不合格であった。彼は全滅し、行き場のない状態になってしまった。

重い足取りの帰宅であった。狭い下宿に戻っても何を話していいか分からなかった。

私には、一応進学する先ができた。さらに三週間後には国立二期校の試験が控えている。だが、同室の彼にはそれがない。心の中は真っ黒に塗り潰されているだろう。彼の心情を思いやると、自分の合格が罪悪をなしているような気さえしていた。

「洋介、良かったな」

「うん」

と言ったものの明るい顔に遠かった。

「洋介は受かると思っていた。お前は昔から追い込みに強いヤツだったからな」

「申し訳ない」

「何言っているんだ。二人とも落ちるより、一人でも受かったんだ。めでたいことじゃないか」

彼は、泣きそうな顔で作り笑いを浮かべた。

「俺は駄目だなあ。まったくの甘ちゃんだ。こっちの予備校で追い込みをかけていたから、高をくくっていたんだな。まあ、東大に落ちたら早稲田に行くかと嘗《な》めていた。ふん、冗談じゃない。そんな力なんか端《はな》から俺にはなかったんだ」

「そんなことないさ。運が悪かっただけだ。試験は水物じゃないか。実力じゃ、とてもじゃないが俺は敵《かな》わない。本当にそう思っている」

「いいさ、慰めてくれなくたって。俺は落ちた。洋介は受かった。これほどはっきりした答えはない。それがすべてさ」

私は言葉を失った。

それから数日、どのように過ごしたか細かく思い出せない。彼は近いうち下宿を引き払い、広島に戻って受験生活を続けるというし、私としては主のいなくなる部屋にそのまま留まってもおれない。加えて、ギリギリの食生活も限りがあり、残金も枯渇していた。

実際、一日を二食にして、しかも栄養なんてどこ吹く風の有様だったから、国立二期校を受けるまで持つかどうか怪しい状態でもあった。進路は開けたが、その道を進んでいける自信はどこにもなかった。

二日後、彼と別れる日が来た。彼を頼って東京に来た私が東京に残り、東京に出ていた彼が広島に戻っていく変則な形が現実のものとなった。

部屋の契約は三月いっぱいまであるので、そのまま使っていいというのが彼の言い分であった。実際、下宿には布団以外に小さなミカン箱のような机、お湯を沸かすポット、そんなものしかなかった。

友人が東京を去る時が来た。

「じゃあな」

友人の顔が苦しそうだった。胸を潰《つぶ》して帰郷する姿のどこにも希望はなかった。

それから数日、私は一人で下井草の下宿に留まっていた。ただ、黙々と参考書を目で追う毎日だったが、気持ちのどこにも張りが失せていた。

狭いながらも友人と戦った部屋である。その部屋に、いわば戦友である彼がいない。小学生以来の友人で、何でも話せる友であった。その彼が一人で帰郷し、私は一人で東京に残っている。割り切れない思いばかりが渦巻いていた。

さらに数日が経過した。私の残金が底をついてしまった。パンと水以外を口にしなかったのだが、それでも帰郷分の汽車賃を引くと数十円を残すだけとなっていた。

何だか悲しかった。言いようもない苦しさもあった。どこまでも続く灰色の空のように私の胸は押し潰されていた。

私は、ずっと下宿で黙っていた。そして、ある思いに至って僅かな荷物の整理を始めた。そしてそのまま彼が提供してくれた部屋を後にした。国立大学を受けることもなく、また、早稲田の入学願書を提出することなく、広島に舞い戻ったのだった。

再び東京へ

当時の私の気持ちは説明し難い。早稲田大学に合格を果たしたが入学意思を示さず、また、受験が近づいていた国立の試験を受けることもせず、すべてを宙《ちゅう》ぶらりんにしてしまったのだ。

ただ、弁解がましいことを言うなら、十代後半の大人の階段を上ろうとする少年の気持ちはそんなものだ。周囲の忠告を耳に戦《そよ》がす頼りないところで心は揺らいでおり、本人も説明できないところで苦しんでいる。そのときの私がそれであった。

あのまま国立を受けても多分、合格することはないだろう。一応、国立向けの勉強もしてはいたが、私立の受験科目三教科に比べると問題にならない。合格に遥か及ばない無残な結果になることは見えている。

たまたま私立に受かったが、これだって僥倖《ぎょうこう》に近いもので、本当の実力があったとは言い難い。私立に行けば、金銭的に今まで以上の迷惑を掛けてしまう。わが家の実情は、もともと大学にやれるだけの家ではない。私は私学に行ってはいけないのだ。きちんと勉強して、しかも母に少しでも負担を掛けない国立に合格する。しかも、私も母も胸を張れる晴れがましい国立に受かってやる、そんな心境に至ってもいた。

こんな怪しげな考えに陥ったのも多少は自分を見直していたからかも知れない。勉強なんて、今回の受験まで一度だってしたことはない。高校時代の授業中は眠るかほかのことを考えるかで、先生の言うことは碌《ろく》すっぽ聞いたこともない。それが曲がりなりにも俄《にわか》勉強をして、かろうじて合格を果たしてしまった。あれだけの努力でここまで来れたのなら、もう一度、全霊を打ち込んで受験に取り組めば、母親を驚かせる大学に合格を果たすことができるに違いない。私の思考がこの一点に凝縮されていったのだった。

長い時間、列車に拘束されて広島に戻っていった。列車はほぼ満席であった。空席ができれば、どこからともなく誰かが座り、ずっと座っている人はくたびれた顔のまま目を閉じていた。私もそうであった。気が張っていた東京行きとは別の脱力感を充満させていた。二週間余りの東京滞在がこたえていた。満足な食事を一度も取らなかったせいか、無性に体を横たえたくて困るほどだった。

列車は、静岡を越えて名古屋に向かう途中だった。もう、外は真っ暗。夜の十一時を回っていた。東京駅から広島まで十六時間、まだまだ先は長い。

私の斜め前に座っていた男性が席を立ち、読み終えた新聞紙を残してホームに降り立った。私は、持ち主のいなくなった新聞を引き寄せ、それを通路に広げてその上に横になった。通路に寝そべった乗客はあちこちで見られた。私もそれに倣ってみた。

硬い通路だった。靴の汚れが残る通路だった。でも座ったままの窮屈な姿勢に比べて天国であった。軽く目を合わせるとそのまま深いしじまの中に溶け込んでいった。

広島に戻った私を、母は驚いた顔で出迎えた。理由は二つあった。

一つは大学に合格したことである。もう一つは大学に入学する手続きをまったく放棄して帰省したことであった。

「お前、気は確かなのかい?」

合格の喜びも束《つか》の間、母は私の意外な行動を咎め始めた。

「折角《せっかく》受かったのに、入学手続きをしてこないなんて、お前の考えていることが分からない」

母の言葉はその通りだと思った。私には反論する言葉がなかった。

「お前、何のために大学を受けたのかい。入学をめざして受験したのじゃないのかい」

暫くの間、母の愚痴と罵倒《ばとう》だけで時間が過ぎていった。

「あーあ、お前がこんなに馬鹿《ばか》とは思わなかったよ」

母はため息を交じえて吐き出した。その間、私は黙っているしかなかった。かなりの時間が経過した。やがて時間とともに母の口調が最初に比べて優しくなった。言っている意味は一緒だったが、怒るのにも疲れて、穏やかさが含まれるようになった。

「で、お前はどうしたいんだい?」

母は諦《あきら》めきった声を私に投げつけた。

「だから、もう一度頑張って国立大学に合格してみせる」

「そんなことを言って、お前ねえ。私はお前の母親だから分かるんだけど、お前は充分に頑張ったじゃないか。もう一度受験するだなんて、来年、間違いなく合格する保証はどこにもないんだよ」

「そうだけど…」

私の気持ちがぐらついていた。母に諭され続けたせいもあるが、もともと信念に基づいて行動してきた過去を持たない。事実、私の身勝手が母をとめどなく狼狽《ろうばい》させたことにも申し訳ない気持ちであった。

「お前ねえ、なんとか考えを変えてくれないかい。折角受かったんだから入学すればいいじゃないか。それでもまだ別の大学を受けようというなら、そうすればいい。それだったらお前の気持ちも済むし、私もどれだけ救われるか知れない」

「救われる?」

「そうさ、片親で東京の大学にあげるのにどれだけ考えたか分かるかい。充分な仕送りはできないでも、最低のことをしてやろうと決めて、その用意もしていたんだよ」

そうなのか、と思った。母の言葉が重たかった。私は、私学に進むことで母に余分な加重を掛けまいと思っていたが、母の気持ちは一段高いところにあった。

「でも…」

「いいから行きなよ。お金はなんとかなるよ」

私の気持ちは随分となだらかなものになっていた。だが気持ちが変化したとて、どうなるものでもない。合格通知は受け取ったものの、入学手続きを行っていない。さらに手続き期間もとっくに過ぎてしまっている。私は、暗い顔で母親にこう言った。

「でもね母さん、もう駄目なんだ。入学するにも遅過ぎる。手続きをする時期を逸してしまったんだ」

私の頭の中に最終手続き日が浮かんできた。その日が過ぎた翌日に広島に向かったので、もう二日が経過している。

だが、母の言葉は私を驚かせた。

「そんなもの、言ってみなけりゃ分からないじゃないか。世の中、物は言いようさ。つい入学手続きを忘れて帰省してしまったので、これから参りますとでも言えばいい。そのぐらいの知恵はお前にもあるだろう。さあ、すぐに連絡を取ってごらん」

背中を押される格好で、私は電話の受話器を握った。母の言うように、そんなことが許されるだろうか、と思いつつダイヤルを丁寧に回した。

発信音が耳に聞こえる。鼓動と同じぐらいの速さで鳴っている。

「はい、早稲田大学の事務室ですが」

　歯切れのいい応対が聞こえてきた。

「私は、広島の、あの…」

　大学の事務室に電話を入れると、たどたどしいながら、母の言葉をなぞるように自らの失態を述べ、手続きが可能かどうかを打診した。

　大学の返答は早かった。また、母が期待した返事が即座に返ってきた。手続き最終日は過ぎているが、「大丈夫なので東京に戻って速やかに手続きをしなさい」というものだった。

　私のような愚か者はほかにもいるのかも知れない。こういう無様《ぶざま》な受験生は毎年数名発生するのかも知れない。呆気《あっけ》にとられた顔をした私の側で微笑んだ母の顔が記憶に刻まれた。

　その日のうちに再び列車に乗り込んだ私は、早稲田の事務室をめざした。色々考えたつもりであったが、私のとった幼い行動は世間から見ると笑い種にしかならないだろう。そしてまた、母を少しでも助けたいと思った私の浅はかな考えは、徒《いたずら》に母を苦しめるだけに終わってしまったのだった。

新聞会の実態

　私が入学手続きを行った早稲田の学部は社会科学部といい、大学においては比較的新しい学部であった。従来の第二政経・商・法学部の夜間部を統合し、社会科学系の学問全般を扱う学部で、授業の開始時間から終業までに大きな幅を持たせたユニークな学部でもあった。

講義は午後二時から開始され、最終は夜の十時過ぎまで。勤労学生も単位取得が可能なように、昼間も夜間も授業が受けられる、広く門戸が開かれた、まさに早稲田らしい学部でもあった。

私は別途の政経学部にも合格を果たしていたが、早くから進学するならここと決めていた。時間的にも日中のアルバイトも可能で、自分に最も相応《ふさわ》しい進路に思えていた。

学生数は一学年八百人程度、四年生までで三千人程度の早稲田の中では比較的小ぶりな学部であった。

東京での下宿は、受験のときに世話になった友人の住まいに落ち着いた。部屋自体は同じではなく、別棟の一階奥。やはり三畳一間であった。

「体に気を付けて頑張りんさい」

「ああ、分かっている」

「お前の分かっているは、当てにならないからね」

母には返す言葉がなかった。それでも、なんとか入学を果たした私は笑顔を繕って東京に旅立った。

肩に掛けたバッグが二つ、両手にも荷物を抱え込んでいる。四月の初旬、額に汗を浮かべた田舎者は下井草の下宿をめざした。西武新宿線で高田馬場から八つ目、小さな下宿であるが、生まれて初めての自分の城でもあった。

大家さんの名前は笠原さんと仰った。長く読売新聞に勤め、数年前に退職したとの話だった。

笠原家の庭先に造られた二棟の学生アパートの一室に転げ込んだ私は、西に向いた小さな一つの窓から空を仰いで空気を吸い込み、果てしない世界に目を泳がせた。

大学に通うようになって、幾つかのショックが私を待ち受けていた。最初のショックはクラスでの自己紹介であった。

クラス編成は語学の履修別でなされていた。私はフランス語を履修し、体を硬くして自分の教室に入った。

一、二年生の間は一般教養を学ぶため、大半の科目を大教室で受講するケースが多いが、その分、仲間との接点が薄い。その点、語学では小教室になるので互いの顔が分かりやすい。初めて顔を交えた同じクラスの連中同士で、自己紹介をしようという話になった。

私の教室はRであった。Aから数えて十八番目。学部で最後の教室であった。

教室には三十人余りいた。六十人が一緒のクラスと聞いていたので、約半数の出席である。

私のつまらない自己紹介が終わり、次の人の番となった。私のすぐ後ろに座っていた男である。ゴトゴトと椅子《いす》が動く音がして、席を立ち上がった彼は百八十センチを超える大きな男であった。

私は座ったまま後ろを振り返った。風貌《ふうぼう》が大人びていた。学生というより、土木作業員が紛れ込んでいる様子だった。彼はギョロリと教室全体を見渡すとゆっくりと喋り始めた。話の内容を今も鮮やかに覚えている。

「クラスをご一緒する平田と言います。北海道の出身です。皆さんは多分、昭和の二十年代の半ばの生まれだと思いますが、実は私、十年代の後半の生まれです」

えっ！と誰かが声を発した。だが私は、彼が何を言おうとしているのか分からなかった。

「クラスの中には浪人をして入学をされた方もいらっしゃると思います。でも、一浪か二浪で、私のように六年もかかって大学に入ってきた人はいないでしょう。つまり六浪です。まあ、よろしくお願いします」

教室がざわついた。この時代、一年浪人をして入学するのを「ひとなみ」と呼び、浪人をして大学に進学してくるのは当たり前であったが、よもや六年も浪人をした人物が同じクラスにいるとは思いもしなかった。

自己紹介ではもう一人、強い印象の人物がいた。彼の名前は「上野くん」である。だが、本名は違う。私は彼の本名を知らない。本名の代わりに上野くんという記憶だけが残っている。どうしてかというと、彼の着ていた服に起因する。

クラスの多くの学生がセーターやジーパンを着用していたのに対し、彼の上着は駅構内で見られる紺色の制服であった。そして、その制服に「上野」という文字が書かれてあるのが見てとれた。彼の話はこうであった。

「大学浪人をしている間、色々な理由から故郷に帰ることができなくなって上野駅で弁当を売っていました。洋服もほかにないので、上野駅で支給されたものをそのまま着て来ました」

彼は三浪をしていた。そうすると三年間も上野駅で働いていたのだろうか。故郷がどこだったか、多分、話をしたのだと思うが、それより上野駅が強烈に記憶に残り、以後、彼の名前は「上野くん」になってしまった。

平田くんも上野くんも、一年生の初っ端《しょっぱな》に名乗り合って以来、以後会うことがなかった。彼らの生活環境が大学に来ることを難しくさせたのか、私のサボタージュが接触を難しくさせたのか、とにかく親しく話すことも友情を結ぶこともなく、そのままになってしまった。

もう一つ、入学直後に驚いたことはクラブ活動であった。

私は、入学早々に新聞部に入部した。早稲田大学新聞会というのがそれで、大隈講堂横の掘っ立て小屋が部室であった。

早稲田に入ってくる学生の多くがそうであるように、私にはマスコミ志望の思いがあり、中でも新聞など活字世界への志向が強かった。で、新聞部に入り、将来は編集の仕事ができるならと新聞会に入ったのだが、ここは想像を超える世界であった。

大体、入部試験が怪しかった。そのときに気付くべきであったが、田舎からポッと出てきた者に理解し難い試験科目であった。どのような入部試験かというと作文である。

新聞部だから、入部にあたって作文を書かすのは実に妥当であるが、問題が特殊であった。すべて覚えているわけではないが、日米安保協定をどう考えるか、ベトナムのソンミ村で起こった虐殺の事実をどう考えるかなど、極めて偏向的で政治色の強い問題ばかりが並んでいた。

それらから数問を選んで時間内に書き上げるのが入部試験であったが、これになぜか私が引っ掛かってしまった。稚拙な文脈で、しかも世情を知らない論理と視点をだらだらと書いたにもかかわらず、入部が許されてしまったのである。

この新聞会には新入生六人が入部した。二十人が入部試験を受け、六人が残された。クラブの代表は神経質そうな顔をした四年生であった。代表は私たちに向かって難しい訓示を垂れ、現状の政治体制などについて語ったが、まったくといって理解できない話であった。

続いてもショックが待ち受けていた。新聞部の空気と代表の話からなんとなく場違いな所に来たとの印象があったが、自己紹介を兼ねた同じ新入生たちの話を聞いて私は愕然《がくぜん》とさせられた。

私を除く新入部員五人は都内の高校を卒業した学生たちであった。だが、彼らは一様に高校時代から政治活動歴があり、中には逮捕歴がある者もいた。

さらに、クラブの代表が部室の床を開け、ここは戦うときに火炎瓶を貯蔵する場所だと話すのを聞き、大変な所にやって来たと思った。新聞作りを純粋に学んでいくのではなく、政治活動の一端として新聞部が存在している格好であった。

そういえば、発行している新聞がそうであった。朝日や毎日と見紛《みまご》う大層立派なものであったが、一面から終面まで過激な言葉が並び、意味が分からぬ内容ばかり。読めば読むほど、私の知らぬ世界だったのだ。

呆然《ぼうぜん》としている私を見かねたのか、代表と個別面談の話し合いを進めた後、「君にはここは無理だな」と即断された。私のたった一日限りの入部生活は終わった。

その次に向かったのが、早稲田キャンパス新聞であった。このクラブは商学部の後方の空き地の、やはり掘っ立て小屋が拠点であった。

ここも似たような紙面作りであったが、早稲田大学新聞会と比べて穏健な様子であった。前例に懲りて事前に拝見した新聞もすべて政治色ではなく、文芸があったりして私でも務まりそうな感じを抱けた。

見立てた通り、早稲田キャンパス新聞は寛容なクラブであった。入部試験はなく、「明日から来なさい」と私は採用された。部員が枯渇していたのかも知れない。新入部員はどういうわけかここも六人で、挨拶もそこそこにそれぞれの役割が決められていった。

だが、新聞のイロハが分からないものに、紙面作りなんて到底できる業ではない。当面は、昼間の間ずっとクラブに顔を出して作業見習いをし、夜は課題で出された小説の読後感を話し合うというものであった。

一週間に二冊程度の読書が課題であったが、いずれも難しい本ばかり読まされた記憶がある。そのうち何冊かの題名も著者も覚えている。大江健三郎の「飼育」もその一冊である。だが、内容がさっぱり思い出せない。苦痛で、無理やり読んだせいだろう。

そんな日々を続けながら、私は阿部さんという三年生の直属部員となった。阿部さんはカメラ担当で、学生というより写真屋のおっちゃんという雰囲気だった。

阿部さんの下宿は中央線の阿佐ヶ谷にあり、何度か訪れた。部屋の中は撮影された写真が至る所に置かれ、また独特の匂いを発していた。

匂いの根源は現像液であった。撮影したネガを自分の部屋の押し入れで現像するので、室内に匂いが流れていた。また、部屋の中のたった一つの机の上は引き伸ばし機が占領しており、まさに写真屋であった。

阿部さんとは、よく同行した。散歩と称した大学周辺の徘徊、報道現場といった抗議集会やデモ現場。彼はいつもカメラを携え、カシャカシャとシャッター音を鳴らした。カメラは絶えずむき出し状態で、いついかなるときでもシャッターが押せる状態にしてあった。

「いいか、被写体は待ってくれない。ここだと思ったときにシャッターを押せないようではカメラマンとは言えない」

そんなときの阿部さんの目つきは怪しく光った。私はいつしか阿部カメラマンの助手となり、部室の備品であるペンタックスを持ち歩くようになった。

阿部さんのお陰で、現像から焼き付け、引き伸ばしまで、写真のあれこれを学ぶことができたが、写真以外のプライベートなことを一切話さなかった人なので、今もって彼の人間性が語れない。

早稲田キャンパス新聞では阿部さんのこと、続いて思い出されるのがクラブの行事である。新聞紙上に文芸欄が設けられていたように、「キャンパス文芸大賞」という行事が定期的に開催されていた。大学内外から文芸作品を募集し、秀作に賞を贈るものだが、内外といっても事実上、早稲田の学生の応募作品で占められていた。

ただ、選考委員が奮っていた。卒業生であり、文壇第一線で活躍する野坂昭如氏や五木寛之氏などがそれで、彼らに作品を見てもらえる機会があるというだけで、充分に価値ある賞と私たちは自負していた。

だが、多忙な彼らに応募作すべてを検閲してもらうことはできない。事前に私たち新聞部員が目を通し、まずまずの作品を数点ピックアップしておくのだった。

どちらかというと政治が分からず、文芸ならばと思っていた軟弱部員の私は、運良くこの担当の一人となり応募作品に目を通していくのだが、人様が書いた作品を読み込むことがこれほど難しく、また、選考の苦しさを学んだのもこのときであった。

本質的に学生は小難しいことを並べ立てる傾向にある。文章作法もあったものじゃない。分かりやすい文章を書ける学生はまずいない。選考に当たった私の頭を悩ませたのも当然であった。

まず、テーマが理解し難かった。文芸というより、物理か化学のようなタイトルをつけたものが多かった。しかし、事前に読むのが仕事であり、この作業を怠るわけにはいかない。

作品は全部で六十点近くあった。これらを精読し、約五点に絞らねばならない。お偉い先生の目を通していただくには、まあまあという作品数に絞り込む必要があった。

作業は私だけでは心もとない。私はアシスタントという立場だったので、先輩の指示に概ね従った選考作業だった。

作品に目を通すたび頭を捻《ひね》った私に対して、先輩の口は滑らかだった。

「まず、字体で書いた人間の能力が分かるな。書き込んでいる学生の文字はスムーズに流れている。これだけで相当、文章に慣れていることが分かる。それと文字が綺麗な作品も大体出来がいい。思考が整理されているからだ」

なるほどと思った。そういう観点は私にはなかった。

「それと最初の数行で力が分かるな。文章の最初は特に大切だ。書き手が最も苦心するところだからだ。導入が上手な作品は読むに値する。ま、ほかにも色々あるが、要はたくさんの文芸作品に目を通すことだ」

異論はなかった。そうだなと頷いた。自分が文章を意識し始めたきっかけはここら辺りであった気がする。

だが、実際は違っていた。頭で分かったものの、先輩のような割り切りができず、他人の文章の中で悶々とした。自分の読解能力では選考は無理と投げ出しそうにもなった。もともと、人様の作品云々《うんぬん》ができるレベルではなかったのだ。

だが、この経験が後の私に文章を考えさせるきっかけになった。それまでの私も、応募してきた学生たちのように自己満足の文字を羅列するばかりで、何を書いているかさっぱり分からないのを粋がっていた。

もう自分は大学生なのだ。高校生時代とは天地ほども教養に違いがある。笑われる文章は決して書いてはならない。平易な文章は恥ずかしいとばかり、難解な世界に身を投げていた。端的な話が、書いた本人が読み返すと、意味不詳で頭を傾げる始末であったのだ。

それでも苦労して五点に絞った作品は、最終選考が終わり、やがて「キャンパス文芸賞」となって紙面に掲載された。

たかが学生が主導し、紙面の一部を飾ったものに過ぎないが、それでも充実した一瞬があったことを覚えている。

私が体験したこの二つの新聞会だが、残念なことに今は存在しない。いつ、廃部になったのかも知らない。これも時代の流れなのだろう。政治色の強い学生新聞の役割は必要ない時代になりつつあったのだ。ちなみに、このキャンパス新聞に在籍していた先輩の一人に立松和平という、後に作家として活躍する人がいた。彼は作風同様に優しい人柄で、彼自身の人生を懸けた文章をこよなく愛し、また、人を限りなく愛した人でもあった。

思えば両紙面ともかなり「左」に向いていた。紙面のほとんどが、現体制を否定する文面で埋められていた。現行政治がいかに欺瞞に満ちているか警鐘を鳴らすとともに、示威行動、つまり体を張ったデモを随時促していた。学生たちよ、今こそ立ち上がれ、全世界の学生と連帯して「インターナショナル」を高らかに歌おう、そんな紙面であった。

当時の紙面をもし見る機会があったら、時代錯誤と悲しい思いに至ってしまうだろうか。情熱を燃やした過去にノスタルジアを感じるだろうか。そして、集会とデモばかりで一日が潰れていた往時が青春と言い切れるだろうか。

あの頃の私の気持ちは簡単ではなかった。楽しいことは見当たらず、心は黒く塗り潰されていた。社会の矛盾は理解していたが、即行動、街頭デモに移すまでの思考は脆弱《ぜいじゃく》だった。ヘルメットを被《かぶ》り、機動隊に突っ込んでいく学生たちを、阿部さんとともにカメラを通して被写体として眺めていた。集会で訴えている学生のアジ演説にも顔を背けていた。申し訳ないと思いながら、怠惰に感情を沈めていた。そしてそれが苦しかった。

いわば傍観であり続けたのも私の弱さからであった。どんな立派なことを言うより、行動に移す人間の方が清清《すがすが》しさを有している。今を信じ、今できる限りのことをしていく、そんな学生と乖離している自分が情けなく、また、自己弁護を続ける心の奥が懊悩《おうのう》していた。もう大学なんていらない。何でこんな所に来てしまったのか。何で俺は生きているのか。息苦しい日々が続いていた。

そんなとき、フッと蘇《よみがえ》ってくるのが韓国で出会った少年や少女の必死の姿であった。彼らは、学ぶ機会が与えられていないにもかかわらず、生きる術を知っていた。

学問は多分、人間がいかに生きるかを学ぶ場面であろう。だが、そんなものなくたって人間は生きる知恵を持っている。喉の渇きと空腹が切ないほど生きる衝動を揺り動かしていく。そんな少年と少女をたくさん見てきた過去がある。

目をギラギラとさせ、顔は汗で黒くし、周囲の目なんか意識していない。生きるというのは実は単純であり、それ以上の何ものでもない。たまたま、あらぬ知識が付いて、周囲を意識したところに無理があったのではないか。生きることに哲学を持ち込んだのは浅はか過ぎないか。そんな割りない苦しさも紛れ込むようになっていた。

彼らはどうしているだろう。私は、何をしようとしているのだろう。

私は、苦しさを実感するために大学に入ったのだろうか。虚しさに心を沈めるために大学に入ったのだろうか。

だが、まったく何もしないわけではなかった。行動する学生たちを次第に見守るようになったし、彼らの言葉に耳を傾けてもみた。

彼らはいつも扇情的であった。口を開くと過激な言葉と一緒に情熱を迸《ほとばし》らせていた。お前はどうして行動しないのだ。お前はどうして戦わないのだ。懸命な口調の裏に私を揶揄《やゆ》する言葉が秘められていた。

言わんとすることが正しいかどうか、判断に難しいものが大半であったが、あれほど身を熱くし、すべてを投げ打てる何かがあるに違いない。情熱の前に何ものも恐れない姿には美しさもあった。

しかし、相変わらず私は何もしないでいた。何もできない私の肌は汗ばんでいた。薄い膜が表皮全体に纏《まと》わり、ジレンマを感じる心と持て余す体のまま数カ月が過ぎ去っていった。

古新聞とカン

ある日のこと、一人の学生がキャンパス新聞を訪ねてきた。

彼は韓国から来ていた留学生で、早稲田の法学部に在籍していた。

「古い新聞をくれますか?」

たまたま、部室には留守番の形で私一人だけであった。

「古い新聞?」

「そうです。私、古い新聞いるんです。ここでくれますか？」

日本人と見紛《みまご》う顔だが、特殊な言葉使いとアクセントで男が外国人だということが知れた。

「君は…」

「私、早稲田の学生。法律、勉強してます。勉強で古い新聞がいる。古い新聞をタダで貰いたい」

即座に意味を理解しかねた。彼が外国人ということが、必要以上に私の頭を固くしていたのかも知れない。だが、なんとなく少し話をしてみたい気持ちに駆られた。

「君はどこから来たの？」

「韓国です。今年、入学しました」

「じゃ、僕と同じ一年生だ。日本語が随分上手だね。どこで日本語を習ったの？」

「違う、違う。日本語とっても難しいです。でも、少しずつ覚えた。私の近くの人から。大学は日本に行って、勉強するのが一番と思った。だから僕は早稲田、来たね」

韓国の人は、かつて日本が統治したこともあって日本語を上手に話す人がたくさんいる。特に年配者がそうである。このことを高校時代の経験から知っていた。目の前の男性の周囲にそんな人物がいたのだろう。

「で、君の名前は？」

「姜達寿《カン・ダルス》です」

「カン…」

「ダルスです」

「難しい名前だな。苗字のカンさんだけでいいかな」

「はい、それでいいです」

「カンさんね、僕は群青洋介、広島の出身だ。よろしく」

　彼の緊張が解け、私の頭も幾分柔らかくなった。

「古い新聞って言っていたけど、それって僕たちが作っている新聞のことかな」

「そうです。新聞を読むと日本語の勉強になる。文字も覚えられる、色々なことが分かる」

「学生新聞が役に立つのかな」

「普通の新聞、お金かかる。でも、古い新聞、きっとタダでくれます」

「そうか、タダね」

　学生新聞ながら、キャンパス新聞は週に一回発行しており、ページ総数も二十四ないし二十八と本格的な新聞だっただけに、学内で有料販売するほか、企業を中心に定期購読もそこそこあった。だが、有料購読や広告を付き合ってくれていたのは、早稲田ＯＢが在席する企業で、紙面の内容で判断されたものでない。

　だが、苦労して作った紙面である。いくら留学生でもタダとは虫がいい。とはいえ残った紙面はゴミになるしかないのだから、彼の勉強に役立ててもらえるなら、素晴らしいことだ。

　入部早々で一年生の私に権限はないが、棚に積まれた過去に発行した新聞を一部ずつ、計三カ月分程度を取り出すと彼に手渡した。頭を下げた彼は大事そうに新聞を持ち帰っていった。

彼と再び出会ったのは、二日後であった。部室に向かう私を認めた彼が、呼び止めるように声を上げた。

「群青さん、私、私のこと覚えている?」

「ああ、君か、カンさんだったね、覚えているとも」

「ありがとう、ありがとう。とっても嬉しかったね」

彼は、感謝を繰り返した。部室の余り物を渡しただけの私としては、照れくさかった。

彼とは、暫く立ち話をした。そして、それを境に話し合える友人となり、いつしか大学で最も親しい友人にとって変わっていった。

彼の住まいは大学の近くにあった。都電早稲田の一つ先、面影橋近くの古いアパートに住んでおり、側には神田川が流れていた。

「ここが僕の住まいね」

初めて訪れた私に向かって、神田川側の下宿を指さした。私の下井草の下宿同様、みすぼらしい傷んだ木造であった。

「群青さん、あなたどうして大学に入ったの?」

彼は、答えにくい質問をよくしてきた。そんなときの私の答えは決まっていた。

「じゃ、君に聞くが、君はどうして早稲田に入ってきたんだ」

同じ質問を投げ返し、その場を切り抜けるのが私であった。そんなときの彼の目はいつも笑っていた。待っていました、という目でもあった。

彼が質問をするには理由があった。自分が喋りたいからであった。自分が作った質問なのに、私にまず質問をする妙な癖を持っていた。既にそんなことが分かり合える友人になっていた。

彼はまた、聡明な人間であった。加えて心の美しい人間でもあった。日本のさまざまな現象に疑問を抱きながらも、それを温かく解釈しようとしていた。

最大の現象は大学に吹き荒れていた「学生運動」であった。

慶応大学の学費値上げ反対闘争を皮切りに、学生運動は発火した。学生運動の嚆矢《こうし》であろう。続くのが日大で、広島出身の秋田明大という人物を議長に、学生たちはボルテージを上げる。大学当局の体制を真っ向から批判したもので炎を熱くした闘争は、瞬く間に日本全国に飛び火した。やがて東大安田講堂の篭城と落城に結びつき一つの終焉《しゅうえん》を迎えたかに思えていたが、実際のところはどろどろとしたセクト主義が強く頭を擡《もた》げ、学生同士の衝突が日常茶飯事になっていった。そういう時代に私たちは大学生として入学していた。

早稲田を見た場合、大学を事実上掌握していた自治会は、徹底的な理論闘争を看板に掲げた革マル派で、全七学部のうち政経、文、社学など五学部が席巻されていた。

Zの文字が書かれた白いヘルメットを被った彼らは、同じマルキシズムの革共同から分派していった中核派と骨肉の争いを演じ、多くの死傷者を出すまでになっていくが、私が早稲田に在学した当時がセクト（派閥）争いの分水嶺の時期に位置していた。

セクト間の流血

早稲田を掌握していた革マル派だが、ある事件を契機に槍玉《やりだま》の対象となっていく。

一九六九（昭和四十四）年、東大安田講堂に立てこもり、権力と徹底抗戦を打ち出していた学生各セクトの中にあって、早稲田から大量動員をかけて東大に送り込んだ革マル派は、機動隊が突入してくる直前に組織温存とばかり安田講堂から逃亡をしてしまう。長丁場が見込まれる七十年安保を戦うのに、現時点で組織を消耗してはならないと「暁の脱走」を行った。奇《く》しくも機動隊突入直前の同年一月十七日のことである。

革マル派が立てこもったのは、東大安田講堂を正面に見て右手前の法文経二号館。東大闘争上、重要な拠点の一つであり、ここを約四百名の革マル派が死守する予定であった。だが、機動隊が導入される直前に拠点を放棄し、逃げてしまう。

革マル派のとった敵前逃亡は以後、「絶対に許せない」行為とされ、反代々木系セクト間の最も激しい標的にされていく。その、革マル派の最大拠点が早稲田であった。

一月十九日、圧倒的権力の前に東大は落城する。投石を繰り返していた学生たちは放水でぐしょ濡《ぬ》れとなり次々と逮捕、ついに学生運動の頂点であった東大は解放される。よく学生運動の歴史で、大学の封鎖が解除された初っ端が東大と思われているが、実は上智大学である。上智大学当局の要請で、封鎖解除に成功した経験から「上智大学方式」と呼ばれ、以後、封鎖中の都内四十五大学ほか全国の大学で次々と用いられていく。

東大封鎖解除は象徴的な出来事であったが、この辺りから、全学共闘的な戦いはセクト主義のどろどろした展開へ変わっていく。特に、早稲田がそうであった。

革マル派が正面からぶつかったのは中核派である。もともと同じ主義思想にありながら、分派していった両派は骨肉の争いと言えるだろう。

革マル派の理論的指導者は、黒田寛一という盲目の人物であり、彼の著者「現代における平和と革命」や機関紙「解放」を手にした学生も周囲にいたが、私には詳しい思想もどんな人物なのかも分からなかった。

入学間なしの一年生にとって革マル派も中核派も、さらには反帝学評も社学同もML（マルクス・レーニン派）も、どのセクトが何を標榜《ひょうぼう》しているか詳しい事情は分からなかった。だが、早稲田の学内でデモ行進する学生たちの大半のヘルメットにZ（革マル派）の文字が浮かび、毎日のように各所で繰り返される衝突を目にしていた。

それでも早稲田の自治会すべてが革マル派に支配されていたわけではない。法律遵守《じゅんしゅ》を勉強していく法学部の学生は、日本共産党下部組織・民青の支配が強かったし、政経学部では一部黒ヘルメットを被ったアナーキーが数を伸ばし、また、教育学部の一部では右翼の行動が目立つなど、まさに混沌たる学内は戦場と見紛うばかりであった。

私の所属した社会科学部は、革マル派の絶対支配下にあり、これに抵抗する者は個人・組織を問わず、ことごとく壊滅させられていた。

バリケードで封鎖された校舎の入口を潜《くぐ》ってたまに教室に入ると、すぐにタオルで覆面をしたヘルメット姿の学生が乱入、洗脳アジテートを飛ばしてきた。覆面姿の彼らに反論し、異議を唱えることは肉体的暴力を覚悟する必要があった。

当然、授業など行われるはずもない。バリケードが張られていない大教室で授業を受けているときでも、しばしば窓の外が騒然とした。角材や鉄パイプで武装した集団同士が雄叫《おたけ》びをあげて衝突し、投石で窓ガラスが飛散する。そうなると早々に避難するしかなかった。

それでも不思議な感覚であった。大学とはこういうものであると納得していた。セクト間の衝突は突然に起こり、巻き添えをくわぬよう学内を逃げ惑うしかないが、慣れてくると危険な状態の程度が予期できるようにもなっていった。

見境もなく、武装した血気盛んな学生たちは互いの武器で相手に襲いかかっていく。革命達成のため敵対する相手を「殲滅《せんめつ》！」と威勢のいい言葉に酔いしれ、当面の相手を倒すことに生きがいを見出《みいだ》し、平静になる余裕など、どこにもなかった。

私の目の前でも、多くの学生が傷ついた。鉄パイプで頭蓋骨が陥没した者、投石で失明した者、顔や頭から血を流して蹲《うずくま》る姿をどれほど目撃したことか。一般学生に配られるビラには、どこそこで闘争があっただの、敵対する別組織の人間を十人殲滅しただの、そんなことばかりが踊っていた。

人が傷ついたのは、左寄りの人間ばかりではなかった。今も記憶にある大きな社会事件を思い起こせば早い。象徴的な事件は、私が早稲田の一年生の秋に起こった三島事件である。

一九七〇（昭和四十五）年十一月二十五日、自衛隊の市ヶ谷駐屯地で「檄《げき》」を飛ばした三島由紀夫は、隊員に向けた必死の訴えにも思い届かず、諦観《ていかん》の表情を覗《のぞ》かすとクルリと背を向けた。彼は行動に起こす前から、一命を賭すことを覚悟していた。それは自決である。

バルコニーから飛ばした檄が届かぬと知るや、立てこもった東部方面総監室に戻ると、三島は小刀を抜き出した。自身の切腹後は、ただちに首を切り落とすことを自らが結成した〝楯《たて》の会々員〟に命じる。これが彼の最後の生き様である。

三島由紀夫が正座をした。何の迷いなく、すわっと、三島は小刀で腹を切り裂く。すかさず三島の指示を受けた会員が、斜め後ろから介錯《かいしゃく》の凶刃を振り下ろす。首から大量の血飛沫《しぶき》を飛ばし、切断された首がごろんと床に転がった。三島由紀夫の首を切ったのが、早稲田の教育学部に在籍していた楯の会所属・森田必勝であった。

衝撃的な事件はまだまだ続いていく。早稲田の文学部二年生・川口大三郎くんが、文学部の教室内で同じ早大生を中心とする過激派に凄惨《せいさん》なリンチを受けて死亡した後、東大病院の構内歩道に放置されるという事件が起こった。さらに一般学生ながら民族問題で悩んでいた、やはり文学部の学生が学内の現状、国家の現状、さらには民族問題に抗議する形で、ガソリンを被って焼身自殺をしてしまう。

セクト間の象徴的な出来事では、東京教育大学（現・筑波大学）の海老原くんをリンチで死亡させてしまったのがそう。同事件は革マル派が支配していた早稲田の文学部内で行われたもので、全国紙社会面のベタ白抜きのトップ記事に「都の西北で流血」と掲載。発覚後、大隈講堂前で追悼・抗議集会が一般学生たちで行われ、革マル派の猛省を促すが事態は好転せず、さらに暗澹《あんたん》たる状態へと突入していく。

働く人たち、動力者と表現された交通機関関係の社会人労働組合にも多くのメンバーを抱えていた革マル派は、やがて中核派と壮絶な死力闘争に奔走し、次々と死者を出す。正確な人数を把握していないが、双方合わせて三十名強の死者、頭蓋骨陥没や損傷などの重体、重傷、身体障害者となった者は数百名に上っている。

相手側を傷つけた者は報復を恐れて地下に潜り、さらに鮮烈な行動に移っていく。明るい昼間を避け、暗い部屋に閉じこもる。最早、国家の変革を求める騒ぎではなく、相手を誅《ちゅう》し自らを守るのが精いっぱいにもなっていった。

こういう状態が果てしなく続く中、愕然としたのが、あの浅間山荘を頂点とした連合赤軍リンチ事件であった。既に大学二年生になっていた私にとって、いや私だけに留まらず当時の学生、そして有識者をも言葉を失わせ、失意と困惑の暗闇に叩き落とした事件だった。

同事件の犠牲者の一人に、政経学部に在籍していた早稲田の学生も含まれている。遅々とした学生運動に見切りをつけ、暴力で国家権力と対峙する手段に流れ、連合赤軍に身を投じた彼を待ち受けていたのは仲間同士のリンチと殺害であった。

群馬山中に追い詰められた彼らは次第に疑心暗鬼に陥る。そして〝総括〟という美名の下に次々と凄惨なリンチに及んでいく。そこにあるのは、国家を変える熱い理想ではなく、疑念と死の恐怖だけであった。

全体を統括し、仲間を凄惨なリンチで死に至らしめたのは、リーダーであり、逮捕後に獄中自殺する森恒夫。そしてもう一人が稀代《きだい》の鬼女、永田洋子であった。彼女は長くバセドウ病に悩まされており、髪振り乱して逮捕されたときの形相は凄《すご》かった。だが、連合赤軍事件といえば、凄惨なリンチ事件発覚以前に、彼らと途中から別行動をしていたメンバーが立てこもり銃撃戦を展開した、浅間山荘事件がつとに知られることになった。

あの時代は実に色々な事件が毎日のように起こっていた。

このように目まぐるしい事件が立て続けに起こっていた周辺は、勉強する環境にまったくなかった。大学構内にいても何かの事件に巻き込まれる可能性が高かった。ケガならまだしも、頭蓋骨を割られたり、目が見えなくなる危険だって身近に転がっていた。私の足は大学から次第に遠のき、自分の部屋にこもるか、友人のカンの下宿を訪ねて共に時間を過ごすことが多くなっていった。

彼とは、学生運動についても何度か語り合った。そういうときの彼は、苦しそうな表情を覗かせて、最後には理解できないというのが常だった。

というのも、韓国と日本の生活を比べた場合、格段に豊かな暮らしが維持できている日本で、なぜ、それを放棄する変革が必要なのだというのである。

日々の食べ物に苦労しているわけでもない。望めば仕事もあるし、生活の保障だって取り付けることができる。国家を変革する必然性がないにもかかわらず、日本の学生は国家に反逆をしている。そこが根幹的に納得できないというのだ。

それに対して私は、反論するのがいつものことだった。

本当に貧しいときは、虐げられているだけで、反抗の芽は噴かない。多少の豊かさと教養がなければ、権力に立ち向かっていく勇気は振り絞れない。それが今の日本なのだと。

世界を見渡した場合、圧制に苦しむ国民は多く、人権は無きに等しい国が幾つもある。が、それらの国で必ずしも国家と対峙する力が生まれているわけではない。本当に貧しいときは、奮い立つ勇気も気力も根こそぎ去勢され、恐怖に慄《おのの》くしかないのではと。

こんな話を続けていくと、いつも平行線を辿《たど》ってしまう。しかし、話さずにはおれない空気が私たちを取り巻いていた。当然、学内においても、クラブサークルは討論と集会の場となり、話し合いを高めるうちに、自ずとデモに加わっていく学生も大勢いた。

いざ街頭デモに出るにしても、どのヘルメットを被るか。結構、悩ましい問題であった。早稲田の大半は革マル派に支配されていたが、考えに同調できぬ部分がある。ならば別のヘルメットを着用してでも、デモに参加すべきである。そういう討議が学内のロビー、教室など各所で行われた。そして学生たちは、自分が信じるさまざまな色のヘルメットを被って街頭に赴き、そのまま傷ついた者も大勢いた。

現状が分からぬまま、どれほどの学生が傷ついていっただろう。オルグと呼ばれる勧誘を受け、上からの命令に盲信的に突っ込んでいった学生の数は膨大に上っている。

大学からの漂流

ある日のことだった。カンが私にこう言った。

「群青さん、僕と一緒に韓国に行きませんか」

まさに唐突な提案であった。

「韓国に、どうしてまた？」

「大学がこの状態では勉強するどころじゃない」

「そうだが、それと韓国がどう結びつくのだ」

と言いながら、俄に光が差し込んだ気持ちにもなっていた。私の気持ちのどこかに絶えず韓国は意識されていた。

「韓国は日本みたいなことはない。だから、留学したらいいでしょ」

「留学って、カンはもともと韓国の人間じゃないか」

「ああ、そうでした。じゃ、暫くの間、韓国に行って勉強するのはどうでしょう。この言い方なら変じゃないですね。早稲田からなら、韓国のどこの大学だって入れます。韓国も今はレベルが上がっていますので大丈夫です」

私はちょっと考えた。このまま早稲田にいたって学生運動は当分の間、収まるまい。戦場のように荒れた大学で講義を受けるでもなし、サークル活動を熱心にしているわけでもない。カンの言うことが心を擽《くすぐ》ってくる。

「それで韓国のどこに行くんだ？」

「どこでもいいです。ソウルでも釜山でも…日本に一番近いのは釜山だから…釜山はどうですか」

「釜山って言ったら…」

「ソウルに次いで韓国第二の都市。それと最大の港町です」

「それぐらい知っている」

「なら、ぜひ」

「そうだなあ」

と言いながら、韓国という言葉がスーッと心に入ってきた。私は手を顎《あご》にやり、考える仕草《しぐさ》のままカンの顔を見詰めた。

高校生のとき韓国に出掛けたのは、招かれてであった。滞在したあの二週間は私の心に大きな影を落としている。その影を引きずったままの私がいる。とてつもない宿題を残したまま、今日に至っている気もしていた。

幸い、情勢は大きく変化している。大学に入学した年から自由化が加速度的に進み、海外への旅行が手軽になっていた。かつて神戸の領事館までパスポートを取りにいった不便さはもうない。国家自体がさまざまな分野で転換期を迎えていた一九七〇(昭和四十五)年のことだった。

「面白いかも知れないな」

私は少し格好をつけてカンに返答をした。

「ぜひ。群青さん、一緒に行きましょう。暫く早稲田を離れましょうよ」

「しかし、勉強する気はあまりないなあ」

「なら、旅行でもいいから」

気持ちを後押しするように、カンは語気を強めた。

実際、この年から海外に出向く学生は周辺至る所にいた。海外に出れば何かがある。海外にこそ自分たちの明日がある。国内にくすぶっているなんて野暮《やぼ》の骨頂だ。そういう空気が蔓延《まんえん》し、アジア、ヨーロッパ、アメリカ…世界のあらゆる所に放浪学生が進出していた。

中でもヨーロッパに続いて人気が高かったのがインドだった。現地に行く旅費も、マグロ船に乗り込めば無償で行けるとの話が怪しく飛び交ってもいた。

だが、日本を脱出した学生たちの意図は、見聞を広める程度であった。研究、勉学など学生の本分を渡航目的にした学生はほとんどいなかった。また、外国に行けば単純に箔が付くと考えた若者も多かった。

これには当時の世相も大きく関わっている。戦後に生まれた大量の子どもたち、俗に言う団塊世代が続々と大学に進むようになり、かつてない受験競争が起こる。が、受け入れ先は整っていない。進学を望んだものの、なかなか志望の大学には入れない。圧倒的人数の受験浪人を発生させ、しかも浪人しても志望校への進学は難解な状態が続いていた。

ならば一丁、海外にでも出るか、と受験で辛酸を嘗めた安易な渡航組が雲霞《うんか》の如くわき始めた。志望大学に進めなかった劣等感が、海外に出れば払拭される。少なし、日本にない刺激は待ち受けていよう。方向転換に心を奪われると、怪しい輝きを放つ誘蛾灯に誘われるように海外に次々と飛び立って行った。

　それに比べて韓国はどうだろう。渡航熱に浮かされた当時の学生の中でも韓国を行き先に挙げる者はまずいなかった。一つに近いことがある。それと先進国の仲間入りを果たしていない韓国に行ったとして、胸を張れる雰囲気にも遠かった。だが、私にとって韓国は特別な国であり、意識下にしっかと根付いた国でもある。その韓国に行こうと彼が言い出したのは何かの啓示にも思えた。

「群青さん、韓国に行ったことは？」

　カンが、返答を催促するように問い掛けた。

「高校時代に一度行ったことがある」

「えっ、それはどこに？」

「ソウルから釜山にかけて、二週間近く行っていた」

「凄いじゃないですか。僕より詳しいかもしれませんね」

「そんなことはない」

「群青さんとなら、きっと素晴らしいです。ぜひ一緒に行きましょう」

　カンの目が正面から私を見詰めた。

「そうだなあ…」

　と言った私だったが、気持ちは一気に傾いていた。だが、承諾の返事をする前に一つの提案を試みた。

「カンさあ、この話だが、条件を出してもいいか?」

「何でしょう?」

　カンが、顔を私に近づけた。

「折角、韓国に行くのなら、釜山だけでなくソウルにも行ってみたい。加えて、お前のように勉強はあまり考えていない。それが条件だ」

「ソウルですね。分かりました。行きましょう」

　カンは即答した。私は軽く口を結ぶと、気持ちを固めるように首をゆっくりと縦にした。

　カンに承諾の返答をした私は、暫くの間、アルバイトに精を出した。滞在期間中の資金を確保せねばならない。幸いなことに大学はああいう状態である。授業はほとんど行われておらず、出席や単位の心配もいらない。その分、韓国に寄せる思いが強く傾斜するばかりであった。

　二カ月が経過した。私とカンが韓国行きを実行するときとなった。だが、勉学が目的ではない。生真面目《きまじめ》なカンはともかく、私は自由気ままに韓国を見回り、適当なときに帰国をする、だらしない計画であった。

　それでも一応学生である。カンが韓国で勉強している間は、彼に付き合って聴講生の真似事《まね》でもするかなと安易な考えを先行させていた。だが、私なりのぼんやりした考えは形を帯びてはこなかった。ただ意識の中で蠢《うごめ》く何かがあった。言うまでもない、高校時代に積み残した課題のことである。

　高校二年生の夏、幾つもの疑問を残したまま帰国してしまったが、この機会に解けるかも知れない。釜山とソウルは離れているが、当事国の利がある。淡い考えであるが、少なし日本にいるよりずっとましだろう。まして、当時の輪郭を浮かび上がらせるのに、韓国人のカンとの同行は最適かも知れない。以前と比べて格段に条件は良いはずだ。韓国行きに対して、私は具体的な青写真を描くことはなかったが、胸だけは次第に膨らませていた。

下関のフェリー

その日がやって来た。出立は下関からであった。韓国の釜山と下関を結ぶフェリーに乗り、そこから釜山、ソウルをめざすのである。

東京から、ひとっ飛びに韓国へ行く方法もある。だが、ある意味無限に時間はある学生の身。渡航気分を存分に味わうためにも船舶は面白いと話し合い、回り道を覚悟で東京から下関へ向かった。

東京から下関まで列車で二十二時間。カンと語り合うのが最大の時間潰しでもある。

「カンよ、お前、法律を勉強していると言ったな」

「はい、私は法律を勉強しています」

「ということは、将来は弁護士にでもなるのか」

法学部の学生の多くがそうであるように、カンの道は決まっていると想像した。司法試験をクリアして法曹界に入っていく、そのための勉強であろう。ところがカンの返事はちょっと違っていた。

「僕がめざしているのは弁護士でも国際弁護士です」

　聞き慣れない言葉が飛び出した。

「なんだ、その国際弁護士とかいうのは」

「国際弁護士は、国と国の間で起こる問題、これはほとんど個人的な紛争や問題ですが、それを法律家の立場で判断し調整していく仕事です」

「国際弁護士ねえ、そんな仕事があるんだ。ふーん、お前って偉いんだな」

「群青さんは？」

「俺か、俺は見えないなあ。漠然とした希望はあるが、それだってどうだか。本当に就きたい仕事があるのかどうかも分からん」

「じゃあ、どうして早稲田に？」

「またそれか。いつかも言ったじゃないか。将来、何をしたいか分からないから早稲田に来たって。最初から決めているのなら、その道を進めばいい」

「そうだけど…それなら他の大学でもいいでしょう」

「難しいこと言うな。早稲田が好きだったし、早稲田が俺を拾ってくれたんだ」

「拾ってくれた？」

「そうよ、大して勉強をしなかった俺を早稲田だけが拾ってくれた。それで充分じゃないか」

　カンは、まだ何か言いたそうだったが、この話題はそれで終わった。もとより、私は議論が好きではない。途中で面倒になり、投げ出してしまう。これまでの私とのやりとりから、その辺りの呼吸をカンも理解していた。そんなことを繰り返しながら、列車はやっと下関に到着した。長い旅であったが、今、始まったばかりの旅であった。

下関の海風が私たちの頬《ほお》を撫《な》ぜた。私たちが乗り込む船が見えた。接岸されたフェリーは、千人余りが乗れる大層大きな船であった。私たちと荷物を積み込むと白い航跡を描きながら海洋に出ていった。

港を出て一時間もすると、島影がすべて姿を消してしまう。青い世界の日本海はどこまでも続くようである。波間に漂う海鳥はブランコのように揺られている。

「とても気持ちいいです」

甲板で風に吹かれているカンが気持ちよさそうにしている。

「船で韓国に帰るのは初めてです。でも、船にしてよかった。こんなに気持ちいいのだから」

彼の発言に異存はなかった。本当に心の隅まで透き通っていく青の世界である。私もデッキに腰を預けて、海と空を交互に眺めていた。

そのうち、ふと私の頭に浮かんだことがあった。カンの故郷のことである。韓国の人間だから、てっきりソウルだと思っていたが、あいつからそんな話を聞いた記憶がない。

「カン、お前の故郷はどこなんだ?」

「故郷って言ったら…」

「お前が育ったとこ、田舎だよ」

「水原《スウォン》って町です」

　どこかで聞いた記憶のある町の名前だった。だが、私には思い出せなかった。

「水原って、それはどこにあるんだ？」

「ソウルから南西の方角です。バスで二時間以上かかります」

「列車は走っていないのか？」

「あります。列車だと半分の時間で着きます」

「それにしても遠いな。そんな所に住んでいたんだ。今回は帰らなくていいのか？」

「私の田舎、勉強をする環境が整っていません。だから僕は資格取って国際弁護士になるまでは帰りません」

「折角、韓国に行くのにか」

「はい、そうです。そんなことより、群青さんも頑張りましょう」

　カンの生真面目さは随所に現れていた。私を呼ぶのもそうである。私が「カン」と呼び捨てするのに対して、彼はいつも「群青さん」とさん付けであった。歳が変わらぬ同級生なのに、ある一定の線を崩さぬ姿勢は性格以外の何物でもない。名前一つにしてこれで、ほかにも似たケースは幾つもあった。

　例えば、食事がそうである。韓国人のカンは、辛い食べ物を嗜好する。ほとんどの食べ物に唐辛子を山ほど振りかけ、元の味を台無しにしてしまう。

「そんなに辛くすると体に負担がかかるぞ」

いつぞや、余りに唐辛子を振りかけるカンの食べ方を詰《なじ》った。

「体に負担がかかるって、どうして？」

「よく分からんが、どこかの本に書いてあった。詳しいことは医者にでも聞け」

適当なことを言ったが、医者という言葉がカンにはこたえたみたいだった。以後、カンの食事風景に唐辛子の姿が見えなくなった。私の発言を信じて遠ざけたのだ。そして、ずっと実践し続けた。

唐辛子が体に悪いなら、キムチを毎日のように食べる韓国の人たちの体調は悪いはずだ。こんな簡単なことが聡明なカンの頭で理解できぬはずがない。にもかかわらず、真に受けたところに彼の性格が如実に現れている。事実は別にして、自分が信頼する人間の発言を疑わず、実践する真面目さがカンにはあった。

そのせいか、同じ歳とはいえ、彼は私を絶えず立てて一歩引いていた。私に対して謙虚な姿勢を崩さず、その反面、私は兄貴分のような態度や発言で接していた。

カンがここまで謙《へりくだ》るのも、思い当たることは一つ。最初の出会いがそうだ。新聞部に所属していた私を訪ね、売れ残った新聞を欲しがったところに出会いがある。たったそれだけのことが、以後、二人の付き合いに暗黙の上下関係を作り、カンはそれを良しとしてきた。こうした行動がカンという人間を端的に表しており、私の好むところでもあった。

フェリーの中で夜を迎えた。さわさわと船が波を蹴《け》って走る音が聞こえている。静かだが、眠るのに惜しい時間である。カンもそう思ったらしい。横になって小説を読んでいる私に話し掛けてきた。

「群青さん、高校生のときに韓国に行ったと言いましたね」

「ああ、そうだよ」

「どんなこと、感じましたか?」

「どんなこと?」

　私は、体を起こした。

「日本と違うことが、いっぱいあったでしょう」

「それは当然だな。でも、観光ばっかりだったからな」

　そう言いながら、あの二週間が点描のように蘇ってくる。カンには観光だと言い切ったが、自分の心としては観光とは遠いところにあった。驚きの向こうに戸惑いと苦しさが入り混じってもいた。だが、結局何も得るものがなく、韓国を見ただけに終わった気持ちも強い。

「日本と韓国の一番の違いって何でしょう?」

　カンが続けて口を開く。

「違い?」

「私は韓国人だけど、日本に留学して日本のこと、少し分かっています。群青さんは日本人だけど韓国に行って、韓国のこと、分かっています。だから違いです」

　カンの質問が一気に駆け上がっていった。

「お前なあ、そんなに簡単に言える話じゃないぞ」

「そうですか。私が思う違いは、国を思う気持ちです」

「どういうことだ？」

「韓国の若者は国を愛する気持ちがとても強い。でも、日本の学生にはそれがない」

「そんなことはない。たまたま、学生運動があいう歪《いびつ》な形になっているが、あれだって国を思う気持ちの表れだろうが」

「私にはそうは見えません。平和な国の日本の中にいて、安全が保障されている中でやんちゃをしているだけにしか見えません」

「そんなことあるもんか。学生運動の途中で命を落とす人だっている。早稲田の学生だって大勢傷ついた。お前だって知っているだろう」

「あれは偶発的なもの。死を覚悟しての行動とは違います。韓国は、隣に北朝鮮があります。戦うのは死を認識した行動です」

「そうかも知れんが、だがな、一方的に非難するのはどうかな」

「日本の国には韓国人や朝鮮人がいっぱい暮らしています。日本の学生が考えるのは自分たちの未来だけ。ほかの民族の将来までを考えた行動ではありません」

「ますます分からん」

「世界的な同時革命を日本の学生は叫んでいます。でも、普通の暮らしができれば充分に幸せと考えている人たちはいっぱいいます。右だろうと左だろうと、家族が周囲から迫害を受けずに普通に暮らせる社会が望ましいのではないですか?」

「どういうことだ。もっと分かりやすく言え」

「日本には百万人の在日韓国人と朝鮮人が暮らしています。その人たちは決して恩恵を受けていません。日本に来て分かりました。多くの在日朝鮮人が日本人と同じでありたいと願いながら、差別社会の中で嫌な思いをしながら生きています」

「そんなに差別されているのかな」

「群青さんは日本人だから気付かない。一つの国に民族は違っても同じように暮らして、同じような明日を迎えている。だけど、国籍が違うため、同じような未来を見ることができない」

「言い方が断定的だな」

「日本にいると、それまで気付かなかった差別が見えてきます」

「日本人ってそんなに差別をしているのか?」

「日本には、多くの朝鮮人が連れて来られました。ほとんどが強制連行です。その歴史はずっと長いのです。何百年、いえ、千年以上も前からありました。近代に入ってからもそれは続きました。日本に来た朝鮮人は酷《ひど》い労働に就かされます」

「ちょっと待ってくれ、カン。朝鮮人っていうのは北朝鮮の人間のことか?」

「違います。韓国と北朝鮮の人間のことを朝鮮人と言います。朝鮮半島で暮らす人間が朝鮮人。韓国人、北朝鮮人の区別はありません」

「そうか」

「話を続けていいですか?」

「ああ」

「朝鮮人が、二十世紀に入ってから最もたくさん就いた仕事が何か分かりますか?」

私は、少し考えた。カンが酷い仕事と言ったので、重労働だということは分かる。だが、それが思い付かなかった。

「いや、分からないな」

「九州の炭鉱です。空気が悪く危険と背中合わせの採掘に朝鮮人がたくさん従事させられました」

「しかし、あれは…」

「日本の大きな会社が経営していました。だから、日本人も大勢働いていました。でも、最もしんどい最深部の採掘は朝鮮人が多かった。落盤で死んだり、胸を傷めて寝たままになったり、途中で逃げ出した者も大勢いました。でも逃げ出しても朝鮮人狩りにあって、連れ戻されると過酷な仕打ちや虐待を受けたと聞いています」

私は、カンの話を聞くだけの立場になっていた。

「日本に来る前の朝鮮人たちの仕事は農業でした。ほとんど全員がそうです。こちらに来て炭鉱夫や土工夫《どくふう》、日雇い、養豚などの仕事に就いています。日本人が敬遠する仕事ばかり。でも、そうしなければ生きていけなかった」

「朝鮮人だけが、それらの仕事していたわけではない」

私は、反論を試みた。だが、カンは私を無視するかの如《ごと》く話を続けた。

「早稲田で学び、日本にいる朝鮮人の実態が少し分かるようになりました。炭鉱夫の話は北九州ですが、ほかの町でも似たような生活をしているのが分かりました」

「どういうことだ」

「東京や神奈川、京都などに住む朝鮮人は屑鉄《くずてつ》などを集める廃品回収の仕事をしている人が圧倒的です。これも日本人の目から見たら、一段低い仕事と見なしているのでしょう。群青さんのこれまでの生活の中で、そんな場面を目撃したことはありませんか？」

カンにそう言われて、私は返答ができず立ち止まった心を意識した。

確かに、カンの言うことには一理ある。私が育った広島を考えたとき、実はカンが言うような場面は絶えず日常に転がっていた。それらが急速回転で遡ってくる。

私は広島の町で育っている。小学校は、原爆ドームのすぐ側にある本川小学校という所を出ている。ドームと川を挟んだ場所の小学校は、被爆しながらも残った貴重な歴史の証言役を現在も担っている。

この小学校の生徒の三分の一は、原爆スラムと言われた基町地区に住む子どもたちであった。本川の袂《たもと》に延びたスラム街はどれもブタ小屋同然のバラックで、碌に電気も水道も通っていなかった。

当然、小学校に通ってくる生徒の身なりも、ほかの学区から通学してくる生徒と比べて貧しいものであった。この一角だけが、広島の町の中でぽっかり浮いた形で存在していた。そしてこの地域に住む彼らの多くが朝鮮人であった。

実際、彼らの仕事の多くが廃品回収であった。摩耗したリヤカーを押して、一日中、当てもなく町中のゴミと思える廃品をかき集めては、僅かな金にする仕事をしていた。そういう仕事をする彼らのことを「ホーワイン」と呼んで職業差別をしていた。

ホーワインの語源を知らない。正しくはどういう意味かも知らない。しかし、いつしか大人たちの知恵によってホーワインの言葉は植え付けられていた。そして、子どもたちはリヤカーを引っ張っていく彼らを見ると、ホーワインが行くと嘲《あざけ》りの言葉を投げ掛けた。

私の住まいは、このバラックの一帯と川を挟んで対岸にあった。本川の川べりに行くと向こう岸のバラック群が見渡せる。路地がどこにあるか分からない密集住居は、いつも寒そうに肩を寄せ合っていた。小さな本川であったが、私の目には民族を分断する行き来できない大きな川として映っていた。

幼い当時、朝鮮と韓国の区別が付かなかった。小学生として無理からぬことである。だが、そこに住む人たちを一様に別世界の住人と見なして、心の中で距離を置いていた。

いつから芽生えた意識か分からない。子どもたちの世界に最初から明確な区別はなかったはずだろう。だが、学年が上がるにつれて、大人たちの感情が強く移入されていった。朝鮮人は汚い、朝鮮人は平気で嘘《うそ》をつく。こういう唾棄《だき》したい言葉を口にする大人が周囲に随分おり、知らずのうちに洗脳される自分に出会ったりもした。そして、小学校の高学年になると、否応《いやおう》なく人種の違いを強く感じるようになっていく。敢《あ》えて人種の表現を用いたが、町のかしこに民族の違いを超えた強い差別意識が滔々《とうとう》と流れていた。

カンが暗示したように、実際、民族の差別は広島の至る所で見受けられた。窃盗騒ぎなど不都合なことが起きると「朝鮮部落のヤツらがやったに違いない」と、事実が判明する前に犯人扱いされることはしばしばだったし、普段から蔑視の眼差しで彼らの多くを周囲の人間たちは眺めていた。

その中で象徴的だったのが、在日朝鮮人に対する「呼称」であった。それは侮蔑に満ちたものだった。

当時の日本人の多くは、彼らのことを「ヨボ」と言って、人間扱いをしなかった。ヨボとは、ハングルのヨボセヨを縮めた言葉である。ヨボセヨとは、もしもしの意味である。朝鮮人が電話で「ヨボセヨ」と言うのを、そのまま人間の総称に当てはめた表現であった。普段の会話でも、「あいつはヨボだから」と、吐き捨てるような発言を何度も耳にした。

中学に上がると、さらに意識の隔離が進んでいった。同じ学区がそのまま持ち上がる中学は、住まいの違い、民族の違いがそのまま意識格差に繋《つな》がっていく。俺たちは、あいつらと違うのだ、と声高に口にする者が増え、踏み絵のように同調する者が数を膨らませていった。

進学を迎える時期になると、隔たりは一層大きくなった。高校に進学することがままならない彼らの多くは非行や犯罪に走り、日本社会を恨みと僻目《ひがめ》で眺めていた。それらのことがカンの言葉で揺り起こされていく。私は、追憶に揺れながら口を開いた。

「カンよ、確かにな、心の美しい日本人ばかりではない。それは学生だってそうだ。カンの言うように学生が口にする革命は身勝手な妄想かも知れない。しかし、現状に不満を抱き、なんとか打破しようとするのは咎められることじゃない」

「それは群青さんが日本人だからです」

「そう決め付けるな」

「でも、危機の中で育った韓国人は少し違う考えを持っています」

「だからといって簡単に日本人を誹謗するのが正しいとは思えない。生まれた環境、育った環境、受けた教育が違うのだから、意識の違いが出るのは当然じゃないか」

「それはそうですが…」

カンが少し悔しそうな顔をした。上手《うま》く日本語で説明できないのかも知れない。私も言い過ぎたかなと、語気が弱まった。

在日韓国・朝鮮人の八十%は日本の学校に通っている。朝鮮の歴史を学ぶと同時に日本の歴史を学び、ある程度日本人同様の感覚を身に付けて社会に巣立っていく。だが、幼いときに受けた精神的な迫害は、日本社会を公平無私な社会として捉えることはできない。

まして、朝鮮総連の傘下にある朝鮮学校では、北朝鮮国家を創設した金日成《キム・イルソン》を神格化して敬い、日本の歴史を非として教わっている。目の前のカンなんかより、痛烈な嫌悪を日本に抱いている人も大勢いるに違いない。そして、それらの人が隣人として一緒に日本の国で暮らしている。日本は小さな島国であり、純粋な単一民族として考えることに無理が生じてくる。

共生という言葉を考えたとき、自己と共生する相手は対等との思いが前提になっているが、同一線上で強弱が見え隠れする場合に、なかなか当てはめにくい。愚かな人間は、共生の思考が働く以前に優劣の感情が先走ってしまう。

日本を基点に韓国を始めとするアジアを見渡したとき、あくまで公平な共生意思は日本人の心の中に働きにくい。日本人の心に巣くった特別な感情があるのを無視できない。アジアの多くの人たちは、独特の日本人の優越意識を看過しながら付き合っている。

言葉を少なくしたカンの胸の内に、そのような思いを芽生えさせたとしたら、私も下劣な日本人の一角に名前を連ねたことになる。言葉での説得は美しいが、肉体的暴力を生まなかっただけであり、消え去らぬ苦悶を招いてしまう。

「お茶でも飲みませんか?」

喋りながら、いつしか下を向いてしまった私を気遣って、カンが別な思考に導いてくれた。

「ああ、そうだな。ちょっと息苦しくなったな」

カンは私の苦しい胸の内を見抜いていた。聡明なカンはこれ以上言い争うのを好まなかった。もとよりカンと言い争うために日本海を渡っているのではない。

カンがお茶を差し出した。

「美味しいな」

たった一杯のお茶が、私の心が漆黒に辿り着く前に救ってくれた。

翌日となった。揺れに任せた眠りは深かった。体のあちこちから精気が立ち上っていく。隣にカンの姿がない。一足早く、甲板にでも出ているのだろう。私は背伸びをすると、首を二度三度左右に振って、甲板に続く鉄板階段を上っていった。

やはりそうだった。風が舞うデッキでカンが気持ちよさそうにしている。フェリーの揺れはほとんどない。暖かい日差しを受けた海が、まどろんでいる。カモメが船体を追いかけ、また、何事もなかったように翼を翻していく。ずっと向こうの海の色は黝《あおぐろ》い。

カンを見ていると、私の気持ちも波風に舞っていく。嫋嫋《じょうじょう》の旋律を奏でる青に包まれて幸せが立ち上ってくる。風が舞う海が好きだ。白い飛沫を上げる海が好きだ。揺り籠《かご》のような海に包まれた私が揺らいでいる。

私は海原に目をやった。この海の向こうに韓国がある。もう行くことはないと思っていた韓国を再びめざしている。高校生だった私の心にさまざまなものを刻んだ、あの土地が待ち受けている。

たった二年しか経過していないが、すべてが過去のものになってしまった。再会できぬ過去が、それでも両手を広げている。海面に舞い降り、翼を休めたカモメがキーと鳴き声を発し、波間に姿を隠していった。

釜山の徘徊

釜山港に着岸した。フェリーの腹から次々と車が吐き出されていく。桟橋に架けられた鉄板のプレートをガタン、ガタンと車体が踏み鳴らす。エンジン音を響かせ、油に塗《まみ》れたタイヤの轍《わだち》を残して釜山の街に消えていく。

「着きましたね」

「ああ、やっとだ」

下関を出て十四時間が経過していた。行き交う船が警笛を鳴らし、湾内をゆっくりと進んでいる。

「あれ、見て。まるで僕たちを歓迎しているようです」

岸壁に設置された何台もの大型クレーンが左右に開き、荷の積み下ろしをしている。その形が丁度両手を広げ万歳をしているようだった。

「さてと…まずは街のことを知らなくちゃ」

カンが、観光気分で地図を取り出す。船内で穴が開くほど見詰めた地図だが、目と足で確かめながらの移動である。

「釜山駅はと…こっちですね」

カンが左手を指さす。ターミナルから釜山駅までは近い。方向を定めると私たちは歩き始めた。

さしあたって今日の予定はない。カンの言うように街に慣れるのが大きな仕事である。

「あれですね、群青さん」

駅舎と思《おぼ》しき建物が見えてくる。建物の中に人が吸い込まれ、また吐き出されている。以前、李社長と降り立った釜山の駅である。

「さてと、ここからはカンが活躍する場面だな」

ハングルが空《から》きし駄目な私は、カンに頼っていくしかない。

「ここで待っていて下さい。窓口で聞いて来ます」

自分の街のように歩いていく。水を得た魚のように、歩く足元に力が入っている。

「バスは、道路を横切った所から出ているそうです」

戻ってきたカンが、斜め向こうに目をやって説明する。

「バスって、どこに行くつもりなんだ？」

「どこへって、釜山大学ですよ。最初は大学を見て、それから宿探しです」

「最初に大学ねえ」

カンらしかった。街を知るというので、てっきり繁華街だと思ったが、大学とは。

「では、カン案内人に付いて行きましょうかね」

私は軽口を叩き、カンの背中をつついた。


四十分もバスに揺られた。釜山港から大学までかなりの距離があった。途中、西面《ソミョン》という賑《にぎ》やかな街を通っていった。

「遠い所に釜山大学があるんだな」

「そんなことないです。港が外れにあるのです」

「なるほど。冷静なカンの言うことは正しい。面白みはないけどな」

カンが、軽く笑顔を浮かべた。

バスが進んでいく。大学の門が見えてきた。ソウル大学と並ぶ韓国屈指の大学が釜山大学である。威厳を保つかのように、大きな石柱に「釜山大学校」と流麗な文字が彫られてある。

「なかなか立派な大学だな。こんな大学があるのに、カンはわざわざ早稲田に来たんだ」

「韓国で早稲田は有名です。韓国人が最も行きたい大学のひとつに早稲田があります。早稲田を卒業して、韓国に帰って成功した人はいっぱいいます。私たちにとって憧れの大学です」

「そうなのか。日本にいると分からないけどな。そういえば早稲田と姉妹校がこっちにもあったな」

「ソウルの高麗大学のことですね」

「そうそう、それだ。高麗大学って有名なのか?」

「韓国の早稲田と呼ばれています。それに対するのが延世大学で、こちらはソウルの慶応大学です。国立のソウル大学と合わせて高麗、延世の三つが人気の高い大学で入学するのも大変です」

「なるほどねえ…」

とカンの言葉を耳にしながら、ソウルで出会った高麗大学の講師・田村和夫のことが思い出されていた。

酒井医師に紹介され、わざわざ出向いた高麗大学。講師部屋で田村と会い、親切に疑問に答えてくれた人物である。それだけでない。李社長の家に戻った私にわざわざ電話までくれた。

ためにだ。

朝鮮動乱の際に連合軍と共産軍がどのような動きをしたか、戦略的な移動地図を示してくれる

　田村の顔をよく覚えている。不自然なほどカールした天然の髪が、知的な細身の顔に印象的だった。喋る口調は歯切れがよく、それでいて優しさが籠《こ》もっていた。高校生だった私を見下すでもなく、熱心に問い掛けたことを褒《ほ》めてもくれた。

　あのまま礼を逸しているが、田村のことを忘れたわけではない。それどころか、記憶はより鮮明になっている。機会があれば田村ともう一度会いたい。カンに、韓国に行く条件にソウルまで足を伸ばすことを提案したが、田村との再会を念頭に入れた発言であったことは疑いない。

　田村の所在は分かっている。今も高麗大学で教鞭《きょうべん》を執っているなら、再会も可能であろう。一回り以上も歳が離れ、私なんかと違う世界の住人だが、再会することが可能なら、私自身も少しは成長した姿を見せたい。いや、成長せねばならない。あのときは一方的に学ぶだけだったが、少しは歯ごたえのある質問ができるようになっていたいものだ。

　そうだ！　私は俄に思い出したことがあった。田村は早稲田を卒業して高麗大学に来たと言っていた。なら、私の先輩じゃないか。たまたま知り合った田村だったが、いつの間にか多少の縁ができている。かつての行きずりの高校生ではなく、先輩と後輩の立場である。久しく会っていない田村だったが、頭の中の距離は急速に縮まっていた。

「群青さん、やはり大学っていいですね」

「うん！」

「あれ、人の話を聞いてないのだ」

「ごめん、ごめん。そういうわけでは」

　言い訳をしたが、実際はカンの言う通りだった。なぜか上気した気分は田村の思い出だけではなかろう。田村のことから、別なところに記憶がはみ出そうとしてもいた。李社長の家の人々、運転手のパクチョリ、コーリャンハウスで踊る女性や移動中に出会った物売りの少年。そして、あの泥のようなイムジン河……。

「群青さんは、やっぱり人の話を聞いていない」

　再びカンに言われて、視線に普段が戻った。視界に入るのは釜山大学の学生たちと校舎である。少し広場となったスペースを使ってバスケットを楽しんでいる一団がいる。敵、味方と体操服の上下の色が違うので、クラスマッチだろうか。点が入るたび、立ち見の応援席から歓声が上がっている。

「楽しそうだな、彼ら」

「そうですね」

　大学構内は一種独特のものがある。学生を見ているだけでもいい。若いということは、それだけで未来を予感させる。コーヒーショップに屯《たむろ》している学生は喋りに興じたり、読書に勤《いそ》しんでいたりする。

「ここにはどれだけ学生がいるのかな？」

「総合大学だから、相当いると思うのですが、ちょっと数までは…」

「カンでも分からないことがあるんだ」

「もちろんです。知らないことが多いから勉強しているのです」

優等生らしい、カンの返事だった。

暫く進むうちに校舎とは雰囲気の違う建物に出合った。

「あれは何かな?」

「どれです?」

「あの四角い建物だよ」

「図書館です。そう書いてあります」

建物の前に掲示してあるハングルをカンが読んだ。

「図書館ねえ…」

「どうしたのです。日本ではあれほど講義に出なかった群青さんが、急にやる気になったのですか」

「そういうわけではないが…カンよお、ちょっと覗《のぞ》いてみようや」

「図書館をですか?」

「そういうこと」

歩き始めた私に、遅れをとってカンが付いてきた。

受付を抜け、館内に入ると蔵書が一面に広がっていた。座席の三分の一程度が埋まり、学生たちが静かに本に目を落としている。

「カンよ、朝鮮動乱に関する本はどこにある?」

「朝鮮動乱って言ったら、あの戦争ですか?」

「一九五〇(昭和二十五)年に北朝鮮が攻めてきた戦争のことよ。そんなことお前、分かっているだろう」

「そりゃもう…、当然知っていますよ。朝鮮動乱ですね」

種目別に整理された図書の棚を順に眺めていく。今度は私がカンの後を付いていく。

「この辺りがそうですね」

言われたものの、どれがそうか分からない。まったく読めないハングルが私を拒絶し、笑っている。

「この中で、俺にも読めそうなものはないかな」

「読むって、群青さんはハングルは読めないでしょ」

「だから、カンが俺に読み聞かせてくれる本だよ」

「私が読むのですか!」

「馬鹿!大きな声を出すな。みっともないじゃないか。だからな、そんなに難しい本でなくて、お前が読んでくれて、俺が理解できるということだよ」

「私が読むのですね、やっぱり」

「何度も言わすな。そのために一緒に来たんじゃないか」

　私は適当なことを言った。カンの顔に苦いものが浮かぶ。

「分かりました。じゃ、厚い本は駄目ですね」

「どうして？」

「私が疲れます。いちいち日本語にするかと思うと、それだけで嫌です」

「カンよ、新聞部に来たお前に新聞をタダでやったのは誰だ？」

「あれは残り物です」

「俺たちが必死で作ったものだぞ」

「いいえ、あれは残り物です。でもいいです。群青さんにはお世話になっていますから」

　しぶしぶの様子だったが、それでもカンは棚の本に目を移し始めた。

「あまりないみたいです」

「どういうことだ」

「朝鮮動乱のことが書かれた本がです」

　そういえば、高麗大学の田村も言っていた。韓国人の記憶にまざまざと刻まれた戦争であったが、文献や資料は乏しいと。悲劇が繰り広げられた当時を冷静に掘り起こすには、まだ時間が足りないのかも知れない。

「これがそうですがね。後のは大して書かれていない。別の歴史と抱き合わせた形の本はありますが、朝鮮動乱だけにスポットを当てた本ではないみたいです」

「たったの一冊だけか。じゃ、それを借りよう」

「借りるのですか?」

「そうだ。いいから受付に持って行け」

　私は、カンが取り出した本を眺め、「よし」と言って、もう一度カンの手に持たせた。

　受付でカンが手間取っている。そうか、ここの学生じゃないので手間取っているんだな。何やら受付の女性と懸命に話を交わしている。それでも数分経《た》って戻ってきた。

「何か言われたか?」

「色々聞かれました。それでも貸し出しをしてくれました。学生証明書を出したのです」

「証明書って、お前、釜山大学のを持っているのか?」

「いいえ、ありません。早稲田のです」

「それで、よく貸してくれたな」

「ここでは一般の人にも貸し出しをしているのですが、その場合に身分を証明するものが必要です。外国人だと難しいのでしょうが、私は韓国人ですから。それでも貸し出し期日は二日間だけです。明後日には返却しなければなりません」

「たったの二日!」

「そうです、二日です」

「そうか、二日もあればこんなもの、全部頭に入れてやる。とにかく、借りられたことはよかった。だが、これでカンに借りができたな」

「借り？　貸し出しでしょう」

「ちょっと違うが、まあいいってことよ。さあ、大学はこれくらいでいいな」

　カンが不思議な顔で私を見詰めた。


　大学を出た私たちの次の行動は宿の確保である。滞在期間を決めていないが、二、三日は留まって見たい気がする。大層大きな街だし、見所《みどころ》もたくさんありそうである。だが、不案内な二人にとって、宿をどこにするか、すぐに頭に浮かばない。

「群青さん、どうしますかね」

「ここもカンに頼るしかないな」

「私が宿を探すのですね」

「そういうこと。ただし、高い所は駄目だぜ。寝られるだけでいい。贅沢《ぜいたく》は敵だ」

　カンが少し考えている。思案を巡らせている。

「釜山駅の近くがいいと思います。移動に便利ですし、食べ物も安かった気がします」

「釜山駅なら、戻ることになるじゃないか。ほかには思い付かないのか」

「海雲台といって海の近くもありますが、あの辺りは高いと思います」

「それは駄目だ。よし、釜山駅の近くにしよう」

　再びバスに揺られて四十分。見覚えのある駅に降り立った私たちだが、宿を探すにはそれでも手こずった。何せ、学生のことである。施設の度合いより、最優先させるのが料金である。少しでも安いに越したことはない。選択の唯一最大の理由がこれであった。

一時間も界隈をうろうろしてカンが見つけ出したのが、中央《チュンアン》ホテルであった。駅から道路を渡り、飲み屋が並ぶ通りを抜け、路上に商品が広げられた市場をさらに進んだ坂の途中にあった。

「ここでいいですね」

私は頷《うなず》いた。もとより異論はない。

「テレビ付きとテレビのない部屋で値段が違います」

「テレビなんかいらん。見たってハングルは分からん」

「じゃ、テレビなしの部屋にします。それだと千ウォン（百円）安くなります」

形だけの宿泊カードに名前を記入する。住所は別に書かなくてもいいらしい。名前は立派だが、くすんだ外壁に愛想のないホテルの受付、手入れの行き届かぬ廊下に、粗末なベッドの簡易ホテルである。

だが、料金が安かった。カンの説明によると、通常の宿泊料金に比べて四分の一。こんな安いホテルはないとのことである。

確かにそう思う。四千五百ウォンで一泊ということは、日本円で三百円ちょっとである。

「よかったな、安いのがあって」

単純に嬉しかった。格式をまったく無視したホテルだが、宿の確保で気持ちにゆとりが出る。

この料金なら、ここを拠点に数日は釜山を徘徊できる。そんな思惑を頭の中で巡らせた。

部屋に荷物を置いて散歩に出掛ける。食事を買い込むためである。中央ホテルの周辺を歩くと、案外に似たようなホテルがある。料金も大して変わらない。

「カンよ、ここを見てみろよ。俺たちのホテルと同じぐらいの料金だぜ」

「そうですね」

「あそこもそうだぜ」

「この辺りは特別に安いのでしょうか」

「さあな、それより食べ物だ。外で食べると高いからな」

ホテルを見つけるまでに通った路上市場に足を向けた。歩く道から視界を逸《そ》らすと、釜山の象徴的な龍頭山が見えてくる。あそこに上がって、李社長から告げられた言葉が蘇ってくる。私は、この釜山の街にも深い縁があったのである。

市場は賑わっていた。夕暮れが迫っていたこともある。私たちも買い物客の一人となり、食べられそうなもの、清潔そうなものを買い込んで部屋に持ち帰った。

まるで欠食児童であった。買い求めた食材を貪《むさぼ》るように口に放り込んだ。食べ終わった私とカンは、やっと人心地をつけた。

「釜山一日目の食事としてはまあまあだったな」

空腹を宥《なだ》めた安心感からか、カンの表情も穏やかだ。

「ご飯を食べたばかりで申し訳ないが、お願いを言ってもいいかな」

私の要望をすぐさまカンは理解した。

「釜山大学で借りた本のことですね」

「そうだ。お前に読んでもらうしかない」

「群青さんはどうして朝鮮動乱のことを知りたいのです」

「それは…俺が生まれた年の戦争だからだ。カンだって一緒じゃないか」

「そうですが、韓国人の私が関心を持つのなら分かります。でも、群青さんは日本人です。第二次世界大戦なら分かるのですが」

「それもそうだがなあ」

そう言いながら、カンの言い分は最もだと思っていた。朝鮮動乱に寄せる私の並々ならぬ関心は疑問に思えて当然のことだろう。私は思案をまさぐりながら、言葉を続けた。

「カンに詳しいことを言ってないが、高校時代に韓国に来たことがあると言っただろう」

「覚えています」

「そのときにお世話になった人がいて、その人たちの背景に朝鮮動乱が深く関わっていることを知ったんだ。だから、自分も理解を深めたいと思った。当時、十七歳だった俺は難しいことを理解する力に欠けていた。ある程度の話を聞けても、それ以上となると誰も教えてくれなかった。だからだ」

「いま、その人たちと複数で言われましたね。それはどういった人たちなのです」

鋭い指摘だった。疑問を口にせずにおれないカンらしい性格も表れていた。

私は、何人かの人物を頭に描いてみた。李社長、レンジンさん、パクチョリ、それに父。続いて高麗大学で教えている田村のことが浮かんできた。

「その人たちのことをいちいち言ってもなあ」

「そうですね」

案外にカンは引き下がった。その様子に、私は言葉を足した。

「さっき誰も詳しいことを教えてくれなかったと言ったが、実は違う。一人だけ親切に教えてくれた人物がいた。だが、その人と接する時間は短かったんだ。もっと話を聞きたいと思っていたが、日本に帰ることになってそれっきりなんだ」

私は、田村の顔を思い浮かべながら喋った。

「よく分からないけど…」

「そうだろうな、俺のこんな説明じゃあな。でもなカン、そう言うしかないんだ」

どことなく苦しそうに話す私の顔をカンが見ていた。私は、過去に思いを寄せる振りをして顔を少し横に向けた。

「いいですよ、群青さん。最初から協力するつもりで本を借りましたし、私が協力しないとこの本は読めませんから。それに…」

「なんだ?」

「私も朝鮮動乱の詳しいことは知らないので、いい勉強になると思っています。この際、二人で頑張ってみましょう」

「そうか、そうだよな」

私は、目を輝かせてカンを見詰めた。

部屋に備え付けの椅子は一つだけだった。カンがそれに座り、私はベッドに腰掛けた。本を捲《めく》っていく姿勢としては、椅子に座った方が楽だし、本に書かれてある必要な箇所も探しやすい。最初、椅子を譲ろうとしたカンだったが、私が椅子を譲るのは当然であった。

本を手にしたカンは、表題を訳した後、ペラペラとページを繰って、全体にどんなことが書かれてあるかを説明した。

本のタイトルは「民族の悲劇」であった。アメリカを中心とする連合国軍、ソ連を後ろ盾とする共産軍の戦いであるが、現実として起こったのは朝鮮半島に暮らす人々の悲劇、つまり韓国と北朝鮮に住む人たちの分断である。私は、民族の悲劇というタイトルは、まさに朝鮮動乱に相応しいと思い、カンの言葉に耳を傾けた。

書かれた骨子は、四つの章に括《くく》られているという。一つが、戦争が起こった原因。次が戦争の状態。それから休戦、影響となっている。どれも私が知りたい内容となっており、知らない過去が現れてくる期待が持てた。

ただ、最初の原因については田村から教わった知識がある。十七歳の私に、丁寧に噛《か》み砕いてくれた記憶はしっかりと残っている。すると、二つ目の戦争の状態から知るのが手っ取り早いことになる。

戦争と休戦

朝鮮動乱──日本人がそう呼ぶ紛争は「朝鮮戦争」と呼ぶべきだろう。動乱は、当事者国でない日本から見た表現で、正しくはやはり戦争である。

事実、カンが話す言葉がそうであった。彼が訳す言葉から「動乱」の表現は一つも出てこない。日本人が勝手に付けた「動乱」には、どこか軽視したニュアンスが込められており、妥当性に欠く。正しく当時を知る意味でも、絶対的な戦争を認識して思考を進める必要性があることを感じて私は耳を傾け続けた。

朝鮮戦争が続いた期間は三年と一カ月、一九五〇（昭和二十五）年六月二十五日から一九五三（昭和二十八）年七月二十七日まで、以後、休戦状態となっている。

この三十七カ月の戦争は大きく分けて、五つに区分される。

最初の一区分が、戦争が勃発した六月二十五日から同年の九月中旬までの約三カ月の期間である。この時期は、南（韓国）に侵攻してきた北朝鮮軍が最も威勢を誇った時期で、ソウルはもちろん、ほぼ韓国全域を北朝鮮軍が席巻。僅か大邱《テグ》市（現・韓国第四の都市）と釜山が侵されなかっただけであった。

第二区分は、同年九月中旬から、十月下旬までの一カ月余り。国連軍が反撃を行い、韓国から北朝鮮軍をほぼ一掃。さらに北朝鮮内部まで進攻し、鴨緑江《おうりょくこう》（現・北朝鮮と中国の国境近く）

辺りまで追い返した時期である。

第三区分は、同年十月下旬から翌年一九五一（昭和二十六）年四月初旬まで。この時期に中国軍が介入。新たな勢力を得た北の軍勢は再び南進、国連軍が後退を余儀なくされている。

第四区分は、一九五一年四月初旬から六月中旬までの二カ月余り。国連軍の猛烈な反攻がなされ、主導権を再び掌握。これによって北と南の軍事的均衡が互角になった時期である。

最後の第五区分は、一九五一年六月より一九五三年七月二十七日までの二年一カ月。戦争とともに休戦会談が進められ、戦争を続ける一方、和平が模索されていく。この時期は専ら三十八度線を跨《また》いでの戦闘が主なものであった。

戦争が勃発する以前から軍事衝突はしばしばあった。一九五〇年の六月二十五日は、北朝鮮軍が全面的に南に侵攻してきた日であって、事実上、朝鮮戦争が勃発した日である。北朝鮮軍は日の出とともに侵攻、三十八度線をあらゆる場所から乗り越えてきた。

奇襲ともいえる北朝鮮軍の侵攻は、予期せぬ韓国人民を驚愕《きょうがく》させた。体勢の整わぬ韓国軍の防衛ラインは次々と破られ、三日後の六月二十八日にはソウルは占領される事態に陥っている。だが、北朝鮮軍の侵攻にいち早くアメリカ軍は応戦していく。それまで支援程度で軍事面での積極性を示していなかったが、事の重大性に当時のアメリカ・トルーマン大統領は即断。北朝鮮との対決を決意する。韓国が共産化されると日本にも飛び火し、やがて東アジア全体の共産主義膨張に繋がることを恐れたものだった。

トルーマンは、東京に駐留していたマッカーサー極東司令官に韓国軍の支援命令を下し、併せて背後に構える中国軍の台湾侵攻、同時に台湾の中国本土攻撃もできぬよう対処を命じた。

月が変わった七月一日。日本に駐留していたアメリカ軍が釜山に上陸。ただちに地上軍の介入を開始し、釜山からソウル以南まで進撃移動を行う。東京に駐留したままのマッカーサーは総司令官に任命され、韓国軍と国連軍の共同作戦が取られるが、戦況は思わしくなかった。

参戦した国連軍（アメリカ軍が中心）と北朝鮮軍が初めて激突したのが七月五日、アメリカ軍が釜山に上陸して四日後のことである。北朝鮮軍との戦闘場所はソウルの南、京畿道《キョンギド》烏山《オサン》。だが、劣勢のまま後退。続く十二日の新灘津《シンタンジン》付近の戦闘でも敗北を喫し、後退を続けるばかりであった。

遡ること、北朝鮮軍が侵攻を開始した翌日の六月二十七日に、ソウルから大田市《テジョン》に臨時政府を移していた韓国だったが、ここも七月十六日に突破され、以後、韓国全域が次々と占領されていった。

八月になると、北朝鮮軍に反撃するために続々と国連軍は補強されていった。八月二日にアメリカの第一海兵臨時旅団が釜山港に到着。続く第二師団も三度に分けて釜山に到着。翌三日から二週間の間に五個大隊以上の戦車部隊も到着している。

次々と補強される国連軍の支援部隊に韓国大統領の李承晩《イ・スンマン》は強い感激を示すが、それとは逆に彼を激怒させる場面も待ち受けていた。

国連軍といっても、実質をなすのはアメリカ軍であり、作戦から展開、指揮とすべてアメリカ主導の下に進められていた。だが、戦況は回復できない。そこで最悪の事態を想定したマッカーサーは、韓国で事実上の軍事采配を揮《ふる》っているウォーカー中将に極秘裏に指示を与える。それは、次のようなものであった。

北朝鮮軍に朝鮮半島が制圧されることが濃厚になった場合、朝鮮半島で戦闘中のアメリカ軍を日本に撤収する。撤収については戦闘中の韓国軍人と一般人を含めた十万人程度をグアム島かハワイ島に移す。それが撤収の限界。つまり、朝鮮半島を見限るという案であった。

ところが、この極秘指令が当時の韓国大統領・李承晩の耳に漏れる。彼は、アメリカの保全的な考えに激怒。「命の欲しいアメリカ人は去れ、韓国人は一人として撤退しない」と声を荒らげて決意を固めた。それほど韓国および国連軍の状態は危機的であった。

緊迫した情勢の中、乾坤一擲《けんこんいってき》の戦いで状況が変化した。九月五日から十三日までの九日間、北朝鮮軍と国連軍が釜山の北東、慶州から永川にかけて熾烈《しれつ》な戦闘を展開。劣勢だった国連軍が劇的に勝利し、息を吹き返すことになるのだが、万が一、この戦いに負けていれば韓国の崩壊が起こる危機的な場面であった。

カンの話し振りは分かりやすいものであった。多少の知識は備わっていたが、日を追って説明を受けると、北朝鮮軍とこれに対する韓国・国連軍の動きがくっきりと頭に浮かんでくる。

「韓国は危なかったんだな」

私は、感想を口にした。

「そうですねえ」

カンは、物憂げな口振りだった。

最初のポイントは、一九五〇年の六月二十五日である。事実上、朝鮮戦争が起こった日である。それまで小競り合いを繰り返していた三十八度線近辺であったが、北朝鮮が明確に侵攻を果たしてきたのがこの日であった。

三十八度線のあらゆる場所から、韓国の土地に攻め入った北朝鮮軍は疾風怒濤《どとう》の進撃を開始する。北朝鮮は侵攻の準備を早くから進めており、対する韓国軍はほとんど備えをしていなかった。逃げ惑う韓国民、蹂躙《じゅうりん》されるままの韓国民、そんな姿が見えるようである。

北朝鮮軍は勢いづく。僅か三日で韓国の首都ソウルを制圧。さらに南下を始めていく。だが、どこに逃げればいいというのか。実際、韓国軍は北朝鮮軍の前に次々と屈していく。この一方的な展開に国連軍が介入していくのだが、国連軍は事実上アメリカ軍といっていい。しかも、そのアメリカ軍だって劣勢のまま最悪のシナリオさえ描くようになっている。

「韓国軍だけだったら、朝鮮半島は北朝鮮に完全に占領されていたと言っても間違いではないな」

私は、カンの説明に知ったかぶりな口をきいた。

「そうですね。どれほど兵力の差があったのか分かりません。でも備えをしていた北朝鮮軍、それに対して韓国軍は安閑としていたのでしょう」

「でも朝鮮戦争が始まる前だって、実際は三十八度線付近で何度も戦闘が行われていたのだろう」

「小さな小競り合いが何度もあったと書いてあります。大きな戦争に移行する危機感は少しはあった。でも、全面的な侵攻があるとまでは考えなかったのでしょう」

「不意をつかれたわけだ。しかし、誰も予期できなかったのだろうか」

「マッカーサーは想定していたと推測されています。でも確かではありません。どちらにしろ、大半の韓国の人間にとって北朝鮮軍の進撃は驚きの出来事だったようです」

韓国人であるカンは、やはり北朝鮮に独特の感情を有しているに違いない。自国の悲しい過去に思いを馳せているのか。戦争が残すものは、多くの破壊と悲劇ばかりである。

「なあカン、北朝鮮が攻めてきたときには、軍人ではなく一般の人の被害は相当なものがあったのだろうな」

私は、感想に近い質問を投げ打った。

「それは当然です。待って下さいね、本の最後の方に人的被害というのがあります」

ページを捲るカンの視線がある所で止まり、暫く注視を続けた。

「やはり、そうですね。たくさんの人が死んだり、傷ついていますね。調査方法で異なり、正確な数値とはいえないと前置きしてありますが…、まず韓国の人的被害ですが、合計約二百万人です。別な統計では一九八万人、二三〇万人という数字もありますので、二百万人の数字は妥当なところでしょう」

「二百万人も死んだということなのか」

「いいえ、傷ついた人も含めての数字です。ここには戦死者二十四万人、虐殺者十二万三千人、北朝鮮への拉致者八万四千人、行方不明者三十三万人、負傷者二十二万人などとありますから、単に戦死者だけの数字ではないようです」

「北朝鮮はどうなっている?」

「軍人五十二万人が戦死、負傷者などを合わせると二百六十八万人の人的被害です。別な統計では、戦死者六十一万人ほか三百二十九万人という記録もありますね」

「どっちにしても韓国と北朝鮮を合わせた数字は五百万を超えるというわけだ」

「国連軍の被害もありますので、その部分を読んでみましょうか」

「つまり、実質的なアメリカ軍だな」

「そうです。朝鮮戦争に参加した国連軍は計二十二カ国に上っていますが、兵力のほとんどがアメリカ軍でしたからね」

「二十二カ国、そんなに多くの国が朝鮮戦争に参加したのか?」

　確か、田村から受けた説明ではもう少し少なかったはずだ。それを記憶に蘇らした。

「軍事力を提供した国が二十二カ国となっています。この表現からすると多分、戦争に必要な武器や食料などの支援であって、必ずしも兵力ではないようです。ああ、兵力についてはここです。十六カ国となっています。でもアメリカほど積極的ではなかったみたいです。フランスの例ですが、フランスは正規軍ではなく義勇軍を送ったとあります」

「じゃあ、兵力としては大したことないな」

「国連軍は韓国とアメリカの兵隊がほとんどです。地上軍の五十%強がアメリカ軍、四十%強が韓国軍、残り十%弱がほかの国の兵隊です。海軍や空軍となるともっとパーセントが上がります。韓国軍とアメリカ軍を合わせると、海軍が九十三％強、空軍は九十九％強ですから、共産軍との戦いは韓国とアメリカの両国が行ったと言っていいようです」

「さっき、第三区分だったっけ、中国軍が北朝鮮軍を加勢してくる時期があったが、中国はどういう状況だったんだろう」

「中国は戦死者十八万余りを加えた約九十万人となっています。中国の人も大勢亡くなっていますね」

「朝鮮戦争で死んだ人の多くは、韓国人と北朝鮮人、それにアメリカ人と中国人というわけだ」

「そうなります」

「何だか割り切れない話だな。朝鮮半島に暮らす人々の中に他国の人間が入り込んで、戦争を起こしてしまう。しかも介入した国の人間も多くの犠牲者を出してしまう。その揚げ句、誰も得をしていない。戦争の結末がこうなることの最たる見本みたいじゃないか」

「そんな言い方をしなくても…」

カンが、ちょっと寂しそうな目をした。彼の気持ちに気付いた私だったが、口を噤《つぐ》まなかった。

「でもな、この朝鮮戦争の発端をつくったのは日本でもあるんだ。日本が朝鮮半島に進出し、支配してしまったことに原因がある。ある意味では日本が最も大きな責任を負わなければならない。そういう見方だってできるわけだ」

「…」

「もっと遡れば、豊臣秀吉の時代もそうだ。日本国内の支配だけに飽き足らなかった秀吉が、朝鮮半島に進出して多くの人を傷つけた。日本は中世の時代と一九〇〇年代と二度にわたって半島の人を傷つけている。よく、歴史に学べというが、日本は二度にわたって愚行を犯している」

カンは、これにも答えなかった。韓国人であるカン、日本に留学し早稲田で学んでいるカン、双方の国の素顔が見えているカンにとって返答をしにくいものであったのだろう。

部屋の空気が苦しくなった。腰掛けたベッドから立ち上がった私は、窓に近寄り外の空気を招き入れた。視界の向こうに釜山の街並みが拡がり、忙しく動く人々の姿が目に入ってくる。

「見ろよ、どれだけ悲惨な過去があったとしても、人間は今のことだけを考えて生きている。歴史の狭間《はざま》で犠牲になった人のことを忘れないにしても、絶えず意識しているわけではない。過去の歴史に考えが及ぶのは日常の中の一瞬に過ぎない。過去を見詰めてばかりじゃ生きていけないからな」

「過去は過去として、忘れろということですか」

カンが、私の方に顔を向けた。

「そこまで言い切れる自信はないな。ただ、実際問題として人間は色々なことを忘れて生きている。一つのことばっかり考えてちゃ生きられないということさ」

同学年のカンに言う言葉としては、私の中に生意気さがあった。だが、何かを言い切らないと考えに終止符が打てない気がした。

窓の側に立った私に風が当たり、続いてカーテンを揺らした。坂道の途中にある中央ホテルは風の通り道になっている。

「戦争を起こした限り多くの人が傷つくのは仕方ない。それが分かっていて起こすのが戦争だからだ。為政者にとって、自国と自国民のためにという言い訳が残されている限り、戦争は起こる。ただ、為政者が鉄砲を担いで戦争に行くことはない。戦場に真っ先に立たされるのは国民であり、国民であった兵士だ」

カンの顔を見ないまま、私は喋った。

「いいかカン、こんな簡単なことが分かっていながら、人は戦場に立ってしまう。望むと望まざるとにかかわらず。国家のためにという美名の下に、そして背後の家族のためにという美名を自分に納得させてだ」

「群青さんは、どんなことがあっても戦争はいけないと思っていますか?」

「そりゃそうだ。そんなこと分かっている」

「でも、群青さんは戦争を起こした日本の人間の一人です。責任者であるといった日本人がそんなことを言うのは可笑しい。国を引っ張るリーダーでないにしても、国民の一人として責任を感じる必要はありませんか」

カンの口調が問いただす雰囲気であった。

「そんなこと思っていたら、息苦しくて生きていけない。まったくないとは言わないが、過去に戦争を起こした人間と、その時代に生きて戦争を支えた人間と自分とは違う存在だと思っている。決して逃げじゃない。本当にそう思っているんだ」

「言われる意味がよく分かりません」

「同じ日本人だが、同列に括って欲しくないということさ。かつては国を愛する日本人がいっぱいいて、それらの人も戦争を拒否できない人たちであった。それは日本人を意識したからだ。俺も同じ日本人だが、俺は別に日本人として生きようとしているのじゃない。人間として生きようとしているだけなんだ。格好つけ過ぎかな」

「それって変な言い方です。責任から逃げようとしているだけにしか聞こえません」

「そうかなあ…」

カンの言い分も、最もなところがあった。太平洋戦争、朝鮮戦争など日本がかつて犯した大罪に対して、日本国家は弁償という形で贖罪を帳消しにしようとしている。言い分としては、「歴史の反省に立って」と柔らかい口上を旨としているが、言わば金で責任を償うだけである。国家間の償いは、最終的に有償な形で終わらせるしかないのかも知れないが、それだけでは側面の同義的な部分が希薄である。

私自身、国家が行う過去の清算方法に絶えず首を傾げてきた。戦争を起こし、他国に侵略していくのは、自国の利益誘導が最大の目的であり、利益誘導ということはお金に換算できるものである。究極的には人間の価値観をお金で推し量る拝金思想といっても過言ではない。だが、この思想を進める過程で必ず起こるのが、人を傷つける行為であり、望まなかった人たちを巻き込んでいくことだ。他人の侵食なくして利益を誘導できるなら、戦争なんて絶対に起こらない。

カンが言った「責任」を考えたとき、どうしても口ごもる自分がいる。私一人を指した非難でないことは分かっていても、苦しさを感じる自分がいる。そして、堂々巡りの迷路に入り込んでいく。

私は窓を閉めるとベッドに戻った。カンを右手に見る状態で腰掛けると腕を組んで天井を見詰めた。

この話はもう打ち切ってしまいたい気持ちと、韓国人であるカンだからこそ続けるべきだとの自分がいる。このまま会話を続ければカンを不愉快にしてしまうだろう。口では立派なことを言いながら、薄っぺらな自分に気付いて自虐的になるかも知れない。でも、二人に流れている今を避けることはもっと苦しむ。私は息を大きく吸い、上半身を軽く捻って、なだらかな気持ちを呼び寄せた。

「今、韓国の人口はどれだけだっけ？」

カンが、首を左に振って私に目を寄越《よこ》した。質問が唐突に思った顔である。

「だからさ、韓国の人口だよ。全体で何人いるのかな」

「四千万人ぐらいです」

「では、戦争当時の人口はどれぐらいだったんだ？」

「多分、韓国と北朝鮮の両方を合わせて三千万人ぐらいだと思います」

「三千万人か、韓国の人的被害が二百万人と言ったな」

「はい」

「それと北朝鮮が…」

「三百万人ぐらいです」

「合わせて五百万人だから、両方の国のうち六人に一人が被害に遭ったということだ。それだけ朝鮮半島はずたずたにされたんだな」

「ここに北朝鮮の人口の数字がありますが…」

私の話す声に耳を傾けながら、本を捲っていたカンが声を寄越した。

「一九五〇年当時の北朝鮮の人口ですが、九四七万人とあります。しかし、休戦状態に入った一九五三年には八四九万人まで減少したとあります。戦死者が五十万人から六十万人でしたから、この数字可笑しいですね。実際には戦死者の二倍以上の人口減少になっているんです」

「そうだなあ。だが、三百万人は人的被害で必ずしも死んだ人間の数ではなかった。負傷者も含めての数字だったな」

「ええ、そうです。とすると…」

パラパラとページを捲る音がした。

「逃げ出した人たちがいます。戦争が起こって北朝鮮から韓国に移動した人たちが相当いますね。拉致されて北朝鮮に連れて行かれた人も大勢いますが、それを遥かに上回る人が韓国に逃げ込んだ。五十万人とも、七十万人とも言われています。それでこういう数字になるのです」

「ということは、北朝鮮の共産主義に付いていけない人がたくさんいたという証明になるな。やっぱり北朝鮮の考えに無理があったんだ」

「恐らく…これは私の想像ですが、逃げ込んだ人たちの中には、離散家族がたくさんあったと思います。家族全員で国境を越えて逃げるのは難しいから、家族を残したまま韓国に逃げ込んだ人も大勢いたのではないでしょうか。幼いときにそんな話を聞いた記憶があります」

「それが数十万人にも上っている。つまり生き別れだ」

「そうだと思います」

生き別れの表現が出て、私の思考が刺激された。父と母のことである。だが、それを顔に出さないようにした。

「そろそろ勉強を終わりにするか」

「ええ」

カンもすぐに承諾した。二人の語り口は先ほどと比べて柔らかくなった。切ない会話の最後には、折れていく方法しか見つからない。それに疲労も手伝っていた。

海印寺《ヘインサ》の女子大生

翌日は快晴であった。どこかしら浮き立つ青空であった。釜山に入って二日目の朝を迎えていた。

「今日は釜山を楽しむか」

身支度を整えながら、カンに話し掛けた。

「楽しむってどういう風に」

「色々ある。街を散策してもいいし、旨《うま》いものを食べに出掛けるのもいい。部屋に閉じこもる必要はどこにもないからな」

「遊ぼうって魂胆ですね」

「お前、随分と難しい言葉も知っているな」

「群青さんがくれた新聞のお陰です」

「大学新聞で、魂胆なんて言葉を使っていたかな」

「冗談ですよ、本気にして」

カンの気分も昨日と違い、空のようにカラッとしていた。

少し話し合って、今日の動きを決めた。観光を主体とした市内巡りを提案した私に対して、カンは遺蹟《いせき》を見たいと言った。仏教国でもある韓国には名刹が国中至る所に散らばっている。この機会にぜひとも、というのがカンの思いであった。

私に異議はなかった。で、どこに行くかを検討し、カンが発案した慶尚南道《キョムサンナンド》の海印寺《ヘインサ》とかいう寺をめざすことになった。

私の知識では、釜山近くの遺蹟といえば、慶州がすぐさま浮かんでくる。高校時代、李社長と出掛けた古都慶州は、石仏がかしこに散らばる長閑《のどか》な田舎との記憶がある。カンにとっても、当然慶州の地名が出てくると思っていたが、まったく知らない場所の名前であった。

海印寺——この寺は新羅時代に建てられた韓国有数の寺らしい。高麗八萬大蔵経《コリヨパルマンテジャンギョン》というありがたい経典が納められており、各地から見物に訪れる人も多いとか。だが、カンが「この機会にぜひ」と言っただけあって、現地への道程《みちのり》も簡単ではなさそうだ。

説明では、釜山北西の沙上《ササン》という場所に行き、そこから郊外行きのバスに乗り、二時間はかかるというものだった。

「長い時間、バスに乗るんだな」

「それだけ、いい場所に連れて行ってくれるということです」

「カンにしては、珍しく楽天的な考えだ」

「今日は遊ぼうと決めました。でも明日からは違います。学生の本分は勉強だから」

「耳の痛いことをいうヤツだ」

揶揄した表現を使ったが、私の感情は少しも乱されていなかった。見知らぬ街の見知らぬ場所に出掛ける、浮き立つ気持ちが勝っている。

沙上にはバスで向かった。ホテルから三十分もかかる。そしてまた、バスへの乗り換えである。

丁度いいタイミングでバスがあった。すかさず私たちは乗り込んだ。

市内を一旦抜けると山野が拡がっていく。畑地では、頭に手ぬぐいを巻いた農村の女性が腰を屈《かが》めて作業をしている。日本の田舎とまったく変わりがない。そして、二年前に見たイムジン河近くの景色とも似通っている。

海印寺までは二時間近くかかる。途中、軽い眠りに誘われ、窓に頭を押し当てたまま夢心地となった。整備の状態が悪い道路も、適度な振動となって深間に誘っていく。

「着きましたよ」

肩をポンポンと叩かれ、目を瞬かせるとバスの終点であった。平屋の粗末な発着所の待合が見え、横付けする形でバスが止まっている。

「やあ、よく寝たな」

背伸びをして、半分眠っている体を起こす。

「昨晩あれだけ寝たのに、またぐっすりでしたよ」

「そうかい、揺られていると気持ちよくてな。カンも寝たのか？」

「ずっと起きていました。群青さんが寝て、僕までが寝たら、どこで起きればいいか分からないでしょう」

「だって終点で降りるのだろう」

「そうですが、あれでもということがあるかも知れません」

「それってカンらしい取り越し苦労だ」

「取り越し苦労？」

「いいって、カンらしい優しさってことだ」

終点で降りたが、海印寺まではまだある。道すがらの人を呼び止めて聞くと、右手の山に向かって一時間はたっぷり歩かないと着かないらしい。

「カンよ、終点から二十分程度で着くとか言ってなかったか」

「私の思い違いでした」

「二十分と一時間じゃ違い過ぎる。どうする、歩くか？」

「行きましょう」

「それって歩くってことだな」

「きっと気持ちがいいですよ」

　やや及び腰となった私と違い、カンの気持ちに迷いはなかった。

　小さな町中を抜け、歩き続けた。やがて坂道となり、右に左に曲がりながら上り続けねばならなかった。上っていく左手に小川が流れている。急ぎ足で下っていく水流は、岩肌にぶつかり白い飛沫をあげ、舞い踊っている。

「随分と歩くんだな」

「思った以上に遠い所にあるんですね」

　長い、長い坂道であった。右に左に折れ、目先を変えてくれる素晴らしい景色がなければ、断念したいほどの長い坂道であった。

「あれだな」

　やっと前方が開けた。これまでの道と違い、少し広場のようになっている。空が拡がり、地面を明るく照らしている。

「そうみたいです」

　カンの言葉を待つまでもなく、寺の門が見え始めている。二人の足で一時間どころか二時間も要して、やっと海印寺の入り口にやって来た。

海印寺は、想像を超えて大きな寺であった。本堂に行くまでに幾つもの門があり、順に一柱門《イルチュムン》、鳳凰門《ポンファンムン》、解脱門《ヘタルムン》と続いていく。

最初の一柱門の前で、私たちと同じ年格好の女性たちが交互に写真を撮っている。横目で見やりながら過ぎようとすると、そのうちの一人に呼び止められた。

「すみません、写真を撮ってもらえませんか?」

訛《なま》りのない日本語だった。私は、ハッとして女性の顔を見詰めた。猫のように大きな瞳が印象的な女性だった。

「どうして君は日本語を?」

「えっ、あなた日本人なの?」

今度は彼女が驚いた顔をした。声を掛けた相手が予期せぬ日本語で応対したからだ。

「私、驚いたわ」

「それはこっちの方だ。まさか日本の人とはね。で、用件は…あっ、そうか。写真だったよね」

私は、女性からカメラを受け取った。彼女たちは五人で来ている。全員が揃《そろ》った写真を撮るために私を呼び止めたものだった。

「どこをバックにすればいいのかな?」

私は、差し出されたカメラを手にしながら訊いた。

「この後ろを入れていただけると嬉しいわ」

「分かった。じゃ、みんな並んで」

私たちと同年代の女性がいそいそと立ち位置を決めていく。

「いいかい、じゃあ撮るからね、はい、笑って。セイ・チーズ」

ファインダーに浮かんだ五人の女性が一斉に笑顔を浮かべた。

「ありがとう、助かったわ」

私に声を掛けた女性が、被写体の中から近づいてくる。やはり、同じ年頃に思える。

「海印寺は観光かい?」

私は野暮な質問をした。

「そうよ、友達と一緒に来ているの。日本人は私のほかにもう一人、あの彼女がそうよ」

顔を滑らすと、五人の中の一人が軽く頭を下げた。髪が顔の前でほつれ、手でかき上げて顔を上げた。

「後の三人は彼女のクラスメートで韓国の人。私は別の大学だけど加えてもらったの」

「で、どこから?」

「私はソウル。彼女たちは釜山大学で文学を専攻しているわ」

「釜山大学!」

「あなたも釜山大学なの」

「いや違う、たまたま昨日、釜山大学に行ったものだから驚いたんだ」

彼女と立ち話をしているうちに、仲間たちが近づいてきた。こんな山奥のほかに誰も訪れていない場所である。自然と五人の女性と私たちは合流する形となっていった。

歩きながら、まずは互いの挨拶ということになった。といっても名前を名乗り合うぐらいである。彼女たちが自分の名前を言い、続いて私とカンが名乗った。

「群青さんと言われるのね。で、そちらがカンさん。覚えたわ」

五人の中で、私に撮影を頼んだ女性が阿瀬川麻衣という名前だった。彼女は仕切り屋らしく、他の四人の女性についても麻衣の口から紹介がなされていく。

阿瀬川麻衣と同じ、もう一人の日本人女性は一杉陽子という名前だった。彼女の名前は記憶できたが、他の韓国の女性三人の名前は、聞いてすぐに記憶から飛んでしまった。どうも韓国名は難しい。

たわいない話をしながら、海印寺の中を進んでいく。大層立派な寺院であるが、気持ちの半分は女性たちとの会話に傾いている。いきおい、私が阿瀬川麻衣と一杉陽子を受け持ち、カンが韓国の三人の女性を受け持つ格好となる。といっても私の組は、快活な阿瀬川麻衣と私が話をする格好で、一杉陽子は頷くばかりであった。

「じゃあ、群青さんたちは昨日来たばかりなのね」

「そう、下関からフェリーに乗ってね。で、釜山に着いて初めて出掛けた所が釜山大学。カンの勧めで行ったのだが、大きな大学でさすがと思ったね。阿瀬川さんはみんなとは別でソウルから来ていると言ったね。ソウルはどこの大学？」

「梨花女子大学よ。聞いたことがあって？」

私は軽く首を振った。初めて聞く大学名である。これまでに覚えた韓国の大学は、ソウル大学、高麗大学、延世大学、それに釜山大学である。韓国も日本同様、たくさんの大学があるのだが、彼女が通う大学は無論初めて聞く。そのことが彼女を少しがっかりさせたみたいだった。

私の心の内を見透かしたのか、阿瀬川麻衣が言葉を継いだ。

「私は陽子のように賢くないから女子大がやっとだったの。でも満足しているわ」

「そうか、きっとあなたにとって一番いい大学なんだね」

「群青さんたちは?」

「俺たちは二人とも早稲田だ」

「えっ、早稲田、凄ーい。優秀なんだ!」

「どうかな。カンはともかく俺は怪しい。講義なんか聴いたこともないしさ」

私は格好をつけて、自分のことを「俺」と表現するとともに、言葉の最後に「さ」を付けた。いかにも東京の大学に在籍する学生らしさを装った。

「早稲田か、いいなあ、私も入りたかったわ」

「そう言ってくれると嬉しい」

彼女が在席する梨花女子大の名前を知らなかったのが、私の心の隅をチクリと刺した。

「群青さんたちは、いつまでこちらにいらっしゃるの?」

私が少し困った表情を覗かせたのか、彼女のほうから助け舟を出してくれた。

「細かく決めてないいんだ。カンは勉強するつもりだが、僕はそこまではね。ま、観光気分だ」

「ずっと釜山に」

「いや、数日の予定だ。その後はソウルに行く。資金の続く限り韓国に滞在するつもりだが、パスポートの都合もあるしね」

「それって…」

「一応、一カ月の予定でいる。日本の大学はどこも紛争で休講ばかり。だから単位の心配もないしね。それより君たちは?」

「二人とも留学よ」

「どうして韓国に?」

「来てみたかったの」

「それは分かるが、韓国を選んだ理由だよ」

「あっそうか。私は、そうね…なんとなくかな。でも陽子は違うわ。彼女はね、しっかり勉強するために釜山大学を選んだのだから」

「そうだろうね、釜山大学に留学するなんて優秀でないとできない。釜山で一番難しい大学なんだろう?」

　二人の話に一杉陽子が照れた顔を覗かせた。肩までの髪がはらりと耳にかかり、それを手でかき上げた。その仕草を見たのは二度目だった。

　私の右隣に阿瀬川麻衣、その向こうに一杉陽子と三人が並んだ格好で歩いている。この形では、つい真ん中の麻衣ばかりの顔を見てしまうが、陽子のことに話が及んだとき、照れを覗かせた彼女の顔を私はどこかで見た気がした。そして、すぐに思い浮かんだのがファースンの顔であった。

李社長の家に滞在したとき、いつも照れた顔を浮かべていたファースンに似ている。いや、照れた顔をしたからファースンに似ていると思ったのかも知れない。

ファースンは寡黙だった。喋れない日本語だけでなくハングルもあまり喋らなかった。二階の私の部屋に案内してくれ、歳を尋ねると照れた顔をして引き下がった。滞在して数日経って、レンジンさんから教わった片言の日本語を口にした後も顔を赤くして引き下がった。あれだけ世話をしてもらいながら、交わした会話は僅かなものだった。ファースンは元気で暮らしているのだろうか。

「あれが本堂かしら?」

少し途切れた会話を復活させたのが麻衣だった。足を進めるうち、寺院に囲まれた中庭に出ており、側面の階段の向こうに一段と歴史を感じさせる建物が見えている。大寂光殿と書かれてある。

「そうみたいだね」

返事をする間もなく三人の足は、進められていく。後ろでは、カンを中心に賑やかな笑い声が何度も聞こえてくる。時折聞こえるハングルの内容は分からないが、韓国女性三人を相手にカンの奮戦ぶりはなかなかのものである。

いつも真面目くさって、冗談の一つも言えないカンのどこを探せばあんな社交性が出てくるというのか。カンのすべてを分かっていたつもりでいたが、まったく知らないというのが本当であった。

「これがそうだわ」

私たちの目が張りついた。

お目当ての八萬大蔵経が納められている場所は、急な石段を上った建物だった。大蔵経版庫という。中央の通り道を挟むように左右対象に広がった平屋の建物にびっしりと経典が納められてある。説明によると、仏教の経典と論書を総集したもので、板の両面にくまなく経文が彫られてあり、その数は八万余り。建物のすべてが経典で埋まっている。

「凄いわ」

阿瀬川麻衣が感嘆の声を上げた。側の一杉陽子も感激の面持ちでいる。今から約八百年前、一二三六年から十六年の年月をかけて彫られた経典を格子の隙間から見ることができる。膨大な経典が納められた建物は、その名を示し「八萬大蔵経閣」と名付けられてあった。

「八万って凄い数よねえ」

「正確には、八万一二五八枚の版木が納められているらしいよ」

私は、資料を見ながら、知ったかぶりをした。

「ついでに言うとね、版木は樺《かば》木材で、一旦海水に浸《つ》けた後に、塩水で数年間蒸して乾燥させているんだ」

「へえー、そうなんだ」

麻衣が感心して頷いている。版木は、四棟にずらりと保管され、格子越しに眺めるだけとなっている。

「しかし、凄い数だな。これは確かに見る価値がある」

「本当にそうね。来てよかったわ」

私も同感であった。釜山から遠い海印寺だったが、来た価値はあった。だが、目当ての経典を見ればほかに目ぼしいものはない。寺院は厳かであるが、観光とはほど遠い存在である。実際、一番奥の八萬大蔵経閣に辿り着くと、まさに終点という感じ。建物のぐるりを回れば、すべてが終結してしまう。

「そろそろ戻ろうか」

出会った私たちに別れの時間が迫っていた。

「群青さんたちは、どうやって来たの」

「バスだけど」

「えっ、バスで。随分、時間がかかったでしょう。私たちは車で来ているのよ」

「そうか、リッチなんだ」

「そんなに立派な車じゃないわ。それでも良かったら、一緒にいかが」

「一緒にって、乗っけてくれるのかい？」

「バス乗り場まで遠いわ。そうだ、ついでだから釜山まで送ってあげるわ。そうしましょう」

私とカンは思いがけぬことに顔を見合わせた。

彼女たちは、二台の車に分乗して来ていた。これまでの流れから、私と一杉陽子が阿瀬川麻衣の運転する車に乗り、もう一台にはカンが乗り込んで出発した。

「それでは安全運転で…」

二台の車が海印寺を出発した。カンが乗り込んだ車が先導、私と阿瀬川麻衣、一杉陽子を乗せた車が後発となった。

「海印寺は本当に良かったわ。あんなにたくさんの経典が見られるなんて」

「そうだね、驚いたよ」

「海印寺のことは、前から知ってらしたの?」

「ううん、こちらに来てカンから教えてもらったんだ」

「そう。私も俄勉強なのだけど、海印寺は韓国三大寺院の一つで、八百二年の創建なんだって。だから、千百年も前に建てられたお寺よ。建てた人は、順応《スヌン》と理貞《イジョン》という二人のお坊さん。建てられてから何度も火災に遭って、当時のものがそのまま残っているのは少ないみたいなの」

「そうなんだ」

「それから、海印寺は、釜山の北にある寺では仏の通度寺《トンドサ》と並んで法の海印寺と呼ばれているのよ」

「法の海印寺! なるほどね」

私が頷き、阿瀬川麻衣が続きを口にした。

「あれほどの経典が納められてあるなら、当然ね。法の海印寺と呼ばれるわけが分かったわ」

まったく同感であった。韓国の人間ならずとも一度は見てみる価値がある寺であった。

麻衣の運転はなかなかであった。快活な性格そのままに、ハンドル捌《さば》きもシャープである。

来るときのバスでは、途中から眠ってしまったが、今度は違う。女性の運転する車への便乗である。眠気は遠い。

「この道は苦労して上って来たんだがなあ。車だと、あっという間だ」

「歩くなんてムチャよ。海印寺がどんな所か知らなかったんでしょう」

「カンのヤツに任せていたからなあ」

長い坂道を滑らかに進んでいく。見覚えのある景色が矢のように後ろに飛んでいく。

「群青さんって、いつもカンさんに任せて行動するの？」

「そんなことはない。韓国ではカンがリーダー、日本では僕だ」

「日本でもカンさんだったりして」

「ばれたかな」

私が頭を掻《か》いた仕草をしたので車内に笑い声が起こった。同じ年代の男女の話だけに花が咲き続ける。ただ、一杉陽子だけは、話に頷くだけで自分から積極的に口を開くことはなかった。

釜山の街中に戻ってくるのに二時間がかかった。日本と見紛う田舎の景色から次第に都会の景色にチャンネルが捻《ひね》られていく。あの静謐《せいひつ》な海印寺に出掛けたことが嘘のような過去になっていく。

「もうすぐ釜山駅よ」

「バスに比べて、半分近くの時間で戻って来られた」

「それも海印寺のご利益よ」

「確かにそうだ」

もう、友人となった若い男女。親しい笑いが車中に広がる。

「さあ、着いたわよ」

「ああ、本当に助かった」

「こちらこそ楽しい道中だったわ」

「それじゃあ、またね」

名残を惜しみつつ、私は麻衣の車から降りた。カンも、もう一台の車から降りてくる。

「出会えて楽しかったわ」

「僕たちもだ。それと送ってもらってありがとう。また会えるといいね」

踵《きびす》を返そうとする私に、運転席から麻衣が呼び止めた。

「群青さん、待って」

運転席に座ったままの麻衣がバッグからペンを取り出すと、紙片にメモを走らせた。

「これ、受け取って。ソウルの私の住所なの。群青さんたち、ソウルに向かうって言っていたわね。私も明後日にはソウルに戻るつもりよ」

差し出されたメモには、住所の横に電話番号も記されてあった。メモから目を上げると、麻衣が「待っているわ」といい、後部座席に視線を移すと陽子が軽く頭を下げた。顔を隠すようにハラリと髪を揺らした陽子を見るのは三度目のことだった。

「うん、連絡しよう」

「必ずよ」

手を振る私たちを残して、車が街に走り出す。阿瀬川麻衣の運転する車、続いてもう一台が。運転席の窓から手を上げた麻衣が小さくなり、後部座席から振り返った陽子の顔も消えていった。

「行っちゃったですね」

カンが呟《つぶや》いた。

「ああ」

カンより小さな声が私だった。

「何ですか、その気の抜けたような返事は」

「悪かったな、こんな声で。大体カンなあ、お前は何でニヤニヤしているんだ」

「なかなかいい雰囲気だなと思っていたのです」

「何が言いたいのだ」

「群青さん、さっき阿瀬川って女の子からメモを貰ったでしょう」

「ああ、それがどうした」

「それってつまり…群青さんに気があるってことでしょう」

「そんなこと分かるものか」

私は怒ったような声を出した。


釜山に来て三日目の朝を迎えた。今日の天気もよい。窓からの景色も馴染んできた。街の中に、自然と溶け込める気分である。

「さてと、今日の予定だな。どうするかな」

「もう充分に遊んだでしょう。そろそろ勉強もしないと」

「勉強といったって、机ひとつないこんな所でか」

「だから、どこかに腰を落ち着けて勉強をするか、大学の図書館に通うのですよ」

「あまり気乗りがしないいな」

私の声に流されたわけでもなかろうが、結局その日は無為に過ごすはめになった。唯一、勉強を主張したカンの要望に若干近い形になったのが、釜山大学へ借り受けた本を返しに行くことであった。大学から指定された返却日が今日だったからで、ただ、それだけであった。

釜山大学も二度目となると見慣れた感じがする。気後れはどこにもない。

心のどこかで期待していたのだろうか。学内を進みながら、私の目はどこか一杉陽子の姿を探していた。

彼女とは碌に話をしていない。阿瀬川麻衣とばかり話して、あれだけの時間を共にしながら、声さえ聞いた記憶がなかった。

多分、偶然を期待するのは無理だろう。文学を専攻しているだけで、ほかのことは一切分かっていない。なんとなく心の引っ掛かりを覚えながら、大学構内を進んだ。

「返してきましたよ」

「ありがとう。カンには迷惑を掛けたな」

「大丈夫。これは群青さんへの借りでしょう」

「違う、貸しだ。借りがあるのはこっちで、俺がカンに借りをつくったのだ」

図書館から出てきたカンと合流すると、また釜山駅のホテルに向かっていくバス乗り場に足を進めた。

「カンさあ、明日はソウルに向かうか？」

横を歩くカンが、顔を向けてきた。

「釜山は、もういいのですか？」

「お前の勉強の邪魔ばかりをしてもいけないしな」

「珍しいなあ。群青さんがそんなことを言うなんて」

「俺だって学生さ。勉強の大切さぐらい知っている。ましてお前は国際弁護士とか難しい世界をめざしているんだろう。だったら、いくらでも勉強をする必要がある。毎日、遊び呆《ほう》けている身分ではないっていうことだ」

「群青さんも一緒に勉強しますか？」

「馬鹿言え、俺は国際弁護士なんかにちっとも興味はない。それと頭の構造がカンとは違う」

「群青さんの方が…」

「そうそう、俺の方が劣っている。法律なんか受け付けない頭になっているんだ」

「本当はそう思っていないくせに」

カンの口許が緩《ゆる》み、つられて私も笑ってしまった。

ソウル市の住み家

釜山を後にした。私たちは、ソウルをめざす列車に乗っていた。釜山駅のホームを離れ、既に六時間以上が経過している。

「あと少しでソウルですよ」

カンの言葉に窓の外を見る。だが、車窓からの景色に見覚えがない。初めて訪れる街のようである。

「ソウルって、こんな街だったっけ?」

「以前に来たことがあるのでしょう」

「そうなのだが、見覚えのある景色がどこにもない」

それでも街が近づくにつれ、さまざまな思い出が浮かび始めてくる。あの鮮やかな記憶が刻まれた高校時代の二週間。出会った人たちは、どうしているだろうか。そしてまた、私のことを記憶しているだろうか。

でも、そんなこと、どうでもいい。諸手《もろて》を挙げて私を歓待してもらいたいという気持ちなんてどこにもない。高校時代のような、おざなりの表面《おもてづら》を見て歩く旅行なんて念頭にない。

不思議なことだが、今の気持ちを素直に言うなら、この旅行中にソウルの街にどっぷりと浸かり、ソウルの一市民のように溶け込んでみたい。自らの意思で、自らの足でソウルを確かめたい、そういう気持ちが勝っている。

（そうだ、私がソウルにやって来たのは…）

揺られる列車の中で、私の心に幾つかに散らばっていた考えが纏《まと》まりかけていた。

一つには、朝鮮戦争の掘り下げである。高麗大学の田村和夫によって基礎的な知識が施され、加えて、釜山大学で借りた「民族の悲劇」という本をカンに解釈してもらい下地が固まった。だが、充分とはいえない。臨場感に乏しい迂遠《うえん》な知識に過ぎない。これを納得のいくレベルまで引き上げたい。これが、まず第一点である。

あの夏の二週間、私の中に朝鮮戦争の実相を知りたい欲求が構築されていった。それらの時間とともに土壌が整備され、骨組みが立ち上がったが、絶対的に足りない素材があった。それは戦争を実際に体験した人の肉声という素材である。

なんとか朝鮮戦争を体験した人の声を聞くことができないだろうか。

思えば、私に知識を授けてくれたのは、すべて間接であった。具体的な話は何一つ受け止めていない。あの戦争を経験した人物と話し、戦争の生々しさをどこかで受け止めたいと願う自分がいる。

二つ目は、父のことである。朧げに見えた父の生活であったが、詳細は茫《ぼう》としている。父のことで簡潔に知りたいのは、生きざまである。高校時代、突き詰めた話もなく別れてしまった父であるが、父はどのように生きてきたかを知りたい。

実際、高校時代に韓国を訪れた私と父の接点は僅かであった。大した会話もできぬまま帰国を迎える羽目にもなってしまった。

再会を約しながら反故《ほご》にされ、以後、父との音信はない。そんなことより、朝鮮戦争と父がどう関わってきたのか、そして父はどうして現在を迎えているのか、母には悪いが、その関心が私の求めるものとして強い。

また、父を介在させると李王朝のことが絡んでくる。衝撃ともいえる私の過去だったが、どの程度までが事実なのか判然としていない。

父が李王朝の末裔であり、私がその血を引いている事実を優先して考えても朝鮮戦争との関わりは不明である。まして、李王朝に対する私の知識はゼロに等しい。この二年間のもどかしさは、暗がりの中に放り出された自分を確かめる光がなかったためである。

ソウルに来たからといって、それらすべてを収穫できるとも思わない。だが、お手上げの日本よりましだろう。実際、カンが提案した今回の旅行に私の心が動いたのはこんな理由である。

日本と同じような景色が続くソウルの郊外を進む列車の中、私の頭は冷めていた。

列車が速度を落とした。車内にアナウンスが流れてきた。

窓の外が回転を落としたビデオのように、ゆっくりと流れ始める。ついにソウルの街に入っていく。

ソウル駅に降り立った私たちは、互いに顔を見合わせた。心に期するものを感じ合っている。

だが、まず確保しなければならないのは、当面の宿泊場所である。

約一カ月滞在するとして、釜山のようにホテル住まいは無理だ。交通の便も欲しいが、廉価であることが最優先。所持金の目減りを抑えながら、できるだけの条件を引き出すにはカンのハングルが頼りになる。

「どうするかだよな」

私はカンに問い掛けた。カンが私を見詰め直す。目に輝きがある。こんなときのカンは、無策ではない。

「群青さん、私が思っていること、聞きたい?」

案の定、カンにはアイデアがあるみたいだ。

「ソウルに、暫く滞在したい。でも、私たちは裕福でない。ホテルに泊まり続けることはできない。群青さんが言いたいのは、今持っているお金で、住まいをどう確保するかでしょう」

「その通り、カンは賢い。いちいち説明をしなくても分かっている」

「では、僕に付き合ってください」

「付き合う?」

「そうです」

「無駄足に終わることはないだろうな」

「そんなこと分かりません。でも、僕に頼るしかない、群青さん、そうでしょう」

「人の弱みを引き合いに出すな」

私の心はとうに見透かされていた。カンは軽い笑いを浮かべ、参りましょうと体を反転させた。

カンは、どこに連れて行くというのか。あいつのことだから、危ない場所ではあるまい。数分歩いて、カンが振り返った。

「ここからバスに乗ります」

「どこに行くんだ?」

「乗れば分かります」

　カンは、行き先を明かさなかった。

　バスが来た。カンが〝乗れ〟という。行き先を見るが、判読できない。

「どこに行くか分かります?」

　乗り込んだ私に、カンが話し掛けてくる。

「そんなもの、分かるか。俺がハングルを読めないのを知っていて聞くな」

「あれ、残念だなあ。群青さんのことだから、てっきり分かったと思ったのに」

　カンが嬉しそうな顔をするので、私は横を向いて外の景色に顔を合わせた。

　バスは、ソウル市街の中心から少し離れていく。この方角にはいつぞや来たことがある。そうだ、パクチョリの運転で向かった父が住む方角である。

　まさか、そんなことないよな。沸き起こった微《かす》かな不安を打ち消す。当たり前のことだが、たまたま走る方角が一緒だっただけに違いない。

　ソウル駅から二十分は走った。まだ、走る様子である。カンに行き先を聞きたいが、癪《しやく》である。さも関心なさそうに車外を見詰めて黙っていた。

「さあ、降りましょう」

突然な感じでカンが私をつついた。私は反射的にカンの顔を見る。

「ここか?」

「そうです。ここで降ります。遅れないように」

出口に向かうカンの背中を追った。

降りた所は、学生の多い街であった。

「おいおい、ここは…」

「もう分かりましたね。ソウル大学のすぐ近くです」

「何で大学なんかに。今日は図書館に行かないぞ」

「それより住まいでしょう。だから、ここで探すのです」

「ここで?」

「そう、ここでです」

私は、なんとなくカンの意図するところをのみ込みかけていた。だが、カンが思うように上手くいくのか。彼の顔は自信に溢《あふ》れている。暫くは黙って様子を見ていよう。

私たちはソウル大学に入った。学内の表示板をカンが見ている。そして、ときどき頷いている。

「あっちの方角です」

歩き出したカンの後ろ姿から、彼が何を考えているか、もう私には分かっていた。

講義が行われる校舎棟に比べて小さな建物の前にやって来た。入り口の右手の掲示を見詰めている。

「群青さん、暫く待ってもらっていいですか？」

「ああ、分かっているって。俺がいない方がやりやすいんだろう」

「どうして分かったんです？」

「どうだかな」

私は曖昧《あいまい》な表現を用いた。

五分が過ぎた。十分が過ぎた。待たされる時間が結構長い。長いということは交渉に時間がかかっているに違いない。そしてそれは多分、私たちにとって良い方向に傾いているに違いない。

十五分が過ぎてカンが出て来た。〝やったね〟という顔である。手には紙片を持っている。

「その顔だと成果があったのだな」

カンに近づきながら、思ったことを口にした。

「検討しましょう。二つほど紹介してもらいました」

そう言いながら、カンはソウル市内の地図を広げ、手にしていた紙片を広げた。

カンの考えていたことはこうであった。

絶対的な条件、安い住まいを探すには学生向け、しかも学生相手を専用にしている不動産仲介の店を探すことである。で、それがどこにあるかと言えば、当然のこと大学周辺。だが、大学そのものが斡旋《あっせん》してくれるなら、もっと好条件なのではあるまいか。

ソウル大学に来たのもこういう理由であり、構内に入ってカンが探していたのは、学生をサポートしてくれる窓口であった。

幸い、ここソウル大学では学生生協（サポート課）のような部署があり、学生向けの物件案内が充実していた。カンは紹介を受けたそれらから、私たちに相応しいと思われる物件を二件ほどメモし、私のところへ戻ってきたというわけだ。

「二つあります。これか、これのどちらかがいいと思います」

大学周辺の地図を広げてカンが指さす。

「そうだな、行ってみるか」

私は即座に反応した。

一件目は、大学から歩いて十分の所にあった。東崇洞《トンスンドン》という場所である。新しくはないが、室内の広さは思った以上にあり、当座、二人が暮らすのに問題はなさそうだ。

二件目も至近距離にあった。最初の所から数分、こちらもまあまあである。ただ、一件目の方が古い分、安い。

「どうする？」

「どちらでもいいですよ」

カンが、私に決定権を委ねた。

「じゃあ、一件目だ。料金が違う。それでいいな」

カンは頷いた。

あれでも手こずるのではと思っていた住まい探しが、案外のことスムーズに事が運んだ。これで、ソウルにおける当分の拠点が確保できた。気持ちがスーッと楽になった。

もとより荷物のほとんどない二人である。家具もいらないし、調理をする気もない。適当に外食を続ければ、生活は維持していける。それと大学に近ければ、色々な意味で利点が多い。お金がかかる食費代を、大学の食堂で済ませれば安上がりになる。韓国食は得手でないが、パンや麺《めん》類は豊富だし、また間食程度のものなら、ふんだんにある。そこまでカンが見通したわけではなかろうが、都合のいい点は幾つも数えられた。

私の思惑をほぼ満たしてくれたカンだったが、彼には彼で思うところがあったのを、ソウルで迎える初めての夜に知ることができた。

「私が、大学の近くで探すことを思い立った理由ですか？　実は、群青さんが言われる安い物件が転がっているということは、あまり意識してなかったんですよ」

「そうなのか、俺はてっきりそうだと思っていたんだがな」

「大学に近いと本を手に入れるのに便利ですからね。街中にない専門書もここだと簡単に見つかります。折角、ソウルまで来て何もしないのが嫌だったのです」

「お前って、つくづく真面目なヤツだな」

「勉強が学生の本分って、群青さんも言っていたじゃありませんか」

「そうだが、あれはものの例えだ。お前が好みそうな言葉を吐いただけさ」

「でもここなら、群青さんが関心を示していた朝鮮戦争の資料もあるのじゃないでしょうか。少なくし釜山よりは」

「そうだな。それは期待できる」

「群青さんは、ご自身の関心のあることを。私は法律の勉強を。せいぜいソウル大学を利用させてもらおうじゃありませんか」

　頷いた私だったが、カンのように純粋な気持ちになれない自分を見詰めていた。

　翌日は、とりあえずソウル大学に紛《まぎ》れ込んだ。部屋にじっとしているわけにはいかない。カンが嬉々《きき》として構内を歩いている。学問が本当に好きなのだろう。国際弁護士よりも、大学に留まって学究肌の血を滾《たぎ》らせたほうが彼に似合っているのではと思う。

「いいですね、大学の雰囲気は」

「そんなものかな」

　私は適当に答える。学内は、早稲田のように騒然としていない。日本にいるとき、あれだけ嫌悪した学内の様相と懸け離れたソウル大学に物足りなさを覚える自分がいる。

「何だかつまらなさそうですね」

「そんなことない。ただ、カンの言うように静かな大学だなと思ってさ」

「これだと、しっかり勉強できます」

「ああ、まったくだ」

　と言いながら、味気なさも感じてしまう。

「ところで群青さんはどうします?」

「お前が言ったように、図書館に入り込んでみる」

「一人で大丈夫です？ハングルが読めないのに」

「そんなこと気にするな。なんとかなる」

「本当かなあ」

「それより、お前は？」

「法律の講義を探して潜り込んでみようと思っています」

「授業に出るのか？」

「そうです」

「でも、講義はハングルでやっているんだぞ」

「私は韓国人ですよ。何を言っているのですか」

「あっ、そうか。そうだったな。すっかり忘れていた」

私たちは笑い合って別れた。めいめい昼までは自由行動とし、正午に図書館前で落ち合うことだけを決めていた。

図書館の蔵書

図書館は釜山大学に匹敵する蔵書数であった。いや、蔵書数はこちらの方が遥かに多く思える。

カンには「気にするな」と大見得《おおみえ》を切ったが、いざとなると自由が利かない。膨大な図書を前に目当てのものを探す自信が急速に失せていく。ま、当たってみるか。私は受付の女性の前に進み出た。

「日本語で話してもいいですか?」

私の問い掛けに、受付女性は一瞬たじろいだ。

「本を探しています。日本語の分かる人はいますか?」

意に介さず、日本語を喋り続ける私を彼女は汲《く》み取って、手で「待っているように」と合図して席を外した。

これで何とかなる。私は楽観視して彼女の戻るのを待った。

想像通り、一分ほどで先ほどの彼女が、中年の男性を伴って戻って来た。白いワイシャツに紺色の上着を着てメガネを掛けた、いかにも図書館員という男性である。

「君は日本人?」

癖のある日本語だった。

「そうです。本を読みたいのです」

「何の本?」

男性の日本語はセンテンスが短い。堪能ではないが、充分に聞き取れる。

「李王朝の本です」

「李王朝ね」

確認で繰り返してくる。私は大きく首を縦にし、意図が伝わったことを表した。

男性が、館内の一角に導いてくれる。ある所まで来て立ち止まると、計三段余りにびっしりと並んだ蔵書を手で示した。この一帯が李王朝に関する文献であることが分かる。

「ありがとう」

礼を投げると、男性は頷いて受付の方に戻っていった。

メガネの背中を見送った私は、振り向くと蔵書を適当に取り出しては眺め始めた。表紙に目をやり、次に中をぺらぺらとやる。ハングルがいっぱい書かれてある。無論、読めない。パタンと閉じると元の場所に返す。

これだけの本があるのだ。必ず、日本語で書かれた本にも出くわす。その自信があったし、大学とはそういうものとの確信があった。

二冊、三冊と同じ動作を繰り返す。まったく書かれてある内容が分からない。この調子ではいつ辿り着けるか分からない。今度は一段ずつ水平に目を移動させてみる。一段目なし。すべてハングルの文字ばかりだ。二段目、これもなし。腰を屈めて一番下の三段目に目を這《は》わせていく。ここら辺りまでが、男性が示した李王朝に関する文献のはずだ。

スーっと目を流して、パッと途中で止まった。

あったぞ。私は思わず声を出してしまった。近くの学生が、何ごとかのように私の方に少し顔を向け、また、顔を元に戻した。

私にも読める日本語の本が見つかった。ハングルの文献に混じって、日本語で書かれた背表紙が見える。たった一冊だが、燦然《さんぜん》と輝いている。私は宝物でも発見したように、丁寧に取り出した。

本のタイトルは、「李王朝の変遷」とある。私の望む知識が得られる期待感が高まった。それからの私は二時間近く本に没頭していた。静かな館内だが、さらに静けさの中に自分がいて、まさに真空に包まれているような状態だった。

これほど精読したことはない。本から顔を上げたとき、暫くは自分を喪失していた。やっとソウル大学の図書館に自分がいることを思い出したのは、カンとの約束が迫った正午直前だった。

「群青さん、お待たせしました」

図書館の前に立っている私を見つけて、カンが走り寄ってきた。

「いい時間を過ごせました。僕が覗いた教室は民法をしていたのですが、面白かったですよ」

「それは良かったな」

「群青さんは？」

「図書館に張り付いていた」

「朝鮮戦争の本を読んでいたのですか？」

「いや、別な本だ」

「別な本？」

「ああ、カンには興味のない本だよ」

「どんな本なのです?」

「まあ、気にするな」

「余計に気になります」

それには返事をせず私は歩き出した。

「さて、何を食べるかだが、食堂はどこだったっけ?」

「探して来ますね」

カンは小走りで私の側を離れていった。私が説明しなかった本のことを大して気に留めた風でもない。彼は彼で、自分が潜り込んで聴いた講義のことで体を熱くしているに違いない。

数十メートル先で、手を振るカンが見える。振られた手の先が右手を指し、食堂の方向を示している。私も軽く手を上げると、了解の代わりに歩き始めた。

ほぼ満席の食堂は、ハングルが飛び交っている。学生たちが声高に喋っている。耳慣れたハングルだが、津波のように押し寄せる場面には初めて出会ったことになる。

「凄いな、ここ」

「何がです?」

箸を動かすカンが、不思議そうに問い返す。

「何がってハングルだよ。みんなハングルで喋っている」

「当然でしょう。他の言葉で喋っていたら、怖い」

「そうだが、ハングルが重なるとこんなになるんだな。まるでケンカをしているみたいだ」

「日本語と比べてきつく聞こえますからね」

「お前は平気なのか」

「当然です。変なこと言わないでください」

「お前って、偉いなあ。つくづくそう思うよ」

今度はカンが返事をせずに、そのまま食事を続けた。


午後も同じような時間を費やすことにした。カンはまたどこかの法律講義に潜り込むらしく、明るい顔を残して校舎のどこかに姿を消していった。私は図書館に行くと言ったものの、すぐにはその気になれず、学内の緑の芝生を見つけて転がった。

空に向けた顔の先に水色の空が拡がっている。背中には芝生を通して、大地の冷たさが伝わってくる。空と大地、二つに挟まれて私が転がっている。

空か、いいなあ。雲一つない青空はソウルでも珍しいことだろう。暫く見続けていると、あれほど高い空なのに、まったく距離を見失ってしまう。視界のすべてが青に染まってほかには何もない。音だってどこかに飛び去っている。

私は軽く目を閉じた。柔らかい日差しが、やさしく瞼《まぶた》を撫ぜていく。うーん、と声を上げて、横になったまま肘《ひじ》を曲げ、続けて両手を突き出してみる。寝転がったままの背伸びだ。今度は、手を腰に当てて左右に捻ってみる。背筋を伸ばす体操だ。

私は閉じたままの目で、笑ってしまった。ソウル大学構内のこんな所に寝ていることが可笑《おか》しい。こんな動きをしている私を誰かが見たら、気味悪く思うに違いない。それがまた可笑しかった。日差しの暖かさが笑いを誘うように、心を揉《も》み解《ほぐ》していた。

フッと寒さが忍び寄ってきた。いつのまにか寝入ってしまっていた。日はまだ高いが西に傾きつつある。昼寝にしては随分と長い時間、芝生を枕にしていた。

私は体を起こすと、座った姿勢で眠気を追い払った。

寝ている間に、幾つかの講義が進み、学生たちの移動も行われただろう。その間に私の姿も目撃されたに違いない。ぐっすりと寝ている横を笑いながら通り過ぎた学生もいただろう。だが、今はまた静かである。再び講義が始まったのか、学生の姿が疎《まば》らである。

カンは、どこかで熱心に講義を聴いているだろう。ソウル大学の学生でもないのに熱心なことである。早稲田にも他大学から講義を聴きに来る、俗に言う天ぷら学生はかなりいたが、韓国でもよくあることなのだろうか。

取るに足りないことを考えているうちに、頭の眠気も取り除かれていく。それとともに、午前中に読み漁《あさ》った李王朝の本の一部が蘇ってくる。

王朝か――、そんなものが韓国にはあったんだな。遠い昔のことである。既に残骸となった過去の一部に私が繋がっていることが可笑しい。過去の栄光をなぞったからといって、誰も賞賛する者はいない。呆《あきれ》られ、訝《いぶか》しがられるだけである。そう思いながらも、文面の幾つかが頭の中に浮かび始めていた。

李王朝の創建

李王朝の創建は日本と無縁ではない。日本からの外的刺激を受けて、李王朝が誕生するという不思議な経緯を辿っている。

李朝が興ったのは、一三九二年のことである。日本の歴史でいうと、室町時代がこれに当たる。後世に李王朝と呼ばれるようになるが、誕生間もなしは「王朝」ではなく単に「李朝」である。創建後五百年以上の長きにわたって栄えたことから、王朝と呼ばれるに相応しい形が徐々に整っていったのである。

李朝は、李成桂《イ・ソンゲ》という人物によって興されている。彼は王位の血を引く人物ではない。軍人であり、一般の人間である。だが、彼にバトンがタッチされるまで、前段を経ねば話は繋がっていかない。

十世紀の半ばまで、朝鮮半島は新羅、高句麗（正式には後高句麗）、百済（正式には後百済）の三国が内紛を繰り返していた。三国の拮抗状態は数百年にわたり、人心は疲弊していた。互いに隣国の攻撃を恐れ、武力を高めることに力を注いでいた。日本の戦国時代と同じ状態が、朝鮮半島でも長く続いていたのだ。

やがて、三つ巴《どもえ》状態の朝鮮半島を統一する人物が出てくる。彼の名前は王建といい、後高句麗の将軍であった。

王建は、野望の人物であった。将軍職にありながら、心密かに野心の牙を砥《と》ぎ続けていた。

それは自分自身が国王に躍り出ることであった。

九一八年、王建の野望が露《あら》わになるときが来る。一介の将軍に留まることに飽き足らなかった彼は、自国（後高句麗）の王に野望の刃を振り抜き、誅殺《ちゅうさつ》に成功すると、自らが支配する王国づくりに乗り出した。

最早《もはや》、自分に盾突く者はいない。武力を用い新しき国王となった王建は、自身の力をさらに見せつけるため遷都を行う。この場所こそ、現在の三十八度線近く（板門店北西十キロ）、現在の北朝鮮国内の開城《ケソン》がそれに当たる。

首都を開城に移した王建は、国名を「高麗」と改め、次なる野望に身を焦がしていく。野心は際限がなく、後高句麗の支配だけに満足を覚える人物でもなかった。

王建の視界に収められた先は、これまで敵対関係にあった新羅、後百済の二国である。将軍時代から、いずれ両国の併呑《へいどん》を夢見ていた王建だけに、国内の充実を図ると速やかに兵を挙げる。そしてついに征服という形で野望を達成した。これが九三六年、日本の平安時代のことである。

朝鮮半島は曲がりなりにもついに一つの国となった。高句麗も新羅も百済も今やない。あるのは高麗という半島全域を一つにした国家である。

王建がつくった新国家・高麗は四百七十年以上にわたって繁栄を続ける。朝鮮半島各所に高麗という文字が今なお見受けられるのがそうで、高麗人参、果ては田村が所属する大学にも高麗という名前が見える。

どれだけ高邁《こうまい》な理想があろうと、未来永劫、永遠の継続を果たす国家はない。内的紛争、外的要因、国家を危うくする場面は、さざ波のように果てしなく押し寄せてくる。

王建が建国した高麗もそうである。かつての王建が後高句麗を倒したように、年月を経て新たな火種が芽を噴き始めていた。その中心的役割を担ったのが、後に李朝を打ち立てる李成桂であった。


李成桂が歴史の表舞台に登場してくるのは、倭寇《わこう》との関係をまず知らねばならない。十三世紀から十六世紀にかけて、倭寇という海賊が日本海から東シナ海を主舞台にして暗躍していた。通常、倭寇というと、倭＝日本の侵略という意味に用いられるが、実際の海賊たちは高麗人、もしくは中国人たちによって構成されていた。

彼らは航行する船舶を襲うほか、沿岸部や陸地にも出没。金品の略奪や婦女子の陵辱《りょうじょく》などを行っていた。これら倭寇の族《やから》によって無法地帯と化した地域を救うため、勇躍切り込んでいったのが李成桂であった。

絶えず先頭に立って戦った高麗将軍・李成桂は民衆から拍手喝采を受けた。庶民の危急を救うため立ち上がった彼は、まさに英雄であり、国民の多くの信頼を受けて多大な力を蓄えていく。だが、この力は高麗を守るためだけではなくなっていくのである。

李成桂の頭の中には、次第に別な青写真が描かれるようになっていった。それは国の行く末、憂いである。だが、憂いだけに留まらず、自らが治めることも考えの中にあった。

こうした新たな息吹が台頭していたにもかかわらず、高麗の国を司る王建の子孫一族は栄華に酔いしれ、国政を顧みることを失念していた。既に人心は遠く国家と乖離していた。

一三九四年、高麗の将軍であった李成桂は兵を挙げた。今度は国を手中にするための挙兵である。まさに高麗の国を起こした王建と同じ道を辿って、国家を掌中《しょうちゅう》に収めようと目論《もくろ》んだ。クーデターを起こした李成桂は、向かうところ敵なしの進撃を続け、やがて大願成就。高麗を倒し王位に就く。そして彼は高麗に代わる新しい国家「李朝」を開く。

李王朝の出発点がここにある。これに合わせて首都を開城から漢城（現ソウル）に移し、新しい都を定めた。

ちなみに現在の首都ソウルの名前だが、高麗時代の名称が漢陽《ハニャン》。李朝時代の名称が漢城《ハンソン》。日本が支配したときに京城《キョンソン》と名前を無理やり変えさせられている。また、ソウルとは韓国語で「みやこ」の意味となる、ついでながら付記す。

話を元に戻す。

李王朝を興した李成桂は、儒教に基づく中央政権的な政治体制を行う。韓国に強く根付いた儒教思想は、この頃に萌芽したものである。

李朝は一九一〇（明治四十三）年、日本に植民地化されるまでの五百年以上の長きにわたり存続する。特に十五世紀は空前の繁栄をみせていく。日本との交易を盛んに行い、国力は増大。文化面でも飛躍的な発展をみせ、ハングル文字が形成されるのもこの時期に当たっている。

ハングル文字が編み出されたのは、李王朝の第四代国王世宗《セジョン》の時代。それまでの公文書はすべて漢字で書かれていたが、一文字が一音節で表される表音文字ハングルは庶民に素早く受け入れられ、一般に広く浸透するとともに文化面で多大に貢献していく。

当初、訓民正音として発表されたハングルは、従来の漢文を正しく読むための発音記号と考えられている。それは漢文だけの時代がいかに難解で高度の教養が必要だったかを証明している。

このように発展の一途を辿った李王朝だが、やがて暗雲垂れ込める未来が待ち受けていた。繁栄を囲った十五世紀を跨いだ十六世紀には、日本国から豊臣秀吉が侵略を行い、また十七世紀に入ると清（中国）からの侵略で従属されてしまう。さらに十九世紀には列強各国が朝鮮半島に押し寄せ、主権争いが続けられるなど悲しい歴史が綴《つづ》られ始める。

特に豊臣秀吉の侵略は半島の人々を苦しめる暴虐《ぼうぎゃく》として、かしこに爪《つめ》跡を残した。広範囲に蹂躙を行った秀吉の悪行のうち正宮に限って言えば、正殿、勤正殿など多数の歴史的建造物の破壊や焼失が挙げられる。

その後であるが、近代の歴史は日本人にも概ね知られている。大陸進出に乗り出した日本からの侵略に遭い、日本の敗戦に続いてアメリカ、ソ連、中国などの思惑に翻弄され、朝鮮半島が韓国と北朝鮮とに分断されて今日に至っていることは周知の事実だ。

駆け足で朝鮮半島の歴史を眺めたとき、自国の紛争はともかく、隣国の支配や侵略、加えて干渉によって国家主権が長く奪われてきた轍《わだち》がくっきりと浮かび上がってくる。

私が最も知りたいと思う李王朝は、侵略や従属の歴史に塗《まみ》れながら計五百年にわたっている。そしてそれ以前の高麗時代を合わせれば、朝鮮半島が一つの国家として成立した時期は九百年の長きにわたっている。

李王朝を興した李成桂という人物にスポットを当てた場合、色々と面白いことが想像できていく。

もともと高麗の将軍であった彼は、高麗を興した王建同様に野心の主であったことは間違いない。国家の衰退を憂え、自国の強化のため、昨日まで仕えていた君主に対して「正義の刃」を抜く。これをよしとして、表舞台に躍り出ていく。

だが、行ったことは反逆である。正義の刃は、野心の諸刃《もろは》でもある。

国家転覆、日本で言えば下克上的思考で国を制圧しトップとなった李成桂は、いわば日本の豊臣秀吉に相当する今太閤《たいこう》的存在。野心や野望はともかく、一介の人間が殿上人に上り詰めた。なまじっかのことでは為《な》し得ぬ経緯である。そして五百年もの長き為政の土壌が築きあげられる。今なお李王朝が国民に愛される所以《ゆえん》はかしこにある。

午前中、ソウル大学の図書館で目を通した李王朝の記述にはこんなことが書かれてあった。

私が図書館に行く際、カンは朝鮮戦争のことを勉強するものだと思ったようだが、実は私は別な考えにスライドしていた。

朝鮮戦争の文献となると、ほぼ全文がハングルで書かれたものだろう。その点、李王朝のことなら、文面のほかに写真や図案など判読しやすいものがそこそこあるのではと思ったからである。

運良く、日本語で書かれた李王朝の本が一点収蔵されていた。しかも思惑通り、写真や図案が入った本であった。目で見て理解できる部分が相当にあった。

確かに、李王朝の外郭は摑《つか》めた。李王朝の建国、それ以前の流れ。これで大まかに李王朝を把握したことになるが、王朝に関わった人物、特に後世の人間関係は分かっていない。

父のことを絡めた場合、私が掘り下げてみたいのは、王朝が崩壊する直前辺りからと、崩壊後の李家の血を引いた人物のその後であるが、それは文献からは難しい。

例を日本の徳川家に当てはめれば容易に理解できる。十五代続いた徳川家は最後の将軍慶喜が大政奉還をし、約三百年の長き歴史に幕を引くが、その後の徳川家の詳細を調べていくことは困難である。江戸から駿府に移され、天寿をまっとうし、谷中の墓地で眠る慶喜のことは知られているが、表舞台を離れていった子孫の追跡は至難を極めていく。

私が本当に李王朝の血筋にあり、しかも父が子孫の中でも重要な位置を占めるのが事実だとしても、それを調べるにはどうすればいいというのか。全体の流れを摑めても、届かぬもどかしさが絶えず付き纏ってしまう。少し分かれば、また疑問が湧《わ》き、迷路が深まっていく気分が強くなっていく。

韓国に滞在する一カ月の間にどれだけのことが分かるだろうか。分からないまま、帰国する羽目になるのだろうか。

私の心には高校時代のジレンマを再び迎えたくない気持ちが強い。行っては戻り、壁に当たっては跳ね返された、それがずっと心の負担を醸成し、現在を迎えている。できるなら、少しでも内なる欲求を満足させてやりたい。

堂々巡りの思考を続けているうちに、西の太陽が頼りなくなっていた。そろそろ大学の講義も終わりの時刻が近づいていた。

カンの姿が学生たちに混じって見えた。芝生の上でぼんやりしていた私と違い、濃密な時間を過ごした充実感を顔に浮かべている。

「いい授業でした」

側に来るなり、私が思ったことをカンは口にした。

「午後も民法の講義を聴いたのですが、参考になることばかりでした。楽しかったなあ」

カンの勉強好きは本物である。

「群青さんはどうでしたか?」

「ああ、俺ね。俺も勉強になったよ」

「それはよかった」

午後の全部を芝生の上で過ごしたなんて、言い出しにくかった。それから暫くカンの話を聞き、夕食を買い求めた後、自分たちの新しい塒《ねぐら》に戻ることにした。

夕食は粗末であった。腹が満ちればそれでよい。

食事を終えた後も、カンは今日の講義についてあれこれ話し掛けてくる。私には退屈な内容だが、あからさまな顔はできない。カンは生き生きした時間を過ごすことができ、私としては鬱屈《うっくつ》した時間の中に自分を閉じ込めている。適当に相槌《あいづち》を打ちながらも、私は自分の明日を考えていた。

さまざまなことが思い浮かぶ。中でも強く気持ちが揺さぶられてくるのが、朝鮮戦争を体験した人に出会えないかというものである。そして、方法としては幾つかある。

最も可能性が高いのが、高麗大学に所属する田村である。彼を介せば、該当する人に出会えそうである。あれから二年が経っているが、多分私のことを覚えているのではないか。丁寧に教えてくれた姿は弟を諭す兄貴であり、教師と学生のそれでもあった。田村が高麗大学に留まっているなら、真っ先に訪ねてみたい人物である。

次にはパクチョリのことが思い付く。だが、彼は日本語が喋れない。これまでのことから、私のこと、母のこと、どこかで深く関わっているのは分かっているが聞き出せないでいる。

パクチョリに会っても充分な意思を疎通さすことは適わない。だが、私の側にはカンがいる。カンを介してパクチョリと話をする手段もある。ただ、この場合には、李社長の家を通す必要がある。そうすることは窮屈でもある。

あれほど世話になった李家だが、遠慮が先に立つ。高校生のときに幼い少年をあやすように扱われた印象は思い込みだろうか。

李社長の家でいえば、白い服を着ていたおじいさんがいる。私の祖父に当たる人であった。あのおじいさんはソウル近郊の田舎に住んでいるという話だった。年齢から、朝鮮戦争の生々しい話を最も聞けそうな人物であるが、パクチョリ同様、日本語はまったく駄目であった。日本語を喋れるのは、比較的都会で暮らしていた人たちで、日本の影響が薄かった地方には伝播《でんぱ》しなかった。

こうしてみると、手立てはたくさんあると思ったが、案外に少ない。いや、田村以外に入り口が見当たらないというのが本音であった。

私としては、詮索《せんさく》されることなく、自由に色々なことを聞いてみたい。するとやはり田村か——。いや、そうではないぞ。もっと気楽な人物がいるではないか。それは昨日出会った阿瀬川麻衣という女性だ。彼女はこのソウルに住み、市内の大学に通っている。彼女を、導入に使うことはできないだろうか。

彼女としては、私がなぜ朝鮮戦争に関心を示すのか不思議に思うだろう。それは上手く理由をつければいい。歳も変わらないし、遠慮もいらない。彼女なら、糸口を見つける案内人に相応しく思える。まして空振りしたってどうってことはない。

私は手帳から、阿瀬川麻衣から渡されたメモを取り出した。住まいは、ソウル市恵化洞《ヘファンドン》とある。釜山駅で別れたとき、ソウルに戻ってくるのは明後日と言っていた。なら、明日はソウルに帰っている。そうか、明日だ。次第に私の気持ちは固まっていった。

阿瀬川麻衣への接近

翌日となった。適当に時間を見計らい、公衆電話に向かった。

数回、呼び出し音がして、ガチャと受話器が上げられた音が聞こえてきた。

「もしもし」

聞き覚えのある声だった。彼女は在宅していた。

「もしもし阿瀬川麻衣さんですか。覚えていますか。海印寺でご一緒した群青です」

「あら、本当に群青さん、嬉しいわあ。早速に連絡をしていただけるなんて」

麻衣の声は弾んだものだった。私は安堵した。

「ソウルには、今日帰るって言われたのを思い出してね」

「朝一番で釜山を発って、さっき着いたばかりなの」

「じゃ、疲れているかな」

「ううん、全然。こう見えても私、体には自信があるの。少々の強行軍もへっちゃらよ」

「そうか、それはよかった。それで君さえよかったら、どこかで会えるかな」

「いいわよ。で、群青さんは、今はどこに？」

「東崇洞という場所なんだ、知っているかな」

「東崇洞、それってソウル大学近くの…」

「あれっ、よく知っているね」

「知っているも何も。東崇洞なら、私の住んでいる所から近くよ」

「えっ、そうなの」

「私の住まいは恵化洞って書いておいたでしょう。東崇洞は隣の町なの」

「へえー、偶然だな」

「そこからだったら、そうね。一時間後に恵化駅の改札口はどうかしら？　駅なら間違いなく会えると思うから」

「わかった恵化駅の改札だね。探して必ず行くから」

私は腕時計を見て、約束の時間を頭に入れた。

同居人のカンは、朝一番でソウル大学に出掛けている。今日は一人の行動で自由が利く。しかし、カンのいない間に阿瀬川麻衣と会ったと言ったら、彼はどう反応するだろうか。そんなことがチラと頭をかすめながら、私は再会の時間を待ち受けた。

恵化駅は、すぐに分かった。住まいから北西に向かって十五分歩くかどうかの距離にあった。腕時計を見ると、約束までの時間はまだ二十分も残している。改札を出入りしている人の多くが若者で、ソウル大学のほかに幾つもの学校が点在している地域らしい。

待つまでの時間、駅前のソウル市の地図を眺めてみる。最初に目につくのがソウル大学である。地図上で大きな場所を占めている。この辺りは大学を中心に発展していった街のようである。

目をずらしてみる。私とカンが住んでいるのが、東崇洞という町。そして阿瀬川麻衣が住んでいるのが、恵化洞という町。二つの町はすぐに地図から知れ、しかも麻衣が言ったように極めて近い場所にあることが分かる。駅を挟んで東と西に位置する格好だが、直線で結べば僅か一キロに過ぎない。

なるほど、まさに奇遇であった。たまさか会った人がこんな近い所に住んでいたとは。麻衣はもともとの居住者であるが、こちらはソウルに来て初めて確保した住まいである。安い住まいなら大学近くだという、カンの見込みに従ったものだが、思いもしない産物が付いていた。

そのまま地図を眺めていくと、ソウル大学のほかに幾つかの大学が表示されてある。一つずつ丁寧に拾っていくと、延世大学の名前が見える。韓国の慶応大学とも言われ、私の知っている大学名である。

「なるほど、ここが延世大学なのか」

さらに目を転じてみると、梨花女子大学も判明する。阿瀬川麻衣が通っている大学だ。こうして眺めていると、ソウルの街が分かったような気になってくる。行ったこともない場所も自分の行動領域に収められた気持ちになってくる。

「お待たせしました、群青さん」

後ろから声がして、軽く肩がポンと叩《たた》かれ、阿瀬川麻衣がやって来た。

「お久しぶりです。その節は大変に楽しかったです」

「そうだね、でもたった二日しか経ってないよ」

振り向いた私は、麻衣を正面から見る格好となった。猫のようにパッチリ開かれた瞳は、海印寺で出会ったときのものである。

「あのときはお世話になりました」

「私も楽しかったので、気になさることはないわ。でもね群青さん、お別れしてからの二日間は大変に長く感じられましたですよ」

「大袈裟《おおげさ》だなあ。それって社交辞令？」

「とんでもない。心から、そう思って参りましたの」

麻衣の言い方が、時代めいていた。私たちは口を開けて笑った。海印寺で出会った僅かな時間だが、旅先で共に行動したことが親密さを加速させていた。

「さて、どこに行きますかな」

私は、麻衣の顔を見ながら大人びた口調で喋った。

「群青さん、この辺りの地理は…」

「当然、詳しくはない」

「それだと、私が案内人ということになるわね」

「よろしく頼む。それと時間は充分にある」

麻衣が、任せてという顔で歩き出した。擦れ違うのは若者ばかりである。

「ここらは学生の街なの、学生たちでいっぱいでしょう」

「そうだね。駅を出入りする人もそうだった」

数分歩いた所で、麻衣が前方を指さした。行き来する車が多い通りである。

「あの通りはテハンノ、日本語で言えば大学路って意味なの」

「大学路、なるほどねえ」

「それだけ学生が多いってことよね」

「君を待つ間、地図を見ていると延世大学、それと梨花女子大学の名前を見つけた。梨花女子大学は、確か君が行っている大学だったよね」

「そうよ、感激。覚えてくれていたんだ」

「まあね、これでも記憶力はいい」

「嬉しいわ」

　麻衣と話すのは気が楽だった。同じ日本人である。カンとも充分に日本語が通じるが、微妙なニュアンスになると説明を要する。それが日本人の麻衣には要らない。

「もう少し歩いていいかしら？」

「もちろんだ」

「この先に、ときどき行くお店があるの。そこはお茶だけでなく、食べるものもあるし、まあまあ静かかな」

「お気に入りの店ということだね」

　恵化駅から遠ざかっていく方角に麻衣の言う店がある。だが、楽しい道すがらである。

「群青さんは東崇洞に住んでいるのね。でも、どうしてそこに？」

「僕と一緒にいたカンを覚えているかい。彼が見つけたんだ。かなり古いアパートだが、何より安い。決めた理由はそれだけさ」

「一度、お邪魔してもいいかしら？」

「何もない部屋だぜ。カンと僕が寝るだけで、食事だってぜんぶ外食だし」

「それでも構わないわ」

「そうだね」

と言ったものの、返事にしては弱いものだった。

麻衣に案内された店は、「ミゴ」という名前で、いかにも女子大生好みの店だった。カラフルな色調の店内はケーキと飲み物が中心で、半分以上の席が学生たちで占められている。外が見渡せる窓は大きく取られており、道行く人を横目に雑談に顔を突き合わせている。

「ここにはよく来るのかい？」

「一週間に一度は必ず。ケーキがどれも美味《おい》しいの」

「僕には縁のない店だな」

「今日から縁ができたのよ」

「そうだね」

私は軽く頷いた。

二人が注文した品が運ばれて、麻衣が問い掛けてきた。

「群青さん、何かお話があるって仰《おっしゃ》ってたけど」

「ああ、ちょっとお願いしたいことがあるんだ」

「何かしら？」

「どう言えばいいのかなあ。朝鮮戦争のことで詳しい人を知らないかと思ってね」

「朝鮮戦争?」

「日本で言う朝鮮動乱のことさ。今から二十年前、正確には一九五〇年、昭和二十五年に起こった北朝鮮と韓国の戦争さ」

「どうしてそれを?」

「折角、韓国に来たのだから、少し詳しく知りたいんだ。だが、こっちには伝《つて》がない。それに僕はハングルが喋れない。その点、君は韓国の大学に通っているから、いい知恵がないかなと思ったんだ」

「そうなんだ」

「専門的な話でなくても構わない。例えば、君の友人の親御さんで、当時を体験された人の話でもいい。日本語が喋れると、なおいいけどね」

「戦争を体験された方か…」

麻衣が手を頬にやり、考えるポーズをした。

「少し知人に聞いてみましょうか」

「そうかい!」

「期待に沿えるかどうかは分からないわよ」

「面倒を掛ける。申し訳ない」

麻衣の顔つきは明るかった。期待に沿えるか分からないと言ったが、表情からリクエストに応じるだけの材料を持っていると思われた。

「そうそう、朝鮮戦争の話で今、思い付いたのだけど、確か、戦争に関係する刑務所があったわ」

麻衣が、話題を転じた。

「刑務所？　それが何で」

「そこは日本が植民地政策をしていた時代に、こちらの人を監獄に繋いだ場所だったの」

「そんなとこがあるのか？」

「私は見たことないけど、当時の拷問室もそのまま残されているという話よ」

私は、俄に興味を覚えた。

「そこ、今から行けないかな」

「今から？　本当に？」

「そう、今から」

私の腰は、半分浮きかけていた。

「仕方ないわね」

麻衣が笑って、私も追従笑いを覗かせた。

通りに出るとタクシーを拾った。私の気持ちがそうさせた。

「群青さんってせっかちなのね」

「時間を有効に使いたいだけさ」

私は格好をつけた。だが、口とは裏腹に麻衣が言った刑務所に関心は傾いていた。何か魚信《あたり》のようなものを感じる。迷っていた行動に手掛かりを与えてくれる気がする。

「もうすぐだわ」

麻衣の言った、刑務所の前までタクシーは近づいていた。

一本のポプラの樹

「これか、なかなか雰囲気があるな」

私と麻衣はタクシーを降りて、都会にそぐわない建物の前に立った。

刑務所というだけあって、人を寄せ付けないおぞましさがある。赤レンガ造りの高く古びた塀、茶色の壁が立ちはだかっている。

「何だか怖いわ」

「そんなことあるものか。入ってみよう」

麻衣の言った刑務所は、もともとは京城監獄《キョンソン》といい、その後は西大門《ソデムン》刑務所と名前を変え、今では歴史館として一般の閲覧が可能となっている。

一九〇七（明治四十）年、日本が統治していた時代に造られた刑務所で、実際は刑務所というより監獄であった。乗り越えることができない高い塀に四方が囲まれ、外部との接点が完全に遮断されている。

「こんなものがソウルの街にあったんだ」

「どうして造ったのかしら？」

「簡単さ、日本に盾突くヤツは邪魔だからね。片っ端からここに放り込んで、言動を封じ込めたのさ。一九〇七年に造られたとあるから、日本が朝鮮半島から中国などに向けて大陸進出をどんどんしていた時代だ。つまり、軍隊が幅を利かせていた頃だ」

「じゃ、人が人を苛《いじ》めていた頃ね」

「そういうこと」

「まるで、蟹工船《かにこうせん》の世界ね」

「それよりもっと酷い。蟹工船の中では人権を無視したが、ここでは人命を無視している。その証拠を絶やさないために、ここが残されたんだ」

館内は、韓国が植民地支配を受けていた時代が写真や模型、さらには映像を使ってリアルに残されていた。入り口を入ってすぐの展示館で歴史の流れを踏まえてさらに進むと、中央舎、第十二獄舎と続き拘禁室、拷問室があり、どのように拷問が行われたか再現されてある。一連の見学をすると、日本が行った非道さ、残虐さが痛いほど体に染みてくる。

「酷いわ、こんなことをして。同じ人間とは思えないわ」

「でも、惨《むご》いことをしたのは日本人だぜ」

「いくら考えが違うからって、許されることじゃないわ」

「だが、当時は当たり前のこととしてまかり通っていた」

「それが可笑しいのよ」

この西大門刑務所に収監された延べ人数、そして刑務所内の過酷な拷問で獄中死した人数、死刑を執行された人数は記録に残っていない。どれほどの人間が獄中で苦しんだか、闇に葬られてしまっている。

ただ、この刑務所に引っ張ってこられた人間たちが概ねどんな人間であったかだけは分かっている。いずれも日本帝国主義の侵略に歯向かった人たちで、日本から見れば反逆者、韓国から見れば抑圧に立ち向かった烈士、義士ということになる。罪状のほとんどが、日本の植民地政策に異を唱えた反日思想ということで、当時の世相から重罪を着せられた。

刑務所内部は、日の当たらない世界であった。外部と隔離された場所での拷問は執拗に繰返される。泣けど、叫べど外には届かない。誰の目にも触れない密室で責め苦を続けられる大勢の朝鮮人、彼らは日本を呪い恨みながら死を迎えるしかなかった。

「こんな所に閉じ込められて、まるで地獄ね」

私と麻衣の目を特に引き付けたのが、独房室であった。牢獄の中にさらに牢獄が造られた二重構造で、畳一枚ほどの真っ黒な空間が計三室設けられてある。幅が一メートル、縦も人間の身長分のスペースしかない。

「日本に盾突いた人で、妥協しなかった人間が反省の名目で入れられたんだ」

「人間扱いじゃないわ」

「その通りだ。同じ人間のすることじゃない」

「それを日本人がしたのね…」

獄舎を出て、入り口と丁度反対に当たる部分の塀際には、小さな建物がある。

「あれは何かしら？」

平地から数メートル上がった所に造られたこの建物も獄舎の一種であった。ただ、これまで見た獄舎と様相が違う。押し込めるというより、隔離する雰囲気の獄舎である。

実際、思ったことが当たっていた。ここはハンセン病に侵された囚人を通常獄舎と隔離する形で造られたものだった。

「気持ちが悪いわ」

一瞥《いちべつ》すると、足を進める麻衣が吐き出すように言った。彼女の気持ちはよく分かる。今でも汚染された病原が漂っているようで、長く足を止める気持ちになれない。

「私ね、少しだけど群青さんが朝鮮戦争のことを調べてみたい気持ちが理解できたわ。日本が大陸に進出したとき、現地の人を酷い目に遭わせたのは想像していたけど、実態なんか知らなかったし、考えたこともなかったの」

だが、麻衣の気落ちはそんなものでは済まなかった。施設を進んでいくと、もっと過酷な場所に出くわしたからだ。

「あそこって気味が悪い」

麻衣の直感が訴えた。獄舎棟を見てきた最後を飾るかのように、一段と不気味な施設が待ち構えていた。中庭のずっと先、塀が続く奥まった西側に造られた平屋の施設が見えてくる。

「死刑場みたいだな」

「死刑場！」

麻衣が、手を口に当てて叫んだ。

「刑務所だから、当然、死刑場もあったんだろうね」

私の声も抑揚がなかった。

「やはりそうだ。あそこで死刑の執行が行われていたんだ」

死刑場は、近づく前から異様さを漂わせている。

「私、怖いわ」

「ここまで来たんだ。折角だから行ってみよう」

嫌がる麻衣の手を強引に引っ張ると、広場を横切って死刑場の入り口に足を進めた。入り口の左手には背の高いポプラの樹が一本立っており、側に説明が記されてある。

「ちょっと待って、説明文を読んでみる」

麻衣を待たせて、私はポプラの根元に近づいた。

「そうか、この樹がなあ」

背後に人の気配がして、麻衣が近寄っている。一人でいるのが嫌という雰囲気だった。私は背中に軽く触れた彼女の体を感じながら、説明文に目を通し始めた。

書かれてある英文をざくっと理解し、麻衣に聞こえるように喋った。

「そういうことか…」

「このポプラは嘆きの樹なんだ。あの死刑場の入り口を潜ったら、もう二度と人間の世界に戻ることができない。刑場に連れて行かれる多くの死刑囚がこのポプラを見ながら血の涙を流したんだ」

高さ二十メートルはあろう。見上げるポプラは、枝葉が少ない。夏なのに寒そうに立っている。

「気持ち悪い樹ね」

「ああ、僕もそう思う」

ポプラの樹に近づいた。地面から垂直に伸びている。

「この樹を囚人たちは見上げていたのか…」

麻衣を見ると、両手を胸の前で交差させ、寒そうな素振りをしている。背中に冷水を入れられた気持ちになる。

「では、死刑場の中に入ってみるか」

ポプラの樹から刑場の入り口に足を向けた。

「本当に入るの?」

「ああ、ここまで来たんだ。入らなければ後悔する」

麻衣は曇った表情をしていたが、私の強い口調に従った。

私たち二人は、塀に囲まれた刑場に足を踏み入れた。

「これだな」

入ってすぐが、死刑を執行する建物だった。

「こんな所で人を殺していたんだ」

死刑場は、木造の平屋建ての粗末な造りだった。まるで昔の西部劇に出てくる小さな教会のようで、ほぼ十メートル四方の建物が死刑場であった。

雨よけで突き出した屋根の入り口の左右には、二十センチ角の薄いガラス窓があり、外から中の様子が見渡せる。横に回ると、同形の窓ガラスがあり、やはり中が見渡せる状態となっているが、この死刑場自体が塀で囲まれており、入り口を入らない限り中で何が行われているか分からない。刑務所の塀の中のもう一つ塀で囲まれた場所、それが死刑場である。

「こんなに嫌な所は初めて」

麻衣が顔を歪《ゆが》めて呟いた。麻衣の言葉に同感である。

建物の内部は、これほどの日差しにもかかわらず暗く陰湿で、見ているうちに悪寒が襲ってくる。

「寒いわ」

麻衣の腕に鳥肌が立っている。この場所だけ、すべての日差しを忘れられた感じである。それでも私は、刑場に視線を戻した。

構造も実に簡単であった。入り口を入ってすぐの板張りに椅子が置かれてある。椅子の数は左右に二脚。これは死刑に立会う人が座る長椅子と思われる。それとて三人も座ればいっぱいとなる。

この椅子から正面を見詰める方角が死刑執行場所となっており、まさに舞台よろしく左右に開帳する暗幕がだらりと下がり、実に不気味である。暗幕中央は若干開いており、天井から垂れ下がるロープで死刑囚が吊《つ》るされる場所が見て取れる。

足元の床が開き、ガクンと落とされた体は一瞬にして宙に浮き、首に巻かれたロープだけで全体重を受け止める。鍛えきれない喉あたりは、支えきれない自己の体重で、瞬時に舌骨を砕いてしまう。首に絡んだ絞首ロープは喉に深く喰い込み、寸分も酸素が入ってこない。この悲惨な状況から即座に絶命するものと思われているが、完全な死に至るのはどんなに早くても六、七分。絞首刑の平均的絶命時間は十四分余りもかかっているのが実態だ。

その間、空中に浮かんだ死刑囚の動きは実に惨《むご》たらしい。手は首のロープを解《ほど》こうともがき、足は空中で自転車のサドルを漕《こ》ぐように空回りを続ける。眼球は出血し、口許からは汚物が飛び散る。空中にロープ一本、しかも首で吊り下げられているので、断末の苦しみは意識が失せても無意識のまま肉体が表現し続ける。

絞首刑の場面に立ち会うと、人間の心と体は一体でないことが理解できる。精神はいち早く自滅しても、肉体は生存の可能性を求め続け、体内の酸素を残らず消費するまで悲壮な動きを止めない。そんな正視に堪えぬ残忍な場面が、この場所で延々と繰り返されてきたのだ。

「私、先に行っているわ」

麻衣は、一瞥をくれただけで足を速めた。若い女性にとって、見るに堪えぬ最たる場所である。

麻衣の後ろ姿を見送って、私はゆっくりと周囲に目を這わせた。

この死刑場の裏手に回ると、右奥に地下に通じる階段がある。十段ほどで降り切ってしまう階段で、降りた右手に厳重に封印された扉が見える。見学の対象外となっているが、中は「置き場」のようである。

多分、あの扉の中には死刑を執行された遺体を、暫定的に置いていたのではなかろうか。無論、それらの説明はない。不気味ばかりが先走る死刑場から、一刻も早く立ち去りたいだけに、こんな地下に気を止める人は少なかろう。

不気味さはさらに続く。やっと死刑場を出たと思うと、刑務所全体を囲う塀の最も分かりにくい角地近くに、日本軍が造ったトンネルが見て取れる。ここには説明板が立てられており、屍躯門《シグムン》と書かれてある。

死刑執行をした日本軍が、外部に知られることなく秘密裏に死体を塀の外に運び出すために掘られたもので、幅が三メートル、高さは二メートル余りの小さなトンネルである。

この大きさでは車が通行するのは無理だろう。するとトンネル内を行き来していたのは、リヤカーのようなものか。深夜、誰にも見られないよう、死体が積まれたリヤカーが暗いトンネルの中を行き来する、おぞましい場面が浮かんでくる。

説明では、日本の野蛮な行いを隠蔽《いんぺい》するために封鎖していたものを復元したとある。入り口から四十メートル分を掘り起こし、悪魔の所業を明るみに出したものと記されてある。悪魔とは、言うまでもなく日本人のことである。

「こんな所から死体を運び出していたんだ」

私は、少し離れて立っている麻衣に話し掛けた。

「もう、たくさんだわ」

麻衣の顔が白くなっている。

「体が冷たくなったわ」

「そうだね、もう戻ろう」

麻衣の体は芯から冷えている様子に見て取れた。

出口に向かう麻衣は、地面を踏みしめるように進んでいく。彼女にとってはショックだったろう。華やかな女子大に進み、戦争なんて関係のない世界で生きていたのに、亡霊のような過去に付き合わされてしまった。この刑務所は、麻衣が言い出した場所だったが、厭《いや》な事実は知らずに通り過ぎればそれに越したことはない。

だが、知らないことが無知で済まされないこともある。大勢の人が死んだ理不尽の歴史がそうであり、密封しようとする日本政府の姿勢がそれである。

アジアにおける日本は裕福な国家として羨《うらや》まれているが、尊敬は勝ち得ていない。ここの一例が示すように、戦争という大儀を掲げてどれほど多くのアジアの人を傷つけ、苦しめてきたことか。自国の利益のために、有無を言わさず数多《あまた》の人を殺戮《さつりく》し、非道な行いを正当化し、さらには隠蔽し続けてきたことか。

戦後から、数十年が経っている。だが、日本は本当に民主国家に辿り着いているのか。

日本という国家は、物質と精神のバランスが崩れ、かつてのように制御が壊れたまま断崖と絶壁をめざして進んでいるのではないか。

私は、先ほど見た暗い現実を引きずっていた。いや、私だけではない。私の前を行く麻衣を、そんな思いに引きずり込んだのではないだろうか。過去なんて、断ち切ってしまえばそれだけのものなのに…時折立ち止まる麻衣の後ろ姿が悲しそうだった。

麻衣がクルリとこちらを向いた。今までに見たことのない麻衣の顔だった。

「私ね、群青さんが言われた、誰か朝鮮戦争当時のことを知っている人を探すこと、本気で当たってみるね。あなたのお役に立ちたいわ」

麻衣の顔が真剣だった。

「そうか、ありがとう」

私は、口を引き締めて頭を下げた。麻衣に大きな借りができていくのを感じていた。

参戦した元兵士

麻衣からの連絡は早々にあった。翌日のことだった。私たちは、前回と同じく恵化駅近くのミゴという店で落ち合うことにした。

私は、時間より早く着いたのだが、既に麻衣は座っていた。

「ここよ、こっちよ」

店内に入った私の姿を見つけて麻衣が手を振った。

「申し訳なかったね、厄介なことをお願いして」

「ううん、ちっとも。群青さんのお願いだから」

麻衣の声がカラッとしている。初めて会ったときの女子大生の音質に戻っている。

「それで、どうだったんだろう」

席に着くなり、私は声を発した。

「まあ、待ってよ、そう急がないで。これでも苦労したんだから。少しは勿体《もったい》をつけさせて」

「勿体をつけるか…それは、そうだな。では、ここの店のケーキをご馳走《ちそう》しよう。それでどうかな」

「私を買収しようとしているんだ」

「そうだ、買収だ」

そう言いながら、昨日のショックの後遺症がないことが嬉しかった。

「さて、何に買収されるかな」

麻衣の目が楽しそうにクリクリとした。

「店のケーキだけで納得するかどうか…私、そんなに安い女じゃないわよ」

「じゃ、どうすればいいんだ」

「そうだなあ。あんまり困らせても悪いし。よし、ケーキは二つ、それで手を打ちましょうか」

麻衣の返答に、私の気持ちは明るくなった。それに応じるように、私も軽い乗りの口調で返した。

「二つもか。うーむ、仕方ない、買収工作はこれで終わりだ。ただし安いやつを頼むな」

席を立って、ケーキが並べられているショーケースに麻衣が進んだ。

「これと、これかな」

ガラスケースを覗き込み品定めをしていた麻衣が、ケーキの注文をした。再び席に着いた私たちの前にコーヒーと一緒に運ばれてくる。

「はい、これは群青さんの分ね」

「えっ、どうして？」

麻衣は二つのケーキのうち、一つを私に差し出した。

「私ひとりが食べても美味しくないわ。私が一つ、群青さんが一つよ」

「僕が食べてもいいのか」

「最初からそのつもりよ。一つを半分に分けてもいいけど、それじゃあ、群青さんが遠慮するでしょう」

麻衣は言葉を継ぎながら、私の前にケーキを差し出した。

「分かった。じゃ、一つは僕がいただこう」

彼女が選んだケーキは美味だった。普段、甘いものを食べる機会は少ない。学生のことゆえ、甘味より腹の膨れるものを優先してしまう。

「君は、ケーキが好きなんだ」

「女性はみんなそうよ。男の人は、やはりお酒かな。群青さんは飲めるタイプ？」

「まああかな。それでも、ときたまクラブの先輩と飲むぐらいで、普段はまずないな」

「クラブって？」

「新聞会に所属している」

「まあ、そうなの。将来はその方面に」

「分からない。なんとなく文章を書くマスコミの仕事はイメージしているけど、狭き門だからね。それにカンのように勉強しているわけじゃない。多分、無理だと思う」

「そんなことないって。群青さんなら大丈夫、きっとそうよ。私が保証するわ」

「ありがとう。心強い味方ができたもんだ。こりゃ、期待を裏切ったら怖いな」

「そう、私は安い女じゃないけど怖い女なの」

「やっぱり！」

私は軽い声を出して笑ったが、麻衣の目の奥は笑っていなかった。


「さて、そろそろ本題に入るかな」

気を持たせた麻衣が、ケーキを食べ終えようとしていた。私は、開かれようとする麻衣の口許を見詰めた。

「実はね、この人ならと思う人を見つけてきたの。それも二人よ」

「本当かい？」

「嘘なんかつかないわ」

「ごめん、ごめん。謝る。それで、君が見つけてきたという人はどんな人なんだい？」

「お一人は、韓国の軍隊にいた人。今は自動車部品の会社で働いているわ。もう一人は戦争当時、三十八度線近くに住んでいた人。おまけに二人とも日本語が分かるって話よ、これでどうかしら？」

「凄い。よく見つかったな、しかも二人も」

「私の隠れた才能よ、その気になれば色々と情報が入るものなの。でも少し苦労したかな」

「ありがとう。本当にありがとう。ところでさ、そのお二人には会えるのだろうね」

「大丈夫、そうでないと言ったりしないわ」

「そうか、そうだよね」

私は身を乗り出し、頭を掻いた。

「ところで、どういう風にすればいいんだろう」

「いつ、会えるかってことね。心配しないで。もうすぐ来るはずよ」

「えっ！」

私は、驚いた。なんという行動力だろう。こちらの勝手な依頼にもかかわらず、早々に該当者を見つけたばかりか、ここに来ることまで手はずをつけている。私は、間の抜けた顔をして麻衣を見詰めた。

「ほーら、噂をすれば影ね。あの人よ」

声につられて入り口を振り返った。四十代半ば、はや頭髪が薄くなった体格のいい灰色のスーツ姿の男性が店内をキョロキョロしていた。

「こっちよ、キムさん」

麻衣が手を挙げて呼び寄せた。男は腰を屈め、頭を何度も下げながら、私たちの所にやって来た。

「わざわざお呼び出ししてごめんなさい。こちらが群青洋介さん、日本から来られた方よ。こちらはキム・サイゲンさん、韓国の軍隊にいらしたの。どうぞお座りになって」

「よろしくどうぞ」

キム・サイゲンが腰を下ろした。

「今日はわざわざありがとうございます」

「大丈夫です。気にしないでください」

麻衣が言ったように、日本語は充分にできる。背はさほどでもないが、体格も軍隊経験者らしく、スーツの中の胸が厚い。しかし、私たちの席に来た男性は、なぜか萎縮している感じだった。年格好から言えば、私たちの親ぐらいの年齢なのだが、遠慮が勝っている。

「それで、私は何をお話すればいいのでしょうか?」

私の正面に座ったキムの前にもコーヒーが運ばれてきた。彼は、口をつける前に質問を受け付ける意思を鮮明にした。

「麻衣さんからお聞き及びかも知れませんが、朝鮮戦争当時のことを少し調べています。こちらの大学の図書館にも行ってみました。戦争の資料や記録はありましたが、僅かなものでした。特に、実際に体験した人の話はどこにもありませんでした。麻衣さんにお願いしたのは、そういった事情からです。キムさんは軍隊経験がおありだと伺いましたが…」

「はい、私は二十一歳から六年間ほど韓国軍隊にいました。所属は第一軍団です」

「六年間？」

「戦争が始まってすぐにです。そして戦争が終わった後も三年間は軍隊に留まりました。退役後は、現在の仕事に就いています」

「お仕事って？」

「麻衣お嬢様から、聞いておられませんか？」

「お嬢様？」

　キムが麻衣に対して、お嬢様という表現を用いた。キムにとって彼女は特別な立場にある女性になるのだろうか。

「そうです。麻衣さんのお父さんには世話になっています」

　私は、麻衣の顔を見詰めた。

「それは後でね。キムさん、それより…」

　私は、やや混乱した頭でキムに視線を戻した。合わせるように、キムも私の顔を見詰め直した。

「話が中断しました。それで…戦争中のお話をお聞きしたいのです。当然、キムさんは交戦の経験もありますよね？」

「ええ、たくさん戦いました」

「そのお話をぜひ」

「それは最初からですか？　それとも…」

「どんなことでもいいです。キムさんの思い出すままで結構です」

「私が配属されたのは、水原《スウォン》という町です」

「水原？」

「どうかされました？」

「いえ、別に」

私は、水原という地名に聞き覚えがあった。俄に思い出せないが、確かに聞いたことがある。しかも一度だけではない。

「よろしいでしょうか？」

目の前のキムが、話を続ける了解を求めていた。

「ごめんなさい、水原という町に配属されたのですね。お話を続けてください」

私は、気持ちを切り替えた。大切な話を聞くのに、上の空になっていては始まらない。

「水原という町は、ソウルから南に五十キロの地点です。この町に私が配属されたのは、北朝鮮軍がソウルに攻め入ってすぐの六月二十八日のことです」

「六月二十八日というと、朝鮮戦争が起こって三日目ですね」

「はい、そうです。それで、私を含めた韓国軍は気持ちが高ぶっていました。ついに北がやって来て、ソウルが制圧されたからです。どんなことをしても韓国から追い出さねばと兵隊たちは燃えていました。しかし、北朝鮮軍は手強く、最初に激突したソウル市の南側の烏山《オサン》の戦い、続く新灘津《シンタンジン》の戦いで負けて、私たちはじりじりと後退しました」

「相手はそんなに強かったんですか？」

「勢いが違いました。南進してくる北朝鮮軍に応戦するのがやっとで、それでも駄目でした」

「そうですか」

「それで、逃げながら再結集したのが韓国のほぼ中央部に位置する大田《テジョン》という町です。ここで防御しなければ韓国全土が踏みにじられる危険性が高まっていました。でも、大田の防御網も突破され、韓国のほぼ三分の一が占領されたのです」

「大田に後退したのは…」

「七月十六日です。新灘津を突破されたのが四日前の七月十二日、三十八度線を突破され二週間あまりで韓国は危機に陥ってしまいましたが、もともと韓国の兵隊は北朝鮮と比べて手薄だったこともあります」

「それからどうなったのです?」

「私たちは必死で戦いましたが、依然として不利な戦いを強いられていました。九月の最初までそんな状態が続いていました。そのため釜山と周辺に橋頭堡《きょうとうほ》を築いて、これ以上後退すれば海に落ちる覚悟でいたのです」

「なるほど」

「やっと韓国軍と国連軍が反撃をしたのが九月八日です。韓国第八師団が北朝鮮軍の第十五師団を殲滅し、若干の息を吹き返したのです。そして、その一週間後、九月十五日に行った仁川《インチョン》上陸作戦へと続いていくのです」

「仁川上陸?」

「この戦いは有名です。韓国の人にとって、勝敗を分ける一戦になったからです」

「ごめんなさい、勉強不足で。続けてください」

「仁川上陸の戦いは、釜山に集結していた連合軍の兵隊がグルッと海を回り、ソウルの喉元である仁川に上陸して北朝鮮軍を叩くという作戦です。韓国軍、アメリカ軍が中心の連合国軍に二百六十一隻の大輸送船団が形成され、釜山港を出発したのが九月十二日です。旗艦のミズリー号にはマッカーサー将軍も乗っていました」

「どんなことがあっても成功させねばならない作戦だったのですね」

「そうです、この作戦には賛否両論あったと聞いています。地形上、大変に危険な賭けだというものです。戦線が内陸部まで入り込んでいるのに、敵の中央部に切り込む作戦だからです」

「まさに、死を覚悟した戦いだったんですね」

　私は、言葉を発しながら韓国の地図を頭に描いていた。釜山、それからソウルの位置関係などをだ。

「兵士をむざむざ屠殺《とさつ》場に連れて行くのかという意見もありました。でも、マッカーサーは譲りませんでした。海に面した仁川はソウルから三十六キロしか離れていません。上手く上陸して占領することができれば、敵に与える動揺は大きく、今こそ英断しなければ死を免れることはできないという考えでした」

「分かります」

「だから、九月十五日は韓国民にとって、忘れられない日であります。仁川上陸作戦が成功した日だからです。この日は、月尾島《ウォルミド》をまず掌握します。仁川港の目前の島です。続いて仁川市の南に上陸します。ここからソウル奪還をめざしたのです。ソウルに陣取っていた北朝鮮軍は、二個師団の兵力で守りに入りますが、国連軍は撃破します。九月の二十七日にソウルに入り、奪還に成功するのです」

私は、朝鮮戦争の流れが大きく分けて五区分されることを、カンと一緒に泊まった釜山のホテルで学んでいる。第一区分は、北朝鮮軍が三十八度線を越えて侵略を開始したとき。第二区分は国連軍が反発したとき。今、キムさんが話しているのが第二区分に当たる戦闘状況を頭で確認していた。

「それからどうなったのでしょう?」

「国連軍が盛り返したことで、戦前のラインで収まりをつけようという動きが起こってきました。国連安保理の動きです。北朝鮮軍を三十八度線から北に留めるので両陣営で調停してはどうかという意見です。これにはソ連の意向が強く働いていたと思います。だけど、優位に転じた韓国軍と国連軍は承諾しません。このまま北進を続け、必要に応じて武力行使しながら朝鮮半島を一つに統一しようと考えたのです」

「なるほど」

「それで、十月一日に韓国軍が三十八度線を越えて北方へ進撃を開始するのですが、微妙な進撃であったと聞いています」

「微妙?」

「そうです。これは退役した後に知ることなのですが、韓国軍が進撃するに当たり、命令の統一がなされてなかったというのです」

「どういうことです？」

「アメリカの命令なしに一兵たりとも三十八度線を越えてはいけないと指示されていたのに対し、韓国の当時の大統領・李承晩は北に軍を進めて朝鮮半島を統一しろと命令を下したのです。李承晩としては、国連司令官職を与えたマッカーサーの指揮権はいつでも撤回できるのだから、この機会を逃してなるものかと思ったのでしょうね。ただ、実際の三十八度線越えも前線部隊の安全面から行われたものなのです」

「部隊の安全？」

「最前線にいた韓国の第二十三連隊は北朝鮮軍の猛烈な攻撃を受けていました。そのため撤退するか前進するかの判断を迫られていたのです。韓国軍と北朝鮮軍は千八百メートルの距離にありました。これは敵の砲弾が落ちてくる距離です。これより後ろに下がれば着弾が届かぬ安全圏に入りますし、前進すればこれも回避できる、空から飛んでくる砲弾だけは避けることができるからです。この微妙な場所にいた丁《チョン》将軍率いる第二十三連隊は、米軍のウォーカー将軍を説得し三十八度線を越えて北に進撃していくのです」

「韓国の李承晩大統領は、そのときどこにいたのですか？」

「ソウルです。マッカーサーと共にソウルに入っていました」

「韓国軍が三十八度線を越えたニュースを聞いて喜んだでしょうね」

「だと思います。国の危機から攻勢に転じ、しかも三十八度線を突破したのですから。そういうことで、十月一日も韓国にとって記念すべき日です。国軍の日として制定されています」

側の麻衣は黙って聞いている。途中で口を挟むこともない。

「後ろで糸を引いていたソ連はどうしていたのでしょう?」

「ソ連は曖昧な態度でした。韓国軍にはアメリカ軍が直接味方をして戦線に乗り込んできたのに、ソ連はだんまりを決め込んでいたのです。国連安保理で主導権を握れなかったため、北朝鮮に加担しづらい立場にあったのですが、これを北朝鮮と中国は非難する姿勢となっていきます。ソ連としては、韓国軍と国連軍の盛り返しの脅威は北朝鮮と中国にあって自分たちが今すぐ脅かされることはない、ソ連には関係ないと判断してしまうのです」

「そうか…北朝鮮や中国は面白くなかったでしょうね」

「そうです。強い不満を表しますが、態度で表すことはしません。ソ連に遠慮をしているのです。ソ連としては、それればかりか、北朝鮮の危機を救うのは中国で、自分たちは関係ないとまで言い切ってしまうのです」

「卑怯ですね」

「私もそう思います。私は、北朝鮮や中国と戦う立場にありましたから、ソ連が参戦してこないのはありがたいことだったのですが、その後、休戦となって、朝鮮戦争のあれこれが分かるようになって、ソ連の曖昧さや卑怯さに呆れてしまいました。また、敵ではありましたが、北朝鮮や中国が気の毒にさえ思われたものです。実際、北朝鮮はソ連に支援を懸命に呼び掛けていました。中国だってソ連が支援するのが妥当だと思っていて、参戦する意思は当初はなかったはずです」

「それが、ついに中国も…」

「歴史的な背景にはソ連の圧力が働いたのです。大国のソ連を牛耳っていたのはスターリンです。彼は、中国の毛沢東に対してさまざまな圧力を掛けたと聞いています。朝鮮半島に派兵するまでの四日間、毛沢東は寝ることもなく悩んだとの側近の話があります。また、まったく別の見方として、中国内部の不信感を解消するために派兵を行ったとの見方もあります」

「どういうことでしょう?」

「中国革命を成功させた毛沢東ですが、いずれ中国は、ソ連の脅威となる国に変わっていくのではないかとスターリンは疑っていたのです。ソ連の周囲の国には、幾つもソ連をよく思わない国がありましたからね。中国もそう見られているのではと、毛沢東は悩んだのです。それで、スターリンの疑いを解くために毛沢東は幹部たちが反対するにもかかわらず、兵隊を戦線に送ったとの見方があるのです」

「韓国の李大統領とアメリカのマッカーサーの考えにズレがあったように、北のソ連や中国にも微妙なズレがあったのですね」

「双方ともに国益を最優先する時代でした。それは今も同じですが、自国の繁栄のためにすぐ軍隊を用いる時代があの当時だったのです」

「北朝鮮の肩を持つわけじゃありませんが、ソ連の煮え切らない態度にいらいらしたでしょう」

「韓国軍、国連軍の進撃は相当内部まで進んでいましたからね。今の北朝鮮の平壌《ピョンヤン》から中国の国境に迫る勢いでした。そりゃ、ソ連の援助がほしかったはずです」

「連合国軍は、平壌まで進撃したんだ」

「その通りです。平壌に入った韓国の李承晩大統領が十余万の市民の前で〝共産党を駆逐して南北統一を実現しよう〟と演説をしていますが、生活に苦しんでいた平壌市民から熱烈な歓迎を受けたとされています」

「平壌も支配下に入れたときに演説を行ったんですね」

　私は確認しながら、キムの話を促した。

「それだけ、韓国と国連軍には勢いがありました」

「なら、北朝鮮軍としては余計にソ連に出てきてほしかったはずですね」

「ソ連からは強い援助がないばかりか、武器の供与だって北朝鮮をがっかりさせるものでした。ソ連から与えられた武器はどれも十年以上前の古いものばかりで、韓国軍との太刀打ちが難しくなっていたのだと思われます。この頃の北朝鮮の実質指導者は金日成《キム・イルソン》です。そして彼は、九歳の息子・金正日《キム・ジョンイル》とともに満州の奥地に逃げていました。ですから、息子の金正日はソ連名をスーラというのです」

「金正日には、ソ連名もあったんだ」

「そういうことです。戦況としては、北朝鮮の大部分を国連軍が制圧しました。南に攻め入った北朝鮮軍を追い返し、三十八度線を越えて北進を続けていました。それで、いよいよ中国軍が介入してくるのです」

「毛沢東がついに決断したんですね」

「毛沢東の指示を受けて、中国軍が編成されます。正式には確か、中国人民志願軍です。そして彼らは、十月十九日に鴨緑江《おうりょくこう》を何の前触れもなく渡ってきます。宣戦布告はありませんでした。毛沢東はこのまま参戦しなければ中国の被害は甚大なものになると国民を鼓舞し、相当な兵力を投入しました。それはソ連が想像する以上の兵力だったのでしょう」

「スターリンの顔色を窺いながらですね」

「毛沢東とスターリンの関係は微妙でした。だから、中国としては、この戦争は本気だという意思を明確にしたのです。中国が朝鮮戦争に参加した報告を聞いて、スターリンは大喜びをします。これは有名な話ですが、中国は自分たちの最善、最高の同志であると、スターリンは涙を流してまで喜んだそうです」

「ほとんど何もしなかったソ連の肩代わりで中国が出てきたんだ」

「そうです。ただ、中国も韓国軍と国連軍が勢いを増しているので脅威が迫っていたと感じていました。でも、韓国軍だけの進撃なら中国軍は出てこなかったと思われるのです。国連軍、つまりアメリカ軍が一緒に三十八度線以北に入って来ましたからね」

「自分たちもやられると思ったんですね。そして中国軍が動いた」

　戦争の舞台となった朝鮮半島の南では、アメリカと韓国の思惑。北では、ソ連と中国の思惑。朝鮮半島を舞台に各国の思惑がどろどろと渦を巻いていた。

「こうしてお話を聞いていると、何だか割り切れない戦争だったのですね」

「確かに。しかし、私は戦うのに必死でした。上からの命令で行けと言われたら、文句は言えません。国の偉い人間が何を考え、どうしようとしているか、そんなもの分かりっこありません。兵隊は戦うだけです。鉄砲を持って目の前の敵を撃つだけです」

「だと思います」

「先ほど申した、国と国の駆け引きなんて、戦争が終わった後から知ったことです。毛沢東の顔も知らなければ、スターリンの顔も知らない、それでも戦場は待っているのです」

「待っている？」

「逃げることのできない、大きな口をぽっかり開けて待っているのです」

私の気持ちは、少し憂鬱《ゆううつ》になった。逃げることのできない、自らの意思が介在できないのが戦争であり、それはまさにキムが言った、逃げることのできない大きな口である。

私は、冷めかけたコーヒーを口にした。キムも一息つくように口にする。

「キムさん、韓国の軍隊はどのくらい力があるのです？」

少し、質問の矛先を変えてみた。キムは、カップから目を元に戻すと再び私を見詰めた。

「軍隊のことですね。現在の韓国の軍隊は陸海空の三軍体制で、六十五万人ぐらいです。これは朝鮮戦争時代とほぼ同じです。比率としては、ほとんどが陸軍で五十万人以上はいます」

「確か、徴兵制度が敷かれていましたよね」

「二年間は兵役に就く義務があります。すべての男性は二十歳前後で軍隊に入ります。北朝鮮との関係を考えれば当然のことであります」

「女性もいるのですか？」

「正確な人数を把握していませんが、志願兵が相当います。愛国心に燃える女性たちです。男性顔負けの勇敢な女性もたくさんいますよ」

「女性は強いから…」

　この話に及んだとき、場の空気が和らいだ。私、キム、そして麻衣の顔が綻《ほころ》んだ。

「キムさん、韓国の軍隊はいつからあるのですか？」

「日本の支配が終わってすぐです。一九四五（昭和二十）年に第二次世界大戦が終わりますね。その三年後の一九四八（昭和四十三）年に創設されています」

「朝鮮半島が分断され、北の脅威が増してきた頃ですね」

「そうです。日本が戦争に負けて引き上げたと思ったら、今度は北朝鮮の脅威です。韓国としては、自国の軍隊を持つ必要性があったのです。ちなみに軍隊が創設された月日を申し上げましょうか。それは八月十五日です。この日が何の日かお分かりですね」

「日本が敗戦した日です」

「違います。韓国が日本の支配から自由になった日です」

「そうか、申し訳ありません」

　私の意識下には、八月十五日はしっかと根付いている。同じ記念日でも、国が違えば百八十度考えは逆転する。そのことが分かっていながら、キムに指摘されてしまった。

確かに、やっと日本からの支配から免れたと思ったら、次には北朝鮮軍の脅威である。キムの年頃からすると、青春のほとんどを軍隊と戦争に捧《ささ》げてきたのであろう。私などがつい失念していた八月十五日に対する感覚も、一般人の常識では計り知れぬほど敏感であるに違いない。

「キムさんは六年間ほど軍隊におられたと仰いましたね。三年間の朝鮮戦争が休戦状態に入った後、どうして退役しなかったのです？」

「そういう気持ちにはなれませんでした。一応、休戦したものの、いつ再び戦争が始まるか分かりません。軍隊を去る気持ちにはなれないものです。私だけじゃありませんよ。多くの人が軍隊に残って、北の脅威に備えていたのです」

「国を守るって戦争をしている間だけじゃないんだ」

「一人でも多くの人間が軍隊にいれば、それだけ国の安全に繋がります。私たちは強い使命感に燃えていました。でも、最近は少し事情が変わってきました」

「それは…」

「休戦状態が長く続いていますから、徴兵を苦痛と考える若者が増えているのです。国を守るために当然というのではなくて、いやいや兵役に応じる風潮もあります」

「そうなのですか？」

「年齢的には、十九歳になると徴兵対象になります。その歳から三十五歳までの間に二年間兵隊として過ごすことが義務付けられているのですが、例えば、大学に行く者にとっては、早めに軍隊経験をして進学をずらすか、大学に入った後、休学して軍隊務めをするかなど、個人的に難しい選択を迫られます。まあ、それだけではありませんがね」

「どういうことです?」

「軍隊の内部にも問題がときどき起こるからです」

「内部のこと? それも聞かせて下さい」

　キムの返答に若干の間が空いた。ちょっと気持ちを整理している風だった。

「私は聞いた話なのですが…自殺者が多いんです。軍隊生活が辛《つら》く、自ら命を絶つ人がかなりいると聞いています。国を守るという気持ちが強ければ、そういうことはなくなるはずなのですがね」

「自殺者ですか。軍にとっては隠したい恥部ですね」

「原因のほとんどが幹部の苛めだという話です。これも日本がもたらせた悪い影響の一つです」

「日本が関わっている? もう日本は負けて朝鮮半島から引き上げているじゃありませんか」

「韓国軍の創設に関わっていることなのですが、軍が創設されるに当たって、当時支配下にあった日本の軍律の多くがそのまま持ち込まれたのです。具体的に言いますと、ビンタとか根性などの言葉がそっくり残っていて、新人はことあるごとに鉄拳制裁を受けます」

「ちょっと待って、そのビンタとか根性っていうのが分からないわ」

　横から麻衣が口を挟んできた。ずっと黙っていた麻衣の口調が真剣だった。

「ビンタって言うのは、ほっぺたを殴ることなんだ。失敗をやらかしたり、上官に無礼な態度や発言をすると、直立不動の姿勢を取らされて頬を強打される。ときには何発も殴られて気絶することもある」

「そんなの横暴よ」

「軍隊はそういう所だ。もう一つの根性も同じで、根性を入れ替えてやるとかいって、新兵は鉄拳制裁の標的にされる。軍では上から睨《にら》まれたら最後、徹底的な苛めに遭うからね」

「酷い世界ね」

「そうしないと規律が保てないこともあるが、まさか日本の軍隊の風潮がそのまま韓国の軍隊にもたらされているとは思わなかった」

　麻衣は納得のいかない表情だった。だが、私にとって充分に想像できる世界であった。

「キムさん、ビンタとか根性とかの体罰は日常よく行われているのですか？」

　私は質問をキムに向けた。

「ええ、私の在軍中はもちろんですが、それでも北と戦うための大きな目標があって我慢は当然のことでした。しかし、最近は緊張が薄らいでいます。北に対する備えは必要でも、今すぐ戦場に行くわけではない。我慢の対象が小さくなって、規律に挫《くじ》けてしまう兵隊が多いのです」

「先ほど、日本の影響だと言われましたが、規律を守るために厳しい制裁を行うのはどこの軍隊でも当然なんじゃないのですか？」

「そうですが、日本軍は特殊でしたからね。若い兵隊を苛めるだけじゃなく、民間人に対してもそういうことを平気で行った歴史があります。ごめんなさい、言い過ぎたでしょうか」

「大丈夫です」

「でも、細かいことを申し上げたら、日本人のあなたはきっと不愉快になられるはずです」

「…そうか」

私は、それ以上に言う言葉がなかった。

確かに、日本兵の熾烈《しれつ》さは軍の内部だけではなかった。キムはそのことを匂わせている。昨日だって、麻衣と一緒に西大門刑務所を見たばかりではなかったか。日本に盾突く者、日本の占領政策に非難を浴びせる者、どれだけ多くの良識ある一般人が獄中に繋がれ露《つゆ》と消えていったか。本をただせば日本軍の侵略思想がばら撒《ま》いた業罪の一端である。

私が少し黙ったので、キムが気を遣うように口を開いた。

「私に失礼があったかも知れません。でも、含みのあるところを汲み取って欲しいのです。今の私は日本を恨んではいません。北朝鮮に対しても複雑な感情があるだけで、恨みとは違うものです。誰か個人を特定して非難しても、この悲劇の歴史の説明はつかないと思うのです。でも現実は分断された半島があり、多くの人が今も苦しんでいる。やり切れないほどの捌《は》け口がどこにも見つからないのです」

キムの最後の言葉は重たいものであった。ひと言、ひと言がずしっと私の心に沈殿していった。

一時間余り、キムの話を聞いた私は深々と頭を下げた。今の彼に感謝を表すには、頭を下げるしか方法がないと思われた。

「キムさん、これ私の連絡場所です。お聞かせ願ったお話以外で、参考になることを思い出されたらご連絡をください」

「いいえ、それはないでしょう。もう充分にお話をしましたよ」

「そうですか、ありがとう」

いい話を聞けた。そして辛い話を聞けた。実際に朝鮮戦争に従軍したすべての兵士の気持ちを代弁する話のように思われた。

国と国の戦争は、誰が起こすのであろうか。一体、誰が戦争を望んでいるのか。邪《よこしま》な心を持った個人であろうか。個人と個人が折り重なって、戦争に結びついていくのであろうか。そして戦争なんて考えもしなかった、国民という善良な個人が巻き込まれていく。

この朝鮮半島だって、誰一人、戦争を望んでいない。だが、戦場となり、兵士として徴兵されていき、国家存続と繁栄の美名の下、次々と倒れていった。何に価値を見出《みいだ》し、何に納得させて死を迎え入れたというのか。キムと別れた後も何かに拘泥する私の心は、視界の悪い雲間に漂っていた。

蜜陽《ミリャン》の住人

三日が経過した。カンは相変わらずであった。大学の聴講に出掛けては、成果を得々と報告してくる。退屈な話であるが、適当に相槌を打ってやらねば機嫌を損ねる。

私といえば、今日は特別な日になる予感がある。キムと会って以来、三日振りの成果が期待できるのが今日である。それは麻衣が労を折ってくれたもう一人の戦争体験者に会うことになっているからだ。

ただ、今回出会う人物との面会はソウルではない。密陽《ミリャン》という遠く離れた町まで出掛けねばならない。どちらかというと釜山に近い町でもある。

こんな遠くに行くのも私のリクエストに原因がある。朝鮮戦争当時に三十八度線近くに在住しており、しかも日本語が堪能な人、この二点を麻衣にお願いしたので、該当者が限られたのだ。だが、麻衣という女性は大したものである。僅かな日数で私の希望に見事に応えてくれている。一介の女子大生ながら、情報の密度の高さはどこから来るものであろうか。

想像できることは、彼女の父親に関係していそうである。キムと話し合ったとき、彼は麻衣のことをお嬢様と表現した。これは単にいい所の娘ではなく、仕事の繋がりと彼女の素性を知る遠慮から発せられた言葉ではなかろうか。

事実、キムは麻衣の父親の世話を受けていると言った。実生活の大半部分を、麻衣が関係する何かから受けているとしたら、私の前に現れたのが頷けるし、麻衣に対して遠慮がちだったことも理解できる。そして、この想像は案外に当たっていると思われた。そんなことを思いながら、私は出発の準備を整えた。

密陽が遠方にあるため、出発は早朝となった。阿瀬川麻衣が運転する車での行動である。

「それじゃあカン、行ってくるからな」

カンは、まだ布団に入ったまま首だけ出すと、小さく手を振った。こんなに早く起きるのは私も久しぶりである。

　恵化駅で落ち合い、麻衣の車に乗り込んだ。密陽の町に向かって出発である。周囲はまだ暗い。麻衣の運転する車に乗るのは、これが二度目である。前回、海印寺から釜山に戻る車中はお客様状態だったが、今回はパートナーという雰囲気である。

「天気が良くてよかったわ」

「そうだね、快適なドライブって感じだ」

「少し距離があるから飛ばすわよ」

「安全運転をくれぐれもな」

「群青さんの願いが叶うまでは、決して無茶はしないわ」

　麻衣が返事をした通り、そこそこのスピードを出していたが、無謀な運転ではなかった。車の性能が良いこともそうだが、それ以上に確かな運転技術を持っている麻衣だった。

　運行は快適だった。空はやっと日の光を見せ始めている。

「これだけ晴れると気持ちがいいな」

「私、晴れの日が大好き。なんていうのかなあ、幸せがそれだけで感じられるの」

「じゃ、雨の日は？」

「ちょっと憂鬱かな。群青さんは？」

「あまり気にならない。生意気な言い方だが、雨が降っていると落ち着くんだ。一日中、部屋の中にじっとしていても退屈しない。気に入った本を繰り返し読んだり、テレビを見たり、元来が活動的でないのかな」

「そんなことないわ。韓国まで来て、こんな動きをしているのに」

「そうだね、でもカンが誘ってくれなかったら、来ていなかったかも知れない」

「カンさんとは親友なのね」

「性格はまったく違うけど、何だか気が合ってね。あいつ、本来は人付き合いの上手な性格ではないと思うんだ」

「それが群青さんには心を許した。群青さんの優しさを気に入ったのね」

「どうしてそんなに褒めるんだい?」

「私、先日、キムと話をしているときに群青さんの心の中を覗いた気持ちになったの。あのとき、あなたは時々苦しそうな表情をしていたわ。この韓国は特別な事情がある国でしょう。それを自分のことのように心を痛めているのが分かったの。ああ、この人は優しい人なんだなって」

「そうだろうか」

「きっとそう。あなたが分かっていないだけよ。キムだって、初対面なのにあんなに喋ってくれたのだから。あなたの真剣で国を憂う気持ちを感じ取っていたのよ」

私は、麻衣の言葉に上手く返事ができないでいた。実際、麻衣が指摘したことの半分は当たっている。キムの話に強い関心を持って聞くことができたし、場面によっては苦い顔を浮かべたかも知れない。だが、それは私個人の過去に連動しているからではないか。

私の表情が苦しそうだったとしても、韓国を憂うほど広い心が私の中にあるとは言い難い。

自分がどれほど思おうと、朝鮮半島に渦巻く種々の問題を解決に導く手段の一つも持たない。あくまで身勝手な時間の中に麻衣を引きずり込んだだけなのだが、好意的に解釈している。麻衣の思いを否定することは容易《たやす》いが、それもまた事実とは言い難い。何一つ解決できないことを分かっていながら、悶々《もんもん》とする自分がいることを分かってもいるからだ。

「私、変なこと言ったかしら？」

「何で？」

「群青さんが考えている様子だったから」

「そうか、ごめん。自分が麻衣さんの言うような立派な人物かどうかと考えていたんだ」

「間違いないわ。人の評価って周囲がするものでしょう。だから間違いないの」

麻衣は決め付けた言い方をし、嬉しそうな横顔を覗かせた。私は分かったような顔をして、軽く首を縦にしただけだった。

もう正午近くになって、私たちは密陽の町に入った。先方とは午後一時に約束を取り付けてあるとのことで、一時間程度の余裕がある。

「時間まで、町の見学でもしましょうか」

「そうだね。で、どこに行くかな」

「まずは駅ね。駅なら、色々と情報があると思うの」

事前に用意した地図を見ながら、車の向きを変えた。比較的細長い密陽の町は、蛇行する密陽江という川に挟まれた中州が中心で、駅は最も南に位置する。

「あそこみたいね」

駅前は、だだっ広い広場だった。駅舎の前では数人が列車待ちをしていた。

「ちょっと車を止めてみるわ」

広場の空きスペースに徐行程度の車が停車した。運転席から麻衣が降り、続いて私が降りる。

「ここに町の案内図があるわ」

駅舎の壁面に映画のスクリーンほどの案内図が描かれてある。

「一時間だけだと遠くにはいけないから…」

麻衣が目で案内図を追っていく。この場面と似た光景がふっと蘇ってくる。そうか、李社長と釜山に向かうまでの旅行に出掛け、公州の駅構内の案内板を見たときと似た感じなのだ。二年前の一瞬を切り取った場面が俄に思い出されて不思議だった。

「これだと…嶺南楼《ヨンナムヌ》とすぐ横の市場が良さそうね。町の真ん中にあるわ」

麻衣が一点を指さしている。案内図の中央に絵入りで描かれた嶺南楼は密陽の名所らしい。

車を反転させ、嶺南楼に向かった。駅からほぼ一直線で、川を渡り、もう一つの川を渡る手前から右手の丘に嶺南楼が見えてくる。

「車を止めて上がってみましょう」

麻衣を先に私が続く。丘に上る石段に足を踏み入れる。町の規模に似つかわしい小さな丘である。上がりきると、密陽の町が眼下に拡がる。山の麓まで平屋がさざ波のように連なっている。

「綺麗な所ね。こんな所に住みたいわ」

真下に密陽江が流れている。清流は快晴の青空を映し、青く煌《きら》めいている。韓国の三大楼閣といわれる嶺南楼と対比する密陽江の美しさの中に私たちが浮かんでいる。

「随分と古い建物ね」

近くに寄った嶺南楼は、案外であった。遠目で見た優美さは影を潜め、風雪に耐えた痛ましい建物である。

靴を脱いで楼閣の中に入ってみる。野外劇場のように壁一つなく、風が通り抜けていく。

「入ると暗い所ね」

「外が明る過ぎたから、その反動だと思う」

燦々《さんさん》と降り注ぐ陽光は覆われた天井で遮断され、私たちは暗がりの中に落ちる。だが、それも一瞬。すぐに目は慣れ、楼閣内部の様子に視線が張り付いていく。

楼閣の傷みは厳しいものがあった。白い粉を葺《ふ》いた所が多い。板張りの床や柱も無残な風化を曝《さら》け出し、その分、厳《いかめ》しさを備えている。百七十年前、李王朝時代の末期である一八四四年に建てられたとある。

楼閣の内部には何もない。建物の歴史を味わう程度で、数分もいると暇を持て余しだす。

「次は市場ね」

麻衣の声に促され、元の石段を下って右手に歩く。ものの一分、密陽の町で最も賑やかな市場が横丁の路地に拡がっている。食べ物、生活雑貨、朝鮮人参や漢方…何でも売られており、まさに市民の台所。だが、私たちはぶらぶらと歩くだけである。

「さてと楼閣も見たし、市場も見たし、これで密陽の町は分かったわね」

「おいおい、もう町の人間にでもなったつもりかい」

「そういうこと。私って理解するのが早いの。一を聞いて十を知るタイプなの」

確かに、そういうところのある麻衣である。機転の速さと行動力は持って生まれたものらしい。ここ、密陽に来たのがそうだし、キムへの連絡も瞬時に行った彼女である。

「ここからだと、お伺いする先方までも近くね。苦労して探さなくても行けると思うわ」

彼女は、さも町を熟知した口振りであった。

麻衣の言うように、訪ねる家はすぐに見つかった。車で五分とかからぬ場所であった。いかにも韓国風の石造り。室内はオンドルが施されているのだろう。

「お話を聞くのは、キョさんという名前だったたね。手ぶらでいいのかな」

「大丈夫と思うわ」

「でも初対面だしなあ…」

「いいから、さあ、まずは私に任せて」

麻衣の後ろ姿が自信に溢れていた。

麻衣が玄関から中に向かって呼び掛けた。

「こんにちは。阿瀬川と申します。キョさんはいらっしゃいます?」

奥から返事が戻り、すぐに人が現れた。細身の背の高い壮年であった。

「あなたは、阿瀬川さんのお嬢さん？」

「はい、麻衣と申します。あなたがキョさんですね」

「そうです。お待ちしていました。まあ、中にどうぞ」

キョという男性に導かれるまま、私と麻衣は軽く頭を下げて室内に入った。

「そちらにお掛けください」

台所と応接を兼ねた部屋だった。テーブルに椅子が五脚。私の正面にキョさん、右隣に麻衣が座る。腰を掛けると麻衣が私の紹介をしてくれた。

「キョさん、こちらが群青洋介さん。お電話でお話したように、朝鮮戦争のことを調べていらっしゃるの。色々ご質問されると思うので、よろしくね」

「分かりました。私の知っていることは何でもお話しします」

キョの声に応えるように、私は再び頭を下げた。

「それで、どんなお話をすればいいんですか」

「色んなお話をお伺いしたいのです。キョさんは、朝鮮戦争が行われたとき三十八度線近くにお住まいだったと聞いています。そこはどんな所だったのです？」

最初の質問を口にした。

「漣川《ヨンチョン》という田舎が私の故郷です。ソウルから北に五十キロの所です。人口は二百人程度で、私たちは農作業をして暮らしていました。戦争が起こるまではね」

「漣川というと…」

「三十八度線まで十キロしか離れていません。北にかなり近い場所です。ですから、朝鮮戦争が始まるまでも、平気で北の兵士たちは乗り込んで来ていました」

「実際、どんなことがあったのです?」

「北の兵隊は、さみだれ式に南に進入を繰り返していました。当然、南の兵隊と撃ち合いになります。私たち民間人は鉄砲の音を聞きながら、家で震えているしかありません。銃声は三十分も一時間も続くことがありました」

「漣川という場所だけだったのですか?」

「そんなことありません。あっちこっちでそうでした。漣川に近い全谷《チョンゴク》でもそうです。北と撃ち合いがあったとの情報がしょっちゅう入っていました。そういう話は自ずと伝わってくるものなのです。北から来る連中は、多分山あいを通って来ていたのだと思います。平地では遠くまでが見えますからね」

「北の兵隊の姿を見たことがありますか?」

「何度もあります。彼らは風のように音も立てずに、すーっと姿を現すのです。昼間は姿が見えるのでじっとしていて、日が暮れると行動を始めます。そのため、大抵は夜に銃撃戦がありました」

　キョの話し振りは滑らかであった。麻衣が探し出してくれただけの人物ではある。

「怖かったでしょうね」

「家族が固まって震えていました。数カ月間もそんな状態でしたので、いずれ大きな戦争になるのではと想像したくもない予感を持っていました。で、結局、北朝鮮の兵隊がいっぱい入ってきて、酷いことになって、大勢が死んでいきました」

「それが六月二十五日ですね」

　六月二十五日は朝鮮戦争が起こった日である。私は少し語気を強めて日付を強調した。

「朝鮮戦争は六月二十五日に起こったとされていますが、私たち三十八度線近くで暮らす者にとって、それより前から戦争は始まっていました。ただ、北の兵隊が雪崩を打って侵入して来たのがその日なのです」

「当日は、どんな日だったのでしょうか」

「驚きました。恐怖で体が竦《すく》みました。まだ、日の昇らぬうちから怒涛の進撃をしてきた彼らを防ぐ手立てはありませんでした。次から次に、北の兵隊がやって来て、所構わず銃をぶっ放します。兵隊も市民もありません。動くものすべてに発砲してくるのです。私たちは必死で逃げました。しかし、後ろから銃弾が飛んできて、仲間や家族を大勢失いました」

　キョから、家族の話が出た。家の様子から、現在は一人暮らしらしい。朝鮮戦争で肉親が犠牲になったことが想像されていく。

「キョさんのご家族はどうだったんです」

「私と娘は助かったのですが、妻を亡くしました。お腹から真っ赤な血を出して、死にました。どうすることもできませんでした。この密陽に来たのは親戚を頼ってのことですが、避難して行く人はみんな南をめざしていました。少しでも北から遠い所に行きたい、鉄砲の弾が飛んでこない所に行きたかったからです」

　キョは妻を失っていた。だが、娘さんは助かっていた。しかし、室内のどこにも女性の持ち物らしき物はない。私は家族のことを深追いせずに次の質問をした。

「戦闘が激しくなったので、みんな南をめざしていたのですね」

「気持ちではそうでした。でも上手くいかない人もたくさんいたのです。あの戦争の犠牲を端的に表している町があります。開城《ケソン》という町はご存知ですか？」

「板門店近くの町ですね」

「開城は、緯度上は三十八度線より南に位置しています。しかし、現実には北朝鮮に組み込まれています。このために生き別れの家族が大勢出たのです」

　開城の町は私の頭の中に記憶されてある。朝鮮半島が初めて統一された数百年前に都を置かれた場所である。果たして、私の記憶をなぞるようにキョはそこから話の続きを行った。

「開城は朝鮮王朝時代の都だったこともあって、私たちにとって特別な町です。さらに、北と南に分断されても韓国側に位置していますし、三十八度線より南にあるので、開城にいれば大丈夫だと思っていました。それで女性だけを開城に行かせて男性は南に逃げたのです。男性だけが南に行ったのは、北の兵隊から逃れるためです。でも実際には、開城は北朝鮮に属することになって、そのまま生き別れとなった家族がたくさんいるのです。開城の人口は約四十万人ですが、そのうちの七割、三十万人近くが離散家族です」

「そんなにですか？」

「そうです。だから北と南の実態を象徴する町が開城なのです」

「あのー、ひょっとしてキョさんの娘さんも…」

私は、心に湧いた疑問を口にした。

「そうです。娘は開城の町でそのままになっています」

やはりであった。キョの娘は助かったものの生き別れになっている。

「でも、私よりずっと酷い目に遭った人が大勢います。私は生き別れましたが、こうして生きていますからね。一家全員が死んでしまったところもあります。戦争の悲惨を叫ぼうにも、それができない家族がいたのです」

彼は、地獄を潜り抜けていた。凄惨《せいさん》を嘗めた被害者であった。そして離散家族の一人であった。妻を亡くし、娘と生き別れている。何の罪があって苦しまなければならないのか。即座に、次の質問ができない私であった。

口を開いたのは、キョさんからだった。

「私が申し上げられるのは、この程度の話です。思い出したくもない、つまらない話ですよね」

「とんでもない、辛いことをお聞きしまして」

「今は戦争のことは考えないようにしているんです。考えたって、どうにもなりません」

そんなものだろう。戦争を市民が体感するのは悲惨さだけである。為政者は市民の苦しみを何一つ分からない。

「そうそう、私と似た経験をした人物が近くにいます。彼は北の人間ですがね」

「北の…?」

「そう、北朝鮮から逃げてこの密陽に住んでいるのです。南から北に連れ去られた人、北から逃げて南に入って来た人、色々な人がいますよ。この朝鮮半島はむちゃくちゃな時代があったのですから」

「その人に会うことはできますか?」

「市場で野菜を売っているヨンという人です」

「市場って言いますと?」

「蜜陽の町で市場といえば、一カ所しかありません。嶺南楼前の市場です」

「それなら…」

「私たちがさっき歩いた所ね」

顔を見合わせた麻衣が口を開いた。

「キョさんのお名前を出せば、ヨンさんからお話を聞くことができますか?」

「多分、大丈夫でしょう。市場でヨンという名前は一人だけですから、すぐに分かりますよ」

「ありがとう。私たち、これから行ってみます」

私はキョの住まいを辞するにあたって、自分の所在地を知らせておいた。また、話を聞きに来る可能性もあるし、キョが何かを思い出したときに連絡を可能とするためである。麻衣に紹介を受けたキムにも連絡場所を知らせておいたが、あちらは当てにならない。彼からの話は充分過ぎるほど聞き出した気がしていたからだ。

「それじゃあどうも」

入り口まで、突っ掛けで出てきたキョは、小さく頭を下げて珍客である私たちを見送った。


「大した成果がなくてごめんなさいね」

表に出ると、麻衣が口を開いた。

「とんでもない、知らない話がたくさん聞けた」

「でも、想像できる範囲内だったわ。悲しい話ばっかりだったけど」

「いいんだそんなこと。まだまだこれからさ」

私と麻衣は、先ほどの道を引き戻す形で市場に向かった。

「不思議ね、また市場に戻るなんて」

麻衣の言う通りだと思った。密陽の市場は、束の間の通りすがりであったが、またこうして訪れようとしている。しかも今度は明確な目的を持ってだ。何気なく通った市場の風景が新鮮に映り、言い知れぬ感情を呼び起こしていた。

ヨンが野菜を売っている店はすぐに分かった。午後のこの時間、買い物客が少ないことも手伝った。

「あの人らしいね」

私たちは近づいた。店先に座って、歩く人に濁声《だみごえ》で呼び掛けている。

「あのー、ヨンさんでしょうか」

男は、近づく私たちに視線を当ててきた。彼は、物を買う人間でない私たちのことを瞬時に見抜いた。私が声を発したのに返事をせずに凝視だけをしていた。

「キョさんから、ヨンさんのことを伺ってきました。少しいいですか？」

「お前たち、イルボンヌ（日本人）か？」

「そうです。キョさんの友達です」

「友達、チングなのか。歳がえらく違うな。それでなんだ」

ヨンの話し振りは、ぞんざいだった。日本人に対する蟠りを持っている口調だった。

「キョさんからお伺いして、ヨンさんの店に来たのです。一つは、ここのお店の野菜はとても新鮮で美味しいってこと。もう一つは、北から来られた人だということです」

「お前たち、何か探りに来たのか？」

「とんでもない。野菜を買いに来たのです。それとお話を少しお聞きできればと思ったのです」

「で、何を買うのだ？」

「どれにしようかなあ」

私は品物を眺め回した。側から麻衣が小さな声で問い掛けてくる。

「群青さん、本当に野菜を買うつもりなの？」

「ああ、そうだよ。ヨンさんの顔を見たときから決めていたんだ。まずは僕たちが変な人間でないことを分かってもらうのだ。さてと」

店先の野菜はどれも新鮮そのものである。近郊の農家から仕入れて間なしと思える。

「これと、これだな」

私は、ヨンの店でも特に値段の高い商品を指さした。そして両手に余るほど買う意思を明らかにした。

「そんなに買ってどうするのよ」

「いいじゃないか。こんなに美味しそうな野菜だよ。当分、これで食事が楽しめる」

麻衣は、口をへの字に結び、目を大きく見開いて首を捻った。

「これが良さそうだな。うん、これもいい」

私は、名前も分からぬ野菜にも手を伸ばした。見ているのは、野菜でなく表示されてある料金である。

「よし、これも貰おう。えーと、全部で」

ヨンが、すかさず料金を言った。野菜を買うには、やや大金であった。

「じゃあ、これが代金だね。確認してみて」

ヨンは、手渡したウォンを素早く勘定して、吊るした笊《ざる》の中にお金を放り込むと私の顔を正視した。

「それで、あんたが聞きたい話というのはなんだ」

ヨンは私の顔を見詰め、応じる気配を示した。私はできるだけ淡々とした口調で言った。

「朝鮮戦争のことです。ヨンさんは、北からこちらに来られた方だと伺いました。そのときの様子をお伺いしたいのです」

「それを聞いてどうするんだ」

「私たちは学生です。当時のことを勉強しています。あの戦争を体験した人から一つでも多くの真実をお伺いしたいと考えているのです」

「何かに使うのか？」

「学生は勉強が本分です。こちらに来て朝鮮戦争のことを知ることは大切だと思っています」

「お前たち、どこの学生だ？」

「梨花女子大です」

　麻衣が横から口を出した。

「梨花女子大？　ふーん、優秀だな。で、お前は？」

「日本の早稲田大学です。ご存知でしょうか？」

「早稲田か、聞いたことがある…そうか、お前、早稲田の学生か」

　ヨンは少し考える素振りをした。

「だがな、お前、人から話を聞くのにタダということはないだろう」

「そんな！」

　真っ先に声を発したのは麻衣だった。

「こんなに野菜を買ったじゃありませんか」

「それはうちの商品だ。買えば金を払うのは当然だろうが」

麻衣が私の顔を見た。苛《いら》ついた様子の顔だった。私は麻衣に片っぽの瞼を一度閉じて、俺に任せろという様子を表した。そして、ポケットから財布を取り出すと、その中から数枚のウォン札を引き抜いた。

「生意気ですが、これでどうでしょうか」

金額は、野菜を買った二倍に相当するものだった。私の手に乗ったお金をヨンは見ている。私は、さあ受け取れとばかりに、ヨンの前に差し出した。

「いいだろう」

ヨンは、ひったくる感じで手を伸ばした。私からヨンに手渡った金は笊の中には入れられず、彼のポケットに仕舞われた。商品を売った代金と分けてのことだろう。

「こっちに来な」

顎をしゃくって、ヨンが私たちを店の奥に呼び寄せた。足を踏み入れた途端、入り混じった食べ物の匂いが鼻を衝《つ》いた。

店の奥は窮屈だった。ヨンに私に麻衣、三人がやっと入れるほどの狭さしかなかった。おまけに椅子は一つ、それにヨンが座り、私たちは立ったまま、ヨンを見下ろした。

「何を話せばいいんだ」

「先ほど申しましたように、朝鮮戦争のときのことです」

「お前、そう言ったが、俺は軍人じゃないぞ。戦争なんかには行っておらん」

「分かっています。でも、北からこちらに来られたわけでしょう。その理由です」

「そんなこと簡単よ。危ないと思ったからよ」

「危ない点では北も南も一緒だと思うのです。北には南の脅威があり、南には北の脅威がありました。わざわざ南に来られたのはどうしてですか?」

「それはよ、どうせ死ぬなら、鉄砲の方がましだと思ったからよ。変なガスなんかにやられて堪るかと思ったからよ」

「ガス?」

「俺が逃げてきたのは、アメリカ軍が毒ガスをばら撒《ま》くという話があったからよ」

「そんなことが実際にあったのですか?」

「まあな」

「信じられない」

「信じられないのなら、それまでだな」

ヨンの言い方は、あくまで横柄である。応対を間違えると口を噤《つぐ》みそうな気配となる。

「ごめんなさい、言葉が足りませんでした」

私は、すかさず訂正した。

「ということは、俺の話を聞きたいということなんだな」

ヨンは膝《ひざ》を組み直し、きつい目つきで下から見上げた。

「よし、教えてやろう。戦争が始まって二年目だったか、アメリカの飛行機が飛んで来てな、コレラ菌に炭素病菌、それに毒ガスなんかをばら撒いたという話が伝わってきたんだ。その証拠の写真を見たという人間も出てな。こりゃ、いかんと思ったよ。変な病気で死ぬよりは、鉄砲の弾に当たって死ぬ方がよっぽど楽だと思ってな。で、俺は南に逃げて来たんだ」

「ガスは実際にばら撒かれたんです?」

「いいや、なかったみたいだな。噂《うわさ》であって、どうやら違っていた。だが、その噂を信じて南に逃げたから俺は生きている。アメリカ軍も日本軍も同じようなことをしやがると思ったんだ」

「日本軍も?」

「そりゃそうよ」

「この国でな、日本がいい国だと思っているヤツは一人もいない。お前たちは勝手にやって来て、好き放題のことをしたんだ。地球から日本がなくなればいいと俺は思っている」

「そうかもしれませんが…」

「この密陽の町だってそうよ。俺は北の人間だったが、日本にやられたのは北も南も一緒よ。この先に、お前たち日本人が何をしたか、資料が残っている所がある。嘘だと思うなら、行ってみな。それでいいだろう」

私は、口ごもった。だが、ここで話をやめるわけにはいかない。

「もう一つだけ聞かせて下さい。ヨンさんの他にも北からこちらに来た、そんな人はいるのですか?」

「それは逃げて来たということか」

「そうです。アメリカ軍が毒ガスや病原菌をばら撒いたという話に踊らされて」

「噂を信じても、そのままじっとしていた人間のほうが多かったのじゃないかな。とにかく他人に構っている余裕はなかったからな。ウエノムに俺が喋れるのはこれぐらいだ。お前に貰ったお金の分はもう終わりだ。ほかのことが知りたかったら追加を出せ」

ヨンはそう言うと、下卑《げび》た笑いを浮かべた。だが、私の体は電流が走って硬直したようになっていた。

「群青さん、どうしたの？」

「いや、ちょっとね」

「変だわ、あなた」

「いいから出よう」

私たちは何だか屈辱的な気持ちになりながら、ヨンの店を後にした。

「酷い人ね。お金だけ巻き上げて、しかも、たったあれだけの話しかしないなんて」

麻衣の口調が荒かった。彼女は腹を立てている。そのことが分かって私の気持ちに冷静が舞い戻った。

「群青さん、さっき変だったけど、どうかしたの？」

麻衣は、繰り返した。

「そうかな」

「そうよ、何だか驚いたみたいな様子だったわ」

「実は、あることを思い出したんだ」

「あること？」

「ヨンさんが言った言葉さ」

「なんだったかしら？」

「彼は、僕たちに対してウエノムと言っただろう。あの言葉が引っ掛かったんだ」

「私、少しはハングルが分かるのだけど、その言葉は知らないわ」

「実は高校生のとき、韓国に来たことがあるんだ。その時、飛行機を降りてソウル市内に入ろうとした際、たまたま検問があってさ。スパイが潜入したとかで、銃を構えた兵士がパスポートやビザを見せろと要求してきた。その際にウエノムと言われたんだ。もちろん意味は分からない。それで、当時お世話になっていた李社長に尋ねたんだけど、教えてくれなかった。すっかり忘れていたが、ヨンさんの言葉で突然に思い出したんだ」

「ウエノム…なんて意味かしら？ 私は言われたことがないわ」

「多分、あまりいい意味ではないと思う。でも、どんなときに使うのかな」

「いいわ、私がこちらの友だちに聞いておいてあげるから。それにしてもあんな人、二度と会いたくないわ。日本のことを軽蔑して、自分だけが偉いと思っているのよ」

「まあ、そう言うな。一般の人間にとって、戦争の話なんてそんなものかも知れない」

「アメリカ軍にやられたら良かったのよ」

「随分な言い方だな」

「これでも優しく言っているの」

ヨンの店を出た私たちは、狭い路地を通りながら話を進めていた。私の両手には野菜が山と抱えられてある。

「群青さん、どうすんのよ、この野菜。まったくもう。それにこの道、車を止めてある方向とは違うわ」

「いいから、ちょっと付き合って」

「どこに行くっていうの。こんなに野菜を抱えて」

「そう言うなって。しかしね、それなりに収穫はあったよ。君のことも分かったし、この町のこともだ」

「私のこと?」

「そうだ。梨花女子大のことだ。ヨンさんは、梨花女子大の名前を聞いて、優秀なんだと漏らしただろう。僕はこちらの女子大のことは知らないからね、そこらのお嬢さん大学で、学業は二の次ぐらいに嘗めていたんだが、そうではなかった。見直したのさ」

「それはありがとう。で、それだけ?」

「まだある。密陽の町は全員が日本人のことを嫌いだと言ったが、あれは嘘だ。この町には歴史が残っている。日本軍が蹂躙したのなら、そんなものとっくに壊されている。それがないということは、日本人に対する嫌悪感はそんなに強くないということだ。実際そうだろう。ヨンさんに会う前にキョさんに会ったが、彼にそんな素振りはなかった」

「なーんだ、町のことか。私のことかと思ったのに」

「まあね、でも、まだあるよ」

「何かしら？」

「日本に関する資料が残されていると言っただろう。ほら、あれじゃないかな」

私たちの前に資料館らしき建物が見えてきていた。ヨンが、資料が残されてあると表現したとき、不機嫌な顔つきを向けた方向から見当をつけていたが、間違っていなかった。歩く方向の二十メートル先に古びた資料館らしいものが見えている。

「どうやら、ここらしい」

私と麻衣の足が止まった。資料館というには粗末な建物だった。

「この雰囲気だと、入場料は要らないみたいだね」

「こんな小さな資料館だもの、お金なんか取ったら許せないわ」

麻衣の言葉を待つまでもなく、私も同感だった。施設は実に粗末である。それでも一応、館員が受付におり、体裁は整えてある。

「入っていいですか？」

中年のおばちゃんがジロリと私たちを嘗め回した後、首を縦に振って中に入ることを承諾した。

館内は、不親切な表示だった。すべてハングル文字ばかりで日本語で書かれたものはない。それでも絵や写真からあらかたの見当がつく。

「どうやら、これだわ」

　私の声に麻衣が近寄ってきた。

「見てごらん。古いハングルの新聞がある。詳しくは分からないが、日本軍の文字が見えるだろう」

「日本が支配していた頃の記事ね。この記事、どういう事件だったか、分かるといいのにね」

「詳しくは無理だけど、大体のことは分かる。どうやら日本人の屋敷に爆弾を仕掛けたみたいだ。大使館みたいな建物だと思うね」

「じゃあ、大勢の人が亡くなったのね」

　私と麻衣は目を近づけ、写真に続いて数字を追った。

「多分だが、日本人が六人死んでいる」

「韓国の人は？」

「それはないみたいだ。ただ、爆弾を仕掛けた犯人は捕まったみたいだ。どうも日本軍に対する密陽の人のレジスタンス行動だったみたいだね。こっちには首謀者の写真まで掲げられてある」

「爆弾犯人の親分なんだ」

「それは違うね。英雄扱いをされている。果敢に日本軍に立ち向かったのだから、密陽の英雄として奉られている。悪いのは他人の国までやって来た日本。それに立ち向かったのは当然英雄ということになる」

「でも爆弾を仕掛けるなんて卑劣じゃない」

「原因をつくった日本に対する敵対行為としては、賛辞に値する」

「そうかなあ、何だか群青さんて韓国びいきだな」

「そんなことないよ」

と言いながら、自分の複雑な感情を、また意識し始めてもいた。

「さてと、ほかには大して見る物はないな」

僅かな時間で資料館を引き上げることにした。この程度の資料では、訪れる人も少ないだろう。一度見れば充分という感じである。十分余りの見学であった。

路上に止めておいた車まで戻ってきた。トランクを開けて、山ほどの野菜を積み込む。

「やっと手が空いた」

「野菜を抱えて資料館巡りとは、なかなか面白かったわ」

「変なヤツだと思っただろう」

「少しはね。でもそれも魅力かな」

「ありがとう、さて、そろそろ出発するかな」

「いいわよ、密陽の町ともさよならね」

麻衣がアクセルを踏み込み、軽快なエンジン音を響かせて発進した。

「こんな機会でもなければ、密陽に来ることはなかったと思うわ」

「確かに。それより、申し訳ないな。麻衣さんばかりに運転をさせて」

「いいのよ、私、車が好きだから。群青さん、運転は？」

「できない、免許を取る機会がなかった」

「じゃあ韓国にいる間は私が運転手になってあげる。それだと便利でしょう」

そう言った麻衣は、一段とアクセルを踏み込んだ。バックミラーにチラッと見えていた嶺南楼の姿が飛ぶように小さくなった。


市内を抜けると、車両の数は一段と少なくなる。退屈な田舎道が延々と続いていく。

「何だか道路を占領している気分だ」

「そうよ、私たちだけが世界を走っているのよ」

「それは大袈裟だ」

「今の私はそんな気分なの。群青さん、今日の一日なんだけど、どうだったかしら?」

「というと?」

「成果があったかどうかという話。キョさんに会えたけど、大して内容のある話ではなかったわ。群青さんの知りたい欲求に充分に応えられたのかどうかは疑問だな」

「いや、それなりに成果はあったよ。一市民として、普通に暮らしていたところへ北朝鮮軍が乗り込んできたんだ。実際の場面は生々しいものだったと思うが、やはり時間の経過で少しは感情が和らいだのかな。それより、キョさんのお陰でヨンさんにも会うことができた。これは余禄《よろく》だったな」

「でも、彼はお金を要求したわ」

「仕方ないさ。突然押しかけた僕たちの方が弱い立場だもの」

「にしても、あげ過ぎよ。あれだけ野菜を買ってあげたのだから、充分だったのじゃないかしら」

「彼が、あのまま喋ってくれたならね」

「きっと話をしてくれたと思うわ。あの人は喋らないと気の済まないタイプよ」

「そうか、それだったら残念だ。でも、ちょっと思うところもあったんだ」

「どういうこと?」

「僕たちが大学を名乗ったのを覚えているね。君が梨花女子大を言うと、彼は優秀だと表現した」

「ええ」

「その後のことは覚えている?」

「確か、群青さんが早稲田に行っているって言ったのじゃないかしら」

「そうだ、そのときにヨンさんの反応が一拍空いたんだ。僕はそのことが気になったのさ」

「どういうことかしら?」

「彼の過去に早稲田の出身者か、早稲田に関係ある人との繋がりがあると思ったんだ。それがいい繋がりか、悪い繋がりかは分からない。しかし、もし悪い繋がりだったとしたら、口を噤んでしまうと思った。だから、要求に応じて、しかも、彼が想像した金額より多くを出そうと瞬間に思ったんだ」

「ふーん、そんなことを考えていたんだ」

「まあ、確かめることはしなかったがね。どちらにしろ、ヨンさんから話を聞くことはできた。それと美味しそうな野菜もたんまり確保できた。それで充分じゃないか」

「ちょっと多過ぎるほどにね」

「言えるね。さて、当分はカンと一緒に毎日野菜を食べて過ごすか」

「お優しいこと」

麻衣の言葉に険はなかった。純粋に、大金を投じたことを残念がっているだけだった。

道路は、あくまで空いていた。五分以上も対向車と出くわすことがないこともあった。

「この調子だと、思ったより早くソウルに帰れそうだな」

「そうね。でも無理はしないから安心していて」

「もちろんだ。信頼している」

「そうそう、群青さんのお住まいを聞いていなかったわ」

「今のは仮の住まいだけど」

「でなくて、日本の」

「下宿だけど、それでいいかな」

「ええ」

私は、住所と大家の電話番号のメモを書きつけて麻衣に渡した。

「杉並の下井草ね」

麻衣は、受け取ったメモにチラッと目を這わせた。

「何もない狭い部屋に住んでいる」

「学生ってみんな似たようなものよ。サンキュー」

麻衣の横顔が楽しそうだった。

来たときと同じ長い時間をかけて、私たちはソウルに舞い戻った。帰路の途中で日暮れがやって来て、ソウル市内に入った頃にはもう完全な夜になっていた。

麻衣の車が部屋の前で停車した。

「あそこに僕たちが住んでいる」

「分かったわ」

トランクから野菜を取り出した。

「やはり買い過ぎたみたいだ」

「カンさんと当分は野菜ばっかりね」

「そうなるかな。でも今日は本当にありがとう。また、連絡するな」

「待っているわ。本当に待っているからね」

麻衣は同じ言葉を繰り返して、車の中に消えた。テールランプが小さく遠ざかるのを見て、私はカンの待つ部屋に足を進めた。

行方不明の友人

「おーい、カン。帰ったぞ」

野菜で両手が塞《ふさ》がっているので、室内に届く程の大きな声を出した。だが、返事がない。

「おーい、カン、開けてくれ。手が塞がっているんだ」

やはり、中からの返答はなかった。

「あいつ、どこに行っているんだ。こんな時間に」

もう、夜の十時過ぎになっている。私は、野菜をドアの前に置いて鍵を取り出して部屋に入ったが、やはりカンの姿はなかった。

(どこに行ったんだろう)

部屋の隅に置かれたカンの持ち物に異変はない。近くに散歩に行ったか、食事にでも行った感じである。そのうち戻るだろうと深く気に留めず、転がっているうちに睡魔が襲ってきた。

早朝の出発だったこともある。密陽までは相当ある。往復だけで、かなりの疲労を体が抱えてしまっている。

私はいつしか寝入った。朝までぐっすりだった。窓からの日差しを顔に浴びて、やっと目を覚ましたのは九時近くだった。

ん！　やはりカンの姿がなかった。彼は昨晩帰ってこなかったのだ。一体どこに行き、どう過ごしているのか。連絡一つ寄越さず、外泊をしたカンに対して腹が立ってきた。

あれでもと思って、午前中は部屋から一歩も出ずにいた。だが、カンが戻ってくる気配は感じられなかった。午後に入り二時を回った辺りでイライラが高まってきた。

三時を回った時点で、ソウル大学に足を向けてみた。勉強好きのカンのことだ。部屋に戻らなくても、大学には出掛けているかも知れない。そう思いながらも、なぜか空振りに終わる予感を抱いての行動だった。

学内をあれこれ動いてみるが、予感通りカンの姿を見つけることができない。念のため、校舎にも入ってうろうろしてみるが徒労ばかりが待ち受けている。

(カンのヤツどうしているんだ、馬鹿やろう)

私は歩きながら、何度も苛立ちを口にした。結局、無駄足を続け、部屋に戻るしかなかった。なんとなく不安が立ち上ってくる。カンがこのまま戻って来ないという不安である。それでも、ずっとカンのことばかりを考えていた。

韓国人のカンだし、大丈夫だという気もする。ひょっとしたら、何かの用事を思い立って故郷に帰ったのかも知れない。確か…カンの故郷は…あっ、そうだ。水原という町だった。

私は突然に思い出した。水原という町の名前を。

そうか、それでだ。水原という地名を聞いたとき、どうも引っ掛かるものを感じていたが、何度もこの地名は聞いていたのだ。

最初に聞いたのが高校生のときだ。レンジンさんに「水原の町に行ってみては」と勧められたのがそう。だが、あのときは私のわがままからパクチョリと一緒にイムジン河に出掛けた。それだけではない、つい最近もある。麻衣に紹介された朝鮮戦争体験者のキムが、軍人として最初に配属された町が水原だと言っていた。

私は何度も水原の町を耳にしていたのだ。それで、水原の地名を聞くたびに、どこか引っ掛かるものを感じていたのか。

では、その水原の町にカンは向かったのか？　いや、そうではないだろう。カンにとって、今回は故郷に帰ることが目的ではない。どちらかというと、勉強の環境が整わない故郷に足を向ける雰囲気は皆無であった。

それにだ。仮に故郷に戻るとしたら、どんな状況が考えられるであろうか。まず浮かぶのが肉親の異変である。急病や事故が身内に起こったとしたら、何をさておいても帰郷するであろう。しかし、カンがソウルに来ていることを知る手立ては故郷の人間にはないはずだ。

こちらに来て以来、カンが故郷に連絡を取った素振《そぶ》りはない。まして、急に出立する用事が起こったとしても、メモぐらいは残しておくだろう。となると、別の事情でカンは姿を消したということになる。その場合、どんなことが考えられるか。

最もありそうなのが、ソウル大学内で知り合った誰かの所に泊まったということである。カンと同じように、将来、弁護士を志す誰かと出会い、意気投合して夜を明かしてしまったということである。

だが、これもイメージしづらかった。カンの性格を考えた場合、いくら知己を得たとしてもそのまま外泊に及ぶとは思えない。彼には、そういう潔癖なところが妙にあった。時間の観念もきちんとしていたし、連絡はまめにする。いくら親しくなったとしても、そのまま外泊を簡単にするとは思えない。

あれこれ考えてみるが、結局、結論らしきものが見えてこない。私は、無為に部屋の中で時間を潰すしかなかった。

段々と外が暗くなっていった。また、夜が近づいている。外で物音が聞こえるとカンが戻って来たのかとドアを開けて様子を窺うが、期待した変化ではなかった。

(カンのやろうめ)

呟きが弱々しくなった。時間だけが容赦なく過ぎていく。長い空白時間である。今や苛立ちよりも不安だけが増幅していた。そして深夜が近づいていた。

まんじりともせずに朝を迎えた。薄い墨を刷《は》いたような明け方の空も段々と日差しが強くなり、すっかり朝を迎えてしまった。だが、カンは戻ってこなかった。時計の針は怠惰に進んでいく。コチコチと秒針だけが耳につく。

(カンよ、お前、どこに行ったんだ)

私の胸は、痛みで張り裂けそうだった。


カンが、行方を眩まして三日目の朝が来て、そしてそのまま午後になった。私の気持ちも限界に近づいていた。部屋の中で、ただ待ち続けることに苦しさを覚えていた。一人でいるのが、いたたまれない。もう、じっとしていることができなかった。私は表に出ると、麻衣の住まいの電話を鳴らした。

「嬉しいわ、電話をいただいて」

幸いに麻衣と連絡が繋がった。不安な気持ちの中にホッとするものがある。

「実は、カンが戻ってこないんだ」

「カンさんが? どういうこと」

私の電話に弾んだ声を出した麻衣だったが、意外な話に戸惑った声となった。

「一昨日の晩から姿が見えないんだ。密陽から帰った晩からカンと会っていない。あいつ、丸二日、いや蜜陽から帰った日の夜も入れると三日になる」

「メモを残してはいないの?」

「ない。あいつの身に何かあったのだろうか」

「まさか!」

「だって、何の連絡もないままの三日だ。僕たちが密陽に出掛けるときには、カンはいた。布団にもぐったままで眠たそうにしていた。それっきり姿を見ていない」

「変なことがあるものね。こちらにカンさんの友達は?」

「そりゃいるだろうが、僕に黙って何日も空けることはない」

「だったら、実家はどうかしら?」

「それも考えてみた。だが、まず有り得ない。あいつは勉強家だから、大学のあるソウルから離れる気はなかったんだ」

「じゃあ、どこに?」

「それが分からないから、君に電話をしたんだ。一人で考えていると、変な気持ちになっていくしね」

「分かるわ、群青さんの気持ち…警察に行ってみましょうか」

「警察に？」

「そうよ、何か情報があるかも知れないでしょう」

「そうだな」

と言ったものの、一遍に暗い気持ちとなった。

警察に問い合わせることは、考えの中にあった。だが、それは最後の手段のように思っていた。警察からカンの情報を聞くということは悪い知らせ以外の何物でもない。麻衣は簡単に警察を挙げたが、沈んだ気持ちを立て直すには辛い時間でもあった。

「ねえ群青さん、聞いているの？」

「ああ、ごめん。警察だったね、やはり警察に行くのが筋かなあ」

「三日も帰っていないってことは、何かの事故に巻き込まれた可能性が高いわ。もしそうだったら、警察に聞くのが一番だと思うのだけど」

「そうだね。やはり警察か…」

「私も一緒に付いていくわ。多少、ハングルを喋れるし、群青さんの手助けになると思うの」

「そうだね、ありがとう」

私は、弱い声で麻衣の提案に従うことにした。

三十分で現れた麻衣は、私の浮かぬ顔を見て、一緒に心配顔となった。

「カンさん、一体どうしたのかしらね」

「そうなんだ、あのやろう。こんなに心配を掛けやがって」

私は、麻衣の顔を見たせいか、語気を多少荒くした。たった一人で三晩を過ごした切なさが幾分解かれた思いである。

「きっと、元気で帰ってくると思うのだけど、とても心配ね」

「戻ってきたら、ぶん殴ってやる」

「私も一つ、ごつんするわ」

麻衣が軽口を叩いたが、笑う気持ちには遠かった。

警察に出向くまで、私たち二人は口を利くことはなかった。つまらない冗談でも言おうものなら、何だか待ち受けた悲しみに遭遇しそうな跳ね返りを感じてしまう。麻衣もその辺りを心得た様子であった。

「ここだわ」

私たちは、警察署の中に入っていった。

警察での聴取は簡単なものであった。麻衣が前面に立って事情を説明し、それを警官がメモする程度のものであった。また、現状では、カンらしき人物に該当する事故や事件の報告はなく、その意味では安堵する部分もあったが、所在が不明な点は一向に変わっていない。

警察としては、たかが一介の学生のことである。気ままにどこかに出掛けたぐらいに受け取っていたのかも知れない。実際、聴取警官の顔を見ていると、私や麻衣の真剣さをはぐらかす様子さえ浮かんでいた。

　それでも、ひと通りの依頼をすると、少し気持ちが和らいだ。現時点でカンの行方は分からないが、事故や事件に巻き込まれた報告がないのが救いだった。

「これからどうするの？」

　警察を出た私たちは、道なりに足を進めていた。

「そうだなあ、やはりカンが帰ってくるのを待つしかないな」

「部屋に戻るわけね」

「それしかない。ほかに何をすればいいんだ」

「カンさんは部屋の鍵を持っていたのでしょう」

「ああ、お互いが一本ずつ持っている」

「だったら、部屋で待つ必要はないわ。戻ってきたら、自分で部屋の中に入るでしょう。一人でじっとしているのは良くないと思うの」

「でも、何かをする気にはなれない」

「私ね、こういうときこそ気晴らしが必要だと思うの。群青さんさえ良かったら、付き合ってもらえないかな」

「どこに？」

「そうねえ」

　麻衣が、考える顔となった。顔を斜め上にあげて、思案を覗かせている。

「気晴らしできるなら、どこでもいいでしょう」

「ああ」

「それなら私に任せて。明洞《ミョンドン》に面白いショーを見せてくれる演劇チームが来ているの」

「演劇チーム！」

「変かしら？」

「そんなことない」

「だったらそうさせて。そのステージを一度見てみたいと思っていたの」

麻衣の提案は意外なものだった。こんな気分のときに演劇ショーとは…。でも、私を気遣ってくれる麻衣の気持ちを無視することはできない。

「ショーって、どんな内容なんだろう」

私は問い掛けた。

「楽しいショーみたいなの。言葉が分からなくても大丈夫って紹介してあったわ」

「そうなのかい？」

「請け合うわ」

「いいよ、行ってみよう」

私は、承諾した。警察に付き合ってもらった恩義がある。また、彼女の申し出は、落ち込んだ私の気持ちをなだらかにする配慮が見え隠れする。固辞したまま部屋に閉じこもるのは得策ではなかった。

麻衣は、流してきたタクシーを止めると、私の背中を押すようにして乗り込み、行き先をはっきりと告げた。

マッスル劇団の啓示

私は窓の外の景色に目をやった。違和感を覚えた韓国の右通行もすっかり目に慣れている。外国に来ている意識は今や薄い。

「そうそう、この間のウエノムって言葉なんだけど…」

外を見ていた私に麻衣が小声で話し掛けてきた。

「ウエノム！　それが?」

「群青さんが気にしていた言葉よ。蜜陽の町でヨンさんが言っていた言葉」

「もちろん覚えている」

「友だちに聞いたら、やっぱり汚い言葉だって。日本人を軽蔑する言葉だそうよ。日本人野郎って意味になるらしいわ」

「やっぱりな」

「日本人に酷い目に遭わされた人は、陰でウエノムって言って気晴らしをしているらしいわ」

「そうか、ありがとう」

私は麻衣に礼を言った。麻衣は軽く頷いたが、それきり再び会話が途切れた。

私が高校生のとき、ソウルの街に入る際に検問を受けた。そのときの兵士に浴びせられたのがウエノムという言葉だった。あの独特の響きは未《いま》だに覚えている。

日本国内において、日本人は朝鮮人のことを軽蔑して「ヨボ」と言っているが、こちらに来ると私のような日本人が軽蔑の対象になる。通りすがりの私は、ウエノムと幾ら呼ばれようと構わないが、こちらで育つ幼い日本人の子どもが、蔑《さげす》みの目で「ウエノム」と言い続けられたら、どのような心根を育《はぐく》んでいくのか。朝鮮人は日本人を嫌い、日本人は朝鮮人を嫌う、両国の人間は互いに傷つけ合って精神のバランスを保っているのか。悲しいほど低次元の両国の人間がどれほどいることか。

十分近くが経った。私の目は、韓国の景色を見ているだけだった。

「運転手さん、そこでいいわ」

車内の空気を断ち切るように、麻衣が少し大きな声を出した。

「さあ、着いたわよ。入りましょう」

麻衣に連れて行かれた所は、韓国を代表する企業、現代《ヒュンダイ》グループが所有する複合ビルの一つであった。

「こんな所に、君の言うステージとかがあるのかい？」

「そうよ、このビルの中に常設の舞台があって、毎日公演しているの。さて、上手く時間が合うといいのだけど」

チケット売場の横に開演時間が張り出されてある。

「今から十分後にあるわ。丁度よかった」

チケットは、ステージ近くから四段階の料金に分かれており、どれもそこそこの値段である。

「前の席は無理ね。既に売り切れているわ」

「ふーん、人気があるんだ」

「少しぐらい後ろでもいいわよね。さあ、入りましょう」

客席係りの誘導で中に入ると、ほぼ満席であった。芝居小屋程度の広さで、正面の舞台は暗くなっている。それでも、ボクシングジムの練習場らしくロープが張られたリングと小道具が舞台に見て取れる。

「始まるわよ」

開演ブザーが鳴って、舞台が明るくなった。やはり舞台の設営はボクシングジムで、四人の若者がステージに現れた。四人は、このジムの練習生らしい。

お互いが強くなるために、ランニングマシンやパンチング・ボールを使って体を鍛えていく。また、リングでは実戦さながらのボクシングをやったりするのだが、どれも動きがコミカルに仕上げてある。

例えば、リング上で戦う一人のパンチが相手の顔面にヒットすると、当然後ろに倒れるのだが、背中が床につく前に鍛えた腹筋と屈伸を利用してふーっと弾かれたように起き上がる。それが見事であり、可笑しい。また、パンチを浴びると横にすっ飛ぶのだが、数回の横転で風車のような動作をユーモラスにする。どれも、大袈裟過ぎるほどの動きだが、どたばた劇の原点のようでこれが実に面白い。彼らの滑稽《こっけい》な一挙手一投足に観客たちは笑い転げ、巧みに仕掛けられた演出が次々と展開されていく。

これら笑いの基本となっているのが、彼らの鍛えられた肉体である。飛び跳ねたり、宙返りをしたり、体操選手顔負けのパフォーマンスは視覚を釘付けにしていく。

麻衣が、言葉が分からなくても充分に楽しめると言ったが、なるほどである。言葉の代わりに体が喋っている。展開していくストーリーもすべて、動き回る体で理解できるようになっている。

やがて場面が変わった。彼ら四人は必死でトレーニングに励むのだが、一人の若者だけがなかなか上達しない。彼は、このままでは駄目だと思ったのか、別の修行をするため仲間から離れていく。

彼が思い付いたのは、山奥での修行である。誰も来ない山奥で一人黙々と修行に励むのだが、そこで出合ったのが野生の熊。懸命に戦うが、獣の力に屈し、なんということか彼は熊の仲間の所に連れて行かれて、熊同然の生活を強いられていく。食べるときも寝るときも熊と一緒、まるで熊の家族になっていく。

「ちょっとストーリーに無理があるわね」

麻衣が小声で私に話し掛けてきた。

「でも面白いよ。みんなもゲラゲラ笑っているしさ」

「そうね」

麻衣は、視線をステージに戻した。流れに無理があると言った麻衣だったが、横顔を盗み見すると、目に涙を溜めて笑っている。

実際、会場は爆笑の渦である。一つの動きに笑いが起こり、次の笑いに繋げる束の間の静寂も期待に満ちている。

ここに来てよかった。麻衣の言葉に従ってよかった。この三日間の切なさを忘れ切る時間の中に私が置かれている。会場の雰囲気、ステージで展開されるコメディータッチの動き、また、それを盛り上げていく色とりどりのライトと音響。舞台から視線を逸らしても、さまざまな工夫が凝らされ一体感を出している。

そういうことに気持ちを振り向けられる余裕が私の心の中に芽生えていた。部屋の中で悶々とカンの帰りを待ちわびていれば、凝固した思いから抜け出せず、思考の遊離は覚束《おぼつか》なかったであろう。

そのとき、フッと頭を過《よぎ》っていくものを感じた。それは、つい先ほど流れたステージの場面である。ボクシングジムの仲間から離れ、山奥で一人修行をしながら熊と出合い、ついには熊の家族同然の暮らしをするようになった男のことである。彼は仲間たちに行き先を告げず、また、想像を超える世界に身を置く羽目となっている。一体、仲間たちの誰が熊との生活をイメージすることができるだろう。

まさか、と私の思いがあらぬ方向に飛んでいた。そんなことはないよな、と思いながらも思考が煮詰まっていく。カンが、誰かの手によって私が知らない場面に連れて行かれたという想像である。舞台の男は自らが姿を消したが、カンは第三者の手で消されたことも考えられる。この場合、最も分かりやすいのが北朝鮮である。

朝鮮戦争当時、北から逃げてきた戦争難民が南に入り、南からは北朝鮮軍によって捕虜にされたり、拉致されたりして、大勢の人間が北に連れ去られた。万が一にも、考えたくない最悪のシナリオだが、カンの身の上にそういう事態が起こったことは考えられるのではないか。私の背筋がぞくっとした。あらぬ想像は不吉な予感のように空を舞っている。

北から入り込んだスパイたちはどんな活動をするのだろう。北朝鮮に有益でない人物の排除のために多少荒っぽい手を使うこともあるだろうし、人的被害を及ぼすことも考えられる。そういった北からのスパイは相当数、韓国に入り込んでいるらしく、水面下での工作活動は頻繁に行われているらしい。

日本でも「神隠し」といって、突然に周囲の人間が姿を消すことがあるが、それが第三者の手によって作為的に行われたものだとしたら、納得はできる。

だが、カンは重要な人物ではない。単に一介の学生ではないか。たまたま北からのスパイに目を付けられたとしても、有益な人物とは言い難い。彼にできるのは、韓国と日本の実情を把握していることぐらいだ。まさか、少し日本語ができるぐらいで拉致の要件になるとは思えない。北が触手を伸ばす対象としてはどうしても考えにくかった。

しかし、だからといって私が抱いた思いは断ち切りがたかった。一旦、頭に浮かんだ妄想は次第に膨らんでいくようであった。

旧朝鮮総督府の活用

翌日も、翌々日もカンの姿はなかった。警察からの連絡もない。私の心の中に黒点のシミが広がっていく。だが一日中、部屋の中に閉じこもっているわけにはいかない。麻衣が言ったように、カンが戻って来たとしたら自分が持っている鍵を使って部屋の中に入るだろう。私は気になりながらも、外出を考えていた。

部屋にはメモを置いておけばいい。それと麻衣への連絡先もだ。事情を知る彼女なら、即座に対応してくれるはずだ。そう気持ちを切り替えて、私は動きやすい服装で部屋を後にした。

私はさしたる当てなく表に出た。薄曇の天候である。こんなことも外に出て始めて知る。歩き始めると、思考が一つのことに傾斜していく。やはり一九五〇年の朝鮮戦争のことである。

戦争の悲惨さは分かっている。多くの人命が失われた過去もあらまし想像ができるようになっている。これらの原因を作りだしたのは日本の大陸進出が原点。朝鮮半島を支配し、やがて敗戦に追い込まれた日本が撤退した後に、どうするかと各国の思惑が渦巻いて分断の悲劇を招いた。半島の人たちは、日本の抑圧を受け、次には自国内同士で戦うという過酷な運命に巻き込まれていった。

先日出会った密陽のヨンさんではないが、朝鮮半島の人たちの日本人に対する意識は独特のものがある。彼らの心の奥底には、言い知れぬ感情が絶えず付き纏っている。

私はそんなことを考えながら、だらだらとソウルの街を歩いていた。

やがて、前方に何度か見たことのある建物が見えてきた。旧・朝鮮総督府である。日本が支配していたときの象徴的な建物で、かつての日本人たちが朝鮮半島の人間たちに命令を下していた施設である。

私は何の考えもなく近づいていった。建物の入り口近くに男性が二人立っている。スーツ姿の中年で何かを話している。私が近づいたのに気付いて、二人の男性がこちらを向いた。そのうちの一人が、なぜか私に視線を当てている。

どうしてだろうと私の疑問を深めるように、男は視線を放さなかった。気になって足を止めた私に、男の視線は張り付いたままだった。

男は、うんと頷くように首を大きく縦に振ると、今度は逆に私に近づいてきた。

「あなたは、やはり…そうですね。李光鐘さんですね」

「えっ！」

私は、思いがけず、韓国名を呼ばれて驚いた。

「お忘れですか。鄭です。迎賓館で総務の仕事をしていた鄭です。お久しぶりですね」

「鄭さん！」

「そうです。思い出していただけましたか？」

私は、まじまじと男性の顔を見詰めた。そうだ、確かにそうだ。あの鄭であった。高校生のとき迎賓館を訪れた際に、館内を案内してくれ、私に韓国名があることを教えてくれた鄭であった。

「はい、覚えています。その節は大変にお世話になってありがとうございました。で、どうしてここに？」

「新しい仕事場がここなのです。この建物の使い道を決めるために、私が派遣されて来たのです」

「どういうことです。建物の使い道って？」

「まだ、使い道が決まっていないのです。色々と考えがあるのですが、何せ難しい歴史を持つ建物ですからね」

　鄭の言い方が優しかった。いつぞやの迎賓館の中と違ってフランクさを強く感じる。

「良かったら、建物の中を見学してみますか？」

「建物の中を！　いいのですか」

「構いませんよ。これでも私に権限が与えられていますからね」

　私の顔に喜色が浮かんだ。顔色は返事の代わりとなって中に案内をされることになった。

　鄭とは不思議な関係である。高校生のときは迎賓館を案内された。そして今、奇遇ではあるが、朝鮮総督府という歴史上重要な建物の前で再会となり、施設を案内されようとしている。

「では参りましょう、さあ、どうぞ」

　鄭の言葉に導かれた。いつぞやのように彼の後ろに私がいる。

「いかがです」

「凄く立派です」

私は視線を徘徊させせながら進んでいった。国会議事堂ばりの外観同様に中も重厚な造りであった。正面を潜ると半アーチ型の広いロビーが迎えてくれる。

「随分と開放感がありますね」

「この建物は一九二六（大正十五）年に日本の清水組、今の清水建設によって造られたものです。当時の技術として先端のものが込められていると思いますよ」

「そうでしょうね」

と言いながら、上を向いたり、下を向いたりとキョロキョロする。

半アーチの天井には、アーチ状に沿った長方形の窓が等間隔で設けられ、太陽の明かりを損なうことなく取り入れている。大理石の床には、三メートル余りの円形模様を中心に三百六十度放射する剣型の光が描かれ、これは太陽の恵みを表したものだと思われる。

このロビーから、流線の階段が四つほど二階に続いており、二階に上がると仕切られた幾つもの部屋に分かれていく。どの部屋の造りも天井高が充分な洋館仕立てで、これらの各部屋で執務が行われていた。

「素晴らしい建物ですね」

「ドイツの建築家、デ・ラランデの才能と魂が込められた作品ですからね。ただ彼は建設の途中に亡くなってしまいますが…」

「日本人の作品かと思っていました」

「皆さん、そう思われます。しかし、造り上げたのは日本人ですよ。朝鮮総督の地位にいた寺内正毅《まさたけ》氏が現地の人間、つまり私たちのことですが、尊敬に値し恭しく思える立派な建物を造ることに心血を注いだから、できたのです」

「少しは日本人もいいことをしたのですね」

「その通りです。日本の権威の象徴の建物ですが、これからは皆さんのための建物にしなければなりません」

「使い道の素案があるということですか？」

「まあ、そうです。今は韓国政府の建物として使っていますが、長い将来を考えたときは、もっと国民のためになる施設として利用すべきだと私は考えているのです」

「と言いますと」

「博物館が相応しいのではないかと考えています」

「博物館ですか、それはいいですね。私も賛成です」

「それは嬉しい。あなたに言われると自信を持って進めることができます。でも私の考えが実行に移されるのは、ずっと先のことになるでしょうね」

　鄭の顔が若干曇った。鄭の思うアイデアに反対する政府関係者が大勢いるのだろうか。

　暫く案内を受けると、大体の様子が分かってくる。かつての日本政府の重要官庁として、どれだけの権力がここに集中していたかが理解されていく。

　時間にして三十分が経過した頃だろうか、案内を受ける途中で鄭が立ち止まった。

「あなたは風水という言葉を聞いたことがありますか？」

「風水ですか、言葉ぐらいですが」

鄭の問い掛けに上手く答えられなかった。

「この建物は風水と強く関係しているのです。ご存知でしたか？」

「いいえ」

「実は…ここに日本政府が総督府を建てたことが、韓国民の感情を逆なでしたのです」

「えっ、どういうことです？」

鄭の話が私の予想したものと違う方向を示している。

「韓国の人間は風水を大変に重要視しています。ソウルの地形は風水の考えにとてもよくマッチしているのです。街の中心部から北には主山である北岳山《ブガッサン》という高い山が聳《そび》え、左右にも二つの山脈が走っています。もう少し説明を続けてもいいですか？」

「ええ」

「主山の右側が青龍と呼ばれる駱山《ナクサン》、左側が白虎と呼ばれる仁旺山《イヤンサン》です。これらが風水上で最も大切な場所の龍穴《りゅうけつ》、これは生気の噴出する所ですが、ここを囲むようにしているのです。次に主山の反対側の場所ですが、ここには南山《ナムサン》があります。南山は別名を案山《アンサン》と言いますが、この山の北側には清渓川《チョンゲチョン》が流れ、南には雄大な漢江《ハンガン》が龍穴をやはり囲うように流れています。山と川、ソウルは、理想的な風水の考えに則った場所で、ここに街が形成されているのです」

なるほどと思った。街づくりと風水の考えが深く関わっているのは分かる。

「問題は最も大切な生気が出る穴路ですが、ここには当然のこと景福宮《キョンボックン》、つまり李王朝の正宮が建てられたのです。しかし、朝鮮半島を支配下に収めた日本政府は、人心まで掌握するために自分たちが管轄できる施設、つまりこの朝鮮総督府を穴路の場所に造ったのです」

「日本人はそこが大切な場所だと知っていたのですね」

「彼らは風水を研究していました。で、韓国人のやる気を奪い取るには生気が噴出している穴路を押さえてしまえと考えたのです」

「そうでしたか」

　私は声を沈めて返事をした。

「それと同時に日本政府が行ったことがあります。さっきソウルの街を囲む大切な山を挙げましたが、これらの山頂に太い鉄の杭を打ち込んでしまいます。風水の理論に文字通り楔《くさび》を打ったのです。精神的な支柱を失わすことが目的だったのでしょう。人間って信じているものを壊されると脆いところがありますからね」

「人心を支配するのにそんなことまで…」

「肉体と精神の両面で骨抜きにすることを考えたのです」

「すみません」

　私は、謝らずにおれなかった。

「どうしてあなたが頭を下げるのですか?」

「私も日本人の一人です。過去のこととはいえ、過ちを認めるのは当然のことです」

「いいから、頭を上げてください。あなたは日本国籍があるけれど、れっきとした李王朝の子孫でもあるじゃないですか」

「しかし」

「こういう話は楽しくありませんね、終わりにしましょうか」

「いいえ構いません。もっと教えてください」

「それなら…」

鄭は、手を顎にやって再び話し始めた。

「これまでの経緯から朝鮮総督府の建物に対して悪感情を抱いている人もたくさんいます。日帝時代の象徴的な建物ですから、壊してしまえという意見も強くあります。一方で日帝がどんなことをしたか、歴史の証人として残すべきとの意見も強くあります」

「だと思います」

「私としては難しい選択を任されているわけです。博物館にする気持ちを強く抱いてはいますが、決めかねています。何が本当にいいのか悩ましいときもあるのです。まあ、ざっとこんな歴史を抱えているのがこの建物です」

鄭の案内がほぼ終わりかけていた。一階をぐるりと見渡せる二階の周回通路も一巡しようとしていた。

「鄭さん、ちょっと聞いていいですか?」

「何でしょう」

「日本が朝鮮を支配していたときに造った建物は、この総督府だけじゃありませんよね」

「もちろんそうです」

「それらの建物はまだあるのですか？」

「たくさん残っていますよ。いや、そうでもないかな。日本軍が引き上げた頃に壊された建物も多いはずです」

「壊された？」

「統治されていたときの建物を見ているだけで不愉快と感じる人が多いのです。景福宮だって、支配下当時は日本人が壊して展示場にしていたぐらいです」

「そうなのですか…」

景福宮は、鄭の話にも出てきたが李王朝時代の正宮である。天皇がおわす皇居に相当するといってよい。朝鮮半島の民族にとって、この掛け替えのない建物も日本人の手によって破壊された過去を持つ。私は恥じ入った気持ちになったが、鄭の口調に変化はなかった。淡々と過去を受け入れて今がある。私は安心して次の質問を口にした。

「日本人が造って、まだこのソウルに残っている建物で私が知っているものはありますか？」

「ありますよ。ソウル駅なんか、そうじゃないですか」

「ソウル駅が…なるほどねえ」

私の頭に、格調あるレンガ造りの建物が浮かんでくる。東京駅を模したレトロな雰囲気は間違いなく街のシンボルである。

「そうそう、あなたは辰野金吾《たつのきんご》という人を知っていますか？」

「いいえ、その人は日本人ですね」

「日本の有名な建築家のはずです。その彼が好んだ建築様式がソウル駅なのです。確か東京駅も似た造りで、辰野式とか呼ばれているはずです。あっ、そうそう、ソウルに残っている建物に関しての話でしたね。この総督府とソウル駅以外にもたくさんあるはずですが、私の知っているのはそれぐらいです。必要だったら調べてみましょうか」

「ご迷惑を掛けてもいいのですか?」

「そう難しいことじゃありません。かつての日本が造って現在もある建物ということでよろしいですね」

「はい」

「明日までお時間を下さい。そうですね、明日の午前中はいかがです。何か、ご予定はありますか」

「いいえ、大丈夫です」

「それでは明日の午前十一時にソウル駅はどうでしょう。朝一番で一つ用事を済ませて、その足で参ります」

「十一時にソウル駅ですね。分かりました。必ず行きます。ああ、それとお願いがあるのですが…」

「お願い? 何でしょう」

「私の呼び名ですが、日本名で呼んで欲しいのです」

「どうして、何か不都合でもありますか?」

「自分が呼ばれている気がしないのです。韓国の名前はたまたまあっただけで、その名前と私は暮らしてきたわけではないのです」

「分かりました。そうしましょう。日本名は確か…」

「群青洋介です。これでお願いします」

「群青洋介さんね、日本の名前もいい名前だ。しっかり覚えておきます」

私は、鄭と別れた。思いがけぬ再会であった。行方の知れぬカンのことで気分が重くなっていたが、少し気が紛れた。とりあえず、明日に繋がる楽しみができた。

部屋に戻った。案の定であった。カンが戻った気配はどこにもなかった。私が置いたメモもそのままである。

「カンのヤツ…」

窓を開けて空に向けて呟いてみた。白い雲がゆっくりと東に進んでいる。空の青さが、白い雲で強調されている。カンのヤツ、どこかであの雲を見ているだろうか。だが、私はどうしてか、このソウルにもうカンがいないように思えていた。

朝を迎えた。室内に変化はなかった。カンが不在のまま五日目の朝である。だが、どうすればいいというのか。私は、カンのことを考えないようにして、鄭と会う時間を見計らった。

十時丁度に部屋を出てソウル駅に向かった。前方にソウル駅が見えてきた。

「群青さん、おはようございます」

既に鄭は来ていた。鄭は、私の名前を呼んで朝の挨拶をした。

「遅れてしまいました」

「そんなことありませんよ。まだ十一時にはなっていません。そんなことより、これ、お約束のものです」

鄭が小脇に抱えていた封筒を差し出した。

「この資料ですが、あれでもと思って、住所と地図、それと現在の建物の名前も書いておきました。それとソウルだけでなく、釜山の建物も分かる範囲で調べておきました」

「釜山も…」

「そうです。釜山も幾つか建物が残っていますからね。まあ、ついでですよ」

私は深く頭を下げた。

「色々とお話をしたいのですが、今日はまだしなければならないことがありまして、ここで失礼します。また、お目に掛かれるといいですね」

「はい」

「そうだ。ところで、お父様とはお会いになられていますか?」

「いいえ、こちらに来ていることも知らせていません」

「それはどうして?」

「深い意味はありません。そのうちにと思っています。それより鄭さんにまた会うとしたら、どのようにしたらいいのですか？」

「月曜日から土曜日までは、昨日の所にいます。当分は張り付いた状態ですから、いつでもお好きなときに訪ねて来てください」

「分かりました。何だか心強い気がします」

「大して力はありませんがね」

私は、カンのことが喉まで出かかったが、それは後日のことと思い直した。

「それじゃあここで」

鄭は、丁重に腰を折り、私の前から姿を消した。鄭は大切な用事を抱えている様子だった。私は、鄭の姿が見えなくなるのを確認して受け取った封筒を開けてみた。

鄭が言ったように、ソウルの地図の上に幾つかの印がされ、旧日本の手によって造られた建物がすぐさま判別できるようになっている。また、名称も古いものと現在のものとが併記されており、大変に分かりやすく親切なものとなっている。

例えば、ソウル駅だが、これには旧京城駅と古い呼称が付けられており、所在は万里洞《マンリドン》という町にあることが分かる。続けて見ると、ソウル市内にも相当な数の古い建物が存在している。旧朝鮮銀行本店は、現韓国銀行本店。旧朝鮮貯蓄銀行は、現第一銀行第一支店。旧京城府庁は、現ソウル市庁。旧若草劇場は、現スカラ劇場。旧黄金座は、現国都劇場。旧三越京城支店は、現新世界百貨店。旧京城帝国大学医学部本館は、現ソウル大学校医大本館。このように、かつての建物利用とほぼ同じ使い方をしているものが多い。

また釜山においても、旧釜山第一尋常小学校は、現南一国民学校。旧釜山測候所は、現釜山気象台。旧釜山市庁は、現釜山市庁とこちらも同様だ。これらの中で異彩を放っているのが、旧朝鮮乃木神社社務所である。日露戦争の将軍であり、明治天皇崩御後に後を追って割腹した乃木は軍神と崇《あが》め奉られ、崇拝の対象であったのであろう。日本から、遥か朝鮮半島においても乃木の威光があらたかであるように願って造られている。南山公園の麓の場所で、現在は軍警遺子女院の倉庫として使われているらしい。

鄭が作成してくれた資料は丁寧なものであった。一つ二つは見学するのも悪くないと思えてくる。私は、ソウル駅に立ち止まったまま、暫く目が放せないでいた。

「あのー、群青さんではないですか?」

横から女性の声がして、私は資料から顔を上げた。

一杉陽子との再会

「あれっ、あなたは!」

「やっぱり群青さんだ。ご無沙汰《ぶさた》しています」

私は意外な女性の出現に目を丸くした。私の側に来た女性は、一杉陽子であった。

「どうしてここに?」

「それより群青さんこそ」

「釜山を離れた後はソウルに向かうって言ってなかったかな」

「ああ、そうか。そうでしたね。ごめんなさい、突然に出会ったものだから驚いてしまって。でも、ソウルでまた会えるなて感激だわ」

私の顔は笑っていた。久しぶりの笑顔かも知れない。

「これだけ大きな街で再会できるなんて、本当に嬉しいわ」

陽子の口が滑らかだった。いつぞや釜山の海印寺で出会ったときに寡黙な印象だった一杉陽子と違う。しっかりとした言葉遣いが別人のようである。

「一杉さんはいつ、ここに来たの？」

私は、彼女の肩にかかる髪を見ながら問い掛けた。

「ついさっき、朝早くの列車で」

「それは旅行で」

「いいえ、勉強です」

「勉強？あなたは釜山大学の学生じゃなかったかな？」

「私が勉強している学問の公開講座がソウルでも開かれることになって、その先生のお手伝いとしてなの」

「手伝うって何を？」

「会場の受付。今日と明日の午後、ソウル市民会館で行われるから、二日間の予定なの」

「じゃ、忙しいんだ」

「講演が開かれている間は、会場から動くことはできないの」

「その後は？」

「一応、打ち上げがあるんだけど、必ず出席する必要はないわ」

「そうか、なら、僕と一緒に食事をするっていうのはどう？」

「まあ、突然のお誘いね。でも嬉しいわ。先生に言って、私は抜けるようにするから」

「よし、決まった。では、ソウル市民会館に僕が迎えに行こう。何時に終わるのかな」

「午後一時に受付開始。一時半からスタートで、講演の後に討論会があるので、終わるのは五時の予定。それでも片付けなどで、五時半にならないと自由にならないと思うけど」

「丁度いい時間だ。僕も特に予定がないから、その講座とやらを聴いてみるかな。でもハングルは分からないし、行っても意味がないか」

「そんなことないわ。講演は日本語なの。だってそういう内容の講座なんだもの」

「日本語か、それはありがたい。なら、行こう」

「本当、嬉しいわ。一人でも参加者が増えるのはありがたいわ」

「ところで、何ていう講座なんだい？」

「日本人と韓国人ってタイトルよ。社会学の見地から、人間性の違いを洞察して、今後の両国に生かしてもらう話が中心になるはずだけど」

「なかなか面白そうなテーマだね」

「そうかしら？　私にはちょっと退屈な話かなと。そんなこと言ったら失礼かしら」

「構わないさ。学生なんだから、自由に発言すべきだ。でも、どんな人が聴きにくるんだろう」

「こちらに住んでいる日本人、それと韓国の人なら日本の企業と取引している人かしら。その意味では純粋な一般市民は少ないんじゃないかしら」

「ふーん、なるほどね。一人でも多くの人が聴いて勉強すればいい講座に思えるけどな」

「韓国と日本は近いけど、考え方が絶対的に違う部分が多いでしょう。その違いを認識して、相手を理解するのが講座の目的だけど、なかなか難しいみたい」

「一杉さんはこちらで学生をしているから、色々なことが見えているんだね」

「どうかしら。上手く言えないけど、まだまだ課題が多いことだけは分かるの」

「ところで、こちらで阿瀬川麻衣さんとは？」

「連絡していないわ。二日間だけだし、講座のお手伝いで遊びに来たわけじゃないし」

「そうだね」

　と言いながら、麻衣と一杉陽子の距離みたいなものを感じていた。海印寺に女性たち五人で観光に来ていた彼女たちは、皆が皆、親しい関係でないのかも知れない。そんなことってよくある。普段、そんなに行き来がないが、たまたまグループで同行して、周囲からは以前からの友人だと思われるケースだ。

　一杉陽子と阿瀬川麻衣は同じ日本人だったため、ずっと友達だと思ったが、特に親しいわけではないのかも知れない。陽子の発言したニュアンスにそんなものが含まれていた。

　陽子は、ソウルに来るにあたって麻衣に連絡を取っていない。講座の手伝いならそんなに忙しいわけじゃない。実際、私が講座終了後の食事を誘ったところ、すぐに了解した。折角の自由時間なら、友人と会って楽しい時間を過ごすのがセオリーではないか。それをしなかったことに、二人の間に微妙な距離があるのが察せられた。

　二人の性格を見比べたとき、快活な麻衣に対して遠慮がちな陽子と対比する存在である。実際、海印寺から釜山に戻るまでがそうであった。場面を絶えずリードしていたのが麻衣で、陽子は陰のようにひっそりしていた。しかし、こうして話してみるとまったく違う。無口だと思っていたが、ごく普通に喋り、自分の思いもちゃんと表現する気質も備えている。ということは、麻衣が側にいたからではないか。麻衣と一緒にいるときの陽子は表に出ず、月のような存在に甘んじているのではないか。

　私はそれとなく一杉陽子の顔を見詰めた。陽子のことを地味で控えめな日本女性と、勝手に偶像をつくりあげていたのかも知れない。彼女は、決して控えめ一本の女性ではない。大体、日本を離れ韓国に勉強に来ていることからそうではないか。自分の考え一つを表現するのも恥じらう女性なら、わざわざ海を渡って来はしない。私は、海印寺で見たときと同じようにハラリと肩にかかる髪を見ながら、思いを泳がせていた。

「時間の方は大丈夫かな」

「時間って？」

　陽子は、一瞬私が何を言ったか分からないようであった。

「だから、講演の時間さ、色々とお手伝いがあるんだろう」

私は、陽子に時間の観念を促した。陽子はチラっと腕時計に目をやった。

「まだ、大丈夫。でも知らない所だし、慌てて会場に飛び込むのも迷惑を掛けてしまうから、早めに行こうかしら」

「受付なら下準備も必要なんじゃないか」

「そうなの。設営は専門の方がいらっしゃるけど、私は一応、先生のお世話もあるし」

「なら、行った方がいい。僕も午後には必ず行くから」

「分かったわ、いらっしゃるのを楽しみにしているわ」

陽子は、手帳を取り出した。ソウル駅から市民会館に向かう交通路線の確認をしている。

「それじゃあ、お待ちしています」

「何だか、いい一日になりそうだ」

「そうね、私もよ」

陽子は軽く手を振って私の元から離れていった。

陽子を見送った私には、講座までの二時間をどう過ごすかの課題が残った。だが、それも問題はない。旧日本が造った建物の一つでも見学すればすぐに時間は経つだろう。私は、もう一度資料に目を落とし、その中から旧明治座と書かれた建物の見学に向かうことにした。

ソウル駅から北東約二キロに旧明治座がある。道筋としては南大門から会賢洞《フェヒョンドン》（旭町）を抜けて南山洞（南山町）辺りになる。ソウル最大の繁華街・明洞の一角である。

ぶらぶらと街中を歩くのも気分がいい。この数日、カンのことが胸を占めていたが、珍しく念頭に薄い。部屋の中と違って、外の空気が気持ちを流してくれる。街と建物と道行く人に目が移る。そして陽子との偶然の出会いが、気持ちに張りを与えていた。

三十分近く歩いた。どうやら、これがそうらしい。周辺と異質の建物がある。私は旧明治座の前にやって来ていた。

通りに面した角の部分だけ、建物の四分の一が円形となった四階建てで、小型のデパートのような印象を受ける。周囲は人通りが多く、歓楽街の中にこの建物が位置していることが分かる。立ち止まって、鄭の資料を改めて見ると、明治座は松竹映画の封切館で日本人の憩いの時間を彩る大きな役割を担っていたとある。一九三六（昭和十一）年の十月に竣工しており、当時の本町通り（現・忠武路《チュンムロ》）は三越、丸善など日本商店が林立し、ソウル最大の賑やかさを誇っていたらしい。

この旧明治座でどれほどの日本人が映画を堪能したのであろうか。中に入って、施設の見学をしたいと思うがそうはいかない。日本の敗北により、明治座はその役目に終止符を打ち、現在は大韓投資金融株式会社の社屋となっている。半島への進出とともに奏でられ続けた建設譜は、僅かな期間で終曲を迎え、まったく別の楽想を演じ始めていた。

さて、次はどうするかだな。時間はまだある。南に十五分も歩けば、乃木神社社務所に行けることが資料から見える。私は時間を頭に置いて、足の方角を変えた。

住宅ばかりの入り組んだ道を進むと、広場を兼ねた空間のような場所にそれが発見できた。

社務所の前では小学生が数人遊んでいる。

社務所は、平屋建てであった。中央に二メートル程度の門を挟んだ左右対称形の建物で、想像に反して小ぶりで質素な造りであった。確かに寺院でも神社でもない。社務所の語感から、事務所程度の建物を想起すべきであったのに、観光施設らしい先入観が徒に忍び込んでいた。

ただ、屋根だけはそれらしい雰囲気を放っている。長さ十メートル程度。神殿のように立派な屋根は、社務所にしてはいかにも不釣り合いである。現在は倉庫使用と資料に書かれてあるが、気配では人が住んでいるようである。だが、暮らしを営む住まいではなく、事務程度の管理人室という様子。数分見れば、それで終わりという建物である。

もともとが観光に値する建物ではない。だが、この小さな建物にも日本帝国主義の残影がちらついている。軍神であった乃木将軍に関する思想を朝鮮半島に植え付けるため、旧日本軍はさまざまな策を弄《ろう》した。その残影が今のソウルや釜山など朝鮮半島の至る所に色褪《あ》せながら亡霊のように残っている。しかし、いずれすべてが取り壊され、形骸さえも地上から消え去る日が来るのであろう。

時刻を確認すると、一杉陽子と別れて二時間近くが経過している。そろそろ公開講座とやらを聞きに、市民会館に向かうのにいい時間となっていた。

ソウル市民会館に着いたのは、開演ぎりぎりだった。陽子が受付で忙しそうにしている。人集めに苦労していると言ったが、どうしてどうして、人の列は途切れず、熱気がロビーに零《こぼ》れだしている。

「嬉しい、来てくれたんだ」

彼女は、私を認めてすぐに笑顔を振り向けた。

「凄い人じゃないか」

「ありがたいわ。心配していたのだけど杞憂に終わりそうね」

「確か、テーマは日本人と韓国人についてだったね。僕だって講演を聞きたいと思ったぐらいだから、みんな関心があるんだ」

「そうかしら、でも嬉しい誤算よ。こんなに来ていただいて。それより中に入って。これ本日の式次第ね。まだ前の席が少し空いているから、好きな所に座って」

「分かった。終了後にまたここに来るから、それからどこに行くか決めよう」

会話もそこそこに、陽子は受付の仕事に気持ちを切り替えた。会場に入るまで、様子を眺めていたが、随分と手際よく捌《さば》いている。控えめな彼女の印象は、最早《もはや》完全に払拭されていた。

会場は八割方が埋まっていた。三百人程度が収容できる中規模会場が人々の動きでざわついている。次々と入ってくる人たちで、空席が埋まっていく。この分だと予備椅子が必要かも知れない。私は目敏《めざと》く、二列目の端に空席を見つけると、足早に確保に向かった。

腰を下ろすとほっとした気分となる。これで暫くは煩わされなくて済む。座り具合を直しながら、私は陽子から手渡されたパンフレットを開いてみた。

最初が、釜山大学社会学教授・郭永石による『日本と韓国の実情』。続いて金麗玉の『日本人と日本企業の精神風土』。これらが基調講演といえる、この二人の講演後に討論会となっているが、私は討論会に登場する一人の名前を見つけて驚いた。そこには高麗大学社会学専任講師・田村和夫と書かれてあったからである。

高麗大学の田村！　私の目が張り付いた。高麗大学で教えている日本人で田村といえば彼であろう。私が高校生時代に世話になったあの田村しか考えられない。

まさか、こんな所で、あの田村に出会えるとは。俄に私の気持ちが高ぶった。

半島に寄せる日本人意識

やがて講演が始まった。受講の人たちの姿勢がきちっとし、講師に敬意を払う雰囲気が会場にでき上がった。

最初の講師が壇上に姿を現した。

釜山大学の郭教授による基調講演、日本と韓国の実情は、これまでの両国の歴史を紐解《ひもと》いた話が中心であった。最も近い両国でありながら、思想、思考には大きな違いがあるが、それらがどのようにして育まれていき、どのような乖離を生んだかというものである。丁寧な話し振りと、エピソードを交えた話し方は聴衆の理解を深めるのに役立っていく。

郭教授が殊更に力を込めて話を進めたのが、近代の両国についてであった。仏教、芸術と多くのものが朝鮮半島の韓国を経由して日本に伝わっていくが、日本ではそれらのものを一段と高いレベルに昇華する優れた民族性と独自性を発揮していった。日本国民は、単に伝承技術や文化として享受したに留まらず、より崇高な段階にまで高めていったという精神性の高さを好意的に指摘したものだった。

こうした一面を持ちながら、まったく別な思考も日本人の中にあるというのが次での指摘であった。

日本人の精神構造は複雑な二面性を持ち、片方で弱者に粥《かゆ》を施しながら、片方で弱者が口にしようとしている粥を平気で取り上げてしまう残虐性を併せ持っているという話である。

確かにそういうこともあるが、日本で育った私からすれば、やや奇異な感じを受けてしまう。日本人の精神は、本来なだらかな寛容精神に満ち溢れているものではなかろうか。たまたま先の大戦で、無謀な侵略と略奪をアジアに振り撒いてしまったが、一時期狂気に駆り立てられたもので、これが元来の民族性ではないはずだ。

ただ、日本人の心の中には、韓国のみならず、外国というと特別に意識をせざるを得ない特殊性は絶えず持ち合わせてはいる。恐らくは、三百年に及ぶ鎖国の影響と、島国であるがゆえに他民族との関わりが薄かったせいもあろう。上手を言えば、他国との付き合いに慣れていないのであり、別の視点では他国を寄せ付けないことになる。

この地球上には多くの人種が異なる思考と文化を背景に暮らしている。このことが観念で分かっていても、器量の狭さから受け止めることができない。日本人はそういう不器用さがある。

日本人の頭の中を割り出せば、これは一つの答えである。一方の韓国は、小国ながら大陸の一部に位置している。日本海を挟んだだけの距離的に最も近い国でありながら、日本との相違点は数え切れない。表面上の経済、生活は似通った部分を持ちながら、心の中に切り込んでいくと、大河ほどの隔たりを有しているのが両国の実情でもある。

改めて両国の違いをさまざまな場面から指摘されると、民族性は驚くほど差異がある。端的に言えば、劣等意識と優越意識に尽きてしまうが、経済、生活、文化、宗教観の各面で折々に顔を覗かせてくる。興味深い話でありながら、私の心はいつしか沈みがちになっていた。

次の講演が始まった。会場は依然として水を打っている。

登壇してきたのは女性である。『日本人と日本企業の精神風土』で講演する金麗玉氏は三十後半の女性であった。自身の紹介で、日本の企業に十年ほど勤めていたこと。その後、韓国の企業に勤め、日本と韓国両国のビジネスの橋渡しを専らとしていることなどが語られ、社会体験を通じて両国の意識格差がどれほどのものか、具体例を織り交ぜて展開されていった。

彼女が日本で勤めていた会社は、世界的な自動車会社だった。そこで、広報部付けの市場戦略を主に担当していたとのことである。普通、広報というと商品宣伝が主体だが、市場調査、マーケティング分析、市場戦略などの業務も領域に入れており、その分、思考スタンスを幅広く持つことができたとの話であった。

彼女が扱っていた商品は自動車であったが、ほかの商品においても人間の商品に対する欲求や要望はほぼ似ているというものであった。しかし、大局と細部に関してはまったく異質になるという。車が欲しいという欲求は日本人、韓国人とも同じであるが、内装やデザイン、色やオプションは国民性、民族性で大きく変化していく。簡単に言えば地域事情である。微妙な差異は距離を隔てるほどに広がっていき、同一商品とは思えぬほどの変貌《へんぼう》を現実化しないとニーズに応えることができない。よく多様なニーズに応えるというが、これは国家の進化レベルに平行しているとの話も展開された。

発展途上国では、車は本来の意図である、走る、人が移動できる、物も運べるなど基礎的性能だけで充分なところがあるが、先進国のニーズにはさまざまなものを付加していかねばならない。快適性、安全性、さらには精神的優越感などである。日本と韓国を比較した場合、より後者に当てはまるのが日本であり、韓国はその意識が萌芽しつつあるも、まだまだということであった。

実際、街中を走っている車は、驚くほど貧しい姿をしている。日本で廃車にするしかない程度の車が堂々とまかり通っており、にもかかわらず物流の中心手段を担っている。いずれ、韓国の車事情も日本レベルになっていくのだろうが、それが十年かかるのか二十年かかるのか。

日本の職場に入り込み、日本人の気質や考え方に触れながら働いてきた彼女の話はエピソードもふんだんで、聴衆を飽きさせないものであった。業務を遂行させる上での報告・連絡・相談、さまざまな誤解や笑いが日常的に起こり、文化と民族性の垣根が人間関係を阻害するのではなく、より深めるのに役立ったという明るい論調であった。

彼女の仕事がそこまで順調であったのも、彼女自身の陽気さにあったと思われた。壇上で話を進める彼女の口調や態度は実に好感である。民族の違いを乗り越えて好かれる個人的要素がふんだんにあると見て取れた。

会場に入って二つの講演が終わったが、まったく退屈しなかった。私のような学生にも充分に分かる話であったし、聴衆の皆の顔も満足を裏付ける表情であった。

続いては、フォーラムである。事前に渡されたパンフレットに間違いがなければあの田村和夫が登壇するはずである。

十分間の休憩が挟んで行われることとなっている。会場の外には休憩時間を利用してトイレに行く人、ロビーで体を解《ほぐ》している人、さまざまに僅かな時間を活用している。

私も席から立ち上がって出入り口をすり抜け、ロビーに出てみた。受付辺りで、陽子が忙しく動いているのがちらりと目に入る。

ジュースで喉を潤すため、会館内の売店に近づいた。思いを同じくする人は大勢いて、売店の周辺は賑やかである。銘々《めいめい》が講演の内容を喋っていたりして、その声が私の耳にも届いてくる。二つの基調講演は全般的に好意的に受け取られた様子である。

話自体に趣向があったこともそうだが、喋り手の技量がそこそこで、気持ちを逸らさない工夫も随所に感じられた。会場に来ている人の大半が、日本と韓国の実態の違いについて学ぶ姿勢が強いこともあるが、それを上回る講演であったと位置付けてもよかろう。

壇上の田村和夫

フォーラムが始まった。壇上に進行役のほかパネラー三人が座った。講演を行った郭永石教授、金麗玉女史と田村和夫である。

私の目は壇上の若い男に注がれた。やはり、あの田村和夫であった。懐かしい顔である。二年前に見たときと、まったく変わりがないようである。細身の長身にカールしたような髪が特徴的な容姿。優しそうな目に、利発さが秘められた視線。私に朝鮮戦争のあれこれを説いてくれた田村が座っている。

彼は、私のことを覚えているだろうか。たった二年だが、高校生のときと違って大人びた雰囲気になった私に気付かないかも知れない。まして、出会いは限られた時間であった。毎日、大勢の学生と接している田村にとって、一人の学生を記憶するには強い印象が必要だろう。私は複雑な思いに揺れながら壇上に視線を注いでいた。

話の最初は、韓国人から見た日本人観であった。よく、歴史を検証した場合に、日本人と韓国人では認識の違いが引き合いに出される。端的に言えば、日本人は朝鮮半島を侵略したのに、当時の歴史の必然から半島に進出したという理由付けである。歴史の認識に共通性がない。

過去、どんなことがあったのか、丹念に掘り起こしていき、日本が朝鮮半島で過去にしてきたこと、韓国人が日本の進出で被《こうむ》ったこと、丁寧にじっくりと過去を浮かび上がらせても認識に大きなズレは絶えず存在してきた。隣国の不協和音が現在なお強く流れており、弱まることはない。共有できない違和感は、家庭、家族、国家に及び、溝を埋める有効な手段をなかなか見出せないでいる。この点が最初の展開であった。〝これはどうしてだろうか?〟という話し合いが壇上で行われていった。

まず、田村が口火を切った。表現としてかなりきついものだった。

「日本人の一人として、残念なことなのですが、日本人の多くの心の中に蔑視意識があります。日本の方が韓国より優れた国家だという見下した意識なのです」

田村は、冒頭で言い切った。

「私は韓国に来て、韓国の大学で仕事をしていますが、日本にいるとき、既にそのことを随所に感じて生きてきました。どうしてこういう精神があるかというと、日本人の劣等意識の裏返しなのです。日本人は欧米の人たちに対して劣等意識があります。体格、文化、歴史さまざまなもので欧米には適わないという強い劣等感を持っており、この劣等意識を持っているために自分たちよりも劣っている民族を見出さないと心のバランスが取れなくなっているのです。その対象が韓国なのです」

かなりきつい表現だった。ここまで言っていいのかと思う表現だった。分かってはいるが、冒頭からこのような発言をする田村に観客の心は揺れ始めた。

「また日本人には、過去はすべて水に流せばいいという安易な考え方を美徳とする風潮があります。日本語でいう、まあまあという表現です。その場さえ無事に収めてしまえば後はどうなってもいいという無責任な思考です。日本の文化は言うまでもなく、朝鮮半島を経由し今日の隆盛を見ています。そこには当然のこと、北朝鮮や韓国が含まれているのですが、これに対する感謝が希薄です。いえ、現実的には日本国民の誰も持っていないでしょう。恩恵を賜ったのは過去のこと、過去に感謝する気持ちを持ち合わせない民族が日本人なのです。朝鮮半島は文化をもたらせた通過点で、日本の文化はその後に創り上げた独自性だ、ぐらいの過剰な成り上がり意識が強いのです」

日本の文化は大陸から来ている。朝鮮半島を経由して、さまざまな文化が日本に伝えられている。だが、半島の恩益というより、半島は経由の道筋という捉《とら》え方が強いのではないかという指摘である。

「衣食足りて礼節を知るという言葉があります。強欲で満足感を知らない日本人は、この過去の恩恵を忘れて、昭和に入って大陸に進出する愚を犯してしまうことになるのです」

田村の発言を機に徐々に活発な論議が壇上で展開され始めていた。田村の発言に賛同を示しながらも異を唱えたのは、郭教授であった。

「田村先生のご指摘は最もです。日本人は過去何度も愚行を繰り返してきました。人間として最も忌むべき行為、人の殺戮《さつりく》、国土の侵略です。だから、日本人の心からの謝罪を韓国の人たちは願っているし、当然のこと謝罪をする義務があると思うのです」

田村は、やや首を傾げながら、反論を旨とした言葉をマイクに乗せてきた。

「ご指摘の通りなのですが、私が申し上げたいのはもう少し別なところにあります。日本人のことを卑下した発言を冒頭に行いましたが、では日本人は救いがたい民族かと言うと、そう箇単に諦めてもならないと思うのです。よく、韓国の人たちは、かつての日本の行動に対して謝罪をしろと言いますが、これは決して賢い言い方だとは思えません。日本人は今や徐々に変わっているのです」

「変わっているとはどういうことでしょうか？」

すかさず、郭教授が問い返した。

「日本人は過去を忘れる民族だといいましたが、国際間において過去をないがしろにしては決していい関係は築けない、ということを分かってきた日本人が増えています。新しい関係、より良好な国際関係を構築するためには、しっかりと過去を検証し、しかもそれに値する代償や結果が重要になってきます。故に、これからの日本と韓国の両国をよりなだらかな関係にしていくには、別の要素を取り入れて再構築しなければならないのです。現在の日本人の心の中には、朝鮮半島の人たちに対して大変に申し訳ないことをしたとの意識があります。しかし、何度も繰り返して謝れ、謝れと言われ続けますと反発に繋がってしまう。過去に行った過ちに対して真摯に反省はしていくが、もういい加減に言わなくてもいいじゃないかとの思いが強くなっているのです」

「それって心から反省していないからじゃありませんか。本当に悪いという気持ちがあるのなら、素直に認めるべきだと思います」

郭教授が反発した。

「認めているのですよ。でも、悪いと思っている気持ちの上に塩を擦り込むようなやり方に反発を覚えると言っているのです。私を含め、日本人の多くが反省の気持ちを持っています。大変に酷いことをした、自分たちのエゴで半島の人を苦しめた、でも、それはかつての日本人です。そんな暗い過去を忘れずに、納得のいく清算をしながら新しい未来を切り開きたいと今の日本人は願っているのに、いつまでもお前たちが悪い、反省が足りない、謝れ、謝れでは進歩に結びつかないのではないでしょうか」

田村の語気に多少力が加わった。それは対論する郭教授も同じであった。

「韓国人は基本的に日本人を信じていません。やむえず最低限の国際的な付き合いをしていますが、日本のことが好きという発言をする韓国人は一人もいません。韓国人同士で話をするときに、実は私は日本が好きなんだと言うことは、口が裂けても言ってはならないタブーなのです。仮に日本が好きだと言ったとしましょうか。そんなことを言う韓国人は国を愛していない変人だと見られてしまいます。生理的に日本人を受け付けない体質が韓国の中にあるのです」

田村の顔がやや苦しそうになった。しかし、目は郭教授から離さなかった。そしてゆっくりと口を開いた。

「それはこれまでの歴史がつくってしまったものです。また、その多くの責任は日本人にあることも事実です。この会場にいる皆さんは両国のこの現状を認識し、一人ずつ心を開いていく必要があるのです。国家と国家が充分に歩み寄れなくても個人と個人の関係はそれを上回っていきます。日本という国家は嫌いだが、あの日本人は好きだ、そんなところから風穴は開いていくものだと思っています」

「田村さんご自身もその一人だというわけですか?」

郭教授の声に揶揄《やゆ》が感じられた。

「私が韓国に来ることを選んだ理由の一つに、朧げながら、今申した気持ちがあったと思います。私はご案内に書かれていますように高麗大学に勤めています。韓国の大学生と生身で接して、私という日本人に触れてもらうことで、幾分かは理解に繋がっていると信じています」

「実に立派なことですな。あなたのような日本人が増えることを願っていますが、現実の日本の為政者はそうではない。大変に申しにくいが、かつての大戦に積極的に参加したような人物の多くが日本という国を動かしているのではありませんか?」

「それは穿《うが》った見方です。戦争体験者、軍隊経験者が国政に携わっているのは一人、二人じゃありませんが、だからといって彼らは戦争容認者じゃありません。アメリカに負けた後、導入された民主主義を最善のものと遵守《じゅんしゅ》する気持ちが強く、また、これを壊すような振る舞いは国民が許しません。過去の敗戦で辛酸を嘗めた日本人は二度と過ちを犯してはならない気持ちが強く、そういう意味で真摯の反省をしているのです」

郭教授が、やや鼻でせせら笑うような顔つきをした。

「わが国が日本の侵略を受けたのは事実として消せない過去です。が、一方、その後の日本から多大な恩恵や良い影響を受けつつあるのも事実です。田村先生が反省という言葉を使われたように韓国人も日本に対して反省すべき点も確かにあるようです。ただ、このことを認識している韓国の国民はほとんどいません。実際的には反日感情が勝って、良いところを見る前に憤りが先行するのが実態だと思います」

私は、田村の発言も郭教授の思いも正しいと感じていた。戦争で迷惑を掛け、敗戦で苦渋を嘗めた日本人は、以後再び過ちを繰り返さないための心構えをしている。というより、アメリカ主導の民主主義で骨抜きにされたのが実情であろう。また、郭教授が言うように、日本人に対する絶対的嫌悪感は拭《ぬぐ》い去られていない。韓国を軸にほかの諸外国を比較検討した場合、最も遠く、最も敬遠したい国が日本なのであろう。私の韓国滞在日数はまだまだ知れたものだが、街の空気からそれを痛いほど感じることがある。日本人は許されざる民族であり、韓国を蹂躙した悪魔の集団であった過去は消え去っていない。

思いに、しばし浸っているうちに壇上の話は進んでいた。噴出する日韓の相違点は多く、改めて話題に上ると否応なし再認識させられてしまう。それでも田村、郭教授の両者は、荒い語気にもかかわらず、有識者らしい冷静さを取り戻していた。

やや、緩やかな論調に話が落ち着き始めたので、司会の人間が当たり障りのない発言を口にした。

「日韓関係は必ずしも良好とは言えませんね。一見、正常に機能しているように見えますが、ひとたび何かあれば一遍に噴火する危うさを秘めています。互いが信じ合えるパートナーシップを築くには、まだまだ課題が山積しているように思えますが…田村さんは、その辺りをどうお考えですか」

「課題ですね。どこから手を付ければと思うぐらいあります。その点では司会の方の仰る通りです。しかし、大きな課題を片付けるにもできることからコツコツやるしかありません。小さな例ですが、韓国では日本の文化をシャットアウトしています。日本の歌や映画などを禁じています。私が韓国に来て、大変に残念に思ったことの一つです。多分、三十五年にわたった日本の植民地支配に対して、強烈な拒否反応が残っているからでしょう。それはさまざまな面に表れていますが、文化面でのこういう課題が解決できれば、日本という国の理解に繋がっていきます。思うほど日本の国民性は悪くない、この一歩が大きな課題の解決に結びついていくのではないでしょうか」

私の知らないことだった。詳しく韓国の実情を知らないが、まさか日本の歌や映画が禁止されていたなんて。そんなにまで日本という国は嫌われていたのか。どうして？ という私の思いをなぞるように郭教授が答える形で田村に向かって口を開いた。

「それは仕方ないのじゃないでしょうか。文化の交流は大切な要素ですが、日本の文化は低俗でグロテスクなものが多いので、やむを得ず禁じているのが実態です。例えば日本の映画ですが、暴力的なもの、性的なものが多く見るに値しないものばかりです。文化といいますが、そういうものが日本の文化としたら受け入れるわけにはいきません。韓国の精神が荒廃してしまいます。歌だってそうです。解禁に値するほど、良質なものはありませんね」

郭教授の口調は、やや吐き捨てるようでもあった。

私自身、韓国に来て日本人に対する排他的な視線は何度か感じたことがあったが、文化面でも大きな規制が立ちはだかっているとは知らなかった。ただ、街の雰囲気、人々の様子からそれとなく感じていた。肌に感じる空気とでも言うのだろう。

一刀に切り捨てた感じの郭教授の返答だったが、田村は別に反論するでもなかった。いずれ、時間が解決するとでも思っているのか。

話に上った文化の面だが、美を追求し過ぎるとグロテスクの淵《ふち》に近づいていくことがある。見る者によって、エロかグロテスクかの判断は難しい。エログロと芸術が紙一重であるように、文化の捉え方も紙一重のところがある。

「今日は日本人と韓国人の意識の違いを浮き彫りにすることがテーマですが、民族の問題を抜きにしては話が進まないと思います。民族の問題とは日本、韓国だけに留まらず、言うまでもなく北朝鮮を含めてのことです。仮に、北朝鮮が日本を攻めた場合、韓国の軍隊はどのような行動に出ると思われますか？」

司会者が違う場面に質問を振った。聴衆の誰もが意識する設問の一つだが、比較的早くにこの問題に話題が振られてしまった。すると、これまで黙っていた金女史が初めて口を開いた。基調講演で明るい論旨を展開していた彼女だけに、郭と田村の間に割って入るきっかけが摑めなかったようでもある。

「それは難問ですが、一方では愚問でもあります」

彼女は、まず質問を否定する発言から始めた。

「北朝鮮が韓国を飛び越えて日本を攻撃することはまず考えられません。北朝鮮にとっては、韓国よりも日本に対しての敵対意識はより強いのですが、朝鮮戦争以後、アメリカナイズされ、どちらかというとアメリカ、韓国、日本の三国路線が形成されている現在、日本だけが標的になるということは考えられません。北朝鮮の軍事力では三国を同時に相手にする力量はありませんし、そうすれば即座に国の崩壊です。また、日本人も戦争を意識している国民はほとんどいません。あれだけアメリカにやられ、やっと戦争のことを忘れかけた国民だけに、戦う意思は完全に去勢されていると思っています」

確かにそうだと思う。今の日本には戦争をする意思はどこにもない。戦争をイメージした場合、罪悪だ、人間として最低の卑劣な行為などと思う前に、もう疲れ果てて考えられないという気持ちが素直なところだろう。多分、日本人の多くがそう思ってしまうのではないか。私は、金女史の考えがかなり理解できる。金女史は日本での生活経験があるだけに、日本人の感情をそこそこ汲み取ることができている。

「北朝鮮と韓国がこれほど拙《まず》い関係になったのも日本という国が介在したのが一因ですが、日本と韓国の関係を考えた場合、背後の北朝鮮の思想を無視するわけにはいきませんね」

司会がもう一度、話を戻した。

「北朝鮮には絶対的に情報が不足しています。北朝鮮の国民に知らされていくのは国家に都合のいい情報ばかりです。国が垂れ流すプロパガンダです。国民の知る権利はありません。北朝鮮は唯一最大の優れた国と国民に信じ込ませる必要があり、他国の情報によって混乱を来しては困るからです。そういう北朝鮮の実情を無視して日本と韓国が歩みよることは危険でもあります。新たな戦争の火種を起こしかねません」

「そうすると、いつまで経っても、いや北朝鮮の国家主権が変わらない限り、日本と韓国の真の共存という時代は来ないことになりますね」

「さあ、どうでしょうか。可能性がないとは言えませんが、現実には難しい話です。相当な努力、まさに国を挙げての努力がなければ宙に浮いた話になりかねません。それはいつのことでしょうか。まるで三十八度線を流れる河や日本と韓国の間の日本海を埋め立てるようなものです」

金女史は、韓国と北朝鮮の間に流れる深い渡航不可能な河、イムジン河を意識して発言した。また同様に日本と韓国の間に流れる途方もない分断の日本海を意識した発言でもあった。

「先ほどの金さんのご発言をお聞きし、日本や韓国を敵対視することが、自国の安全を保障するのではなく、その国の破壊に結びついてしまう。そうした簡単なことが北朝鮮の人間には分かっていないのではないかと思っています」

田村が口を開いた。

「それは言えるでしょう。だから、今もってチュチュ（主体）思想が最大なものと信じているわけです。あの考え方は、ソ連、中国を後ろ盾とする金日成《キム・イルソン》の考えがすべてであり、金日成そのものを北朝鮮の現人神《あらひとがみ》にしているわけです。かつて、日本が大陸に進出したとき、日本の天皇陛下は現人神、つまり人間ではなく神であったわけです。北朝鮮の金日成がそれに当たります。国を守ってくれている神様のために死ぬことは大変な名誉であり、国民として当然のこととして、反発や疑問を持つことは許されません。この北朝鮮の状態はかつての日本にあった状態です。その結果、多くの若者を戦地に追いやり、死に至らしめてしまいました。今の北朝鮮は指導者の金日成のすべてが正義であり、真理であり、何人も侵すことは許されません。そして、その意向は息子たち、とりわけ後継者の呼び声が高い金日正《キム・ジョンイル》に受け継がれようとしています。大変に危険な状態にあります」

「なるほど、北朝鮮と日本を同一に準《なぞら》えましたか」

郭教授が、口許を歪めながら口にした。口許は苦渋の歪みではなく、嘲《あざけ》りが含まれたものであった。

「もともと、韓国と北朝鮮は一つの民族で、一つの国家であった時代もあったわけです。それが違う思想が入ることで民族が分断されてしまった。国民がそれを望んでいたかというとそうではなくて、当時の僅かな指導者とそれを支持する軍隊によってです。弱い者はほかの犠牲になる運命にありますが、国家における市民がまさにそれで、悲劇の象徴がこの朝鮮半島に現実としてあるわけです。これを考えると、日本の半島への進出が悲劇の発火点と見なすことができます。日本人と韓国人の問題は、北朝鮮の人間をも巻き込んだ問題で、整理し解消していくには相当な年月が経過し、人々の心が風化しないと可能にならないのではないでしょうか。端的に言えば私たちの世代では無理だということです。もっと情報が開示される時代が北朝鮮に来て、韓国においては日本を容認する時代が来て、さらに日本としてはアジアや世界と信頼のおける国際関係を築いていけて、それでいて二世代、三世代を経て初めて極東の緊張や誤解がなくなるのではないでしょうか」

会場の聴衆たちは静かに聞いている。難しい話だが、日本、韓国、北朝鮮の実態でもあり、避けて通れない現実を分かっているからでもある。

二時間にわたって行われたフォーラムが終わった。席を立ち、会場出口に向かう聴衆たちは満足そうな顔を浮かべている。実際、難しい話が飛び交ったが、韓国の国において発言された内容としてはかなり厳しいものだった。政府関係者や当局筋が聞けば、眉《まゆ》をしかめる話も多かったし、場合によっては公安に連れて行かれる可能性もあったのではなかろうか。

韓国と日本に留まらず、北朝鮮の思想的なものにも触れた。民族間の微妙な観点も忌憚なく壇上で披露されていた。聴く者にとって刺激的で大きな参考になったが、逆に言えば危険な内容を含んだフォーラムであったと言えるわけだ。

その辺りを聴衆も分かっていたと思える。満足感を覗かせた表情が物語っている。めいめいの心が言い知れぬ充実と複雑さを抱いて会場から散らばっていく。

私は、次第にざわつきが薄らいでいく受付近くで陽子の動きを見守っていた。陽子は、引き上げる聴衆に感謝の言葉を述べながら頭を下げている。彼女の体が完全に空くまではこうしているしかない。それでも十分も経てば、解放される時間となった。時折垣間見ていた陽子が、私の方に近づいてきた。

「ごめんなさいね、お待たせして」

一仕事終わった開放感からか、穏やかな顔つきに多少の笑みが加わっている。

「いい講演だったね」

「そう、ありがとう」

「お客さんも満足して帰られたみたいだ」

「なら嬉しいわ」

「思った以上に突っ込んだ話が聞けたんじゃないかな。ただ、あんなことまで言って大丈夫なのかと思ったけどね」

「そうね、でもそれだけ内容が濃かったのだから、よかったと思うわ」

「同感だ」

「さて、お仕事も終わったし、これからは群青さんに食事をご馳走していただける時間ね」

「うん、そのことなのだけど…」

「何か、具合が悪くなったの？」

「そうじゃないけど、今日のパネラーの人のことでちょっとね」

「パネラー？」

「そうだ。高麗大学の田村和夫先生が出ていただろう。あの人と少し話ができないかと思ってね」

「どういうこと？」

「以前、大変にお世話になった人なんだ。君には話をしてなかったかな。僕は高校生のときにソウルに来たことがあって、そのときに色々な勉強をさせてくれたのが田村さんなのだ」

「まあー」

「僕に大きな影響を与えた人だし、あの人のお陰で日本、韓国、さらには北朝鮮のことを深く考えるようにもなった。ある意味、僕の先生だと思っている」

「そうなの。いいわ、分かったわ。私、田村先生に訊いてくるわ」

「講演が終わったばかりで大丈夫だろうか?」

「任せておいて」

陽子は、自信に満ちた足取りで会場の袖口に走って行った。私は後ろ姿を見送りながら、陽子の知らない面をまた一つ見た思いであった。


ものの数分であった。陽子が、明るい顔で戻ってきた。

「田村先生、あなたのことを覚えていたわよ」

陽子が息を弾ませた口を開いた。

「えっ、そうなんだ」

「なかなか優秀な高校生だったみたいね」

「そんなことを仰っておられたのかい?」

「そうよ、高麗大学の学生より熱心で、その後どうしているか気になっていたそうよ」

「そうなんだ」

私は満更《まんざら》でもなかった。田村は私のことを覚えていてくれたばかりか、過分な評価まで付け加えた。

「それでね、田村先生は久しぶりだから、ぜひ会いたいと。でも暫く待ってほしいと」

「そりゃそうだろう。フォーラムが終わったばかりだからね」

「今から一時間後、六時半にお目にかかることにしたの。主催者や関係者への挨拶なんかが済んだら、夕食をご一緒しましょうと仰っておられたわ」

「それは嬉しいが、君との約束がある」

「だから、ご一緒するのよ。田村先生、私、それに群青さんね。場所もちゃんと決めておいたから安心して」

「場所まで？」

「そうよ、こんなことにぐすぐず時間をかけてはいけないわ。約束した場所は、プラザホテルの中の焼肉を食べさせるお店よ。三人とも日本人だし、どこでもいいでしょう」

「そうか、そうだよね」

なぜか、陽子に場が仕切られていくのが心地よかった。

私と陽子はフォーラム会場を後にした。田村が後からやって来るので先に約束の場所に向かうことにした。それでも現地まで十分とかからない。

「まだまだ早いわね。約束まで三十分以上もあるから、そこらを歩いてみる？」

陽子が私に訊いてきた。

「いいね、で、どこに？」

「あそこはどうかしら？」

二人の視線の先に、大漢門《テハンムン》と書かれた看板が目に入っていた。左右三メートルはあろうかという大看板を潜ると、散策道と芝が拡がる公園であった。

「いい所ね」

「来たことは？」

「ううん、初めて。群青さんは？」

「僕も初めてだ」

「王朝に関係している公園かしら？　あそこの案内文を読んでみるわね」

私は、陽子の背中を見ながら掲示に近寄っていった。

「やはり、そうみたい。ここは徳寿宮《トクスグン》といって第九代朝鮮王朝の成宗《ソンジョン》国王という人がお兄さんのために建てた私邸だったのよ」

「私邸か、随分と立派な私邸だな」

「王様のお住まいだもの」

私は頷きながら、私邸のあちこちに目をやってみる。テニスコートが何面も取れる広さの中庭を囲む形で幾つかの建物が建っており、いずれも大陸様式の年代を偲ばす造りとなっている。邸内の観光客は熱心に見ているが、私の関心は薄かった。

「群青さん、今日の講演のことを考えているの？」

見学意識が薄いと見たのか、まるで私の心を見透かした質問であった。

「講演？　ああ、さっきも言ったように勉強になる話が多かったよ」

「でも振り返って考えてみると足りないものが多かったわ」

「どういうことだい？」

「韓国の人たちが日本のことを責めるのは分かるけど、私、それればかりじゃないと思うの。日本が長く植民地支配をしたけれど、その間にはいいこともあったはずよ。日本の文化が否定されているけど、そんなに言われるほど酷い文化じゃないわ。群青さんだったら分かるでしょう」

「ああ、確かに」

　歩きながら、一杉陽子は語り掛けてくる。

「いい面は黙って、悪いことばかり表沙汰《おもてざた》にするのは納得できないわ。日本も韓国も同じ儒教を学んだ国でしょう。中国もそうだわ。儒教は中国から韓国、そして日本に伝わってきたけど、同じ儒教でも微妙に違うと思うの」

「どういう風に？」

「儒教の根本は孝行と忠義だわ。年配者に対して敬う気持ち、特に親に対しては孝行をする気持ちを大切にしなさい、これは中国や韓国に強いわ。乗り物に乗っていると分かるけど、年配者が乗ってくると韓国の若い人は必ず席を譲るの。これに対して日本は忠義を強く重んじてきた国だと思うの。孝行も大切だけど、それ以上に忠誠心ね。例えば江戸時代、お殿様には絶対服従でしょう。お殿様が腹を切れと言ったら、悲しむ親や家族を残してそうしたわ。孝行より忠義ね。戦争していたときは、もっと端的よ。戦場に駆り出されて、親より先に国家のために死んでいったわ。人によってはそれを美学なんて言葉で結論づけたりするけど、日本ってそういう国なの。でね、国に対する忠義を優先するあまり、雪崩を打って朝鮮半島に押し寄せ、孝行を重んじる人たちを犠牲にしてしまったの。日本と韓国がなかなか仲良くなれないのは微妙に食い違う意識を前提にしているからだわ。付き合うことが下手なのもそう思うの」

「ふーん、そんなことを考えていたのだ」

「ほかにもまだあるわ。私はこちらで学生生活をしているでしょう。そのせいか、韓国の学生が考えていることがよく見えるの」

「親しくなれば、そうだろうね」

「ううん、その逆よ。表面は仲良くしているけど、案外にそうでもないの」

「学生同士なのに？」

「そう、特に女性同士がそうね。彼女たちが私に抱いている感情は、何が何でも勝ちたいという気持ちなの。日本人に負けるのは屈辱だと思っているわ。日本で暮らしている人には、こういった深い心理は見えないと思うわ。もう少し喋っていいかしら？」

「ああ、もちろんだ」

「その気持ちなのだけど、韓国の人たちが私たちを見る場合、単に好き嫌いで片付けられない気がするわ。実際はもっと複雑な気がするの」

「どういうことだろう？」

「日本人に対しては劣等意識と優越感がごちゃまぜになっているのだと思うの。韓国人の多くはこう考えているわ。日本人は、多くの面で韓国の人間より優秀だし、かつては朝鮮半島に進出して自分たちを支配した。しかし、日本は戦争で負けてぼろぼろになった。際限なく欲望を膨らませて、まったく日本人は馬鹿な民族だ、身の程を知らない、ざまーみろって感じ。能力の面ではどうしても日本人に勝てないという劣等感、けれども日本が戦争で負けたという優越感、これが複雑に出入りしているのだわ」

「そうか、なるほどね。劣等感と優越感か。日本を基点に考えると、より理解しやすくなるね。日本人は欧米人に対して劣等意識を持っているが、優越意識はほとんどない。欧米人に是が非でも勝ってやろうという意識は薄く、認める気持ちのほうが強い。つまり相手を受け入れる気持ちだ」

「ええ、分かるわ」

「欧米人に対しては感情が複雑になっていないからだな。だが、これが日本と韓国の関係になると、複雑になってしまう。日本は韓国を受け入れようとしない、一方、韓国も日本に対して敵対意識の感情が露わになってしまう。君の話を聞いて、より理解が深まったが、気持ち的にはさらに複雑になってしまうね」

「そうなの、韓国と日本は悲しいほどに互いを意識しながら、どうしても歩み寄れない部分があって、それはイムジン河のようなものなのよ」

「イムジン河！」

「ええ、そうよ。韓国と北朝鮮の間に流れているイムジン河のこと。でも、日本と韓国の間にはイムジン河よりも大きい、もう一つのイムジン河が流れているわ」

「もう一つの河？」

「そう、分断の大河よ」

「それって…」

「日本海よ」

「日本海、そんなこと考えたこともなかった。日本と韓国の間の日本海がイムジン河と同じ役目を果たしているということだろうか」

「一面で考えられるわ」

「そういう考えは、今までの僕にはなかったな」

「変な言い方かしら？」

「いや、案外に当たっている気がする。日本と韓国の間のイムジン河が日本海なのか…」

「本来、海や河は何も知らないのに分断の象徴にしてしまって、変な言い方をして悪かったわ」

「いやいい。イムジン河を意識している人は多いけど、日本海を意識している人は少ないだろうな」

陽子と雑談しているうちに時間が経過した。

「そろそろ行ってみようか。田村先生を待たせてもいけないから」

私は、腕時計に目を落としながら口に出した。陽子は頷いて、大漢門の出口に足を振り向けた。

先輩と後輩

陽子の後を従うように付いて行ったホテルの一階は、焼肉を食べる店であった。いつぞや父に連れて行かれた店に造りが似通っている。

店に入ると、既に田村の姿があった。田村が席に着いたまま手を振った。まさしく、あの田村である。私は胸を熱くしながら、席に近づいていった。

「やあ、ここだよ」

「大変に久しぶりです」

ありきたりの言葉しか思い付かなかった。それでも丁寧に腰を折って、いつぞやの感謝の一部を表した。

「元気そうだな。君に再会できるとは驚いたよ」

田村が声を掛けてくれた。私の記憶に残る、少し鼻にかかる声質である。

「私のこと、覚えていてくださったのですね」

「ああ、よく覚えているよ。群青くんだったね、君のように熱心な高校生は珍しい、忘れられるものか」

「あのときはご迷惑ばかり掛けてしまいました」

「そうだったかな、そんな印象はこれっぽっちもないがな。まあ、そんなことより座ったらどうだ。そっちの一杉くんもだ」

田村が着席を促した。四人掛けの奥に座った田村の向かいに私と陽子が座る格好となった。

「さあ、食事だ。君たちも何も食べていないのだろう」

「はい、でも…」

「何を緊張しているんだ。高校生のときの君は大胆だったじゃないか」

「礼を欠くことを知らなかっただけです」

「そんな堅苦しいことは言いっこなしだ。同胞がここ韓国で再会した。これってとても楽しいことじゃないか。おまけに今日は講演の謝礼をいただいている。ということは僕が君たちにご馳走しなければならない。そうだろう」

「ありがとうございます」

田村は私の心を短い時間で砕いてくれる。話しながら覗かす表情も知的であり優しい。

「さて、何を食べるかだが、ここは任せてもらうかな」

年下の私たちをリードするのも田村らしい配慮であった。

「どれも美味しそうだが…料理よりも、まず値段だな、余り高いものだと支払い能力を超えてしまう」

「先生、私たちの分は少しでも出させて下さい」

一杉陽子が声を出した。

「まあそう言うなって。先輩に恥をかかすもんじゃないぞ。よし、これとこれだ。それとこれかな。お肉は牛と豚の両方があったほうがいいだろう」

「はい」

　私は快活に返事をした。

　田村が頼んだものは、韓国ならではの骨付きカルビを中心とした焼肉であった。牛肉と豚肉が皿に盛られ、キムチ、ナムル、もやしなど韓国産の野菜がふんだんに付いてくる。日本と違って韓国で肉料理を頼むと相当な量が出てくるので食べがいがある。特に大人数のときはありがたい。皆でわいわい言いながら箸を伸ばせるので人的距離はあっという間に縮まる。それに料金も安い。焼肉は実に簡単な普段の食事であり、コミュニケートを活発にする。

　食膳が大層賑やかになった。どれから箸をつけるか目が忙しく動く。

「お酒も少しいただこう。群青くんは飲めるのかな」

　田村が、食事とは別のオーダーを問い掛けた。

「ええ、少しなら」

「一杉くんはどうなのだ」

「私も少しなら」

「それは心強い。じゃ、ビールを三つだ。それから後は様子を見て決めよう」

　私は陽子のほうを見て、少し目を丸くした。思いがけぬ展開に楽しいね、という心を目で表現したつもりだった。

「じゃ乾杯だ」

　運ばれてきたビールをグラスに注ぎ、目の高さまで持ち上げ、軽く目を合わせた。こうして田村と再会し、食事まで一緒にしている自分が不思議であった。この時間が現実と遊離した、まったく別の錯覚に陥りそうになるほどであった。

暫くは、箸を伸ばしながらも、やがて今日の講演の話が中心となった。少々きつい話が飛び交ったただの、観客の反応がよかったただの、反省会もやや交えた内容のものだった。

中でも田村の役割は大きかった。郭教授と相対比する格好で話を進めたお陰で、聴く者の思考がさらりと整理され、問題点や相違点が浮き彫りにされた。浮き上がった課題は即座に解決できるものではないが、聴衆のほとんどが日本と韓国に関係のある人たちばかりなので、今後の仕事や日常に必ず生かされていくに違いない。

ビールの追加注文がなされた。田村は美味しそうにグラスを空ける。そしてその都度私たちのグラスにも勧めてくる。私は田村の半分程度のピッチでグラスに口をつけるが、それでも気持ちのあちこちが弛緩していく。隣の陽子は女性らしい飲み方だが、見掛けによらずそこそこいける口らしい。顔を赤らめた私と違い、一見して平然としている。私が思ったことと同じことを田村も考えていたとみえて、それを口にした。

「一杉くんはなかなかいけるな。鍛えればもっと強くなる」

「そうでしょうか」

「さっきから観察するに、間違いなくいける口だな。群青くんなんかより、遥かに強い」

「父に似たのかしら。父は強いので、体質を受け継いでいるのだと思います」

「そうか、君のお父さんがな。お仕事柄、飲む機会も多いだろうが、やはり遺伝だな」

遺伝という言葉で、三人の中に軽い笑いが起こった。場の雰囲気がさらに柔らかいものとなっている。しかし、田村の発言によると、田村は陽子のお父さんのことを知っていることになる。釜山大学の学生である以上に本人の素性を深く知っているのはどうしてだろう。

講演が始まる前、事前打合せは大抵行う。お世話をする陽子、登壇する田村との関係だけに、この時間に雑談のやり取りがあったとしても可笑しくない。だが、出番までの限られた時間、登壇者は話の展開に思考の大半を奪われている。個人の領域まで話が入って行く時間も余裕もないのが実態ではなかろうか。

すると、陽子のプライベート情報は、別な場面で田村が入手したことになる。まず考えられるのが講演に同席した人か、その周辺の人物であろう。

陽子は、釜山大学で師事している先生のお手伝いとしてソウルにやって来たと言った。一方、田村はソウルの高麗大学の講師である。陽子が事前に田村のことを知っているとは思えない。すると、田村のことを知っていたのは釜山大学の先生ということになり、その人が何かの折に陽子のことに触れたのだろうか。

「一杉さん、君に声を掛けた先生は何ていう人なの？」

私は、疑問を浮かべながら陽子に問うてみた。

「先生って、釜山大学の？」

「そうだよ。今日の講演にはお名前がなかっただろう」

「ええ、元《ゲン》教授は黒子だから、表に出なかったの。講演が無事終わることに苦労をなさったけど、ご自身は表には出なかったわ」

「元さんっていう名前の先生なんだ」

「元教授は、以前高麗大学におられて私の尊敬する先生なんだ。だから、今日の依頼を引き受けたのさ」

途中から田村が補足した。陽子の先生である元という教授は、田村の先生でもあった。

私はこのひと言で謎が解けた気になっていた。田村が陽子のプライベートを多少とも知り得たのは、陽子が師事する元という釜山大学教授からであり、しかも陽子の家庭はかなり裕福であろうということだ。

そもそも海印寺で知り合った阿瀬川麻衣、それに一杉陽子、彼女たちが友人であったということは背後の生活環境が同じレベルにあったからに違いない。阿瀬川麻衣とは私の望みから、かつて韓国軍隊に所属していたキムという人、加えて朝鮮戦争で蜜陽の町に避難したキヨさんの話を聞くために同行した。そのときに麻衣の家庭が裕福であることを感じ取った。ならば、友人である一杉陽子の家庭も同程度と推測できたはずだ。

田村は陽子の父親を指して、仕事柄と言った。元教授からどの程度の立場の人物か、聞かされているのではあるまいか。

日本で著名な企業を経営しているか、あるいはそれとほぼ同格の仕事なのか。こんな簡単なこと、聞いてしまえばすぐに分かることだが、それができない私がいた。

私の家は決して恵まれたものではない。体調が万全でない母親の細々としたやりくりでやっと早稲田に進んだものの、本来が大学に進学する資力のないことは本人が一番分かっている。心の中で自分の存在を卑下するつもりはないが、同じ大学生として同一線上に並んだ自分を想像するのは難しい。ちょっとした発言や行動で、ああ、彼女たちと自分は違う世界で生きてきた、それをどうしても教えられる自分がいる。

思えば、この店だってそうだ。私は外食というだけで身を硬くする。その一方で、一杉陽子には物怖《ものお》じしたところがない。さも当然という生活史が身に付いている。

阿瀬川麻衣と一杉陽子を比べたときに、まったく異なる性格の二人だが、共通項は案外に多い。背景に抱えている絶対的な生活観がそうさせていると思えてならない。

「もっと箸を伸ばしたらどうだ」

やや口数の少なくなった私を見やった田村が話し掛けてくる。私は思いを中断すると、改めて美味しい料理に意識を振り向けた。

田村は楽しそうに箸を動かす。その合間に喉に流していくビールも依然としてピッチが落ちない。

「田村先生って本当にお強いのですね」

空いたグラスに注ぎながら、陽子が言う。

「どうかな、君たちに負けてはいけないと思っているのかも知れない」

「勝つとか負けるとかで、ビールを召し上がっておられるのです?」

「そんなとこかな。どうも貧乏くさい精神が染み付いているらしい。学生時代、酒なんて滅多に飲めなかったもんだから、早く酔っ払いたいって気持ちが強い。それが今も続いている」

「まあ」

「本当さ。こんな立派なご飯をいただきながらビールを飲んだことなんて学生時代にはなかった。まずは空腹を満たす。とにかく食べ物有りきで、それもなかなかだったから、酒となるとつい慌ててしまう。今日は特別な日だぞ、こんな日はもうないかも知れないぞと、理性が吹っ飛んでしまうんだ」

田村の話に私と陽子は笑った。

「そうそう、群青くんのことを聞いてなかったな。僕が知っているのは歴史の勉強に熱心な日本の高校生、しかも一風変わっている、それだけだが、今は大学生なのかな」

「そうなの、彼は田村先生と同じ早稲田の学生よ」

「おっ、早稲田、そうなのか」

私の代わりに説明した陽子から視線を移した田村の顔が輝いた。

「そうか、君は早稲田に進んだのか」

ニュアンスに「よくやった」が込められているようで、体の芯が少し熱くなった。

「釜山でも早稲田のことを知っている人は多いわ。韓国の大学に進むより早稲田に行きたいと思っている学生もたくさんいるわ」

「そうなのかい？」

話の焦点が自分に当てられているにもかかわらず、私が口を開いたのは二人の会話に遅れてからだった。また、陽子が言ったように韓国でそんな早稲田人気を聞くのは、これが二度目だった。

「どうだい早稲田は?」

田村が、私に問い掛けてきた。

「学生運動が吹き荒れて講義はまったく行われていません」

「そうか、僕たちのときも結構騒いだが、今もそうか。早稲田に来るヤツは元気なヤツが多いからな」

「元気だと騒ぐのかしら?」

「まあ、そんなところだ」

三人に軽い笑いが再び起こった。笑いが静まると、陽子が真顔になって口を開いた。

「少し、固いお話をしてもいいかしら?」

「何かな?」

田村の目元が少し赤くなっている。

「今日のお話じゃないけど、韓国の多くの人は日本に対して批判の心を持っているわ。日本人に酷い目にあって、日本人に差別を受けた。でも、日本人の能力を否定しているわけじゃない。日本の製品は優れているし、それらを生み出す日本の学力や能力はアジアの中でも抜きん出ているのを知っているわ。だから、日本の優秀な大学には敬意を払っているし、できればそういう大学に進学したいと思っている人はいっぱいいるの。もっと日本を認めてくれればいいのにね」

「そうだね、ついでに自慢をすれば、その中の一つが早稲田なんだ」

田村が言葉を受け、陽子が言葉を継いだ。

「田村先生の仰る通り、早稲田は最も人気の高い大学よ。日本では東大だけど、韓国で一番人気がある大学は早稲田なの」

私は頷きながら、大学の様子が浮かんできた。

「そういえば、早稲田にはアジアからの留学生がたくさんいる。国際学部といって正式な学部ではないけど、留学生専門の学部で、僕なんか分からない言語が学内で交わされている」

「そうでしょう。その中には韓国から行った学生もたくさんいるはずよ」

「一杉くんが言ったことは大体のところで当たっているな。自分たちに関係することなので面映《おもは》ゆい部分があるが、アジアの多くの国からすると日本の早稲田は別格な存在として映っている。日本で勉強するなら早稲田だという気風があるな、これは事実だ」

田村が噛みしめるように陽子の話の先を続けた。

「どうして早稲田って人気があるのかしら?」

「それは開放的な校風にあるんだ。日本の大学で留学生に最も早く門戸を開いたのが早稲田だ。どうぞ早稲田で勉強して、自国に戻って学問を役立ててくださいというのが早稲田のカラーなんだ。国立大学などにはない開かれた大学といえるな」

田村の口は滑らかだった。

「国際学部だけでも数千人が在籍しているって聞いています」

「そうだろう。それだけ留学生がいる大学なんてまずない。留学生だけで一つの大学分ぐらいの学生を早稲田は引き受けている。日本で一番多いはずだ。群青くんは留学生の数を言ったが、数で誇れるものがもう一つある。それは女子学生の数だ。世間では早稲田といえばバンカラのイメージ、汗臭い男ばかりが在籍している印象だが、実際はそうでもない。マンモス校だから一万人近く早稲田には女子学生が在籍している。実は早稲田は日本最大の女子大でもある。まあ、色々な意味で社会の縮図のような大学だな」

「社会の縮図ですか、なるほどなあ。それは私も実感しています。ただ、早稲田の女性は男っぽくて異性という感じはしませんが…」

「君の年代でもそうか。僕が在籍していたときもそうだった。彼女たちの大半が議論好きで、男とは対等意識、男性に付いていくという思想がない。まあ、彼女にするのに早稲田の女ほど難しいものはない」

　私は、口許を緩めながら頷いた。まさか田村とこんな話をするとは思わなかったが、まさしく同感である。

「どっちかというと、早稲田の女性は強くて男より考え方や行動がしっかりしている。いずれ、女性の時代が来る気がするが、そのとき早稲田出身の女性が闊歩している場面が浮かんでくるようだ」

「まあー」

陽子が半ば呆れ顔をしながら、それでも笑みを浮かべて場面に溶け込んだ。

それからの暫くは互いの近況や状況報告に終始した。田村は二年前同様に高麗大学で教鞭を執っており、こちらの生活がつとに気に入っているとのことだった。また、かつて訪れた田村の住まいは移転しており、大学に随分と近い場所で生活しているとのことであった。この住居の移転に際して付け加えられた話が、田村の結婚話であった。

「まあ、長く一人でいても、何かと不自由でね。性格のいい女性がいたので一緒になったんだ」

「それはおめでとうございます」

「どうだかな。結婚は人間の可能性を一つ消去してしまう愚行だから手放しで喜ぶことはできない」

そう言いながら、満更でもない様子が田村の顔から窺い知れる。事実、「狭い所だけど、機会を見つけて遊びに来なさい」と言った田村に私生活を披露したい気持ちが見え隠れしていた。

「ところで、君はいつまでこちらにいるのだ?」

「滞在期間ですね」

「そうだ。夏休み全部を韓国で過ごすつもりでいるのか?」

田村が、私に問い掛けたことで頭の中にカンのことが蘇った。ここ数日、できるだけカンのことを考えないようにしていたが、カンの所在が分からぬ現在、自分がどれだけ韓国に留まっているのか明確な理由付けができない。一人のまま長く暮らせる自信も自分には薄い。だが、当面は打つ手がないのが現状でもあった。

自分の辛い気持ちを吐き出してしまえば楽になるだろう。田村なら鷹揚《おうよう》に受け止めてくれ、いい知恵を授けてくれそうな気がする。だが、久方の再会と楽しい食事の場面に相応しいとは思えない。頭の中はカンのことがちらつきながら、結局その日は言い出せないままでいた。


「楽しかったわね」

「ああ、そうだね」

田村と別れた私と陽子は、明洞の街をぶらぶらしていた。すっかり日の落ちたソウルを、補って余りあるほどの街灯が照らし出している。

「田村先生って、とても素敵《すてき》な先生ね」

「そうだろう、あんな先生はなかなかいない」

「おまけに群青さんの先輩だし」

「そうだ。僕は一時期、早稲田に行くのを躊躇《ためら》ったことがあったんだが、今は本当に行って良かったと思っている。こんな気持ちは日本にいたときは感じなかった」

「どうしてかしら?」

「どこの大学もそうだが、大学解体や革命などと学生が叫んで紛争ばかりが続いている。早稲田なんてその最たるものだ。入学して以来、まともに講義を受けたことは一度もない。ヘルメットに鉄パイプを持った学生が突然に教室に乱入してきて、もうそうなると逃げ惑うばかりだ。一体、大学は何なのだろうと思ってさ。彼らの多くは死を覚悟して革命を遂行するんだと息巻いているが、実際はどうだろう。青臭い論理に酔っていて、人間としての根源や大切なものを見失っている気もするんだ」

「だから韓国に来たの？」

「どうだろうか。それだったら逃避になる。正直に言っちまえば、僕の気持ちには裏と表、右と左の感情が絶えずあって、いつも出たり入ったりしている」

「どういうことかしら？」

「大学紛争のことを喋っただろう。ヘルメットを被っている彼らに対しては、俺たち学生の気持ちを代弁して闘っている、だから頑張れ、お前たちの理想に向かって走れって応援する心が一つ。それと、そんな馬鹿げた夢想はさっさと捨てちまって、ちゃんと勉強しろよと侮蔑する二つ目の心。両方が僕の中に住んでいるんだ」

「それは誰にもある感情だと思うわ」

「そうだろうか。そういう綺麗事では、多分、説明できないところにいるのが自分だと思う。上手く言えないが、真剣になれない自分がいる。じゃあヘルメットを被っている連中がすべて真剣かというと、そうでないことに気付いてしまう。真剣でない多くの人が蠢《うごめ》いているのに気付いて、愕然とする自分がいるんだ」

「難しい言い方だわ」

「さっきね、早稲田に進んで良かったと表現しただろう。だが、日本にいるときは早稲田なんて潰れてしまえと思う自分がいるんだ。その一方、早稲田を愛する自分がいる。双方とも自分だし、場面に応じて交互に出てくるんだ」

「それは群青さんが真面目に考え過ぎるからよ」

「単純に一つのことに打ち込んで突き進んでいく友人たちを見ると、自分は取り残された気分になってしまう。焦ってくるんだ。その一方で、あんなに無邪気にはなれないと思ってしまう。生き方って、たった一つしか答えがないのかと思ってしまう」

「韓国はどうかしら?」

「荒い言い方だけど、日本より生き方の選択肢が少ないと思っている。それが多くの人を真剣にしていると思う。変な例えだが、真っ暗な洞窟で迷ったとしよう。幾つも穴が開いていると、どの穴に進めば出口に出られるか苦しむと思う。だが、開いている穴が一つだったら、どんな答えが待ち受けていようと進むしかない。韓国がそれだと言わないが、日本と比べた場合、選択の道はずっと少ないと思う。だから、日本人以上に真剣に生きられている気がする」

「生きられている?」

「そうだ、生きているのじゃない、生きられているのだ」

「そんなことを群青さんは考えているのね」

「退屈な話ばかりで申し訳ない」

「ううん、ちっとも」

　私は懸命に喋ってはいたが、非難の対象として語った日本の学生同様に青臭い息を吐いている自分を意識していた。

「もう、こんな話はやめようか」

「いいの、続けて」

「そうか、じゃあ、もう少し思ったことを喋るね。さっき真剣について喋ったけど、それは毎日の生活が保障されているかどうかでもあると思う。韓国では背後に北朝鮮があって、いつ何時《なんどき》平穏が破られるか知れない。だから真剣さが生まれてくる。今日の講演でも感じたが、日本人の聴き手は頭で理解しても自国のことと認識していない。それは無理もないが、つまり、真剣さが足りない表情をしていた。仕事に役立てれば、あるいは知識の一部として、そんな意識で講演を捉えていたように思う。会場を出れば、話し合われた内容の大半を忘れて生きていける。だが、朝鮮半島では緊張に直面している人も、緊張を強いられて生活している人もたくさんいる。置かれた環境が絶対的に違うのに、互いを理解するなんて生ちょろい表現では無理なんだ」

最後の私の語気が少し強くなった。いつもの癖だが、つい感情の高ぶりを制御できなくなってしまう。

「じゃあ、今日の講演は…」

「あれはあれで価値あるものだと思う。でも考えを整理すると、今の僕には辛《つら》くなってくる。肌で感じる日常と話し合われたことのギャップを埋めるのにね。それは多分、僕の二面性から来ているものだと思うが」

「自分を追い詰めてはいけないわ」

「そうだね、そういう捉え方もある。素直に受け止めるのがいいだろうな」

　私は、胸を反らして空気を多めに取るよう、大袈裟な呼吸をした。

「勝手な話ばかりをしてごめん。それに、何だか、言いたいことが上手く言えない」

「ううん、いいのよ。私なりに理解したつもりだから」

　もう三十分は歩いただろうか。流れる車の数が減った気がする。

「そろそろ帰らなくちゃいけないな」

　私は気持ちを切り替えつつあった。

「群青さんはこのままお住まいに？」

「行く所はほかにないからね。それより君は？」

「ホテルに戻るわ。元先生もお戻りになられていると思うし」

「そうだね、あまり遅くなると心配をされる」

　やや二人の口数が減った。そして、少し黙ったまま明洞の街中を歩くだけとなった。白色街灯が揺れる木の葉を透かして、影絵のように浮かび上がらせている。陽子はうつむき加減でゆっくりと足を進めている。私の歩幅も同じように合わさった。ふと、陽子が立ち止まった。

「群青さん、またお目にかかれるかしら？」

　陽子が体の向きを変えて、私を見詰める格好となった。私は、目を瞬《しばた》かせて陽子の視線を受け止めた。

「私の願い、聞こえたのかしら？」

「ああ、もちろんだ。でも、どうしてそんなことを聞くんだい？」

「どうしてかしら。でも、群青さんとは次の約束を決めておかないと会えない気がしたの。変ねえ、私って」

「心配はいらないよ。必ず、また会える」

「嬉しい」

「と言っても僕の方の予定ははっきりしていない。こちらに滞在するのも限られているし、実際のところ一人では心細いんだ」

「一人って…お友だちのカンさんは？」

「彼はちょっと…今は僕一人だけとなっている」

「何かあったの？」

「うーん、どうしてだか、あいつの所在が知れないんだ」

「どういうことなの？」

「ソウルに一緒に来たんだが、三日目だったか、何処《どこ》に行ったか分からなくなってしまっている」

「分からないって、どうして？」

「理由なんか分からない。ただ、カンの姿が見えなくなってもう何日も経過している。警察に届けたが今のところ手掛かりがない。ただ待っているだけだが、それだってずっとというわけにはいかない」

警察へ届けたと言った途端に、同行してくれた阿瀬川麻衣の顔がチラついた。

「まあ、そうだったの。心配だわ。早く見つかるといいわね」

陽子の眉根が少し瞼に近くなった。その表情を見て、私はできるだけ明るい顔を浮かべてみた。

「そんなことより、君のスケジュールだ。また会うにしても釜山大学の学生だけでは連絡は取れない」

「そうね、分かったわ。ちょっと待って」

陽子はショルダーバッグから紙片を取り出し、メモを書き付けた。

「これが釜山の住所、それと日本の住所も書いておいたわ。私は明日の昼前の列車で、元先生と一緒に釜山に戻るわ。十一時半にソウル駅を出発予定なの。釜山に着く頃は夕方になっているわ」

「そうか、明日はもう釜山なのか」

「もし良かったら釜山に来て。それと大学が休みになると、日本に帰っているわ。できたら日本に帰っても会いたいわ」

「そうだね、僕もぜひそうしたい」

「それじゃあ、おやすみなさい」

「ああ、おやすみ」

私は明確な日時を告げぬまま、曖昧な約束を明るい顔で返した。

翌日となった。時計の針が九時過ぎとなっている。昨晩もカンが戻ってくることはなかった。もう何日になるだろうか。カンのいない朝にも慣れ始めている。

起きるでも、寝るでもなく時間が過ぎていく。十時を回った。この時間、釜山に戻る陽子は身支度をしているだろうか。私はなんとなく、陽子の顔が見たくなっていた。不思議な感情である。彼女に恋心を抱いたのだろうか。

自分の気持ちに問い掛けると、返事ができぬままの心が浮かび上がってくる。行動的な阿瀬川麻衣、側に寄り添うように寡黙を通した一杉陽子。だが、実際はそんなことはなかった。陽子は決して寡黙ではなく、発言も臆してはいない。たまたま阿瀬川麻衣という強烈な個性の前に陽子は影を薄くしていただけであって、存在そのものや個性が没していたわけではない。

ソウル駅で偶然に再会し、その後の講演のお世話ぶりや食事などを通じて見たのが陽子の実像であろう。それまでに抱いていたイメージと実像は掛け離れていたが、不快なものではない。むしろ新鮮な発見に近いものであった。

陽子のことを考えると、並列の形で阿瀬川麻衣が浮かんでくる。麻衣も魅力的な女性である。二人はある意味、個性が違うことで互いに輝き合っている。

陽子には異性を立てる謙譲が備わっているが、阿瀬川麻衣には薄い。その分、大胆さと場を仕切っていく現代的な魅力が備わっている。充分な女性の武器としての一長である。

しかし、二人に対して積極的になれない心がある。もう一歩踏み出せない心の奥が障壁となっている。それは古い言い方だが、身分の違いである。確かめてはないが、麻衣、陽子ともに恵まれた家庭に育った様子である。これまでの言動、さらには周辺から察せられる情報から相当に裕福な家庭が背景にあることが分かっている。

今は学生の身分だから、多少の垣根は笑って済ませられる。決定的な壁ではないが、そこはかとなく押し寄せる遠慮は、付き合いを深めればきっと漣《さざなみ》のように寄せては引くを繰り返す。

自分の家庭を卑下するつもりはないが、やっと東京の大学に来て、食う物も碌にない欠食学生とは開きがあり過ぎる。一緒にいて楽しい時間が過ぎてしまえば苦痛だけが待ち構えている気さえしてしまう。

ありがたいことに阿瀬川麻衣、さらには一杉陽子も自分に対して好意を寄せてくれている。けれど、これは友情として受け止め、発展させてはならない関係にも思えていた。

こんなときカンが側にいれば、どんな態度をするだろうか。折角のチャンスと嗾《けしか》けてくるか、それとも呆れるか。カンがいなくなって、どれほど空虚な時間を過ごしているか、痛さを上回る切なさでもあった。

（一杉陽子は今日、釜山に戻ってしまう）

阿瀬川麻衣と一杉陽子――、どこかで天秤《てんびん》にかけている自分がいる。

だが、私の行動は卑怯なものであった。ややあって、私はソウル駅に出掛けるために服を着替え始めた。なんだかんだと心で言い訳しているが、それ以上に陽子の顔を見たい自分に押し切られた格好であった。

思いがけぬ見送りに彼女は喜ぶに違いない。私が駅まで来るなんて、想像もしていないだろう。出発時間は分かっている。突然に姿を現すのも面白い。思うほど、陽子を喜ばす行動に思えてくる。よし、釜山に帰るのを見送ってやろう。最寄りのバス停をめざして、私は足を急がせた。

ほぼ十分間隔でバスはやって来る。ソウル駅までは二十分もあれば着く。車内は七割程度の乗客を乗せて出発した。

二つ目の停留所を通過して暫くのときだった。窓の外に見知った顔が捉えられた。あれは確か…そうだ。私はバスが走る向かい側を歩いていく一人の男性を凝視した。

間違いない。キムさんだった。阿瀬川麻衣に紹介された彼である。彼を見つけるとともに私は瞬間にバスを降りる気持ちになった。彼なら何か分かるかも知れない、カンのことで彼なら何かアドバイスをくれるかも知れない。何か感じるものがある。次のバス停に止まるや、下車し小走りで通り過ぎたばかりの道を走っていった。

新たな情報の糸口

こっちかな。キムを目撃した場所まで戻ってみたが、彼の姿が見えない。時間にして数分、そんなに遠くに行ってはいない。私は交差する道を基点に四方に見当をつけて走っては戻るを繰り返した。

あれかな？ 角を進んだ一方に当人らしい後ろ姿を見つけた。

「キムさーん、待ってください」

私は、名前を呼びながら、走り寄った。

やっぱり、そうだった。キムは振り返り、私が近づいてくるのを待っている。だが、私が誰か分かっていない様子である。見覚えのある顔ぐらいにしか映っていないのか。

キムの顔が間近に迫った。

「ご無沙汰しております。キムさん、群青です。覚えておられますか」

「あなたは確か…」

「阿瀬川麻衣さんに紹介されて朝鮮戦争のお話を伺ったものです。その節は大変にお世話になりました」

「ああ、そうでしたね。お顔に記憶はあったのですか、すぐに思い出せなくて。それで今日は？」

「たまたまキムさんの姿を見つけて、またお話をお伺いしたくてバスを降りたのです」

「でも、私がお話できることは先日に全部しましたが」

「分かっています。今日は戦争の話ではありません。私の友人のことです」

「友人、あなたの？」

「立ったままではあれですから、近くでお茶でも飲みませんか？ お時間が許したらですが」

キムは、腕時計に目を落とした。

「大丈夫ですよ。ただし三十分、それでもいいですか」

「ありがとうございます。感謝します」

私とキムはぐるりと辺りを見渡し、適当な一軒を見出し、足を進めた。店内は空いていた。先客は一席のみ。年配の男性が韓国定食らしき食事をしていた。

「あそこに座りましょうか」

キムが、リードする形で窓際の一席を指さし、私の前を歩いていった。麻衣と一緒に話したときにはないキムの積極さである。やはり、彼女の手前、遠慮があったのか。

「何にされますか?」

先に座ったキムが訊いてきた。

「キムさんと同じものを」

「分かりました」

私たちの席に近づいた店員にハングルでオーダーすると、顔を振り向けた。

「それで、私に聞きたい話とは?」

「私の友人にカンという者がおります。実は彼の行方が分からなくなって探しているのです」

「あなたの友人のカンさん?」

「はい、そうです」

「カンさんとあなたとは」

「大学の同級生です。二人でこちらに来ていました。カンは韓国人ですが、日本の大学で学んでいます」

「そのカンさんは、どういう状況で行方が分からなくなったのです?」

私の突然の発言にも、しっかりとした受け答えをしてくれる。

「はい、といってても状況が呑み込めてないのです。私とカンはソウル大学近くのアパートに一緒に住んでいます。彼がいなくなった日のことですが、私が密陽に出掛けていて、戻ったら彼の姿が消えていました」

「密陽の町まで。それは遠い」

「例の阿瀬川麻衣さんとご一緒しました。彼女に朝鮮戦争の体験者を調べてもらって、その方が密陽の町に住んでいるので会いに行ったのです」

「なるほど」

キムも、私から朝鮮戦争当時の話を聞かれているので、私の行動が即座に理解できたものと思えた。

「ソウルから密陽までは距離がありますので、朝の六時前に出発しました。ソウルに戻ってきたのは夜の十時過ぎだったと思います。普段だったら、どこに行くか書き置きを残すぐらいのことをする彼なのですが、何もありませんでした。そのまま数日間、何の音沙汰もなく、以後もまったく連絡がありません。その間に警察に届け出をしましたが、今のところ何の変化もありません。まったく手掛かりがない状態なのです」

私は一気に説明した。

「大体のことは分かりました。それが私とどういうように…」

「これは私の思い込みかも知れないのですが、カンはどこかに連れ去られたのじゃないかと思っているのです」

「連れ去られた？」

「そうです。事故に巻き込まれたのなら、何らかの形で分かるはずです。そういう兆候は今のところありません。すると、まったく連絡の取れない場所、連絡手段のない場所に連れ去られたのではないかと思うのです」

「どうして、そんなことを？」

「カンがいなくなってからなのですが、たまたま演劇を見る機会があって、登場人物の一人が家族の知らない山奥で生活をする場面がありました。演劇は喜劇で皆は笑っていたのですが、私はハッと思ったのです。カンはそういう状態に置かれているのではないかと。劇の人物は自分で山奥に入っていったのですが、誰か別な人物によって連れて行かれたとしたら、連絡を取ることができません。なぜか、そう思ってしまったのです」

「それは誘拐と言うことですね」

「分かりません。でも、それに近い状態の気がしています」

「私を呼び止めたということは、他にも何か思っておられることがありますね」

「ええ、阿瀬川麻衣さんにキムさんを紹介されたとき、軍関係の内実に明るい方だと印象を受けました。カンのことで警察に相談をしましたが、あまり当てになりません。キムさんだったら警察とは別な意味で行方を知る情報が得られるのではと思ったのです」

「そうですか、私にね。でも、私はずっと以前に現役を退いた身分なのですよ」

「分かっています。でも、私には他に相談できる適当な人がいません。それに、このまま徒《いたずら》に韓国に留まっていることもできません。できれば一日でも早いうちにカンの行方が知りたいのです」

「それはそうでしょう」

目の前のキムは、声を沈めながら思索を泳がす顔をした。私は、彼が口を開くのを黙って見守った。

一分近くは経過しただろうか。手を顎にやり、撫でるように何度か手のひらを左右に動かしていたキムが口許を少し開いた。

「多分、お役に立つことありませんね。残念ですが…」

私は瞬時に返事ができなかった。そして、顔に悲しみと失望を交錯させた。

「私の勘なのですが、ご友人の行方を捜すことは相当に難しいと思われます。行方不明になって何日が経っていますか？」

「今日で一週間です」

「その間に思い付く所は探されたのでしょう？」

「もともと彼には行く所がありません。韓国人ですが、ソウルの街だって詳しいわけではありません。特別、どこかへ旅行する意思もまったくなかったはずです」

「そうすると友人であるあなたにまったく気配を残さずに消えたということになりますね」

「そうです、その通りです。私に黙って姿を消すような、そういうヤツではないのです」

キムは再び、手を顎に持っていき、擦《こす》るように左右に動かした。彼の考えるときの癖らしい。

「仮にですよ、仮にあなたの思うような状態だったとしたら、それはもう無理です。連絡の取りようはありません」

「ですが…このまま何もしないでは」

「お恥ずかしい話ですが、この韓国では一年に数十人、いやもっと多い数で行き先知れずの、いわゆる行方不明者が発生しています。そして、それらの人の所在は分からないままでいます。あなたは北朝鮮のことを考えられているようですが、それは極秘事項に当たることです。阿瀬川麻衣さんとお知り合いの方ですから、こんなことを申し上げていますが、この韓国で大っぴらに北朝鮮の話をすることはタブーなのです」

「私も少しは韓国の実情を理解しているつもりです。万が一、カンが北朝鮮との何かで行方不明になったのなら、それはそれで納得がいきます。このまま宙ぶらりんな気持ちでいることの方が辛いのです」

やや苦悶を浮かべた私の顔をキムはじっと見詰めていた。だが、すぐに言葉を発する様子に遠かった。私としても黙って彼の返答を待つしかなかった。

「さっきも言いましたが、期待はしないでください。私にはそんな力はないのです。でも、何かあなたの友人に関する話でも入るようなことがあれば、ご連絡は致しましょう。ところで、このことは阿瀬川麻衣さんはご存知なのですか?」

「知っています。警察に捜索願い出したのは彼女の勧めによるものです」

「麻衣さんが…そうですか、麻衣さんはご存知なのですね」

キムは、考える顔つきとなった。麻衣とキムの微妙な関係が顔つきから察せられる。

「警察にあなたと麻衣さんが行かれて…しかし、今のところは何もない、そうでしたね」

「そうです。何もありません」

話が繰り返されるばかりで進展がなかった。

「まあ、努力はしてみます」

「お願いします」

私は深く頭を下げた。これ以上にキムから何かを期待することは今の状況では有り得ない。

現在の自分の連絡場所を告げると、早々にキムと別れるしかなかった。

やはり、カンの行方を追い求めることは至難なことであろう。手掛かりがない上に、彼のことを最も知らなければならない私が不案内過ぎる。地理、世情、そして最大のネックは会話である。つい、限られた範囲での捜索となる。あれこれ考えると、キムに相談したことも徒労に終わる可能性が高い。私は、軽い失望を抱きながら時計に目をやった。

「あっ、申し訳ありません。こんなにお引止めしてしまって」

私とキムは席を立って店の外に出た。

「ご面倒をお掛けしました」

私は力なくキムに言いながら、もう一度時計に目をやった。

一杉陽子が乗る列車は既に出発する時刻になっていた。どれもこれも中途半端に過ぎ去っていく。虚しさだけを胸に広げ、無為な一日を過ごすしかないと思われた。

ところが、キムからの連絡は案外に早くやって来た。しかも、意外な人を経由しての連絡であった。その人物とは鄭であった。

キムと会った翌朝のことである。住まいの玄関をノックする音がする。ついぞ訪問者のなかった仮の住まいだけに、見当がつかぬ。それでも、そそくさと服を着用し、玄関を開くと一人の男性が立っていた。見知らぬ顔である。男は、私の姿を認めると早速に訪問理由を述べた。

「あなたは群青洋介さんですね」

「そうです」

「ご案内を仰せつかっております」

「案内、誰に?」

「内務省の鄭次官補からです」

「待って下さい。その内務なんとかって何なのです?」

「もしも分からなかったら、こう言いなさいと言われて来ました。朝鮮総督府の建物の再利用計画を担当している鄭だと」

「えっ、あの鄭さん!」

「そうです。あなたをご案内するように言われて来たのです」

「一体、何の用事なのですか?」

「それは私にも分かりません。私は、ただ、あなたをお連れするように言われて来たものですから」

「分かりました。すぐに用意します」

私は慌てて、靴を突っ掛けた。

表には車が待っていた。黒塗りの普通車であった。公用車らしい。扉が開けられ、私を迎えに来た男と共に後部座席に入り込んだ。

車は二十分ほど走った。官舎らしき建物が連なる景色となった。

「もうすぐです」

男の言葉で、鄭が普段どんな所で働いているか、多少の見当がついた。しかし、車は官舎とは違う棟の建物に横付けし、男の先導で案内されていった。

「この奥が次官補の部屋です」

私は頷いた。採光に乏しい廊下を十メートルほど歩き、重そうな扉の前に連れて来られた。

「お待ちになっておられると思います」

男は私に話しながら、コンコンとノックを行い、続いて扉を開けた。

「鄭次官補、お連れしました」

「どうぞ、お入りください」

入室は、どうやら私一人だけらしい。案内の男は軽く会釈をすると、既に自分の用は終えたとばかり踵を返し、廊下の向こうに歩き始めた。私は男の後ろ姿を少しばかり見送り、開いたままの扉から体を差し入れた。

「やあ、よくいらっしゃいました」

見覚えのある顔が、席から立ち上がって私に声を掛けてきた。

「さあさあ、そんな所に立っていないで、こちらにどうぞ」

軽く頭を下げながら、私は鄭に近づいた。

「ここでよろしいですかな」

勧められたソファに腰掛け、正面に鄭の顔を見る形となって、不思議な気持ちでもう一度頭を下げた。

「今日は、わざわざ来ていただいて申し訳なかったですね」

「いいえ、そんなこと。ただ驚きました。どうして鄭さんが私を呼び出されたのかと。それと私が住んでいる所がどうして分かったのかと。総督府の前でお目に掛かったときは、住まいまで申し上げた記憶になかったものですから」

「そうですね、でも不思議でも何でもないのです。あなたのことはキムからお聞きしたのですから」

「キムさんから？」

「ええ、彼は私が軍にいたときの先輩で、そのときに随分可愛《かわい》がってくれたのです」

「ということは…」

「退役してからもずっと連絡し合う仲です。でも、まさか、あなたとキムとが面識があるとは思いませんでした。昨日、キムから連絡がありまして、あなたの友人が行方不明になっているので力を貸してあげて欲しいとの話があったのです」

「そうでしたか」

「ざっとした話はキムから聞きましたが、こういうことはご本人から聞く必要がありますからね。それでご足労を願ったという次第です」

私は大きく頷いた。そして、人の繋がりの不可思議さを感じていた。


招かれた鄭の部屋で一時間は話に及んだ。私とカンの繋がり。どうして韓国に来たかということ。韓国に来てからの動き。そして、カンがいなくなったときの状態。特に韓国に来てからの動きについては、私が話を進める途中に何度か鄭からの質問がなされた。話足らずのところを質問に答える形で補い、点と点を結んで線にしながら思考を深めているといった案配であった。

私の話がどれほど鄭に伝わったであろう。ただ、カンは掛け替えのない友人であり、空虚な気持ちで置かれていることだけは充分に伝えられた気はしていた。

「大体のことは把握できました」

私の話を聞き終えた鄭が口を開いた。

「カンさんの行方を捜すのは大変に難しいことが分かりました」

「やはりそうですか」

鄭の最初の言葉は、がっかりさせるものだった。

「手掛かりが、今の段階ではとても足りないし、カンさんと最近繋がりを持った友人が少ないという致命傷があります」

「では、カンの行方は知れないままなのですか」

「多分、そうなるでしょうが、それだからこそ逆に割り出せるということもできます」

鄭が妙な言い方をした。

「どういうことです? 仰っていることが呑み込めません」

「手掛かりが少ないということは、行動半径が限られていたということです。滞在日数が少ない分、動かれた場所の確認が容易であると言えるのです。つまり、カンさんが訪れたポイントを絞って調査できるという利点です。もう一つ、こちらでの人的接点が少なかったということは、多くの人数に当たっていく必要がありません。動いた分を確認していけば、少しは見えてくる可能性があると思っているのです」

依然として鄭の話は理解し難い部分が多い。カンの動きが限られており、動いた所を確認していくという話は分かる。だが、どうやって確認していくというのだろう。しかし、目の前の鄭は、私なんかでは窺い知れないところがある。一応、表向きは政府に所属する役人風であるが、所属している部署や仕事は今ひとつ判然としていない。

かつて、高校生時代に出会ったときの鄭は迎賓館の総務的仕事をしている様子であった。現在は、旧朝鮮総督府の再利用計画の責任者らしいが、こうした場面で向かい合っていると、それも本来の仕事ではないのではあるまいか。

何かと謎の多い人物であるが、それだけに言葉に重みがある。私一人ではどうにもならないことを、何かの力で解決に導いてくれるかも知れない。

実際、鄭にはどこか組織的なバックを持っている匂いがする。問題が発生したとき、組織力で対処してきた過去を持っているように思える。私は困惑した気持ちのまま、それでもうっすらと期待感を立ち上らせて頭を下げた。

江華島《カンファド》の水死体

それから丸二日が経過した。その間は大したこともせず、時間の過ぎるに任せていた。一杉陽子は釜山に戻ってしまったし、その後は特に連絡は行っていない。ソウルでの講演を終えた報告書など活動経緯の集約に時間を取られているのだろうか。

そうそう、阿瀬川麻衣にも連絡を怠っている。快活な彼女のことだ。何かあれば彼女から連絡を取ってくるだろうが、この間はまったくなかった。彼女たちから何も連絡がないのは寂しいことであったが、それでも自分の時間が持てているありがたさも心のどこかにある。

だが、こんな悠長な気分を吹き飛ばす連絡がもたらされた。それは相談に出掛けた鄭からの連絡であった。

正確には鄭の部下という人物に先日と同じく呼び出され、例の建物に再び出掛けてのことだった。鄭は、二日前と同じくスーツ姿のきっちりとした身なりで私を出迎えた。

「また、お呼び立てしてすみません。こちらに来てもらうのが一番だと判断したものですから」

「するとカンの行方が分かったのですか？」

私は、鄭の顔を見るなり挨拶も忘れて聞きたいことを口走った。先日と違う何かを鄭の表情から嗅《か》ぎ取ったからである。しかし、鄭は即座に口を開かなかった。眉根を寄せ、顔に少し苦ったものを忍ばせて、椅子から立ち上がると、二、三歩歩きながら、ゆっくりと私の顔を見詰めた。

その鄭の顔を見て私はごくっと唾《つば》を飲んだ。カンのことが何か分かったに違いないが、決して歓迎すべき情報と思えなかったからである。

「ちょっと言いにくいのですが…」

やはり、そうであった。鄭は少し考える風を装って次の言葉まで間を開けた。

「カンさんのことですが、思わしくない情報が入っています。気持ちを落ち着けて私の話を聞いていただけますね」

私は鄭を睨みつけるようにして、頷いた。

「ここから五十キロばかり北西に向かった所に江華島《カンファド》という場所があります。そこは川一つ隔てて、もう北朝鮮になる場所です。この島の突端の入り江に若い男性の水死体が今朝流れ着きました。身元の確認を急いでいますが、あなたのご友人である可能性が極めて高いのです」

「それって本当ですか？」

私は、思わず大きな声を出した。こんなこと、鄭が冗談で言うはずもない。だが、あまりに突然で、しかもまったく予期せぬ事態だけに私の気持ちは錯乱し始めた。

「鄭さん、今、仰ったことなんですが」

「ええ、残念なことですが、恐らくあなたの友人のカンさんでしょう」

鄭は、恐らくといったが、私をここに呼び寄せ、そういう話をするからには、ほぼ確証に近いものを持っているのだろう。

カンがどういう事情で、江華島という所に行き、しかも水死体になったのか、頭のどこを探しても脈絡が出てこない。私の視界に一瞬、渺茫《びょうぼう》たる海の景色が浮かび、すぐさま消えた。

私が阿瀬川麻衣と蜜陽に出掛けた朝、まだ寝ぼけ眼のカンに別れを言ったのが思い出される。そのとき、どこかへ出掛けると話をした記憶はない。

鄭の説明によると江華島という所は、北朝鮮にかなり近い場所みたいだ。ソウルから北に向かって五十キロ離れていると言ったし、島の突端といえば寂しい場所に違いない。そんな所にカンが一人で出掛けるわけがない。まして、彼は免許証を持っていない。すると、誰かに連れて行かれたのだろうか。暫く前から抱いていた疑問が大きくなる。

「鄭さん、その江華島という所へは、誰かに連れられて行ったのですね」

「どうしてそう思われるのですか?」

「カンが一人で行くとは思えないからです」

「なるほど、お友達ならではの感想ですね」

「あいつは私と違って勉強好きな男です。ソウルのような街なら、勉強をする環境が整っています。カンはどこかへ出掛けるより、勉強をしているのが好きなヤツなんです」

「あなたの仰る通りだと思います。私たちもカンさんは一人で江華島に出掛けたとは思っていません。何か別の力が働いた可能性が高いと考えているのです」

「別の力？ どういうことでしょうか」

「今、ここではお答えしにくいのですが…」

鄭は言葉を濁した。私の頭に閃《ひらめ》くものがある。

「鄭さん、さっき水死体と言いましたね。単に溺《おぼ》れただけじゃなくて、ほかに死亡した原因があるのじゃないですか」

「そういうわけでは…」

「私は、何を聞いても驚きません。カンがいなくなって大分時間が経ちます。あいつの身に何かあったのじゃないかと覚悟をするようになっています。ケガとか事故とは違う不測の事態も考えていました」

私の懸命の問いに鄭は口を少し動かした。もう一押しで喋ってくれる気配を感じた。

「私…ずっとあいつの身を案じています。カンのことが分かるなら、どんなことでも教えて下さい」

鄭は、私の目を見詰めていた。そして自分の心に言い聞かせるように小さく頷いた。

「そこまで仰るのなら…、申し上げるべきでしょうね。江華島に流れ着いた水死体は、現地の病院に安置してあります。水死体には珍しく遺留品がしっかり残っていました。あの辺りの潮流は比較的穏やかなのと、海水に浸かっていた時間が短かったせいでしょうか。遺留品からあなたのご友人であるカンさんを示すものが残っていたのですが、断定するには早いと思ってあいう表現を用いました。あなたにとって辛いでしょうが、私どもはほぼ間違いなくカンさんの遺体だとの確信をしています。あなたには身元の確認に立ち会っていただければと思っています」

「もちろんです」

「それと、単なる水死体ではないというご指摘ですが、実は疑問に思われる痕跡が認められたのです。体に数カ所の殴打らしき痕《あと》があり、水に浸かったときにできた傷とは違うものと判断しています」

「誰にやられたんです?」

　私は、すかさず質問を行った。

「分かりません。カンさんを連れ去った人物かも知れませんし、ほかの要因かも知れません」

「もっとはっきり仰って下さい。つまり…カンは誰かに殺されたのですね」

「可能性はありますが、そこら辺りはちょっと」

　鄭が語尾を濁した。だが、どちらにしろ、何かの事情でカンが死んだことだけは間違いがあるまい。鄭の言葉では身元の確認をしてくれといったが、私をこの場所に呼び寄せたということは、水死体がカンであることを断定してのことだろう。遺留品から、水死体はカンであり、それは厳然たる事実であるに違いない。

カンは死んだのだ。私の友人のカンは、韓国の私の知らない場所で死んでしまったのだ。鄭がいる手前、強がりを見せたが、不覚にも目元を濡らし始めた自分を意識していた。

鄭、私、それに鄭の部下と思える一名を伴って江華島という場所に向かうこととなった。大型の黒塗りの車の後部座席に乗り込み、部下は助手席に座って出発となった。

「現地までは一時間ちょっとかかると思います」

鄭の言葉を揺れる体と心で聞いていた。窓の外では精力的な動きを見せるソウルの街が普段の顔を晒《さら》している。

「鄭さん、カンのことなのですが…」

「何でしょう?」

「あいつの体に殴打された傷があると言われましたね。それは顔ですか?」

「顔もです」

「顔も? ということは顔と体の両方にですね」

「そういうことです」

「じゃ、やはり殺されたんだ」

「そうかも知れません」

鄭は、明言を避けた。私は窓の外の景色と鄭の顔を交互に見やりながら次の言葉を探した。

「カンは、韓国の人間ですが、こちらに住んでいたわけではありません。特に誰かから憎まれることもなかったと思うのです」

鄭が、軽く頷く。

「私とは、旅行で来ていたのですから、人の恨みを買うこともなかったと思うのです。そうすると、まったく別な人間によって誤って殺されたのかもしれません。カンは北の人間との何かで殺されてしまったのじゃないでしょうか」

鄭は私の話を黙って聞いている。

「そうでも考えないと辻褄《つじつま》が合いません。殺される理由のない人間が、現実には殺されてしまった。まったく別の力が働かなければそういうことは起こらなかったと思うのです」

相変わらず、鄭は口を開かなかった。

「あいつは達者な日本語を喋ります。日本の実情にも明るいヤツです。韓国の人で日本語を喋る人はたくさんいますが、日本の実情にも明るい人物となると数はぐっと限られてきます。これを何かに利用できると考えた人物がいたのじゃないでしょうか」

「なるほど、そういう見方もできますか」

返答をした鄭の口調は重いものだった。私の発言をただ黙って聞いているだけでなく、何かを考えていることは明らかだった。鄭の口の重い分、車内は静かだった。助手席に座る鄭の部下は口を開かないし、運転手も寡黙だった。前の二人は、黙々と仕事をこなす鄭の忠実な部下という雰囲気だった。座っている姿勢、運転する姿勢からもそれは感じられた。

車はいつしか、ソウル郊外を走っている。進行方向の右手に川がちらちら見え隠れし、それが黄海に注いでいく漢江だと知れる。行くほどに川幅は広くなり、海が近づいていくのが知れる。

「この辺りまで来ると、随分と田舎でしょう」

鄭が、差し障りのない話を口にした。

「あなたはさっきからずっと川を見ていますね」

「水のある景色が好きなんです。水の流れを見ていると気持ちが落ち着くのです」

「そうですか。もうすぐ、あの川はイムジン河と合流しますよ」

鄭の言葉に私はハッとした。

「イムジン河と?」

「そうですよ。この漢江は海に出る前にイムジン河と合流して黄海に流れていきます。そして合流した河の側にあるのが江華島なのです」

「そうなのか…」

私の心に、感慨と驚きが交錯した。地図を見れば簡単なことが、これまで全然気付かなかった。ソウル市内を流れる漢江とイムジン河はまったく別物で、それぞれの流域を持っているものだと思っていたが、二つの河は海近くの河口で合体していたのだ。

「鄭さん、イムジン河は北朝鮮を流れているんでしょう?」

「源流から河口に向かう大部分はそうですが、途中には韓国の領土も流れています。北朝鮮と韓国の両方に流れているのです」

（そうなのか、イムジン河は二つの国を流れているのか）

不思議な気持ちだった。どう言えばいいのか。分断された北朝鮮と韓国の二つの国をそれぞれ流れている河が河口では一つになっている。自然って人間の思惑なんて関係ない。あるがまま、なすがままに動いている。

やがて漢江とイムジン河が一緒になる河口近くとなった。視界の先に一段と姿を大きくしたイムジン河がたおやかに流れている。いつぞや見た色合いと違い、黒っぽいが若干の水色を保っている。この河をどれだけの人が複雑な胸中で眺めたことか。

「もうすぐですよ。あの江華大橋を越えると江華島です」

車は、狭い海峡を跨ぐ橋を越えて江華島に入った。島というから小島をイメージしていたが、とんでもない。優に佐渡島ぐらいの大きさがあるのではなかろうか。鄭の説明でも韓国において五番目に大きな島らしく、島内に入ってからも十分以上も走らないと目的地に着けなかった。

「あそこが目的の場所です」

鄭の言葉に促され、前方に注意を向けると、島では珍しく大振りな建物が見えていた。

「さあ、降りましょう」

車が停車するや、すかさず助手席から鄭の部下が降りる。彼は、私と鄭が座る後部に回り込むと、慣れた様子でドアを開けてくれる。

「この先がそうです」

鄭、私、それに鄭の部下の順で進んでいく。歩く先の大きな建物の中にカンが収容されているのだろう。病院であろうか。事実、建物の内部に足を踏み入れた途端、どこかからホルマリンのような匂いが一瞬鼻を突き、足を進めるにつれて肌に纏わり付く感じであった。

「こういう所に来るのは気が重いものです」

鄭の言葉を待つまでもない。まさか、韓国に来てカンの水死体かどうかを確認するとは思わなかった。心に鉛を詰め込まれたような感じであった。

「この先が霊安室です」

鄭は、勝手知ったる場所のように進んでいく。こういう仕事が過去に経験があるように思える。

「あれがそうです」

奥まった場所の冷たい扉の前に施設の人間が待ち受けていた。夏にもかかわらずスーツ姿の男性は、黙ったまま背後の一つの扉を指し示し、それに頷いた鄭が私に目配せを寄越す。この中に漂着した水死体が保管されていることが知れる。

重い、重い、空気だった。部屋の前に立ったものの、なかなか中に入る気持ちになれないでいる。

「さあ、入りましょう」

鄭の後を付いていくのがやっとだった。この向こうにカンがいる。しかも変わり果てた姿となってだ。身元の確認といったが、そんなこともう分かりきっている。横たわっているのはカンであり、カン以外の誰でもない。私は分かりきっている答えを解くように、重い足を進めた。

中は案外の広さがあった。地下倉庫といった感じであった。コンクリート壁の周囲には、備品が納められた背の高い棚が二つあり、資料らしきバインダーがぎっしり詰まっている。それと対面する場所には厨房設備のようなステンレス製の収納が置かれ、薬品の類が納められてある。

そして、部屋のほぼ中央に置かれたストレッチャーの上に白い敷布をかけられた水死体があった。

盛り上がった敷布の形状から、中に人体が横たわっているのが分かる。ここにカンが眠っている。だが、私はすぐに近づくことができなかった。

「群青さん、大丈夫ですか？」

「えっ、ええ。大丈夫です」

鄭が私のことを群青さんと日本名で呼んだ。こんな場面で自分の名前をきちんと呼んでくれたことで、私の気持ちに一本の筋が通った。

しっかりしなければならない。お前の友人、カンのことだ。お前には見届ける義務がある。お前が動揺して、カンが喜ぶと思うのか。そうだ、そうなのだ。

「鄭さん、大丈夫です。確認させて下さい」

「分かりました。では」

鄭が視線を右に振ると、同行していた部下がつかつかと歩み寄り、ストレッチャーの白い敷布をゆっくりと捲った。

青白いカンの顔であった。間違いはない。左の目じりに青あざをつくったカンの顔は、白い敷布に負けないほど透明感をたたえた白さであった。

「カンです。私の友人のカンです」

自分の声が頭の中で空回りした。

カン…お前は…

カンは別空に旅立っていた。

視線を落としたまま、暫く動けない自分であった。


「よろしいでしょうか」

「はい」

私は小さな返事を喉の奥から絞りだした。

「表に出ましょう」

鄭が、霊安室を出ることを促した。

長い時間が経過したようだった。でも、実際は数分のことかも知れない。部屋を出た私と鄭、それに少し離れた場所で立っている部下の三人は中庭の空気に触れていた。

公園ほどもある中庭には樹木がふんだんにあり、木陰に涼風を運び、枝葉を戦《そよ》がせている。

「大変なお役目をお願いしましたね。お疲れでしょう」

鄭の口調が優しかった。

「辛い作業ですが、誰かがしなければなりません。本来なら、ご家族ですが、たまたまお話をお伺いした経緯から、あなたにお願いすることになりました」

「分かっています。でも、カンのヤツ、あんな風になっちまって、可哀相《かわいそう》だったな」

「お気の毒です。心からお悔やみを申し上げます。早く、心の傷が癒やされるよう時間が過ぎ去ればいいのですがね」

私たちと少し離れた場所に佇む鄭の部下は、直立の姿勢を崩さない。彼はまた、私たちの会話に関心も示さない。忠実な番犬のように、ただ私たちの終わりを待っている。

「鄭さん、カンはこの後、どうなるのでしょう?」

「ご家族の方に来ていただきます。もう連絡をしております。それから葬儀という手順です。ただ、不審な点が多々ありますので、家族の承諾を取り付けて司法解剖ということになると思います」

「そうですか…」

「こちらには司法解剖の執刀医がいませんので、カンさんのご家族の到着と合わせて手配をしています。ソウル大学の医局の人間が執刀することになるはずです」

「カンの体にメスが入るんだ」

「致し方ありません」

私には、司法解剖の知識はない。死因を特定するため、さまざまな検分を行うのだろうが、少し前まで生身だった体が切り刻まれるのは酷である。

どちらかというと華奢《きゃしゃ》で、ひ弱な感じがするカンの体躯《たいく》である。その体を思いやると、自分の体が切られていく思いに繋がる。

「鄭さん、司法解剖は、どのくらいで結果が出るのですか？」

「そんなにはかかりません。まあ、特別な場合を除けば数日で出ます。カンさんの場合は、一応水死体ですので、本当に溺れ死んだのか、それとも別の原因か、これがひとつのポイントです。次は、顔やお腹の傷です。海中でできたものか、それとも別な理由によるものかです。見た感じでは、殴られたものと思えますが、判断するには時間が必要です。また、死因場所の推定も司法解剖とは別途に行います。例えば、島のどこかの崖から落ちたのであれば、それがどこであったのか、因果関係については可能な限り調査を進める意向です」

鄭の返答は概ね予期したものであった。言い換えれば、現時点で何も分かっていないということである。どれほど死因を特定できるのか、事故か事件か、どちらにしろ、私と友情を育んだカンの短い人生の終焉《しゅうえん》がこれであった。

「司法解剖の結果をお知りになりたいですか？」

「はい」

「日にちがかかりますが…どうされます」

「私、もう韓国を引き払うかも知れません」

「よろしいでしょう。では日本の住まいを教えてください。そちらに連絡を差し上げましょう」

私は力なく頷いた。

「カンさんが所有していたものが、こちらの警察に保管されてあります。どうします。ごらんになられますか?」

私は即答ができなかった。今更見ても仕方がない気持ちでもあった。

「それは私でなくてもいいのでしょう?」

「そうですね」

鄭は淡泊に返答した。

「それらの品は…」

「ご家族にお返しすることになります」

「そうですか…」

顔を振り向けると、西の彼方の太陽がやや赤みを増して黄海の水平線に抱かれようとしていた。

《下巻へ続く…》

写真前列右、韓国詩人・李永純《イ・ヨンスン》。中央は、親交のあった第５代～第９代韓国大統領・朴正熙《パク・チョンヒ》。朴正熙の娘が初の女性大統領（第18代）となり、先頃更迭された朴槿恵《パク・クネ》。

エーシャン・オーバー ～海を渡る風～〈上〉

●

2018年2月26日　第1版第1刷発行
著　　者／群青　洋介
発 行 人／通谷　章
編 集 人／大森　富士子
発 行 所／株式会社ガリバープロダクツ
広島市中区紙屋町 1-1-17
TEL 082（240）0768（代）
FAX 082（248）7565（代）
印刷製本／株式会社シナノパブリッシングプレス

●

ISBN978-4-86107-070-9　C0093　￥1500E